To the Lighthouse

지은이 **버지니아 울프** Virginia Woolf

본명은 애들린 버지니아 스티븐(Adeline Virginia Stephen)으로 1882년 1월 25일 영국 런던의 중상류층 가정에서 태어났다. E.M. 포스터, J. M. 케인스 등과 함께 미술·문학·사회경제 분야를 아우르는 급진적인 젊은이들의 주간 모임 '블룸즈버리 그룹'을 형성하였다. 레너드 울프와 1912년 결혼하였고 1917년 '호가스 출판사'를 설립한다. 예술 이론, 문학사, 여성의 글쓰기, 권력의 정치에 관한 선구적 에세이 『자기만의 방』을 썼으며, 『댈러웨이 부인』, 『등대로』, 『파도』 등 영국 모더니즘을 대표하는 소설들을 남겼다. 1941년 3월 28일 서섹스 우즈강에서 스스로 생을 마감했다.

옮긴이 **이운경**

연세대학교 영문과 졸업 후 동대학원에서 석사과정을 마쳤고, 충남대학교 영문과에서 박사과정을 수료했다. 현재 전문번역가로 활동 중이다. 존 바스의 『연초도매상』과 『키메라』를 번역했으며, 그 밖에 옮긴 책으로 『Y씨의 최후』, 『벌거벗은 자와 죽은 자』, 『종말론』, 『매트릭스로 철학하기』 등이 있다.

도슨트 **최은주**

영미문학비평을 전공하고, 건국대에서 강의하고 있다. 문학과 사회를 교차 분석하는 연구자로, 메리 셸리, 샬럿 브론테, 버지니아 울프의 작품에 나타난 여성, 몸, 질병, 타자를 연구했으며, 지금은 난민 주제를 소설과 현실 공간에서 교차 연구하고 있다. 지은 책으로 『근대 영미소설 속 질병, 재난, 공동체』(공저), 『런던 유령—버지니아 울프의 거리 산책과 픽션들』, 『책들의 그림자』 등이 있다.

그린비 도스트 세계문학 03

등대로

버지니아 울프 지음

이운경 옮김

그린비

차례

일러두기

1. 이 책은 Virginia Woolf, *To the Lighthouse*(1927)를 완역한 것이다.
2. 본문의 각주는 모두 독자의 이해를 돕기 위해 옮긴이가 추가한 것이다.
3. 외국어 인명, 지명 등 고유명사는 2017년에 국립국어원에서 펴낸 외래어표기법을 따르되, 경우에 따라 실제 생활에서 자주 쓰이는 대로 표기했다.

I. 창(窓)

1

"그럼, 물론이지, 내일 날씨만 좋다면야." 램지 부인이 말했다. "하지만 아주 일찍 일어나야 할걸." 그녀가 말을 더했다.

이 말에 그녀의 아들은 마치 소풍이 반드시 성사되리라 결정이라도 난 것처럼 유다른 기쁨을 느꼈고, 이제 하룻밤의 어둠이 지나고 하룻낮의 항해가 끝나면 언뜻 수년처럼 느껴지는 시간 동안 자신이 그토록 고대해 왔던 경이에 훌쩍 다가설 터였다. 여섯 살의 나이에도 그는 이 감정을 저 감정과 분리하지 못하고 미래의 전망과 그로 인한 기쁨 혹은 슬픔이 머지않아 실제로 벌어질 일에 암운이 깃들게 만드는 것을 용인하고야 마는 부류에 속했기 때문에, 또한 그런 사람들은 아주 어릴 때조차도 감각의 수레바퀴가 어떻게 회전하든 그것이 그 감각의 암울과 광휘가 근거한 순간을 구체화하고 고정시키는 힘을 갖고 있다고 여기기 때문에, 바닥에 앉아 육해군상점*의 상품 도판 목록에서 그림들을 잘라 내던 제임스 램지는 어머니의 입에서 그 말이 나오자 냉장고의 그림에서 천상의 지복을 감지해 냈다. 냉장고 그림 가장자리에 기쁨이 흥건했다. 덩그러니 놓인 외바퀴 손수레와 잔디깎이, 바람에 수런대는 은백양나무†와 비를 예고하며 하얀 등을 뒤집어 내보이는 나뭇잎들, 까옥까옥 우는 까마귀 떼와 바닥을 툭툭 두드리는 빗자루와 바스락대는 옷자락 — 이 모든 것들이 그의 마음속에서 너무도 선명히 채색되고 두드러져서 그가 이미 자기만의 내밀한 암호를, 자기만의 암어(暗語)를 가졌음에도, 넓은 이마‡ 아래 자리 잡은 흠잡을 데 없이 솔직하고 순수한 파란 눈으로 인간의 약점을 사납게 노려보며 얼굴을 살짝 찡그리는 그가 타협 없는 순전한 엄격함의 화신으로 보였던 까닭에,

---

* 육해군상점(the Army&Navy stores): 영국의 백화점으로, 19세기에 군 장교 및 그 가족을 위한 협동조합으로 시작되었다. 본점이 런던의 빅토리아 스트리트에 있으며, 이곳에 램지가의 런던 집이 위치해 있다.

† 원문에서는 그저 'poplar'(포플러)라고 되어 있으나, 바로 뒤이어 비 오기 전 하얗게 된 잎들이 언급되는 것으로 보아, 잎의 위쪽이 초록색이고 아래쪽이 은색에 가까운 은백양나무(white poplar)를 가리킬 가능성이 높다. 본문은 비가 내리기 전에 바람이 불어 나뭇잎들이 서로 부대끼며 소리를 내고, 바람에 뒤집혀 흰 면을 드러낸 잎들 때문에 나무가 전체적으로 더 하얗게 보이는 상황을 나타낸다.

‡ 넓은 이마는 지성을 상징한다는 속설이 있다.

그가 냉장고를 둘러 깔끔하게 가위질하는 양을 지켜보던 그의 어머니는 그가 흰 담비 털로 장식된 붉은 법복을 입고 판사석에 앉은 모습이나 공무상의 어떤 위기에서 심각하고 중대한 사업을 지휘하는 모습을 상상했던 것이다.

"하지만," 거실 창 앞에 멈춰 선 그의 아버지가 말했다. "날씨가 좋을 것 같지는 않은데."

만약 도끼가 가까이 있었다면, 부지깽이든 뭐든 가슴에 구멍을 낼 만큼 아버지를 깊이 찔러 죽일 수 있는 무기가 손 닿는 거리에 있었다면, 제임스는 당장에 그것을 움켜쥐었을 것이다. 램지 씨는 단지 그 존재만으로도 아이들의 가슴속에 그런 극단적인 감정을 촉발시키는 인물이었다. 칼처럼 군살 없이 마른 몸과 칼날처럼 좁고 정밀한 마음의 소유자인 그는 지금 아들의 환상을 깨뜨리고 (제임스가 생각하기에는) 모든 면에서 그보다 만 배나 더 나은 아내를 조롱하는 재미뿐 아니라, 자신의 판단이 정확하다는 것에서 오는 어떤 비밀스러운 자만심으로 빈정대듯 웃으며 서 있었다. 그가 말한 것은 진실이었다. 언제나 진실이었다. 그는 본디 진실이 아닌 것을 말할 수가 없는 사람이었다. 결코 사실을 에두르거나 꾸미지 않았고, 결코 누군가의 기분이나 형편에 맞추려고 귀에 거슬리는 말을 듣기 좋게 바꾸는 일도 없었는데, 특히 자신의 생식기에서 기원한 자기 자식들에게 더더욱 그러했던 까닭은, 자신의 아이들이라면 어린 시절부터 삶은 고난으로 가득 차 있고, 사실이란 타협할 수 있는 것이 아니며, 우리의 가장 빛나는 희망들이 소멸되고 우리의 연약한 돛단배가 어둠 속에서 침몰하는 그 전설의 땅으로 건너가기 위해서는 (여기서 램지 씨는 등을 곧게 펴고 작고 파란 눈을 가늘게 좁혀 수평선을 바라보았을 것이다) 다른 무엇보다도 용기와 진실과 견딜 수 있는 힘이 필요함을 알아야 했기 때문이었다.

"하지만 좋을지도 모르잖아요. 좋았으면 싶어요." 뜨고 있던 적갈색 긴 양말에 작은 꼬임 문양을 만들면서, 램지 부인이 초조하게 말했다. 만약 그녀가 오늘 밤 그것을 다 완성한다면, 만약 그들이 결국 등대로 가게 된다면, 그녀는 그것을 등대지기에게 주어 결핵성고관절염을 앓는 그의 어린 아들에게 전달해 달라 할 것이고, 그것과 더불어 오래된 잡지 한 무더기와 담배, 그리고 마침 그녀 주변에서 눈에 들어오는 것들 가운데 딱히 필요도 없으면서 방을 지저분하게 만들 뿐인 것들을 죄다 가져가 그 가여운 친구들에게 줄 생각이었다. 그들은 분명 램프를 닦고 심지 끝을 잘라 내고 작은 정원 뙈기를 샅샅이 훑어 뭔가 재밋거리를 찾아내는 것 외에는 아무런 할 일도 없이 하루 종일 앉아 있느라 지루해 죽을 지경이리라. 테니스 코트 크기의 바위 위에서, 한 번 들어갈 때마다 한 달 내내, 험악한 날씨에는 어쩌면 더 오랫동안, 갇혀 지내야 한다면 너희는 어떨 것 같니? 그녀는 묻곤 했다. 편지도 없어, 신문도 없어, 아무도 못 만나. 만약 너희가 결혼했는데, 아내도 못 보고, 아이들이 어떻게 지내는지 — 혹시라도 아픈 건 아닌지, 어디에서 떨어져 팔다리가 부러진 건 아닌지, 아무것도 모른다고 생각해 보렴. 몇 주에 걸쳐 똑같은 파도가 부서지고 또 부서지는 양을 지겹도록 쳐다보다가, 어느 순간

무시무시한 폭풍우가 몰려올라치면, 창문은 온통 물보라를 뒤집어쓰고, 새들이 램프에 부딪혀 오고, 사방 발 딛는 곳마다 흔들리고, 바다로 휩쓸려 갈까 봐 문 밖으로 얼굴도 내밀지 못하는 건 또 어떻고? 그러면 기분이 어떨 것 같니? 그녀가 특히 딸들을 향해 물었다. 그녀는, 다소 달라진 어조로, 그러니 위안거리가 될 만한 것은 뭐든 가져가야 하는 거란다,라고 덧붙였다.

"정서(正西)로* 부는군요." 무신론자 탠슬리가 앙상한 손가락 사이로 바람이 지나도록 쭉 펴 보며 말했다. 마침 램지 씨와 함께 테라스를 오르락내리락, 오르락내리락하면서 저녁 산책을 즐기던 참이었기 때문이다. 다시 말해, 등대에 상륙하기엔 최악의 방향에서 바람이 불어온다는 얘기였다. 그래, 꼭 저렇게 거슬리는 말을 하지, 하고 램지 부인은 생각할 수밖에 없었다. 저이가 굳이 날씨 얘기를 또 꺼내서, 안 그래도 마음 상한 제임스를 더욱 실망시키는 건 정말이지 끔찍해. 하지만 그럼에도 그녀는 아이들이 그를 놀리는 걸 방임하지는 않았다. 아이들은 그를 "무신론자"라고, "쩨쩨한 무신론자"라고 불렀다. 로즈가 그를 조롱하듯 흉내 냈다. 프루도 그를 흉내 냈다. 그러자 앤드루, 재스퍼, 로저도 따라서 흉내 냈다. 심지어 이가 다 빠진 늙은 개 배저도

* 동쪽에서 서쪽으로 부는 동풍은 성경(구약)에서 대개 많은 피해를 가져오는 거칠고 강한 바람으로 나타난다. 찰스 디킨스의 『황폐한 집』(*Bleak House*)에서 잔디스 씨는 좋지 않은 사건을 예고하는 전조로서 동풍을 여러 번 언급하기도 했다.

그를 문 적이 있는데, 어쩌다 보니 그가 (낸시의 말에 따르면) 굳이 헤브리디스제도*까지 자기들을 쫓아온 백열 번째 젊은이였던 탓이었다. 그냥 우리끼리 있으면 훨씬 더 좋았을 텐데.

"터무니없는 소리!" 램지 부인이 아주 엄격한 목소리로 말했다. 아이들의 그 과장하는 버릇이 다름 아닌 그녀에게서 배워 온 것이라는 사실과는 별개로, 또 그녀가 집에 있는 방 개수도 고려하지 않은 채 너무 많은 사람들을 더 머물다 가라고 붙잡는 바람에 몇몇은 읍내에서 묵게 해야 했다는 소문(그것은 사실이었다)과는 별개로, 그녀는 손님들에게, 특히 젊은 남자들에게 무례하게 구는 건 절대 두고 보지 않았는데, 그들은 교회에 사는 쥐처럼 가난하지만 남편 말에 의하면 '뛰어나게 유능'하고, 자신을 열렬히 추종하며, 이곳에서 휴가를 보내기 위해 온 청년들이기 때문이었다. 아닌 게 아니라, 그녀는 자신과 다른 성별의 사람들 전체를 그녀의 보호 아래 두었다. 이유는 자신도 설명할 수 없었다. 그들의 기사도 정신과 용기 때문일 수도, 그들이 조약을 협상하고 인도를 통치하고 재정을 관리한다는 사실 때문일 수도, 그리고 마지막으로, 여성이라면 누구나 기분 좋게 느끼거나 생각하지 않을 수 없는 그녀 자신에 대한 그들의 태도 때문일 수도 있었다. 마치 어린아이처럼, 그녀를 완전히 믿고, 그녀를 존경하는 그런 태도. 그것은 나이 든 여자가 위엄을 잃지 않고 젊

* 스코틀랜드 서부의 군도.

은 남자로부터 취할 수 있는 무엇이었다. 그러니 그것의 가치와 그것이 암시하는 모든 것을 뼛속 깊이 느끼지 못하는 아가씨들에게 재앙이 있을지니. 그녀는 부디 그것이 자신의 딸들은 아니기를 하늘에 빌었다.

그녀가 엄하게 낸시를 나무랐다. 그가 우리를 쫓아온 게 아니야,라고 그녀가 말했다. 우리가 그를 초청한 거지.

이 모든 걸 타개할 길을 찾아야 해. 더 단순하고 덜 품이 드는 방법이 있을지도 몰라,라고 생각하며 그녀가 한숨을 쉬었다. 창유리를 쳐다보다 희끗희끗한 머리와 패인 볼이 눈에 들어왔을 때, 오십의 그녀는 남편이든, 돈이든, 남편의 책이든, 어쩌면 더 잘 관리할 수도 있지 않았을까,라는 생각을 했다. 하지만 자신의 일에 관해서라면, 결코 단 한순간도 자신이 내린 결정을 후회하지도, 어려운 일을 회피한다거나 자신에게 주어진 의무를 적당히 대충 넘기지도 않을 작정이었다. 그러한 까닭에 지금 그녀에게서는 감히 바라보기 두려울 만큼의 위엄이 흘렀고, 찰스 탠슬리와 관련하여 어머니의 호된 꾸지람을 들은 후, 프루와 낸시와 로즈는 식사하던 접시에서 말없이 시선을 들어, 어머니의 인생과는 다른 그들 자신의 인생으로 꾀해 왔던 이단(異端)의 발상들을 오직 속으로만 희롱할 뿐이었다. 어쩌면 파리에서, 좀 더 자유분방한 삶을 누렸으면 좋겠어. 늘 이런저런 남자들 뒷바라지만 하는 게 아니라. 왜냐하면 그들은 말로 드러내어 표현하진 않았어도 마음속으로는 경의와 기사도 정신에 대해, 잉글랜드 은행*과 인도제국에 대해, 반지 낀 손가락과 레이스에 대해 의문을 품었기 때문[†]이었다. 그러나 그럼에도 그들 모두는 이것에서 아름다움의 정수를 드러내는 무언가를 보았고, 그들이 어머니의 시선 아래 식사 테이블 앞에 앉아 있을 때 그것이 여자인 그들의 마음 한쪽에 자리한 남성성[‡]을 호출해 내어, 그들로 하여금 자신들은 이상하리만큼 엄격하게 나무라는 반면 탠슬리에게는 극단적인 예우를 베푸는 어머니를 경외하게 만들었던 것인데, 어머니가 스카이 섬[§]까지 그들을 쫓아온, 아니, 정확히 말하자면 그들과 함께 머물러 달라고 초대받은 그 짜증 나는 무신론자와 관련하여 자신들을 그렇듯 매우 엄격히 훈계할 때, 마치 거지의 더러운 발을 진창에서 들어 올려 씻겨 주는 여왕처럼 보였던 까닭이었다.

"내일은 등대로 배가 가지 않을 겁니다." 그녀의 남편과 함께 창가에 서 있던 찰스 탠슬리가 양손을 맞부딪치며 말했다. 정말이지, 충분히 알아들었으니 이제 그만해도 될 텐데. 두 사람 모두 나와 제임스는 상관 말고 자기들끼리 대화나 계속 나눴으면

---

* 런던에 위치한 영국의 중앙은행. 1694년에 설립되었다.

† 앞서 램지 부인이 "자신과 다른 성별의 사람들", 즉 남성을 자신의 보호 아래 둔 이유들과 대응된다.

‡ '남성성'은 본문에서 램지 부인이 남성에게서 보는 기사도 정신과 여성에 대한 경의와 연결되며, 따라서 램지 부인의 딸들이 어머니를 여왕에 비유하고 경의를 표하게 만드는 것은 그들 안의 남성성이 소환된 결과라는 논리로 이어진다.

§ 스코틀랜드 내 헤브리디스제도 북단에 있는 섬.

좋겠어. 그녀의 시선이 탠슬리를 향했다. 참 딱한 사람이에요, 아이들이 말했다. 맨날 우울하고 부루퉁한 얼굴에 축 처져서는. 크리켓도 할 줄 모르던데요. 이곳저곳 어색하게 어정대며 쓸데없이 참견하는 건 또 어찌나 좋아하는지. 완전 빈정대기 선수라니까요, 앤드루가 말했다. 아이들은 그가 무엇을 제일 좋아하는지도 알고 있었다. 바로 램지 씨와 함께 테라스를 끝없이 왔다갔다, 왔다갔다 거니는 일이었는데, 그러는 동안 그는 누가 이 상을 탔고, 누가 저 상을 탔고, 누가 라틴어 시에서 "일류"인지, 누가 똑똑하지만 자기가 생각하기에는 "근본적으로 논리가 박약"한지, 누가 의심의 여지 없이 "베일리얼 칼리지*에서 가장 유능"한지 등의 이야기를 하다가, 지금 당장은 브리스톨 대학이나 베드포드 대학에서 재능을 썩히고 있지만, 나중에 수학이나 철학의 어떤 분과에 관한 그의 비평적 서문들이 빛을 보게 되면 반드시 명성을 얻을 거라며 누군가에 대한 이야기를 꺼내더니, 마침 자기가 그걸 지금 교정 중이라 처음 몇 쪽을 지니고 있는데 혹시 램지 씨께서는 그것을 읽어 볼 의향이 있으신지, 하고 넌지시 묻더라는 것이다. 두 사람이 나누는 대화란 그런 것이었다.

때로는 그녀 자신도 웃음을 참지 못할 때가 있긴 했다. 일전에 그녀가 "산처럼 높은 파도"가 어쩌고 하면서 말을 꺼내자, 찰스 탠슬리는 이렇게 응대했던 것이다. 맞아요, 파도가 좀 거셌지요.

---

* 옥스퍼드 대학교를 구성하는 칼리지 가운데 하나.

"옷 속까지 푹 젖은 건 아닌가요?"라고 그녀가 물었더니, 소매를 쥐어짜 보고 양말의 젖은 정도를 가늠해 보고는 탠슬리 씨가 대답했다. "축축한 정돕니다. 완전히 젖진 않았어요."

하지만 진짜 거슬리는 건 그게 아니에요,라고 아이들은 말했다. 얼굴이 못생겼다거나 예의가 없다거나 하는 문제가 아니라, 그냥 그 사람 자체가 짜증 난다고요. 그 사람의 사고방식 말이에요. 사람이든, 음악이든, 역사든, 그 어떤 것이든, 우리가 뭔가 흥미로운 것에 대해 이야기를 할라치면, 아니 심지어 저녁 날씨가 좋으니 밖으로 나가 저녁 바람이라도 쐴까요,라는 말에도, 탠슬리 씨는 그 모든 이야기의 방향을 전환하여 어떤 식으로든 그것을 자기 얘기로 바꾸는 동시에 우리를 폄하하지 않고는 못 배기는 데다, 모든 것을 살가죽을 벗기고 피를 철철 내는 그만의 신랄한 방식으로 난도질하여 어떻게든 우리를 안절부절못하게 만들고서야 만족한다니까요. 아이들은 찰스 탠슬리에 대해 이렇게 불평하곤 했다. 그리고 그는 화랑에 가곤 하는데, 거기서 마주친 사람한테 자기 넥타이가 마음에 드는지 묻는다고 아이들이 말했다. 아니, 그걸 대체 누가 좋아하겠어요? 로즈가 말했다.

저녁 식사가 끝나자마자 램지 부부의 아이들 여덟 명은 식탁 위 스태그 비스킷*이 그러하듯 어느새 슬금슬금 사라져 자신들

---

* 비스킷, 케이크 등을 생산하는 스태그 베이커리(Stag Bakeries)는 스코틀랜드 외(外) 헤브리디스제도의 루이스해리스섬에 위치한 스토너웨이에 근거를 둔 제과점으

의 침실이자, 이 집에서 유일하게 사생활이 보장되며 어느 것이든 무엇이든 터놓고 이야기할 수 있는 그들만의 요새를 찾아가, 탠슬리의 넥타이나 선거법 개정안의 통과,* 혹은 바닷새와 나비들, 혹은 사람들에 관한 이야기들을 주고받았는데, 반면 그저 두꺼운 판때기 하나로 칸을 나누어 놓아 그라우뷘덴의 골짜기에서 암으로 죽어 가는 아버지 걱정에 흐느끼는 스위스 출신 하녀의 울음소리는 물론 움직이는 발소리 하나하나까지 가감 없이 들리는 지붕 밑 방들 안으로는 햇빛이 무람없이 우수수 쏟아져 들어와 크리켓 배트며 플란넬 천이며 밀짚모자며 잉크병이며 물감 통, 그리고 작은 새의 해골까지 환히 비추어 드러냈고, 그것으로 모자라 벽에 핀으로 꽂혀 있는 주름진 해초의 길고 가는 조각들로부터 바다 짠 내와 비린내마저 끌어내었으니, 그것은 또한 해수욕장에서 모래투성이가 되어 온 수건들에서도 풍기는 냄새였다.

갈등과 분열과 의견의 차이와 편견들이 가닥가닥 한데 꼬여 들어가 존재의 기질 그 자체를 형성하는 일, 아아 그런 것을 이렇듯 일찍 시작하다니, 램지 부인은 개탄했다. 그녀의 아이들은 매사 너무 비판적이었다. 정말이지 터무니없는 말들을 잘도 해

로, 1885년에 설립되었다.

* 가장 최근의 개혁 법안은 1884년에 통과되었으며, 영국 대부분의 성인 남성들에게 투표권을 주었다. 기타 투표 개혁은 1832년과 1867년에 통과되었다.

댔다. 그녀는 제임스의 손을 잡고 식당에서 나왔는데, 아이가 제형, 누나들과 함께 가려 하지 않았기 때문이다. 말이야 바른 말이지, 안 그래도 사람들은 충분히 다른데, 그럼에도 굳이 차이를 또 만들어 내려고 하다니. 그건 그녀가 보기에 하등 쓸데없는 짓이었다. 거실 창가에 서서, 그녀는 생각했다. 현실에 존재하는 차이들만으로 충분하지, 암 충분하고말고. 그녀가 그 순간 염두에 둔 것은 빈부와 계급의 차이인바, 그녀가 태생이 고귀한 사람들에게 썩 내키진 않지만 어느 정도 존경을 표한 까닭은 자신의 혈맥에 다소 가공되었으나마 바로 그 고귀한 이탈리아 가문의 피가 흘렀기 때문이었다. 19세기 영국의 상류사회에 흩뿌려진 그 가문의 딸들은 혀짤배기소리로 영어를 무척이나 매력적으로 발음하며 대단히 거침없이 사교계를 휩쓸었는데, 그녀의 기지(機智)와 태도와 성미 모두 무기력한 영국인이나 냉정한 스코틀랜드인들보다는 바로 그들로부터 연원한 것들이었다. 그러나 그녀는 좀 더 심오하게 빈부의 다른 문제에 대해, 그리고 매일 매주 이곳 혹은 런던에서 남편을 잃고 홀로 남겨진 여인이나 힘겹게 생계를 꾸려 가는 아낙 등 이런저런 곤궁한 여자들을 직접 찾아갔을 때 자신의 눈으로 보았던 것들에 대해 곱새겼다. 그런 때에 그녀는 가방을 팔에 끼워 들고, 그 용도로 신중하게 세로선이 그어진 공책 위에 임금과 지출, 고용과 실업 상황을 연필로 적어 내려갔는데, 그렇게 함으로써 더 이상은 자신이 절반은 스스로의 의분(義憤)을 달래기 위한 자기 위안으로서, 그리고 나머지 절반은 호기심을 해소하기 위한 방도로서 자선을 베푸는 그런 사적 차원의 여성*에 그치는 것이 아니라, 훈련되지 않은 지성으로나마 자신이 몹시도 동경하던 바인, 사회 문제를 해명하는 연구자가 될 수 있으리라는 희망을 가졌던 것이다.

빈부와 계급의 차이란 해결할 수 없는 문제가 아닐까? 제임스의 손을 잡고 그곳에 서서 그녀는 그런 생각을 했다. 아이들이 조롱하던 그 젊은이가 어느새 그녀를 따라 거실로 들어왔었는지, 탁자 옆에 어색하게 서서 자신이 소외되어 있음을 온몸으로 느끼며 무언가를 초조하게 만지작거리고 있는 것을, 그녀는 굳이 돌아보지 않아도 알 수 있었다. 다른 사람들은 모두 어디론가 가 버렸다. 아이들도, 민타 도일과 폴 레일리도, 어거스터스 카마이클도, 그녀의 남편도, 모두 사라지고 없었다. 그래서 그녀는 한숨을 쉬며 돌아서서 말했다. "나와 동행해도 지루하지 않을 것 같다면, 같이 갈래요, 탠슬리 씨?"

그녀는 읍내에 그저 그런 볼일이 하나 있었다. 써야 할 편지가 한두 통 있어요. 아마 10분이면 될 거예요. 모자도 써야 하고요. 그리고 그녀가 바구니와 양산을 챙겨 10분 후에 그곳에 다시 나타났을 때, 그녀는 외출할 마음의 준비가 되어 있다는 느낌을, 나들이를 위해 갖출 것을 다 갖춘 느낌을 뿜어내고 있었다. 그러나 탠슬리와 함께 테니스 코트 잔디를 지나다가 그녀는 기어이 가던 길을 잠시 멈춰야 했다. 그곳에서 햇볕을 쬐고 있는 카마이

---

* 원문은 'a private woman'으로, '공적인 남성'(a public man)과 대비되는 개념이다.

클 씨에게 혹시 필요한 건 없는지를 물어보기 위해서였다. 카마이클 씨는 고양이 눈을 닮은 노란 눈을 살짝 뜨고 있었고, 고양이의 눈이 그러하듯 그 눈은 외부의 나뭇가지가 움직이거나 구름이 이동하는 모습을 비추면서도 내면의 어떤 생각이나 감정에 대해서는 그 무엇도 전혀 드러내지 않았다.

우린 긴 여정에 오른 참이거든요. 그녀가 웃으며 말했다. 읍내에 다녀오려 해요. "우표랑 편지지 좀 사다드릴까요? 아니면 담배라도?" 그의 옆에 서서 그녀가 제안했다. 하지만 그의 대답은 '아니'였다. 그는 아무것도 원하지 않았다. 양손을 깍지 껴 살이 두둑이 오른 널따란 배 위에 얹은 채, 그는 이러한 기분 좋은 호의에 (그녀는 유혹적이었지만 다소 긴장한 모습이었다) 마치 상냥히 대답하고 싶은 듯 눈을 깜박였으나 대답을 할 수가 없었던 까닭은, 마침 그가 행복을 기원하는 광대하고 자비로운 무기력 상태로 그들 모두를, 나아가 집 전체를, 온 세계를, 그리고 그 안의 사람들 모두를 말없이 끌어안는 회녹색* 졸음에 잠겼기 때문이었다. 점심 식사 때 자기 잔에 무언가를 몇 방울 슬쩍 넣더라고요. 아이들은 우유처럼 희었을 그의 턱수염과 콧수염에 그 진노랑의 선명한 줄이 생긴 원인이 바로 그것이라고 생각했다. 난 아무것도 필요 없소. 그가 웅얼거렸다.

위대한 철학자가 되었어야 할 사람인데 말이에요. 두 사람

* 아편의 재료인 양귀비는 잎과 줄기가 회녹색이다.

이 어촌으로 향하는 길을 내려갈 때, 램지 부인이 말했다. 하지만 불행한 결혼을 했죠. 검정색 양산을 아주 똑바로 세워서 들고, 마치 길모퉁이만 돌면 누군가를 곧 만나기라도 할 것처럼 뭐라 표현할 수 없는 기대감을 드러내고 걸으면서, 그녀가 카마이클 씨의 이야기를 들려주었다. 옥스퍼드 대학에 다닐 때 어떤 여자와 연애를 했대요. 이르게 결혼을 했죠. 생활고를 겪다 인도로 건너가 살기도 했고요. 짧은 시 한 편을 "내가 알기로는 아주 훌륭하게" 번역했다더군요. 아들 녀석들에게 페르시아어나 힌두스타니어*를 기꺼이 가르쳐 주고 싶다고는 하는데, 그게 딱히 쓸모가 있을까요? 그리고는 뭐, 아까 우리가 봤다시피, 저렇게 잔디 위에 줄곧 누워 있답니다.

그는 우쭐해졌다. 줄곧 냉대를 당해 왔던 터라, 램지 부인이 자신에게 이 이야기를 해 주었다는 것이 마음을 달래 주었다. 찰스 탠슬리는 다시금 기운이 났다. 그녀는 또한 남자의 지성이란 쇠락의 단계에서조차 탁월하다는 점과 모든 아내가 (그렇다고 그 여자를 비난하는 건 아니에요. 그들의 결혼 생활도 나름대로 충분히 행복했을 거라 믿어요.) 남편의 노동력에 좌우됨을 암시함으로써, 그 어느 때보다 스스로에 대해 더 만족감을 느끼게끔 해 주었으니, 예컨대 만약 그들이 택시를 잡아탔다면 자기가 요금을 지불하고 싶다는 생각이 들었을 정도였다. 들고 계신 작은 가

* 인도의 주요 언어 가운데 하나.

방 말인데, 제가 들어드릴까요? 아니, 아니에요. **그건** 항상 내가 직접 들어요. 그녀는 말했고, 또한 그렇게 했다. 그래, 그는 그녀에게서 그것을 느꼈다. 많은 것들을, 특히 그 자신도 정확히 짚을 수 없는 이유들로 그를 자극하고 또 그를 불안하게 하는 무언가를 느꼈다. 그는 자신이 박사학위 가운을 입고 휘장을 걸치고 행진하는 모습을 그녀가 보았으면 했다. 대학 연구원직이든, 교수직이든, 그는 자신이 어떤 것이든 할 수 있다고 느꼈고, 스스로를 그렇게 보았다. 그런데 부인은 뭘 보는 거지? 전단지 붙이는 남자를 보고 있군. 한 남자가 펄럭이는 거대한 전단지를 판판하게 벽에 펴 붙이기 시작했다. 솔이 한 번 지나갈 때마다 아주 매끄럽게 펴져 생생한 다리와 굴렁쇠와 반짝이는 빨간색과 파란색 들이 드러나더니, 이윽고 벽의 절반이 서커스 광고로 뒤덮였다. 기수(騎手) 백 명, 공연하는 물개와 사자와 호랑이 스무 마리… 근시인지라 고개를 앞으로 길게 빼내어, 그녀는 그것이 …“이 소도시를 곧 찾아옵니다”라고 소리 내어 읽었다. 팔이 하나밖에 없는 사람이 저렇게 사다리 꼭대기 위에 올라서서 작업하다니 너무 위험하잖아요. 그녀가 외쳤다. 2년 전에 저 남자의 왼쪽 팔이 자동 수확기에 끼어 잘렸다죠.

“우리 모두 갑시다!” 전단지 속의 말과 기수들의 모습에 어린애처럼 크게 신이 난 나머지 외팔이 남자에 대한 방금 전의 연민은 잊은 듯, 그녀가 다시 걸음을 내딛으며 소리쳤다.

“갑시다.” 탠슬리는 그녀의 말을 되풀이했지만, 말하는 스스로를 의식하는 듯 그것을 기계처럼 딱딱하게 발화하여 그녀를 주춤하게 만들었다. "우리, 서커스를 보러 가요." 아니, 그는 그것을 제대로 말할 수 없었다. 그는 그것을 제대로 느낄 수 없었다. 하지만 어째서 그러지 못하는 걸까? 그녀는 의아했다. 지금 그는 뭐가 문제인 거지? 그 순간 그녀는 그에게 따뜻한 애정을 느꼈다. 어릴 때 누가 서커스에 데려간 적이 없나요? 그녀가 물었다. 한 번도요. 자기가 답변하고 싶어 했던 바로 그 질문을 그녀에게 받은 것처럼 그가 대답했다. 그는 마치 자기들이 어쩌다 서커스 구경을 하지 못했는지에 대해 말할 수 있기를 내내 갈망해온 사람 같았다. 대가족이었고, 형제와 누이가 아홉 명이었으며, 그의 아버지는 노동자였다. "아버지는 약제사예요, 램지 부인. 약국을 하나 운영하시죠." 그는 열세 살 때부터 혼자 힘으로 벌어 썼다. 겨울에도 종종 외투 없이 지냈다. 대학에 다닐 때 누군가에게 식사 대접을 받아도 단 한 번도 "친절에 보답할" (그것이 그가 사용한 메마르고 딱딱한 표현이었다) 수가 없었다. 무엇이든 다른 사람들보다 아껴서 두 배로 오래 사용했다. 담배도 제일 싸구려로 피웠다. 섀그.* 선창의 늙은 일꾼들이나 피우는 바로 그 담배. 그는 하루에 일곱 시간씩, 열심히 공부했다. 그는 이제 무언가가 누군가에게 끼친 영향에 관해 이야기하고 있었다. 두 사람은 계속 걸어가는 중이었는데, 램지 부인은 그가 무슨 말을 하는지 썩 잘 알아듣지는 못했고, 그저 여기저기 논문이니, 연구

---

* 조악한 종류의 대담배(담뱃대로 피우는 담배).

원직이니, 부교수직이니, 교수직이니 하는 단어들만 간간이 귀에 들어올 뿐이었다. 그녀는 탠슬리가 입에 기름칠이라도 한 듯 빠른 말로 지껄여 대는 고약한 학술 용어들을 좀처럼 따라갈 수가 없었지만, 서커스에 가자는 말이 어째서 그의 콧대를 꺾었는지, 또한 어째서 그가 곧장 자기 아버지와 어머니와 형제들과 누이들에 대한 그 모든 이야기를 쏟아 냈는지를 이제야 알겠다고 마음속으로 생각했다. 쯧쯧, 젊은이가 딱하기도 하지. 그리고 아이들이 더 이상 그를 비웃지 못하도록 조치를 취해야겠다고 마음을 먹었다. 그녀는 그것에 관해 프루에게 말해 둘 작정이었다. 추측컨대, 그가 좋아했을 법한 화제는 램지 가족과 함께 입센 연극을 보러 갔었던 이야기였을 것이다. 그는 끔찍할 정도로 고루한 사람이었다. 오, 그렇고말고, 아주 견딜 수 없이 따분한 사람이지. 이제 그들이 어느새 읍내에 도착하여, 자갈 깔린 길 위를 이륜마차들이 덜거덕거리며 지나가는 대로에 들어섰음에도, 그의 이야기는 여전히 끝날 줄을 몰랐다. 일정한 직업을 갖고 정착하는 일에 대해, 교수법에 대해, 노동자들에 대해, 우리 자신의 계급을 돕는 일에 대해, 그리고 강의에 대한 이야기들이 이어진 끝에, 그녀는 그가 이제 자신감을 완전히 되찾았고 서커스로 인한 상처에서 회복되었으며, 그것에 관해 그녀에게 말할 참이라는 것을 (그리고 여기서 다시 그녀는 그에게 따뜻한 애정을 느꼈다) 헤아려 짐작했다. 그러나 이쯤에서 양쪽으로 집들이 서서히 드물어지기 시작하더니 그들은 어느덧 부두로 나와 있었고, 그들 앞에 펼쳐져 한눈에 바라다보이는 만의 전경(全景)에 램지 부인은 저도 모르게 감탄하지 않을 수 없었다. “아, 정말 아름다워요!” 거대한 접시에 가득 담긴 듯 넘실넘실한 푸른 물이 그녀 앞에 놓여 있었다. 저 멀리 떨어진 바다 한가운데 회백색 등대가 수수한 모습으로 서 있었다. 그리고 오른쪽으로 시선이 가닿는 끝자락에는 바람에 흐느적이는 야생초들이 들어찬 녹색의 모래 언덕이 부드럽고 낮은 주름으로 경사져 점차 희미해져 갔는데, 그 야생초들은 언제나 인간이 살지 않는 어느 달나라로 달아나는 것처럼 보였다.

저게 바로 남편이 사랑하는 풍경이에요. 그녀가 걸음을 멈추고 말했다. 그녀의 눈이 점점 더 회색빛을 띠었다.

그녀가 잠시 말이 없더니 이윽고, 지금 이곳에 화가들이 와 있다며 말을 이었다. 실제로, 불과 몇 걸음 떨어진 곳에, 파나마모자에 노란 장화를 신은 화가 한 명이, 남자애들 열 명이 지켜보는 와중에도, 조용히, 진지하게, 열중한 채로 서서, 빨갛게 상기된 둥근 얼굴에 깊은 만족감을 드러내며 캔버스를 응시하다가, 관찰이 끝나면 초록색 혹은 분홍색의 폭신한 물감 더미에 붓 끝을 담가 듬뿍 적셨다. 3년 전 폰스포트 씨가 여기를 다녀간 이래로, 모든 그림들이 다 저런 식이죠. 그녀가 말했다. 돛배들은 레몬색, 해변 위의 여자들은 분홍색, 그 외는 초록색과 회색을 쓰는 거요.

하지만 우리 할머니의 친구들만 해도 그림 하나 그리려면 고생이 이만저만이 아니었죠. 화가 옆을 지나갈 때 그림을 조심스럽게 일별하며 그녀가 말했다. 우선 그들은 직접 여러 물감을 배합하여 자기가 원하는 색을 만들어 냈고, 그런 다음 그것을 빻아 가루로 만든 후, 그 위에 젖은 천을 얹어 놓아 촉촉한 상태를 유지해야 했거든요.

그래서 탠슬리 씨는 자신으로 하여금 저 남자의 그림을 뭔가 부족하다고 보게 만드는 것이 그녀의 의도라고 짐작했다. '뭔가 부족하다'고, 그녀가 그렇게 말했던가? 색이 고르게 꽉 차 있지 않네요. 아니면 이렇게 말했던가? 그가 그녀의 가방을 들어 주고 싶었던 정원에서 시작되었고, 자신에 관한 모든 것을 그녀에게 말해 주고 싶었던 읍내에서 불어났으며, 걷는 내내 점점 더 커져 가는 기이한 감정의 영향 아래서, 그는 자기 자신 및 자기가 지금껏 알아 왔던 모든 것이 다소 비뚤어져 있음을 알아 가고 있었다. 그것은 지독히도 이상했다.

어느 갑갑할 정도로 작은 집으로 그를 데려간 그녀는 그 집 여자를 만나러 잠시 위층으로 올라갔고, 그는 응접실에서 그녀를 기다리며 서 있었다. 위에서 그녀의 빠른 발걸음 소리가 들렸고, 그녀의 목소리가 명랑하게 치솟았다가 이내 낮아지는 것이 들렸다. 바닥에 깔린 매트와 차(茶)통과 유리 가림막에 시선을 두었다. 자못 안달하며 기다렸다. 집으로 돌아가는 여정을 간절히 고대했다. 이번에는 꼭 그녀의 가방을 들어 주리라 단단히 결심했다. 그때 그녀가 방 밖으로 나와 문을 닫는 소리, 창문은 열어 두되 문은 닫아 놓아야 하며 필요한 게 있거든 집에 와서 요청하라고 당부하는 소리가 (그녀는 필시 어린아이에게 말하고 있음이 분명했다) 들렸고, 다음 순간 갑자기 아래층에 그녀가 나타나더니 (마치 위층에서는 애써 꾸미어 행동하다가, 지금 잠깐 그녀의 본래 모습으로 돌아오기라도 한 것처럼) 잠시 말없이 서 있었다. 그녀는 가터 훈장의 파란 리본을 단 빅토리아 여왕의 초상화를 배경으로 가만히 서 있었는데, 그때 그는 불현듯 그의 마음에 자리 잡은 그 기이한 감정이 이것임을 깨달았다. 그것은 그녀가 자신이 지금껏 보아 온 중 가장 아름다운 사람이라는 것, 바로 이것이었다.

별처럼 빛나는 눈, 시클라멘과 야생 제비꽃으로 장식된 베일을 쓴 머리가 — 아니 무슨 말도 안 되는 생각을 하는 거지? 아무리 낮잡아도 쉰이야. 아이가 여덟이나 된다고. 그럼에도 그는 머릿속으로 그녀가 꽃밭을 거닐다가 부러진 꽃봉오리와 길 잃은 어린 양을 가슴에 감싸안는 모습을 상상하지 않을 수 없었다. 그녀의 눈에 담긴 별들과 그녀의 머리칼을 어루만지는 바람도 — 그가 그녀의 가방을 가져갔다.

"잘 있어요, 엘지." 그녀가 말했다. 그런 후 그들은 거리로 나왔고, 그녀는 양산을 똑바로 받쳐 든 채 마치 길모퉁이를 돈 곳에서 누군가를 만나길 기대하는 사람처럼 걸었는데, 그러는 동안 찰스 탠슬리는 난생 처음으로 특별한 자부심을 느꼈다. 배수로를 파던 한 남자가 파던 동작을 멈추고 그녀를 쳐다보았다. 팔을 내려뜨린 채 그녀를 넋 나간 듯 쳐다보았다. 찰스 탠슬리는 특별한 자부심을 느꼈고, 바람에 실려 오는 시클라멘과 제비꽃의 향기를 느꼈는데, 난생 처음으로 아름다운 여성과 함께 걷고 있기 때문이었다. 그는 그녀의 가방을 단단히 부여잡았다.

2

“등대로 가는 일은 없을 거야, 제임스.” 창가에 선 그가, 어색한 말투로, 하지만 램지 부인을 존중하여 적어도 목소리만이라도 상냥하게 누이려고 애를 쓰며, 말했다.

밉살맞은 인간 같으니, 램지 부인은 생각했다. 왜 자꾸 저런 말을 하는 거야?

3

“어쩌면 아침에 일어났을 때 눈앞에 햇살이 가득하고 새들이 노래하는 소리가 들릴지도 몰라.” 그녀가 어린 아들의 머리칼을 부드럽게 어루만지며 위로하듯 말했다. 남편이 날씨가 좋지 않을 거라고 신랄하게 말하는 바람에 아이가 많이 속상해하는 걸 알았기 때문이었다. 그녀는 아이가 등대에 가기를 무척이나 열망해 왔음을 알고 있었다. 그런데도 내일 날씨가 좋지 않을 거라는 남편의 신랄한 말로는 충분치 않다는 듯이 이 밉살스러운 젊은이가 거푸 그 얘기를 들먹이는 것이었다.

“어쩌면 내일 날씨가 좋을 수도 있어.” 그녀가 아이의 머리를 부드럽게 매만지며 말했다.

지금 그녀가 할 수 있는 일이라곤 냉장고를 아주 잘 오려 냈다고 칭찬해 주고, 갈큇발이나 손잡이가 달린 갈퀴나 잔디깎이처럼 자르는 데 엄청난 기술과 주의가 필요할 만한 무언가가 나오길 바라며 상품 목록의 종잇장을 넘기는 게 전부였다. 여기 있는 젊은이들은 모두 남편을 어설프게 흉내 내는 것 같다고 그녀는 생각했다. 남편이 비가 올 거라고 말하니까, 다들 틀림없이 폭풍우가 몰아칠 거라고 거드는 것 좀 봐.

하지만 이 지점에서, 그녀가 책장을 넘기며 갈퀴나 잔디깎이 그림을 찾는 일은 갑자기 중단되었다. 일정치 않은 간격으로 파이프를 입에 물었다 빼는 순간을 제외하고 꾸준히 이어지는 거칠고 낮게 웅얼대는 소리는, 비록 (그녀는 창 안쪽 거실에 앉아 있었으므로) 밖에서 무슨 이야기들을 하고 있는지 들리지는 않았지만, 그 남자들이 즐겁게 이야기를 나누고 있음을 그녀에게 계속 확인시켜 주었는데, 이미 30분 동안 계속되었던 이 소리가, 예컨대 배트에 공이 부딪히는 소리나 이따금씩 개가 별안간 날카롭게 짖어 대는 소리, 혹은 아이들이 크리켓 경기를 하며 "이건 어때? 어떠냐고?" 하며 고함치는 소리와 같이 그녀의 머릿속에 검질기게 밀려들어 오는 소리들의 음계 안에 어느덧 편안하게 자리 잡았던 이 소리가 멈추자, 해변 위로 떨어져 부서지는 단조로운 파도 소리가 그녀의 귀에 와 닿았고, 그것은 대개의 경우엔 그녀의 상념에 문신을 새기듯 정연하고 안온하게 부딪쳐 왔기에, 그녀가 아이들 곁에 앉아 그들을 재울 때 몇 번이고 되풀이해 불러 주던 어느 옛 자장가의 노랫말처럼 "내가 널 지킬게, 내가 너의 버팀목이니까"라고 자연이 위로하듯 속삭이는 소리로 들릴 테지만, 또 다른 때에는 느닷없이 예상치 않은 순간에, 특히 마음이 붕 떠서 목전의 일이 손에 잡히지 않을 때면, 그런 친절한 의미를 담기는커녕 째깍째깍 무자비하게 생의 박자를 연타하는 유령의 북소리처럼 들렸으니, 그러한 파도 소리를 들으면서 그녀는 이 섬이 파괴되어 바다에 삼켜지는 상상을 했던지라, 마침 자신의 하루가 빠르게 이어지는 행위들 속에서 순식간에 과거로 미끄러지듯 소실되는 것을 경험한 그녀로서는 인생의 모든 것들이 무지개처럼 덧없다는 경고를 받은 느낌이어서, 다른 여러 소리들에 가려져 희미하게 묻혀 있던 이 파도 소리가 갑자기 자신의 귀에 천둥소리처럼 크게 울리는 순간, 충동적인 공포감에 사로잡혀 고개를 들었던 것이다.

그들이 대화를 멈췄다. 그게 이유였다. 자신을 바짝 틀어쥐었던 긴장에서 한순간에 풀려난 그녀는 쓸데없이 감정을 소모했던 것을 만회하려는 듯 다른 극단의 감정으로 냉담하게 즐거이, 그리고 희미하나마 악의조차 지닌 채, 저 불쌍한 찰스 탠슬리가 무리에서 쫓겨났다는 결론을 내렸다. 그것은 그녀에게 별로 대수로운 일이 아니었다. 남편이 희생제물이라도 요구한다면 (그리고 그는 정말로 요구했는데) 그녀는 어린 아들의 기를 죽인 찰스 탠슬리를 그에게 기꺼이 바칠 요량이었다.

마치 평소 늘 듣던 소리가, 어떤 규칙적인 기계음이, 들리기를 기다리기라도 하는 듯, 그녀는 고개를 든 채로 잠시 더 귀를 기울였고, 다음 순간 반은 말해지듯 반은 읊조려지듯 장단고저가 있는 어떤 소리가 정원에서 시작되어 들려왔는데, 그것이 자기 남편이 테라스를 오가며 노래와 우짖기 사이의 무언가를 하는 소리임을 알고, 그녀는 모든 것이 다 괜찮다고 다시금 확인하며 한 번 더 안도했고, 그제야 무릎 위에 놓인 백화점 상품 목록으로 눈을 내려, 제임스가 온전히 집중해야만 오려 낼 수 있을 것 같은 날이 여섯 개 달린 주머니칼 사진을 찾아냈다.

난데없이 비몽사몽간의 몽유병자가 울부짖듯

총알과 포탄이 폭풍처럼 몰아쳤다네*

어쩌고 하며 커다랗게 불러 젖히는 소리가 그녀의 귀에 지극히 강렬하게 꽂혔고, 그녀는 혹시 다른 사람도 그의 목소리를 들었나 싶어 고개를 돌려 주위를 불안하게 살폈다. 다행히도 그녀의 눈에 띈 사람은 오직 릴리 브리스코뿐이었고, 그렇다면 그것은 문제되지 않았다. 그러나 잔디밭 가장자리에 서서 그림을 그리는 여자를 보니, 릴리가 그림을 그릴 수 있도록 자신이 가능한 한 똑같은 자세로 머리를 움직이지 않아야 한다는 것이 생각났다. 맞아, 릴리가 그림을 그리고 있었지! 램지 부인이 옅게 웃었다. 눈이 중국인처럼 작고 얼굴에 잔주름이 많은 그녀가 결혼하

* 앨프리드 테니슨의 시 「경기병 여단의 돌격」(The Charge of the Light Brigade)의 3연 5행. 1854년 크림전쟁 당시 발라클라바 전투에서, 돈과 혈통으로 지위를 얻은 무능한 지휘관 탓에 수많은 병사들이 죽었다. 사지임을 알면서도 진격한 장교와 병사들의 영웅적 태도는 칭송받았지만, 결과적으로 아무런 성과도 내지 못한 무모한 작전이었다.

는 일은 결코 없을 터였다. 그렇다고 사람들이 릴리의 그림을 매우 진지하게 취급하는 것도 아니었다. 하지만 그녀는 독립심이 강한 젊은 아가씨였고, 그런 이유로 램지 부인은 그녀를 좋아했다. 그래서 릴리와의 약속을 떠올리며, 그녀는 고개를 숙였다.

4

아닌 게 아니라, 램지 씨가 말을 타듯 양손을 모아 흔드는 한편 "우리는 용감히 말을 타고 달렸노라"*라고 외치면서 릴리 쪽으로 달려드는 바람에 그녀의 이젤이 거의 내동댕이쳐질 뻔했으나, 다행히도 그는 부딪치기 직전에 황급히 몸을 틀었고, 그녀는 그가 아마도 발라클라바의 고지 위에서 영광스러운 죽음을 맞이하러 달려가나 보다 하고 생각했다. 어느 누구도 그처럼 우스꽝스러운 동시에 불안한 느낌을 주는 사람은 없었다. 하지만 그가 저렇게 손을 흔들어 대고 시끄럽게 소리치는 한, 그녀는 안전했다. 그는 가만히 서서 그녀의 그림을 보려 하지 않았다. 만약 그랬다면 릴리는 견딜 수 없었을 것이다. 그림의 전체적인 덩어리를, 선을, 색을, 창 안에서 제임스와 함께 앉아 있는 램지 부인을 보는 동안에도, 그녀는 언제 어느 순간 자신이 모르는 새 누

* 앞서 언급되었던 테니슨의 시, 3연 6행.

군가가 슬금슬금 다가와 자신의 그림을 보기라도 할까 봐, 주변에 끊임없이 더듬이를 가동했다. 하지만 지금, 늘 그랬듯 모든 감각을 곤두세운 채, 벽과 그 너머 잭마나*의 색깔이 자기 눈에 깊이 새겨질 때까지 안간힘을 써 주시하면서도, 그녀는 누군가가 집에서 나와 자신을 향해 오고 있음을 인지했지만, 그 발소리를 듣고 어쩐지 윌리엄 뱅크스일 것 같다고 예측했기에, 비록 긴장으로 붓을 쥔 손을 떨면서도 캔버스는 그대로 세워 두었는데, 만약 그 사람이 탠슬리 씨나 폴 레일리나 민타 도일, 혹은 사실상 다른 어느 누구였더라도, 그녀는 그것을 잔디 위에 엎어 놓았을 터였다. 윌리엄 뱅크스가 다가와 그녀의 옆에 섰다.

그들은 마을에서 묵었기 때문에, 이 집에 함께 들어와 나갔고, 늦은 시간에 같이 묵는 집 문간에서 헤어져 각자의 방으로 돌아갔으며, 수프에 대해, 아이들에 대해, 그리고 그들을 동지로 만드는 이런저런 사소한 것들에 대해 이야기를 나누었다. 그래서 그가 지금 자신에 대한 나름의 판단을 가지고 (그는 거의 그녀의 아버지 연배이기도 했고, 식물학자였으며, 아내를 여의고 혼자가 되었지만 비누 냄새가 나는 매우 세심하고 청결한 남자였다) 그녀의 옆에 섰을 때 그녀는 그냥 거기에 서 있었다. 그녀가 신은 구두가 아주 훌륭하다고, 그가 평했다. 발가락을 편하게 펼 수 있

* Jacmanna. 1860년에 서리(Surrey)주 워킹에 있는 잭맨의 보육원에서 처음 생산된 관상용 식물로, 여름과 가을에 꽃이 핀다. 흔히 보라색 클레마티스로 알려져 있다.

는 구두였다. 그녀와 같은 집에서 묵는지라, 그는 또한 그녀가 규칙적인 생활을 한다는 것과 아침 식사 시간 전에 일어나, 그가 알기로는 혼자서 그림을 그리러 나간다는 것을 눈여겨보아 알았고, 짐작건대 가난한 데다 확실히 도일 양처럼 얼굴이 화사하거나 매력적이지는 않았지만, 그럼에도 그의 눈에 릴리가 그 젊은 숙녀보다 돋보인 것은 그녀가 좋은 감각과 식견을 갖고 있기 때문이었다. 예를 들어 지금 램지 씨가 무언가 요란한 몸짓과 더불어 목청 높여 소리치며 그들에게 돌진했을 때, 브리스코 양은 그것이 시의 한 구절임을 이해했다고 뱅크스 씨는 확신했다.

누군가가 큰 실수를 저질렀다네.*

램지 씨가 두 사람을 노려보았다. 그는 딱히 그들을 보지 않는 것처럼 노려보았다. 그러자 두 사람 모두 막연히 어딘가 불편해졌다. 두 사람은 함께 그들이 보지 말아야 할 광경을 보았다. 그들이 사생활을 침범한 것이었다. 그래서 뱅크스 씨가 거의 곧바로 날씨가 쌀쌀하니 어쩌니 말하면서 좀 걷는 게 어떠냐고 제안한 것은 아마도 다른 곳으로 이동하기 위한, 고함 소리가 닿지 않는 곳으로 벗어나기 위한 구실일 거라고 릴리는 생각했다. 그래요, 좀 걸어요. 그녀가 말로는 호응했지만 자신의 그림에서 바

* 앞서 언급되었던 테니슨의 시, 2연 4행.

로 눈을 떼기가 어려워 조금 미적거렸다.

잭마나 꽃은 쨍한 보라색이었고, 벽은 확 튀어 보이는 흰색이었다. 폰스포트 씨가 이곳을 다녀간 이래로 모든 것을 연하게, 우아하게, 반투명하게 보는 것이 유행이었지만, 그녀는 쨍한 보라색을 쨍한 보라색으로 튀는 흰색을 튀는 흰색으로 보았기에, 그 색깔들을 임의로 다르게 칠했다면 정직하지 않다고 생각했을 것이다. 또한 색채 밑에는 형체가 있었다. 꽃과 벽을 쳐다보면, 그 온전한 형체들이 시신경을 호령하듯 그녀의 눈에 너무도 선명하게 보였다. 모든 것이 다 변해 버리는 건 손에 붓을 드는 순간이었다. 눈에 보이는 형상을 캔버스에 옮기려는 바로 그 순간 갑자기 악령이라도 들러붙은 듯 뜻대로 되지 않아 종종 눈물을 흘리는 지경에 이르기도 했고, 머릿속 구상을 작품으로 옮기는 일이 마치 어린아이가 캄캄한 길을 홀로 걷듯 무시무시한 여정이 되기도 했다. 아니, 굳이 악령의 개입 없이도 그녀 스스로 그런 것을 종종 느꼈고, 이런 지독한 방해에도 그녀는 용기를 잃지 않고 "하지만 내가 본 건 이거야. 이게 바로 내가 본 것이야"라고 말함으로써 자신의 눈에 보이는 환상의 딱한 잔상이나마 가슴에 꼭 품으려고 분투했는데, 수많은 강압적 힘들이 그것마저 그녀에게서 빼앗아 가려고 안간힘을 썼다. 그리고 그 춥고 바람 부는 길에서 그녀가 그림을 그리기 시작하는 그런 때, 그런 힘들은 그녀의 다른 것들, 자신이 부족하거나 부적합하다는 느낌, 보잘것없는 처지, 브롬튼가*를 조금 벗어난 곳에서 아버지를 위해 집안 살림이나 꾸리는 현실을 그녀에게 통렬히 인식시켰고, 그녀는 램지 부인의 무릎에 몸을 던지고 부인에게 말하고 싶은 충동을 (천만다행히도, 그녀는 줄곧 그런 충동에 저항해 왔다) 억누르기 위해 무진 애를 써야 했다. 하지만 부인에게 무슨 말을 할 수 있단 말인가? "부인을 열렬히 사모해요"라고? 아니지, 그건 사실이 아니야. 손을 휘저어 산울타리를 가리키고, 집을 가리키고, 아이들을 가리키면서, "이 모든 것과 사랑에 빠졌어요"라고 말해? 어처구니없고, 있을 수도 없는 일이었다. 누구도 자기가 뜻하는 바를 곧이곧대로 말할 수는 없었다. 그래서 이제 그녀는 상자 안에 붓들을 가지런히 정리해 넣고, 윌리엄 뱅크스에게 말을 건넸다.

"갑자기 추워지네요. 햇볕이 좀 약해지는 것 같아요." 주위를 둘러보며 그녀가 말했다. 날이 아직 충분히 밝아, 진녹색 풀이 여전히 부드러운 빛을 머금었고, 보라색 시계꽃들이 초록 덩굴에 감긴 집에서 별처럼 빛났으며, 높푸른 하늘에서 까마귀들의 서늘한 울음소리가 떨어져 내리고 있었다. 그런데 무언가가 움직였고, 순간 번쩍이더니, 공중에서 은빛 날개를 뒤집었다. 어쨌든 9월이었고, 그것도 9월의 한가운데였고, 오후 여섯 시가 지난 저녁 시간이었다. 그래서 그들은 평소 걷던 방향으로 정원을 걸어, 테니스 코트 잔디를 지나고, 팜파스 풀밭을 지나고, 불타오

---

* Brompton Road. 런던 남서부에 위치한 번화한 거리로, 현재 5성급 호텔과 최고급 레스토랑, 백화점 등이 자리하고 있다.

르는 석탄 화로처럼 빨갛게 핀 레드핫포커 꽃들이 호위하듯 둘러싼 두터운 산울타리의 트인 공간 쪽으로 갔는데, 그 사이로 만(灣)의 푸른 바닷물이 그 어느 때보다 더 푸르게 보였다.

그들은 어떤 필요에 이끌려 저녁마다 규칙적으로 이곳에 들렀다. 이곳에 오면 마른 땅에서 정체되었던 상념들이 마치 배가 출항하듯 바닷물에 띄워져 저 멀리 가 버리는 것 같아, 육체적으로도 무언가 물리적인 짐을 덜어 낸 기분이 들었다. 우선은 푸른색으로 만을 가득 채운 맥동하듯 넘실대는 바닷물이 있었다. 그 푸른 맥동과 더불어 심장이 가쁘게 팽창했으며, 몸이 두둥실 미끄러지듯 움직이다, 다음 순간 물결치는 파도 위로 내려앉은 가시 돋친 어둠에 소슬하니 한기를 느끼며 몸을 움츠렸다. 다음엔 거대한 검은 바위 뒤에 거의 매일 저녁 부딪혀 솟구치는 파도가 있었다. 불규칙하게 밀려오는 탓에 기다림이 필요한 광경이었지만, 기다림 끝에 하얗게 흩어져 내리는 분수를 목도하는 건 하나의 기쁨이었다. 그런 다음엔, 다음에 올 하얀 파도 분수를 기다리면서, 어슴푸레한 반원형 해변 위로 끝없이 밀려드는 파도가 진주색 피막을 몇 번이고 계속해서 부드럽게 떨구는 모습을 지켜보았다.

그곳에 서서, 두 사람은 기분 좋은 미소를 지었다. 두 사람 모두 움직이는 파도가 불러일으키고 빠르게 미끄러지는 돛배 한 척이 부추긴 신나고 즐거운 기분을 공유했다. 그렇게 물살을 가르며 만의 만곡부를 썰어 가던 돛배가 어느 순간 멈췄고, 선체가 흔들리는가 싶더니 돛을 떨궜다. 이렇듯 빠른 움직임들을 바라본 후, 그림을 완성시키려는 자연스러운 본능으로, 두 사람은 모두 저 멀리 떨어진 모래 언덕을 쳐다보았고, 그러자 즐거움 대신 슬픔이 얼마간 그들에게 밀려드는 것을 느꼈는데, 부분적으로는 풍경을 바라보는 일이 완료되었기 때문이고, 부분적으로는 (릴리가 생각하기에) 저 먼 곳의 풍경이 그것을 바라보는 사람보다 백만 년은 더 오래 지속될 것이며, 또한 그 풍경이 움직임이 전혀 없는 마른 땅을 내려다보는 하늘과 이미 교감을 나누는 것처럼 보이기 때문이었다.

저 멀리 모래 언덕을 바라보면서, 윌리엄 뱅크스는 램지를 생각했다. 웨스트모얼랜드*의 어떤 길이 떠올랐고, 램지가 그의 맞춤옷 같은 고독을 두른 채 자기 옆에서 길을 걷던 모습이 생각났다. 하지만 윌리엄 뱅크스가 기억하기로는 (그리고 이것은 틀림없이 어떤 실제 사건과 관련이 있을 것이다) 이런 램지의 고독한 산책은 갑자기 맞닥뜨린 암탉 한 마리로 인해 중단되었다. 암탉이 새끼 병아리 떼를 보호하기 위해 양 날개를 옆으로 활짝 펼치자, 램지는 걸음을 멈추고 지팡이로 그 모습을 가리키며, "예쁘군, 참 예뻐"라고 말했고, 뱅크스는 이것이 램지의 마음속을 기묘한 방식으로 조명하여 그의 소박함 및 보잘것없는 것들에 대한 동정심을 보여 주는 일화라고 생각하면서도, 뱅크스 자신에게 그것은 그들의 우정이 그곳, 그 쭉 뻗은 길에서 끝이 났

* Westmorland. 잉글랜드 북서부에 위치한 주.

음을 의미하는 것처럼 보였다. 그 일이 있은 후, 램지는 결혼했다. 결혼 후로는, 이런저런 이유로, 그들의 우정에서 과육이라 할 만한 것이 빠져나갔다. 그것이 누구의 탓인지는 콕 집어 말할 수 없었다. 다만, 얼마간의 시간이 흐른 뒤에는, 교류의 신선함은 사라지고 그저 습관처럼 만남이 되풀이될 뿐이었다. 그들은 그저 만남을 위한 만남만을 반복했다. 하지만 모래 언덕과 나눈 이 무언의 대화에서, 그는 램지에 대한 자신의 애정이 조금도 줄어들지 않았다는 입장을 견지했다. 백 년 동안 토탄(土炭)을 덮고 누워 있는 입술이 새붉은 한 젊은이의 방부된 신체처럼, 그의 우정은 다만 정확히 현실 그대로의 모습으로 만 건너편 모래 언덕 사이에 누워 있었던 것뿐이었다.

그는 이 우정을 지키려고 안달했고, 그것은 어쩌면 마음속으로 자신이 메마르고 위축되어 있다는 혐의에서 벗어나기 위한 몸부림이기도 했다. 램지는 많은 자식들에 둘러싸여 사는 데 반해, 자신은 자식도 없는 홀아비이기 때문이었다. 그는 릴리 브리스코가 (그 나름대로 훌륭한 사람인) 램지를 경멸하지 않기를 몹시 바라면서도, 또한 그녀가 두 사람 사이의 상황을 제대로 이해해 주기를 갈망했다. 램지와 나는 아주 오래전에 친구가 되어 우정을 나누기 시작했소. 그러다 암탉이 자기 새끼들 앞에서 날개를 펼쳤던 웨스트모얼랜드의 어느 길 위에서의 일을 계기로 우리의 우정은 점차 사그라졌지. 그 후 램지는 결혼했고, 우리의 진로는 서로 달라졌소. 확실히 어느 누구의 잘못이라고 할 수는 없지만, 그 뒤로 우리의 만남은 그저 반복되는 습관의 성향을 띠게 되었지요.

그래. 그렇게 된 거지. 그가 회상을 마쳤다. 풍경에서 시선을 돌렸다. 그리고 몸을 돌려 반대 방향으로 되짚어 걸어가 진입로에 올라서서, 뱅크스 씨는 저 모래 언덕들이 입술을 붉게 물들이고 토탄 속에 안치된 그의 우정의 실체를 그에게 드러내 보여주지 않았다면 아무 느낌 없이 지나쳤을 것들에 대해 기민하게 의식했다. 이를테면 램지의 어린 막내딸 캠에 대해서도. 캠은 제방 위에서 스윗알리섬 꽃을 꺾고 있었다. 성격이 거칠고 사나운 아이였다. "저 신사 분에게 꽃을 드리라"는 보모의 말에도, 아이는 꽃을 주려 하지 않았다. 싫어! 싫어! 싫단 말이야! 아이는 주먹을 꼭 쥐고 발을 굴렀다. 그러자 뱅크스 씨는 나이 든 느낌이 들었고, 서글퍼졌으며, 급기야는 아이가 램지와의 우정이 잘못된 것을 어쩐지 그의 탓으로 돌리는 것처럼 느껴졌다. 그는 메마르고 위축된 게 분명했다.

램지 부부가 부유하지도 않으면서 용케 살림을 꾸려 가는 것을 보면 참 대단해 보여요. 자식이 여덟이나 되는데 말이오. 철학을 해서 여덟 아이를 키우다니! 그 아이들 가운데 또 한 명이, 이번에는 재스퍼가, 두 사람 옆을 한가로이 지나쳐 가고 있었고, 그렇게 지나는 길에 마치 펌프 손잡이를 아래위로 흔들듯 릴리의 손을 흔들며 태평하게 새총으로 새를 쏘러 간다고 말했고, 그 모습에 뱅크스 씨는 그녀더러 아이들이 당신은 좋아하는군, 하고 씁쓸히 말하지 않을 수 없었다. 저 "대단한 녀석들", 모두 훌쩍 자라 까다롭고 굽힐 줄 모르는 아이들이 일상적으로 소모하는 구두와 양말에 들어가는 비용은 말할 것도 없이, (맞아요, 아마 램지 부인에게도 본인 소유의 재산이 얼마간 있겠지요) 이제 교육 문제도 고려할 때가 되었지요. 어느 애가 어느 애인지, 혹은 누가 손위고 누가 동생인지 여간 헷갈리는 게 아니라오. 그래서 난 혼잣속으로 그 아이들을 영국의 왕과 여왕들의 별칭을 따서 부르지요. 심술궂은 여왕 캠, 무자비한 왕 제임스, 정의로운 왕 앤드루, 아름다운 여왕 프루, 이렇게 말이오. 프루는 분명 미인이 될 거요. 안 될 수가 없지. 그리고 앤드루는 아주 총명해요. 릴리 브리스코는 (아이들 모두에 대해 애정을 갖고 있었고, 이 세계를 몹시 사랑했기 때문에) 그의 이런저런 말들에 대해 그렇다, 아니다,라고 말하거나, 아이들에 대한 옹호의 말을 얹어 마무리하기도 했다. 이렇듯 릴리와 함께 진입로를 따라 걷는 동안, 뱅크스는 램지의 처지를 고찰했고, 마치 램지가 날개를 펼쳐 새끼 병아리를 보호하던 그 암탉처럼 스스로 가정생활이라는 짐을 지기 위해 젊은 시절 그를 최고의 자리에 올려놓은 고립과 금욕이 낳은 모든 영예를 벗어던지는 모습을 직접 보기라도 한 것처럼 그를 동정했고, 그를 부러워했다. 아이들은 분명 램지에게 무언가를 주었다. 윌리엄 뱅크스도 그것은 인정했다. 캠이 그의 외투에 꽃을 꽂아 주었거나 폭발 중인 베수비오산의 사진을 보기 위해 자기 아버지에게 하듯 그의 어깨를 타고 올랐다면 기분이 꽤 좋았을 것이다. 하지만 램지의 오랜 친구들은 아이들이 무언가를 훼손하기도 했다고 느낄 수밖에 없었다. 모르는 사람이라면 지금의 그를 과연 어떻게 생각할까? 이 릴리 브리스코라는 여성은 어떻게 생각할까? 그에게 어떤 습관적 기질들이 생겼다는 걸 못 알아볼 수 있을까? 이를테면 기이한 성벽이라든가 약점 같은 것? 그만큼 대단한 지적 능력을 가진 남자가 그처럼 비굴해질 수, 아니, 그건 지나치게 가혹한 표현이고, 그처럼 사람들의 칭찬에 많이 의지한다는 게 무척이나 놀라울 따름이었다.

"오 하지만," 릴리가 말했다. "그가 이뤄 낸 성취를 생각해 보세요!"

"그의 성취에 대해 생각할" 때마다, 언제나 눈앞에 커다란 식탁이 분명하게 보였다. 다 앤드루 탓이었다. 릴리는 그에게 아버지가 쓰신 책들의 주제가 무엇이냐고 물은 적이 있다. 그에 대해 앤드루는 "주체와 객체 및 실제의 본질"이라고 대답했었다. 그리고 그녀가 저런, 난 그게 무엇인지 전혀 짐작이 가질 않는구나,라고 말했을 때, 앤드루가 그녀에게 일렀다. "그렇다면 식탁을 생각해 보세요. 당신이 부엌에 있지 않을 때요."

그래서 램지 씨가 이룬 성취를 생각할 때면, 릴리의 눈엔 언제나 원목 식탁이 보였다. 그들이 어느덧 과수원에 도착해 있었으므로 이제 그 식탁은 한 배나무의 갈라진 가지 사이에 자리 잡았다. 고통스러울 정도의 집중력을 동원하여, 그녀는 은빛 돌기가 오돌토돌한 나무껍질이나 물고기 모양의 이파리가 아닌 환영(幻影)의 식탁에다 온 정신을 모았다. 그것은 나뭇결이 살아 있고 옹이 자국이 뚜렷하며, 수년간의 사용에도 흠 없이 온전하고 단단한 모양새로 그 장점을 제대로 드러내 주는 것 같은 폭넓은 원목 탁자들 가운데 하나였다. 그리고 누군가가 붉은 석양을 머금은 구름과 푸른 하늘과 은빛의 배나무가 함께하는 멋진 저녁들을 이렇듯 다리 네 개 달린 흰 가문비나무 탁자 하나로 환원시키는 일로, 이렇듯 각진 사물의 본질을 인식하는 일로 자신의 하루하루를 보낸다면 (그리고 그렇게 하는 것 자체가 가장 훌륭한 정신의 소유자임을 드러내는 증거인데) 당연히 아무도 그 사람을 평범한 사람이라고 판단하지는 않을 것이다.

뱅크스 씨는 "그가 이뤄 낸 성취를 생각해 보라고" 당부한 그녀가 마음에 들었다. 그는 그것에 대해 자주 생각했었다. 헤아릴 수 없을 만큼 몇 번이고, 그는 "램지는 마흔이 되기 전 최고의 성취를 이룰 사람"이라고 말했었다. 램지는 그가 겨우 스물다섯의 나이에 저술한 얇은 책 하나로 철학에 확고한 기여를 했어요. 그 뒤에 나온 책들은 거의 앞선 책을 확장하거나 재탕하는 수준에 지나지 않았소. 하지만 그게 무엇이 되었든, 어떤 분야에서 확고한 기여를 한 사람은 극소수에 불과해요. 그가 배나무 옆에서 걸음을 멈추며 말했다. 깨끗이 솔질된 옷을 입은 그는 빈틈없이 정확하고 절묘하게 공정했다. 갑자기, 마치 그가 손을 움직여 그것을 풀어놓기라도 한 듯이, 그녀의 안에 쌓이고 쌓였던 그에 대한 인상이 무게를 못 이겨 기우뚱하더니, 그녀가 그에 대해 느낀 모든 감정들이 마치 산사태처럼 묵직하게 쏟아져 내렸다. 그것은 하나의 자극적인 감각이었다. 그러자 이번에는 그란 존재의 본질이 증기처럼 피어올랐다. 그것은 또 다른 자극적인 감각이었다. 그의 본질에 대한 인식이 너무도 강렬한 나머지, 그녀는 자신이 그 자리에 못 박힌 것 같은 느낌이 들었다. 그것은 그의 엄격함이었고, 그의 선량함이었다. 나는 모든 면에서 (그녀는 속으로 그에게 말했다) 당신을 존경해요. 당신은 허영심이 없어요. 사심도 전혀 없죠. 램지 씨보다 더 훌륭해요. 내가 아는 가장 훌륭한 사람이에요. 당신은 아이도 없고 아내도 없죠. (어떤 성적인 사심 없이, 그녀는 그의 고독을 소중히 보듬어 주고 싶었다.) 당신은 일생 동안 과학에 매진했어요. (그녀는 저도 모르게 현미경 슬라이드 위에 놓인 감자 박편(薄片)을 눈앞에 떠올렸다.) 당신에게 칭찬은 오히려 모욕이겠죠. 당신은 관대하고, 순수하고, 영웅적인 남자예요! 하지만 동시에, 그녀는 그가 이곳까지 자신을 시중들 하인을 데려온 것이며, 개가 의자에 올라오는 것을 용납하지 않던 것이며, 채소가 짜다는 둥 영국 요리사들은 사악하기 짝이 없다는 둥 (램지 씨가 문을 쾅 닫고 뛰쳐나갈 때까지) 몇 시간이고 지루하게 불평을 늘어놓던 것을 기억했다.

그렇다면 이 모든 것으로 도대체 어떤 결론이 도출되는 걸까? 어떻게 사람들을 판단하고 평가하는 걸까? 어떻게 이런저런 인상을 합쳐서 자기가 느끼는 감정이 호인지 불호인지를 판단하는 걸까? 그리고 결국 그러한 말들에 어떤 의미가 부여되는 걸까? 배나무 옆에서 누가 봐도 못 박힌 듯 멈춰 선 그녀에게 그 두 남자에 대한 인상들이 쏟아져 들어왔고, 그녀의 상념을 좇는 것은, 말하는 속도가 너무 빨라서 연필로 일일이 받아 적을 수 없는 어떤 목소리를 좇는 것과 같았는데, 그 목소리는 명백하고 영원하고 상충되는 것들에 대해 부추김 없이 말하는 그녀 자신의 목소리여서, 배나무 껍질의 갈라진 틈과 튀어나온 혹조차도 영원히 그곳에 돌이킬 수 없이 고정되었다. 당신은 도량이 커요. 그녀가 말을 이었다. 하지만 램지 씨는 전혀 그렇지 않죠. 그는 옹졸하고 이기적이고 허영심 많고 자기중심적이고 성격이 아주 제멋대로예요. 독재자죠. 램지 부인은 그의 뜻을 맞춰 주며 사느라 결국 지쳐 죽을 거예요. 하지만 그에겐 당신에게 (그녀가 뱅크스 씨를 향해 말했다) 없는 것이 있어요. 바로 맹렬한 비세속성이죠. 그는 일상의 소소한 일들에 대해선 정말 아무것도 아는 게 없으니까요. 그는 개를 사랑하고 자신의 아이들을 사랑해요. 당신에겐 한 명도 없는 아이가 그에겐 여덟이나 되죠. 요전 날 밤 그가 외투를 두 벌이나 껴입고 내려왔을 때, 램지 부인이 푸딩 그릇을 받치고 그의 머리를 다듬어 주지 않았던가요? 이 모든 상념이 우쭐우쭐 춤을 추었다. 릴리의 마음속에서, 그리고 램지 씨의 지성에 대한 그녀의 깊은 존경심을 상징하는 그 원목 식탁의 허상이 여전히 걸린 배나무 가지 주변에서도, 각각 따로따로이면서도 전체가 눈에 보이지 않는 고무 그물 안에서 경이롭게 통제되는 각다귀 떼처럼, 그것은 들썩들썩 춤을 추었다. 꼬리에 꼬리를 무는 그녀의 상념이 점점 더 빠르고 격렬하게 회전했고, 급기야는 그 힘을 이기지 못해 폭발했다. 그녀는 해방감을 느꼈다. 그런데 바로 그때 가까이에서 총소리가 크게 났고, 어디선가 겁먹은 찌르레기 떼가 야단스레 법석을 떨며 날아올랐다.

"재스퍼로군!" 뱅크스 씨가 말했다. 두 사람은 찌르레기 떼가 날아간 테라스 방향으로 발길을 돌렸다. 하늘에서 빠르게 날던 새들이 흩어진 후, 그들은 높은 산울타리 틈새를 통해 걸어 들어

가다, 마침 그들 쪽을 향해 우렁찬 목소리로 "누군가가 큰 실수를 저질렀다네!"라는 시구를 비장하게 낭송하던 램지 씨를 정통으로 맞닥뜨렸다.

북받치는 감정으로 일렁이고 강렬한 비장감으로 사뭇 도전적이 된 그의 눈이 순간적으로 그들의 눈과 마주쳤고, 이내 그들을 거의 알아본 듯 흔들렸으나, 다음 순간 마치 고통스러울 정도로 언짢고 수치스러운 나머지 그들의 평범한 시선을 외면하려는 듯, 아예 먼지처럼 떨어내 버리려는 듯, 손을 들어 얼굴을 반쯤 가렸다. 그는 마치 만남을 피할 수 없음을 스스로 알고 있음에도 그들에게 잠시 그것을 보류해 달라고 애걸하듯, 마치 그들이 자신을 방해한 것에 대해 자신이 어린애 같은 분노를 느끼고 있음을 그들에게 각인시키려는 듯, 그렇지만 이렇게 들킨 순간조차도 완전히 패퇴하지 않고 이 감미로운 감정의 무언가를, 자신이 부끄러워하면서도 한껏 즐기던 이 불순한 광시곡의 무언가를 계속 고수하겠노라고 결심한 듯, 그는 그들에게서 갑자기 몸을 홱 돌림으로써 그들의 면전에 대고 자기만의 문을 쾅 닫아 버렸다. 그러자 민망해진 릴리 브리스코와 뱅크스 씨는 어색하게 하늘을 올려다보았고, 재스퍼가 총으로 패퇴시켰던 찌르레기 떼가 어느새 느릅나무 꼭대기에 자리 잡은 것을 발견했다.

5

"그리고 설사 내일 날씨가 좋지 않더라도," 램지 부인이 말했다. 고개를 든 그녀의 시선이 마침 지나가던 윌리엄 뱅크스와 릴리 브리스코에게 잠시 가 닿았다. "다른 날이 있지 않겠니? 자 이제," 주름진 작고 하얀 얼굴에 가늘고 눈꼬리가 살짝 치켜 올라간 중국인 눈매가 릴리의 매력이라고 생각하며 그녀가 말했다. 하지만 똑똑한 남자여야 그 매력을 알아볼 테지. "자 이제 일어서 보렴. 다리 길이 좀 재어 보자." 어쩌면 결국 등대에 갈 수 있을지도 모르니까. 그리고 양말이 삼 센티미터나 오 센티미터 정도 더 길어야 하지는 않는지 직접 다리에 대어 보고 확인해 봐야 했다.

바로 이 순간 (윌리엄과 릴리가 결혼해야 한다는) 감탄스러운 발상이 뇌리에 번득 스친 까닭에 빙그레 웃음을 지으며, 그녀는 헤더 믹스처*로 짠 양말을 들어 제임스의 다리에 대어 보며 길이를 가늠했다. 양말 주둥이에는 강철 뜨개바늘 두 개가 십자 모양으로 교차된 채 꿰어 있었다.

"아들, 가만히 서 있어 봐." 그녀가 말했다. 엄마가 그 등대지기의 어린 아들을 위해 양말을 짜 주는 것도 질투가 나는데, 측

---

* 혼색실의 방모사 또는 그런 실로 짠 옷을 가리킨다. 헤더는 스코틀랜드 황야에 자생하는 관목인 히스 종류의 총칭으로, 가을이 되면 잎이 황, 적, 주황, 갈색 등을 띤다.

정 도구 노릇까지 해야 하는 게 영 마뜩잖았던 제임스는 일부러 몸을 움직거리며 산만하게 굴었다. 자꾸 그렇게 움직이면 양말이 너무 긴지 짧은지 엄마가 어떻게 재 볼 수 있겠니? 그녀가 핀잔했다.

자신의 소중한 막둥이가 대체 무엇에 씌었기에 이러는가 싶어 그녀는 아이를 올려다보았고, 그러다 보니 시선이 방에도, 의자에도 가 닿았다. 방도 의자도 끔찍할 정도로 허름해 보였다. 앤드루가 일전에 말했듯이 찢긴 의자들 속이 다 터져 나와 바닥에 온통 널려 있었다. 하지만 어차피 겨울이 되면 이 집을 지키는 사람은 할멈 한 사람뿐이고 겨울 내내 온 집안이 사실상 습기로 축축해져서 이곳에 의자를 새로 사 놓은들 결국 상하기나 할 텐데 좋은 의자를 사는 게 무슨 의미가 있을까? 그녀는 자문했다. 신경 쓰지 말자. 집세는 거저나 다름없고,* 아이들도 이 집을 좋아하고, 서재와 강의와 제자들로부터 오천 킬로미터, 아니 정확해 말해, 오백 킬로미터† 떨어져 있는 것이 남편 건강에도 이롭고, 손님들이 묵을 공간도 넉넉하지 않은가. 깔개, 캠프용 접이침대, 런던에서는 쓰임이 다해 형해만 남은 의자와 탁자

---

* 원문은 "twopence half-penny"이다(2와 2분의 1펜스).

† 원문은 각각 3,000마일, 300마일이고 따라서 대략 4,800킬로미터, 480킬로미터이지만, 이 부분에서는 정확한 수치가 중요하지는 않으므로 반올림한 숫자로 번역하기로 한다.

들도 이곳에서는 충분히 역할을 했다. 그리고 사진 한두 점과 책들. 어쩐지 책이 저절로 불어나는 것 같다고 그녀는 생각했다. 하지만 나는 도무지 책 읽을 시간이 없는걸. 아아! 안타깝게도 그녀는 시인 본인이 직접 서명해서 증정해 준 책들조차도 읽지 못하고 있었다. "소망하는 바가 모두 이루어지길." … "우리 시대의 더 행복한 헬렌*에게"라고 적혀 있었지. 말하기 부끄럽지만, 그녀는 그 책들을 결코 읽은 적이 없었다. 그리고 크룸이 쓴 마음에 관한 책과 베이츠가 쓴 폴리네시아의 야만적 풍습에 관한 책도 있었지. ("아들, 가만히 좀 서 있으라니까." 그녀가 나무라듯 말했다.) 두 권 모두 등대로 보낼 만한 책은 아니었다. 어느 때가 되면 집이 너무 허름해져서 뭔가 조치를 취하긴 해야 할 거라고 그녀는 생각했다. 아이들이 해변에서 놀다 집으로 들어오기 전 모래를 털어 내고 발을 닦는 법만 배워도, 아주 대단한 효과를 볼 텐데. 하지만 앤드루가 정말로 게를 집에 갖고 들어와 해부하고 싶다 하면, 허락해 줘야지 별 수 있나. 재스퍼가 해초로 수프를 만들 수 있다고 우기면, 그걸 막을 도리는 없겠지. 로즈가 조개껍질이나 갈대나 돌멩이를 주워 오는 것도 뭐 어쩌겠어. 아이들 모두가 각자 다른 방식으로 재능을 타고난 탓인걸. 그리고 이게 그 결과겠지. 그녀는 양말을 제임스의 다리에 갖다 댄 채 바닥에서 천장까지 방 전체를 눈으로 훑고는 한숨을 쉬었다. 매번

* 트로이 전쟁을 촉발시킨 미녀 헬렌을 가리킨다.

여름을 지날 때마다 모든 게 갈수록 허름해졌다. 깔개도 색이 바랬고, 벽지가 떨어져 펄럭였다. 벽지에 원래 장미 무늬가 있었다는 걸 알아보는 사람은 이제 없었다. 그럼에도 집 안의 문이란 문은 죄다 늘 열려 있으니, 스코틀랜드 전역을 뒤져 걸쇠를 고칠 만한 자물쇠 수리공을 찾아내지 못한다면, 물건이 멀쩡하기란 불가능했다. 고급 녹색 캐시미어 숄을 액자 가장자리에 둘러놓은들 무슨 소용이 있을까? 2주도 못가 완두콩 수프 색깔이 될 텐데. 하지만 정말 짜증나게 하는 것은 문이었다. 문이란 문은 죄다 열려 있었다. 귀를 기울여 보았다. 거실 문이 열려 있었다. 현관문도 열려 있었다. 소리로 가늠해 보건대 침실 문도 열려 있는 듯했다. 그리고 층계참의 창문은 확실히 열려 있을 텐데, 왜냐하면 그녀가 직접 열어 두었기 때문이다. 창문은 열어 두어야 하고, 문은 닫아 놓아야 한다. 그렇게 간단한 것을, 도대체 왜 아무도 기억하지 못한단 말인가? 이따금 밤에 하녀들의 침실에 들어가 보면 창문이 꽉 닫혀 있어 오븐 속인 듯 후끈했다. 스위스에서 온 마리의 방만은 예외였는데, 그 애는 평소 목욕 없이는 그냥저냥 살아도 신선한 공기 없이는 견딜 수 없다는 아이였기 때문이다. 그때 그 애는 말했었다. 고향에서는 "산이 정말 아름다워요". 그 애는 어젯밤에도 눈에 눈물을 가득 담은 채 창밖을 내다보며 그렇게 말했다. "산이 너무 아름다워요." 그 애의 아버지가 그곳에서 죽어 가고 있음을 램지 부인은 알고 있었다. 그는 곧 이승을 떠나 자기 아이들을 아비 없는 아이들로 만들려 하고 있었다. 그 애가 그 말을 했을 때, 이런저런 꾸지람과 함께 (프랑스 여자처럼 손을 재게 쥐고 펴며 어떻게 침대를 정리하고 어떻게 창문을 여는지) 시범도 보이려던 램지 부인은, 마치 쏟아지는 햇살을 맞으며 한 차례 비행을 마친 후에는, 새가 날개를 조용히 접고 그 깃털의 푸른색마저 눈부신 강철빛에서 부드러운 보랏빛으로 변하듯이, 조용히 모든 것을 접었다. 그녀는 달리 아무 할 말이 없었기에, 그저 그곳에 말없이 서 있었다. 그 애의 아버지는 목에 암이 생겼다. 자신이 그때 거기서 그저 서 있던 것이며, 그 애가 "고향의 산은 정말 아름다워요"라고 말했던 것이며, 아무런 희망도, 정말이지 아무런 희망도 없다는 것을 떠올리자, 그녀는 발작적인 짜증이 났고, 제임스에게 날을 세워 말했다.

"가만히 서 있으랬잖아. 성가시게 왜 이러니." 그래서 그는 어머니가 정말로 화가 났음을 즉각적으로 알아차렸고, 얼른 똑바로 섰다. 그제야 그녀는 치수를 제대로 비교해 볼 수 있었다.

솔리의 어린 아들이 제임스보다 성장이 더디다는 사실을 고려해도, 양말은 최소 일 센티미터 이상이 짧았다.

"너무 짧은데." 그녀가 말했다. "아직 너무 짧아."

지금껏 어느 누구도 그렇게 슬퍼 보인 적은 없었다. 해밝은 곳에서 바닥 깊은 심해까지 내리비추는 빛줄기의 중간 어름, 캄캄한 어둠 속에서, 어쩌면 쓰리고 암울한 눈물방울 하나가 맺혔다가, 똑 하고 떨어졌을지도 모른다. 그 바람에 물이 이리저리 요동치다, 이내 그것을 받아들이고 잔잔해졌을지도 모른다. 그렇게 슬퍼 보이는 사람은 이제껏 없었다.

그런데 표정만 그렇게 보이는 것뿐일까요? 사람들이 숙덕거렸다. 그 뒤에 무엇이 있을까요? 그녀의 미모와 화려함 뒤에 말이에요. 남자가 총으로 자기 머리를 날려 버렸다죠? 그는 그렇게 죽었다죠? 자기들끼리 물었다. 두 사람의 결혼을 일주일 앞두고 말이에요. 다른 사람이라든가, 전 애인이라든가 그러던데. 그 사람에 관한 소문이 누군가의 귀에도 들어갔겠죠? 아니면 혹시 그런 일 따윈 아예 없었던 걸까요? 비길 데 없이 아름답다는 것 외엔 아무것도? 그녀는 그런 아름다움이라는 장막 뒤에 살면서 그것을 어지럽히는 어떤 일도 하지 않는다면서요? 주변 사람들과 교류하면서 누군가의 정열적인 연애 이야기라든지, 실패로 끝난 사랑 이야기라든지, 야망이 좌절된 이야기 등, 어쩌다 내밀한 대화를 나누는 순간이 올 때, 필시 그녀도 역시 그런 이야기들을 알고 있다거나 이런저런 감정을 느꼈다거나, 혹은 직접 겪어 본 적이 있다는 등의 말을 꺼내 놓을 법한데도, 그녀는 아무런 말도 하지 않았기 때문이다. 그녀는 언제나 말이 없었다. 그때에도 그녀는 알고 있었다. 굳이 알아내지 않고도 알았다. 그녀의 꾸밈없이 단순한 성격은 약삭빠른 사람들이 어떻게 거짓을 만들어 내고 사실을 왜곡하는지를 간파해 냈다. 품성이 외곬으로 단순했기에, 그녀는 돌처럼 수직으로 낙하하여 새처럼 정확하게 내려앉았고, 또한 그 한결같은 마음에 힘입어 자연히 그녀의 영혼은 헤맴 없이 단번에 진실 위로 안착했는데, 그것은 어쩌면 거짓되게 그녀를 즐겁게 하고 안심시키고 지탱해 주는 진실이었을 수도 있다.

("자연이 부인을 빚을 때 사용한 것과 같은 점토는 이젠 찾기

힘들지요." 언젠가 전화기 너머에서 들려오는 그녀의 목소리를 듣고 굉장한 감동을 받은 뱅크스 씨가 말했다. 그때 그녀는 그저 그에게 열차 관련 정보를 알려 주고 있었을 뿐이었다. 그는 전화선 너머 그녀의 모습을 눈앞에 그렸다. 파란 눈의 곧은 코를 가진 그리스인 같은 얼굴. 그런 여자와 현대 문명의 이기인 전화기를 통해 말을 나누고 있다는 것이 어울리지 않게 느껴질 정도였다. 아스포델 초원*에 모인 미의 세 여신들†이 힘을 모아 그 얼굴을 조형한 것 같았다. 그래요, 10시 30분에 유스턴에서 기차를 탈 예정입니다.

"하지만 그녀는 어린애보다도 더 자신의 아름다움에 대한 자각이 없는 편이지." 뱅크스 씨가 수화기를 제자리에 놓으며 중얼거렸다. 그런 다음 방을 가로질러 창가로 다가가 자신의 집 뒤에서 일꾼들이 짓고 있는 호텔 건물이 어느 정도로 모양을 갖춰 나가고 있는지를 살펴보았다. 미완의 벽들 사이에서 벌어지는 그 시끄럽고 어수선한 움직임들을 바라보면서, 그는 램지 부인에 대해 생각했다. 언제나 그 조화로운 얼굴과는 어우러지지 않는 무언가가 있다는 생각이 들었기 때문이다. 그녀는 머리 위에

* 고대 그리스 지하세계의 한 부분으로 평범한 영혼들이 사후에 살도록 보내지는 곳이다. 아스포델은 흰 수선화와 동일시되기도 한다.

† 삼미신(The Three Graces). 그리스 신화에서 제우스와 에우리노메 사이에서 태어난 에우프로시네, 아글라이아, 탈리아 세 여신을 가리킨다.

사냥 모자를 아무렇게나 툭 얹기도 했고, 고무덧신을 신고 잔디밭을 급히 질러가 위험에 빠질 뻔한 아이를 낚아채 안아 올리기도 했다. 따라서 설사 사람들이 생각하는 것이 다만 그녀의 아름다움뿐이라 해도, 그들은 반드시 흔들려 움직이는 것, 다시 말해 살아 생동하는 것을 떠올려야 하고, (그가 지켜보고 있을 때, 일꾼들이 작고 두꺼운 널판 위에 벽돌을 쌓아 나르고 있었다) 그것을 그들이 생각하는 그녀의 초상 속에 함께 구현해야 한다. 그게 아니라 만약 사람들이 그녀를 단순히 한 여성으로 생각한다 해도, 그들은 그녀에게 어떤 별스러운 성벽을 부여하거나, 혹은 마치 그녀가 자신의 미모에 식상하고, 남자들이 자기 미모에 대해 이러쿵저러쿵하는 것에도 싫증이 나서, 그저 원하는 것이라곤 다른 사람들과 마찬가지로 평범해지는 일인 양, 왕족의 자태를 벗어던지려는 어떤 잠재된 욕망을 품고 있음을 가정해야 한다. 나로선 알 수 없는 일이지. 알 수 없는 일이야. 내 일이나 하러 가야겠군.)

미켈란젤로 그림의 모사화와 그것이 담긴 금박 액자와 그 가장자리에 그녀가 던져 놓은 녹색 숄에 의해 머리 윤곽이 우스꽝스럽게 부각되어 있는 가운데 적갈색 양말을 뜨면서, 램지 부인은 조금 전에 뾰족했던 태도를 매끄럽게 펴고는, 자신의 어린 아들의 고개를 들어 올려 이마에 뽀뽀를 해 주었다. "다른 사진을 찾아서 오려 보자." 그녀가 말했다.

6

그런데 무슨 일이지?

누군가가 큰 실수를 저질렀다니.

혼자만의 생각에 잠겨 있다가 문득 정신을 차린 그녀는 한동안 딱히 의미를 새기지 않고 흘려듣던 말에 의미를 부여했다. "누군가가 큰 실수를 저질렀다네." 초점을 맞추기 위해 찌푸린 근시의 눈을 이젠 그녀에게 접근하는 남편에게 고정시키면서, 그녀는 가까이 다가온 남편을 통해 무슨 일인가가 벌어졌고 누군가가 큰 실수를 저질렀음을 알아낼 때까지 (무슨 일이 벌어지고 누가 실수했다는 말이 그녀의 머릿속에서 서로 짝을 이루었다) 지긋이 응시했다. 그러나 그녀는 아무리 생각해 보아도 그게 무엇인지 알 수가 없었다.

그는 부들부들 떨었다. 그는 전율했다. 벼락처럼 무시무시하고 매처럼 사납게, 선두에서 자신의 부하들을 이끌고 죽음의 골짜기 한가운데를 말을 타고 달려 나가다, 자신의 탁월함에 대한 그 모든 허영과 자만이 산산이 부서지고 파괴되었다. 총알과 포탄이 폭풍처럼 몰아쳤으나, 우리는 대담하고 능숙하게 말을 타고 나아가, 죽음의 계곡 한가운데를 빠르게 질주했고, 일제히 총을 쏘고 천둥처럼 포탄을 퍼부었다.* 릴리 브리스코와 윌리엄 뱅

---

* 앞서 언급되었던 테니슨 시의 심상이 계속되고 있다.

크스에게 곧장. 그는 전율했다. 그는 부들부들 떨었다.

상대방의 눈을 피하는 빗긴 시선이라든지, 마치 그가 스스로 몸을 감싸고 평정심을 회복하기 위해 혼자만의 시간을 필요로 하는 것처럼 기묘하게 바짝 몸을 긴장시킨 모습이라든가 하는 익숙한 신호들에서, 그가 격분하고 괴로워한다는 걸 그녀는 알아챘지만, 무슨 일이 있어도 남편에겐 말할 생각이 없었다. 대신 그녀는 제임스의 머리를 쓰다듬었다. 그녀는 남편에게 느끼는 연민의 감정을 아이에게 전달했다. 그리고 아이가 육해군상점 상품 도록에 있는 신사용 흰색 정장 셔츠를 분필로 노랗게 칠하는 것을 지켜보면서, 그가 나중에 훌륭한 화가가 되면 기쁠 것 같다고 생각했다. 못 되리란 법도 없지. 이토록 이마가 시원하게 잘생겼으니 말이야. 그때 남편이 다시 한 번 그녀의 옆을 지나가자 고개를 든 그녀는 그가 괴로운 표정을 갈무리한 것을 보고 안도했다. 가정생활의 승리였다. 습관적인 일상이 위로의 리듬을 부드럽게 노래해 준 것이었다. 그래서 정원을 돌아 다시 창가로 되돌아온 그가 일부러 멈춰 서서 허리를 굽혀 잔가지 같은 것으로 맨살이 드러난 제임스의 종아리를 장난치듯 익살스럽게 간질였을 때, 그녀는 "그 불쌍한 젊은이 찰스 탠슬리"를 쫓아 보낸 것에 대해 책망했다. 탠슬리는 방에서 논문 써야 해. 그가 말했다.

"제임스도 조만간 **자기** 논문을 써야 할 테지." 그가 손에 쥔 잔가지로 제임스의 종아리를 살짝 치면서 놀리듯 덧붙였다.

엄격함과 유머가 섞인 그만의 특이한 방식으로 그가 그 잔가지를 가지고 막내아들의 맨다리를 간지럽히며 장난쳤지만, 아버지가 미운 제임스는 그 잔가지를 짜증스레 밀쳐 냈다.

내일 솔리의 어린 아들에게 줄 양말을 완성하려고 이렇게 지겹도록 뜨개질을 하고 있네요. 램지 부인이 말했다.

내일 우리가 등대에 갈 가능성은 조금도 없어. 램지 씨가 벌컥 화를 내며 쏘아붙였다.

당신이 어떻게 알아요? 그녀가 물었다. 바람은 방향이 종종 바뀌기도 하잖아요.

그는 기이할 정도로 비합리적인 그녀의 말에, 여자들의 어리석은 사고방식에 격분했다. 나는 말을 타고 죽음의 골짜기를 지나오느라 몸도 마음도 죄다 망가지고 온몸이 부들부들 떨리는데, 지금 그녀는 빤한 사실에 대항하여 그의 아이들로 하여금 순전히 불가능한 것을 희망하게 만들었으니, 사실상 거짓말을 한 셈이지 않은가. 그가 돌계단 위에서 발을 굴렀다. "제기랄!" 그가 내뱉었다. 하지만 그녀는 뭐라고 말했더라? 단순히 이렇게 말했지. 내일 날씨가 좋을 수도 있잖아요. 그러니까 그럴 수 있어요.

기압이 떨어지고* 바람이 정서로 부는 한 어림도 없어.

남의 감정에 대한 요만큼의 배려도 없이 진실을 추구하고, 그렇게 제멋대로, 그렇게 잔인하게 교양의 얇은 베일을 찢어발기는 남편의 태도는 그녀가 보기에 인간의 품위를 끔찍하게 짓밟

---

* 기압이 떨어지면 날씨가 나빠지며 해수면이 더 올라가 홍수가 날 위험이 있다.

는 무도한 짓이었기에, 그녀는 앞이 캄캄하고 정신이 아득해져 아무 대답 없이 고개를 숙였는데, 마치 세차게 쏟아지는 우둘투둘한 우박이나 콸콸 넘치는 흙탕물이 자신을 적시고 더럽혀도 꾸짖지 않고 감내하려는 것처럼 보였다. 뭐라 할 말이 없었다.

그는 말없이 그녀 옆에 서 있었다. 그러다 결국엔 아주 누그러진 어조로, 그녀가 원한다면 해안 경비대에 가서 물어보겠다고 말했다.

남편만큼 그녀가 존경하는 사람은 없었다.

난 언제나 당신의 말을 믿을 준비가 되어 있어요. 그녀가 말했다. 다만 당신 말대로라면 샌드위치를 준비하고 자시고 할 필요도 없겠네요. 그게 다예요. 내가 여자라서, 엄마이고 아내라서, 일이 생기면 모두 자연스럽게 나한테 와요. 하루 종일 이런저런 일로 날 찾죠. 누구는 이거 해 달라, 또 누구는 저거 해 달라 요구해요. 아이들도 자라고 있고요. 나는 인간의 감정들로 흠뻑 젖은 스펀지에 불과한 게 아닌가 하는 느낌이 자주 들어요. 그러자 그가 "제기랄!" 하고 내뱉었다. 그가 말했다. 분명 비가 올 거야. 그가 다시 말했다. 비가 오지 않을 거야. 그러자 그 즉시 안정된 천국이 그녀 앞에 펼쳐졌다. 그녀가 남편보다 더 존경하는 사람은 아무도 없었다. 자신은 그의 구두끈 매 줄 주제도 못 된다고 그녀는 느꼈다.

군대의 선두에서 진격할 때 보여 준 손놀림과 성마른 태도에 이미 부끄러움을 느낀 램지 씨가 소심하게 아들의 맨다리를 다시 한 번 쿡쿡 찔렀고, 그런 다음 마치 떠나도 좋다는 그녀의 허락을 받은 것처럼, 이미 희미해진 저녁 빛에 나뭇잎과 산울타리의 윤곽은 흐려졌지만 마치 그에 대해 보상이라도 하듯 장미와 패랭이꽃이 낮에 없던 광채를 발산하는 저녁 공기 속으로 허둥대며 발걸음을 옮겼는데, 그런 그의 모습에서 묘하게도 그의 아내는 제 몫의 물고기를 널름 받아 삼키고는 뒤로 폭삭 나자빠진 후 몸을 요란하게 뒤쳐서 수조 안의 물이 좌우로 출렁이게 만드는 동물원의 거대한 바다사자를 떠올렸다.

"누군가가 큰 실수를 저질렀다네." 테라스를 크고 당당한 걸음걸이로 오락가락하면서, 그가 다시 읊조렸다.

하지만 그의 음조가 참 희한하게 달라졌단 말이야! 꼭 그 뻐꾸기 같군. "그 녀석은 이상하게 6월엔 음정이 맞지 않더라고." 마치 기분 전환을 위해 시험적으로 새로운 악구를 찾아 이런저런 시도를 해 보다, 당장 준비된 게 이것밖에 없는 까닭에 음정이 어긋난 악구임에도 그것을 사용하는 뻐꾸기처럼, 그는 그렇게 시구를 낭송했다. "누군가가 큰 실수를 저질렀다네." 그러나 그것은 우스꽝스럽게 들렸는데, 그가 그것을 확신 없이 내뱉는 바람에 마치 질문이라도 하는 것처럼 끝이 올라가 기묘한 곡조가 생겨 버린 탓이었다. 램지 부인은 설핏 비어져 나오는 웃음을 참을 수가 없었다. 그리고 아니나 다를까, 그는 테라스를 오가며 코로 흥얼거리던 것마저 얼마 후 그만두더니 이내 잠잠해졌다.

그는 안전했고, 다시 혼자 있을 수 있게 되었다. 그는 걸음을 멈추고 담배파이프에 불을 붙였고, 창문 안쪽에 있는 아내와 아들을 한번 쳐다보았다. 급행열차 안에서 책을 읽던 눈을 들어 인쇄된 책장 위에 활자로 존재하는 무언가의 실재를 확인하듯 삽화처럼 펼쳐진 농장과 나무와 촌락을 쳐다보고 나면 강해지고 만족스러워진 기분으로 이전에 읽던 책장으로 돌아오는 것처럼, 거리 탓에 누가 누군지 분별되진 않지만 아내와 아들의 모습을 한번 쳐다보는 것만으로도 용기가 생기고 마음이 흡족해졌으며, 지금 뛰어난 지성의 활력을 요하는 문제를 완벽하고 명확하게 이해하기 위한 자신의 노력이 더욱 신성해졌다.

그는 정말로 뛰어난 지성의 소유자였다. 왜냐하면 만약 사상(思想)이 마치 피아노 건반처럼 그렇듯 많은 음으로 나뉘어 있다면, 혹은 알파벳처럼 모두 순서대로 스물여섯 글자로 배열되어 있다면, 그렇다면 그의 뛰어난 지성은, 이를테면 Q라는 글자에 도달할 때까지 그 글자들을 하나하나 확실하고 정확하게 훑어보는 데 어려움 따윈 없을 것이다. 그는 Q의 수준에 도달했다. 영국 전체에서 이제껏 아주 극소수의 사람들만이 Q의 수준에 도달했다. 여기 제라늄 꽃이 담긴 석조 화분 옆에 멈춰 서서, 지금은 아주 멀리 떨어진 창 안에서 함께 앉아, 조개껍질을 줍는 아이들처럼 발치에 놓인 사소한 것들에 열중해 있는 거룩하게 순결한 아내와 아들을, 그는 잠시 바라보았다. 그들은 자신이 감지한 불운에서 어쩐지 완전히 무방비해 보였다. 그들은 자신의 보호가 필요했고, 그는 그것을 그들에게 주었다. 하지만 Q 다음에는? 그 다음에는 무엇이 오지? Q 다음에도 글자들이 많이 남아 있고, 그들 가운데 마지막 글자는 인간의 눈으로는 좀처럼 가닿을 수 없는 저 멀리서 빨갛게 명멸한다. Z의 수준에는 한 세대에 오직 한 명이 단 한 번 도달할 수 있을 뿐이다. 하지만 그가 R에만 도달할 수 있어도 그것은 대단한 일일 것이다. 여기 적어도 Q가 있었다. 그는 Q에서 완강하게 버텼다. 그는 Q에 관해 확신했고, Q를 입증할 수 있었다. 그런데 Q 다음에 Q-R- 이렇게 이어지는데… 여기서 그는 숫양의 뿔로 만든 석조 화분 손잡이에 담배파이프를 두세 번 통통 쳐서 재를 떨어내고는 생각을 이어 갔다. "그 다음은 R인데…" 그는 결의를 다졌다. 그는 마음을 다잡았다.

인내심과 공정함, 선견지명, 헌신적 태도, 노련한 기술 등, 햇빛이 태울 듯이 작열하는 바다 위에서 겨우 비스킷 여섯 개와 물 한 병으로 선원들 모두의 목숨을 구했을지도 모를 자질들이 그에게도 도움이 되었다. 그 다음은 R인데 — 그렇다면 R이란 건 뭐지?

강렬한 그의 시선 위로 도마뱀의 가죽 눈꺼풀처럼 무겁게 깜박이는 그의 눈꺼풀이 글자 R을 가렸다. 그 찰나의 암흑 속에서 그는 사람들이 말하는 소리를 들었다. 그는 실패자야. 그에게 R은 어림도 없지. 그는 절대로 R에 도달하지 못할걸. 계속 R을 향해, 한 번 더. R은 —

극지대의 얼음에 뒤덮인 황야를 가로지르는 고독한 원정에서 그를 지도자, 안내자, 상담자로 만들었을 자질들이, 낙관하지도 낙담하지도 않으면서 상황이 어떻게 될 것인지 침착하게 조망하고 그것에 정면으로 부딪치는 그의 기질이, 다시 한 번 그에게 도움이 되었다. R은 —

도마뱀의 눈을 닮은 눈이 다시 한 번 깜박였다. 이마에 핏줄이 불거졌다. 석조 화분 안의 제라늄 꽃이 놀랍도록 눈에 선명히 부각되고, 그가 딱히 보기를 원한 것은 아니었으나, 제라늄 이파리들 사이로 오래도록 구분되어 온 두 부류의 남자들이 가진 명백한 차이점이 보였다. 한편으로는 초인적인 힘을 발휘하여 한결같이 전진하는 사람들이 있다. 그들은 모두 합쳐 스물여섯 개인 알파벳 문자 전체를 처음부터 끝까지 인내심을 가지고 꾸준히 순서대로 반복한다. 다른 한편으로는 재능이나 영감을 부여받은 사람들이 있다. 그들은 놀랍게도 모든 글자들을 단번에 일괄한다. 천재의 방식이다. 그는 천부적인 재능을 갖고 태어나지 않았다. 그는 그것에 소유권을 주장하지 않았다. 하지만 그에게는 A부터 Z까지 정확하게 순서대로 모든 알파벳 문자를 반복하는 힘이 있었거나 있었을지도 모른다. 그러는 동안에, 그는 Q에서 발목이 잡혔다. 그 다음에 계속, 계속 R로 나아가야 하는데.

어느덧 눈이 떨어지기 시작해서 산 정상이 연무로 뒤덮였기 때문에 아침이 오기 전에 자신이 바닥에 몸을 뉜 채 죽으리라는 것을 안다면, 그가 두려움이나 불안의 감정을 느낀다 한들 그의 체면이 손상되지는 않을 것이다. 바로 그런 상황에 놓인 지도자가 느꼈을 법한 감정들이 그를 사로잡은 까닭에, 그의 눈 색깔은 흐려졌고 테라스를 걷다가 방향을 바꾸는 그 짧은 순간에조차 그는 메마른 노년의 혈색 없는 파리한 얼굴을 하고 있었다. 하지만 난 누운 채로는 죽지 않겠어. 험준한 암벽을 찾아가, 그곳에서 몰아치는 폭풍을 정면으로 맞서며 어둠을 뚫고 끝까지 나아가려 온 힘을 다할 것이고, 그러다 선 채로 죽을 거야. 난 결코 R에 도달하지는 못할 테니까.

그는 제라늄 꽃 넝쿨이 분수처럼 흘러넘치는 화분 옆에서 미동도 없이 서 있었다. 그는 백만 명 가운데 결국 몇 명의 남자들이 Z에 도달하는지 자문했다. 허망한 희망의 선두에 선 사람은 분명 스스로에게 그 질문을 던질 것이고, 자신의 뒤를 따르는 탐험대원들을 기만하는 일 없이 이렇게 대답할 것이다. "아마도 한 명." 한 세대에 한 명. 그런데도 그가 그 한 명이 아니라는 이유로 비난받아야만 할까? 꾀부리는 일 없이 온 힘을 다해 정진하고 더는 보여 줄 것이 없을 정도로 그가 가진 모든 역량을 다 발휘했다 해도? 그러면 그의 명성은 얼마나 오래갈까? 심지어 죽음을 목전에 둔 영웅도 죽기 전에 앞으로 사람들이 자기에 대해 어떻게 평가할지 생각해 볼 수 있지 않은가. 그의 명성은 아마도 이천 년은 지속될 것이다. 그런데 이천 년이라는 세월은 대체 뭐야? (램지 씨가 산울타리를 노려보며 빈정대듯 물었다.) 오랜 세월의 낭비를 산꼭대기에서 내려다본들 무슨 상관이란 말인가? 누군가가 구둣발로 걷어찬 돌멩이가 셰익스피어보다 오래갈 텐데. 그가 밝힌 작은 빛은, 그리 굉장히 밝지는 않아도 한두 해 정도는 빛나다가 더 큰 빛 속에 융합되고, 그 빛은 또한 한층 더 큰 빛 속으로 녹아들어 가겠지. (그는 복잡하게 얽힌 잔가지들 속을, 그 어둠 속을 자세히 들여다보았다.) 그렇다면 결국에는 세월의 낭비와 별들의 소멸을 볼 수 있을 만큼은 높이 올라간 그 쓸쓸한 탐험대의 대장이, 죽음이 자신의 사지를 움직일 수 없을 정도로 완전히 경직시키기 전에 약간은 의식적으로 자신의 마비된 손가락들을 이마까지 올리고 어깨를 반듯이 펴서 훌륭한 군인의 모습으로 진지(陣地)에서 죽어 있다면, 그런 그를 수색대가 와서 발견한다면, 과연 누가 그를 비난할 수 있겠는가? 램지 씨는 어깨를 반듯이 펴고 화분 옆에 꼿꼿한 자세로 섰다.

그가 그렇게 잠시 서서, 명성에 대해, 수색대에 대해, 그에게 고마움을 느끼는 추종자들이 그의 유골 위에 세울 돌무덤에 대해 곱씹는다 한들, 누가 그를 비난할 것인가? 마지막으로, 설사 극한까지 위험을 무릅쓰며 마지막 한 방울까지 힘을 쏟아부은 후, 자신이 깨어날 수 있을지 여부에 큰 미련 없이 잠에 빠져들었다가, 발가락을 찌르는 통증으로 자신이 살아 있음을 인지하고, 살아 있는 것에 대체로 유감은 없지만, 동정과 위스키와 그가 겪은 고난에 대한 이야기를 들어 줄 누군가를 당장 요구한다고 해서, 누가 그 불운한 탐험대의 대장을 비난할 것인가? 그래, 누가 나를 비난하겠어? 그런 영웅인 내가 갑옷을 벗어던지고 창가에 멈춰 서서, 내 아내와 아들을 처음에는 멀리서 쳐다보다가 그들의 입술과 머리와 책이 선명히 보일 때까지 조금씩 가까이 다가가, 비록 그들은 여전히 사랑스러우면서도 나의 강렬한 고립감과 낭비된 세월과 소멸하는 별들에 대해서는 알지 못하지만, 마침내 내가 담배파이프를 호주머니에 집어넣고 아내 앞에서 내 뛰어난 머리를 숙인다면, 누군들 은밀히 기뻐하지 않겠느냔 말이야. 이 세상의 아름다움에 경의를 표한다 한들 누가 나를 비난하겠어?

7

하지만 그의 아들은 그가 싫었다. 아이는 아버지가 자기들에게 다가오는 것이 싫었고, 멈춰 서서 자기들을 내려다보는 것이 싫었고, 자기들을 방해하는 것이 싫었다. 그의 잔뜩 고양되고 장엄한 몸짓도 싫었고, 그의 대단한 머리도 싫었고, 하나하나 따지는 엄격함과 자기중심적인 (그는 아내와 아들의 관심을 강요하며 거기 서 있었다) 태도가 싫었다. 하지만 무엇보다도 싫은 것은 아버지의 감정이 야기하는 시끄럽고 성가신 울림이었다. 그것은 그들 주변을 진동시켜, 자신과 어머니의 관계가 가진 완벽한 단순성과 양식(良識)을 방해했기 때문이다. 그는 펼쳐진 책장에 시선을 고정시킨 채, 그가 다른 곳으로 가 버리기를 바랐다. 손가락으로 한 단어를 가리킴으로써, 분하게도 아버지가 멈춰 서는 순간 불안하게 흔들린 어머니의 관심을 다시 불러올 수 있기를 바랐다. 하지만 아니었다. 어느 것도 램지 씨가 그냥 가 버리도록 만들지 못할 것이다. 그는 동정을 요구하며 거기 서 있었다.

아들을 팔 안에 가둔 채 느슨하게 앉아 있던 램지 부인은 자세를 바로하며 마음을 다잡고는, 반쯤 몸을 돌려 힘껏 몸을 일으키는 동시에 빗발 같은 기운을, 한줄기 물보라를 허공에 똑바로 쏘아 올리는 것처럼 보였고, 또한 동시에 마치 그녀의 모든 기운이 환하게 불타오르는 기세로 융합되어 활기차고 생기가 충만해 보였는데(하지만 그녀는 짜고 있던 양말을 다시 집어 들고 조용히 앉아 있었다), 이러한 다산의 풍미 속으로, 분수처럼 흘러넘쳐 물보라처럼 퍼져 나가는 생명력 속으로, 치명적으로 메마른 불모의 남성이 놋쇠로 만든 새부리처럼 빈약하고 헐벗은 채로 뛰어들었다. 나는 동정을 원해. 나는 실패자야,라고 그가 말했다. 램지 부인의 뜨개바늘이 순간 그녀의 손 안에서 번쩍였다. 램지 씨가 그녀의 얼굴에서 결코 시선을 떼지 않으면서 자신이 실패자라는 말을 반복했다. 그녀가 그에게 말을 되받아쳤다. "찰스 탠슬리는…" 그녀가 말끝을 흐렸다. 하지만 그는 그 이상의 말을 들어야만 했다. 그가 원한 것은 동정이었는데, 무엇보다 자신이 천재임을 확인받고 싶었고, 그다음엔 삶의 궤도 안으로 인도되어 온기와 위로를 얻고 싶었고, 그리하여 자신의 모든 감각을 되찾아 자신의 불모성이 비옥해지고, 또한 집 안의 모든 방들이 생기로 충만해지기를 원했다. 거실과, 거실 뒤의 부엌과, 부엌 위의 침실들과, 그 위의 아이들 방 등 이 모든 방들이 필요한 것을 갖추고 생활의 활기로 충만해져야 했다.

찰스 탠슬리는 당신을 이 시대의 가장 위대한 형이상학자라고 생각해요, 그녀가 말했다. 하지만 그는 그 이상의 말을 들어야만 했다. 그녀에게서 동정을 받아 내야 했다. 그는 자신도 삶의 한가운데에 살고 있고, 여기뿐만이 아니라 전 세계에서 자신을 필요로 함을 확인받아야 했다. 확신에 차 등을 꼿꼿이 세운 채 번득이는 뜨개바늘을 재게 놀리는 그녀의 존재가 거실과 부엌을 창조하고 그 모든 공간을 환히 빛나게 만들었다. 가서 좀 편히 쉬어요. 거기 드나들면서 즐거운 시간 보내요. 그녀가 그에게 일렀다. 그녀가 웃었고, 뜨개질을 계속했다. 그녀의 두 무릎 사이에 뻣뻣이 몸을 굳힌 채 서 있던 제임스는 확 타오르던 어머니의 모든 기력이 거듭거듭 동정을 요구하며 무자비하게 공격하는 그 남자의 메마른 불모의 언월도에 의해, 그 놋쇠 부리에 의해, 마지막 한 방울까지 빨려 나가 소멸되었다고 느꼈다.

나는 실패자야, 그가 거듭 말했다. 그렇다면 당신 눈으로 좀 봐요, 그리고 느껴 봐요. 털실 사이로 뜨개바늘을 언뜻언뜻 내보이며, 주위를 한번 휙 둘러보고 바깥을 잠깐 내다보고 방 안을 들여다보고 제임스를 쳐다본 후, 그녀는 그에게 이 모든 것이 진짜임을 납득시켰다. 그녀의 웃음으로, 침착한 태도로, 능숙함으로 (유모가 등불을 들고 어두운 방을 가로질러 가 성미 까다로운 아이를 달래듯) 그가 의심의 그림자에서 벗어날 수 있도록 안심시켰다. 집은 생활의 온기로 충만해요. 정원에는 꽃이 만발해 있고요. 나를 절대적으로 믿으면, 아무것도 당신을 해치지 않아요. 당신이 아무리 땅속 깊이 파묻히고 하늘 높이 올라가도, 나는 단 한순간도 당신 곁에서 떨어지지 않을 거예요. 그렇게 누군가를 감싸안고 보호하는 자신의 능력을 자랑하는 동안, 그녀가 자기임을 알아볼 수 있는 그녀 자신의 껍데기는 거의 남아 있지 않았다. 모든 것이 그렇듯 낭비되고 탕진되었다. 제임스는 어머니의 무릎 사이에 뻣뻣하게 서 있었다. 그의 아버지, 그 이기적인 남자가, 풍성한 잎과 가지가 바람에 춤을 추고 장밋빛 꽃이 화사하게 핀 과일나무에 난입하여, 그곳에 느긋이 앉아 있던 어머니에게 불모의 언월도를 휘두르고 놋쇠 부리를 흉포하게 들이밀면서 동정을 요구하자, 어머니가 애써 몸을 일으키는 것이 느껴졌다.

그녀의 말들로 충만해져서, 마치 만족스럽게 배를 채운 뒤 기분 좋게 잠에 빠져드는 아이처럼, 마침내 그가 자신감을 되찾고 일신한 기분으로 겸허히 감사하는 마음을 담아 그녀를 쳐다보며 말했다. 한 바퀴 돌아 보려 해. 그 김에 아이들이 크리켓 경기하는 모습도 지켜보려고. 그가 떠났다.

그 즉시 램지 부인은 활짝 피었던 꽃잎들이 힘을 잃고 다시 오므라지듯 몸을 옹그렸고, 기진해 무너져 내리는 몸을 겨우 가누는 그녀에겐 고작 그림형제의 동화책 책장 위로 피로감에 절묘하게 내맡긴 손가락을 움직일 정도의 힘만 남아 있었다. 그러는 동안 전폭으로 팽창했다가 이제는 완만히 움직임을 멈춘 용수철의 파동처럼, 성공적인 창조의 기쁨이 그녀의 온몸에 고동쳤다.

그가 떠났을 때, 이런 맥박이 매번 고동칠 때마다 자신과 남편을 감싸는 듯 느껴졌고, 하나는 높고 하나는 낮은 두 개의 다른 음조들이 서로 부딪혀 결합할 때 서로에게 주는 그런 위안을 두 사람 각자에게 주는 것 같았다. 하지만 그 공명이 잦아들자, 곧 다시 동화책으로 눈을 돌린 램지 부인은 자신이 육체적으로만 지친 것이 아니라 (그녀는 항상 그 당장이 아니라 나중에 피로를 느꼈다) 신체적인 피로감에 기원이 다른 모종의 희미하게 거슬리는 기분이 묻어 있음을 느꼈다. 그녀는 어부와 욕심 많은 아내 이야기를 소리 내어 읽으면서도 한편으로는 그 불쾌한 기분이 정확히 무엇에서 기인하는지 자신이 알지 못한다는 생각을 했다. 책장을 넘기려고 읽기를 멈춘 사이, 파도가 둔중하고 불길하게 떨어지는 소리를 들었을 때, 비로소 그 거슬리는 감정이 무엇에서 기인하는지 깨달았음에도, 자신의 불만을 차마 말로 표현할 수가 없었다. 바로 이런 것이었다. 그녀는 아주 잠시라도 자신이 남편보다 더 낫다고 느끼기를 꺼렸다. 그리고 더 나아가, 남편과 이야기할 때 그녀는 자신이 한 말의 진실성을 완전히 확신할 수 없다는 걸 견디지 못했다. 학계와 대중이 그와 그의 강의 및 저술 활동을 원한다는 것, 그리고 그것들이 가장 큰 중요성을 갖는다는 점 — 이 모든 것들을 그녀는 한순간도 의심하지 않았다. 그러나 그녀를 불안하게 만드는 것은 바로 그녀와 남편의 관계였고, 그가 누구나 볼 수 있도록 공공연히 그녀를 찾는다는 점이었다. 두 사람 가운데 비교가 불가능할 정도로 그가 훨씬 더 중요하고, 그가 세상에 기여하는 것에 비하면 그녀가 기여하는 것은 무시해도 될 정도임을 마땅히 알아야 할 사람들이 그가 그녀에게 의지한다고 수군댔기 때문이다. 하지만 다른 이유도 있었는데, 이를테면 온실 지붕을 수리하려면 비용이 아마도 오십 파운드는 들 거라는 진실을 그에게 두려워서 말할 수가 없었고, 최근에 출간된 그의 책이 결코 그의 최고 수준은 아니지 않을까 하고 (그녀는 그 이야기를 윌리엄 뱅크스에게서 들었다) 그녀가 다소간 의심하고 있음을 그가 눈치챌까 봐 두려웠고, 일상에서 벌어지는 사소한 일들을 숨겨야 하는데 그것을 아이들이 알게 되고, 곧 그것이 그들에게 부담이 될까 봐 두려웠다. 이 모든 것이 두 개의 음조가 함께 만들어 내는 온전한 기쁨, 순수한 기뺨의 음정을 조금씩 감해 가는 바람에, 그 소리는 그녀의 귀에서 우울하게 저하되다 결국 소멸하고 말았다.

그림자 하나가 읽던 책 위에 드리워졌다. 그녀가 고개를 들고 쳐다보았다. 어거스터스 카마이클이 발을 끌며 느리게 지나가고 있었다. 정확히 지금, 남편을 사랑함에도 진실에 대한 본능 때문에 남편과의 관계를 깊이 고찰하고, 그리하여 가장 완벽한 관계에도 결함이 있다고 판단할 수밖에 없음을, 인간관계라는 것은 결국 부족한 부분이 있을 수밖에 없음을 떠올리게 되어 괴로워하는 바로 이 순간에, 자신이 스스로를 무가치하게 여기게 되었다는 생각에 고통스러운 이 순간에, 이렇게 거짓을 말하고 과장하느라 자신의 역할을 제대로 하지 못했다는 자괴감에 빠져드는 이 순간에, 카마이클 씨가 노란 슬리퍼를 질질 끌며 지나갔고, 그렇게 그가 지나쳐 갈 때, 마침 악령처럼 마음을 괴롭히는 고민에서 벗어날 필요가 있었던 그녀는 그의 이름을 부르며 큰 소리로 말을 걸었다.

"안으로 들어오시는 건가요, 카마이클 씨?"

8

그는 아무런 대꾸도 하지 않았다. 그는 아편을 복용했다. 아편 때문에 그의 턱수염에 노란 물이 들었다고 아이들이 말했다. 어쩌면 그랬을지도 모른다. 그 불쌍한 남자가 불행하고, 매년 탈출구 삼아 그들을 찾아온다는 것은 그녀에게 명백해 보였다. 하지만 그가 그녀를 신뢰하지 않는다는 것을 그녀는 매년 똑같이 느꼈다. 그녀가 말을 건넸다. "읍내에 다녀오려 해요. 우표랑 편지지 좀 사다드릴까요? 아니면 담배라도?" 그리고 그녀는 그가 움찔하는 것을 느꼈다. 그는 그녀를 신뢰하지 않았다. 그것은 그의 아내 때문이었다. 그녀가 그들이 사는 세인트존스우드의 그 작고 누추한 방으로 찾아갔을 때, 그 밉살맞은 여자가 그를 집 밖으로 내쫓는 모습을 직접 눈으로 보았고, 그의 아내가 그렇듯 그를 함부로 대하는 것에 그녀는 충격을 받아 온몸이 굳었던 기억이 있다. 그는 추레한 모습으로 외투 위에 뭘 자꾸 흘렸고, 세상에서 할 일이라곤 하나도 없는 늙은이처럼 성가시고 귀찮은 태도를 견지했다. 그러자 그의 아내가 그를 방에서 쫓아내면서, 밉살스럽게 말했다. "이제 램지 부인과 잠시 이야기 좀 나눠야겠어요." 그 말을 들은 램지 부인은 그가 살면서 겪어야 했던 수많은 불행들이 바로 눈앞에 훤히 펼쳐지는 것처럼 느껴졌다. 담배 살 돈은 있을까? 담배를 사고 싶을 때마다 아내에게 손을 벌려야 할까? 반 크라운? 18펜스? 아, 그가 아내로 인해 겪는 그 소소한 수모들을 생각하니 그녀는 견딜 수가 없었다. 그리고 언제나처럼 그는 지금도 (어떤 식으로든 그 여자 때문일 거라고 추측할 뿐 그녀도 정확한 이유는 알 수 없었다) 자신을 경계했다. 나한테 말 한마디 하는 적이 없어. 하지만 이 이상 내가 뭘 더 할 수 있겠어? 그에게 햇볕 잘 드는 방도 양보해 주었고, 아이들도 그에게 친절히 대하잖아. 그를 달가워하지 않는다는 내색은 단 한 번도 보인 적이 없어. 그저 나 나름대로 비상한 노력을 기울여 그를 친절히 대했을 뿐이야. 우표를 원하세요? 담배는요? 당신이 좋아할 만한 책이 여기 있어요. 운운. 그리고 어쨌든—어쨌든 (여기서 그녀는 무의식중에 자세를 바로잡았다. 드문 일이지만 자신의 미모를 스스로 인식했기 때문이다)—어쨌든 그녀는 평소 사람들이 자기를 좋아하게 만드는 데 그다지 어려움을 느낀 적이 없었다. 예를 들어 조지 매닝이나 월러스 씨는 비록 유명 인사지만, 그런 사람들도 저녁에 그녀를 찾아와 조용히 난롯가에 앉아 그녀와 단둘이 이야기를 나누곤 했다. 자신의 주변에 아름다움의 횃불이 불타고 있음을 모를 수가 없었고, 그녀는 어느 방으로 들어가든 그 횃불을 똑바로 세워 들고 갔다. 그리고 그녀가 아무리 그 아름다움의 횃불을 숨기려 해도, 그것을 어디에든 지겹도록 지니고 다녀야 한다는 것에 염증을 느껴도, 그녀의 아름다움은 결국 누가 봐도 명백했다. 사람들은 그녀를 추앙했고, 그녀를 사랑했다. 그녀가 상갓집에 가서 조문객이 앉아 있는 방으로 들어가면, 사람들이 그녀 앞에서 모두 눈물을 흘렸다. 남자든 여자든 그녀와 함께 있으면, 이런저런 복잡한 사정들은 털어버리고, 단순함이 주는 위안을 얻었다. 그런데 그가 그녀 앞에서 뒷걸음치는 모습을 보자 그녀는 속상했다. 그의 행동에 상처입었다. 하지만 깨끗하지도, 옳지도 않은 상처였다. 그것은 남편에 대한 불만 외에 그녀가 신경 쓰는 일이었다. 겨드랑이에 책을 한 권 끼고 노란색 슬리퍼를 신은 카마이클 씨가 그녀의 질문에 건성으로 고개를 한 번 끄덕이고는 느릿느릿 발을 끌며 지나가는 지금 그녀가 감지한 것은, 자신이 의심받고 있다는 느낌이었다. 그녀가 무언가를 주고자 하는 욕망, 누군가를 돕고자 하는 이 모든 욕망이 허영심에 불과하다는 것이다. 그녀가 그렇듯 본능적으로 베풀고 도움으로써 사람들이 그녀에 대해 "아, 램지 부인 말씀이지요! 램지 부인은 정말 소중한 분이랍니다… 말할 것도 없이 램지 부인이시지요!"라고 말하고, 그녀를 필요로 하고 무슨 일이 생길 때마다 그녀를 찾고 그녀를 추앙하길 바라는 것이 그녀 자신의 자기만족을 위해서였나? 그녀는 은밀히 이것을 원했던 게 아닌가? 그래서 방금처럼 카마이클 씨가 그녀를 피해 허구한 날 아크로스틱*을 했던 어느 구석으로 달아날 때, 그녀는 단지 본능적으로 자신이 다시 한 번 무시당했다고 느꼈을 뿐만 아니라, 어떤 부분에서는 자신이 옹졸하다는 것, 그리고 인간관계라는 것이 너무도 결함투성이고 야비하며 최선이라고 해 봤자 자기본위임을 인식하게 되었다. 지치고 초라해진, 그리고 짐작건대 (그녀의 뺨은 움푹 팼고, 그녀의 머리칼은 하얗게 샜다) 이젠 더 이상 사람들의 눈을 기쁨으로 채울 만한 모습이 아닐 그녀는 차라리 어부와 그의 아내 이야기에 전념하여 예민 덩어리인 그녀의 아들 제임스를 (그녀의 아이들 가운데 누구도 그 애만큼 예민하지 않았다) 달래는 편이 나을 터였다.

"어부는 마음이 무거워졌어요." 그녀가 큰 소리로 읽었다. "그

---

* 암호문과 십자 퍼즐이 혼합된 일종의 글자 퍼즐.

는 가고 싶지 않았어요. '이건 옳지 않아,'라고 혼자 중얼거렸어요. 하지만 그는 결국 갔어요. 그가 바다에 도착했을 때, 바닷물은 아예 보라색이거나 검푸르거나 탁한 회색으로 보였고, 이젠 누렇거나 초록색으로는 보이지는 않았어요. 그래도 물결은 여전히 잔잔했어요. 그리고 그는 거기 서서 말했어요 —"

램지 부인은 어쩌면 남편이 그 순간 걸음을 멈추지 않고 가던 길을 계속 가기를 바랐을지도 모른다. 크리켓 놀이를 하는 아이들을 보러 간다 하지 않았어요? 하지만 그는 그 말에는 대답하지 않고 그저 쳐다보더니 고개를 끄덕여 그러겠다는 의사를 전달하고는 계속 걸음을 옮겼다. 그는 걷는 중간에 잠시 멈춰 서곤 했는데, 그렇게 몇 번을 거듭해 멈출 때마다 눈앞의 산울타리를 쳐다보았고, 그것은 곧 어떤 결론을 내렸음을 의미했다. 그는 또한 아내와 아이를 쳐다봤고, 분수처럼 흘러넘치는 빨간 제라늄 넝쿨을 품은 화분을 다시 쳐다보았는데, 바쁘게 책을 읽다가 떠오른 이런저런 생각들을 휘갈겨 놓는 종잇조각인 양 사유의 과정이 적힌 이파리들 사이사이를 빨간 꽃이 장식하고 있는 것 같았다. 그는 이 모든 것을 쳐다보면서, 매년 셰익스피어의 생가를 찾는 미국인 방문객 수에 관한 『더 타임스』의 기사가 암시하는 추론에 자연스럽게 빠져들었다. 셰익스피어가 존재하지 않았다면, 세상은 지금과 많이 달라졌을까? 그는 자문했다. 위대한 인물들이 문명의 진보를 좌우할까? 보통 사람들의 형편은 파라오의 시대보다 지금이 더 나을까? 하지만 보통 사람들의 형편이 우리가 문명의 척도를 판단하는 기준일까? 그가 자문했다. 아마도 아닐 것이다. 어쩌면 가장 위대한 선은 노예 계급의 존재를 필요로 하는지도 모른다. 지하철의 승강기 운전자는 영원히 필요한 존재이다. 그는 그 생각이 몹시 마뜩치 않았다. 그가 고개를 홱 젖혔다. 노예 계급의 존속을 피하기 위해, 그는 예술의 우위를 타박할 어떤 방법을 찾을 것이다. 세계는 보통의 인간을 위해 존재하며, 예술은 단지 인간 삶의 정점에 놓인 장식에 불과하다고 주장할 것이다. 예술은 인간의 삶을 표현하지 않는다. 셰익스피어 또한 인간의 삶에 필요하지 않다. 자신이 왜 셰익스피어를 폄하하는지, 영원히 승강기 문 안에 서 있어야 하는 남자를 왜 구하고 싶은지 정확히 알지 못한 채, 그는 산울타리에서 이파리 하나를 함부로 잡아 뜯었다. 다음 달 카디프에서 열리는 학회에서 젊은이들에게 이런 이야기들을 하게 될 거라고 그는 생각했다. 소년 시절부터 익숙한 시골의 좁은 산길과 들길을 말을 타고 느긋하게 걷다가, 말 위에서 손을 뻗어 장미 한 다발을 꺾거나 개암나무에서 열매를 따서 주머니를 불룩 채우는 남자처럼, 그는 여기 그의 테라스 위에서, 그저 무언가를 찾아 샅샅이 탐색하듯 이곳저곳을 돌아다닐 뿐이었다. (그가 아까 뜯어낸 이파리를 짜증스럽게 내팽개쳤다.) 모든 것이 그에게 익숙했다. 여기 길이 구부러지는 모퉁이도, 저기 울타리를 넘나들 수 있는 층계도, 또 저기 들판을 가로지르는 지름길도, 모두 눈에 익었다. 저녁에 그는 손에 파이프 담배를 들고 오래 봐 와서 익숙한 시골길과 공유지를 사색에 잠긴 채 이리저리 안팎으로 거닐면서 이렇게 몇 시간을 보냈는데, 저기서 어떤 군사 작전이 벌어졌다든가, 여기서 모 정치인이 태어나 자랐다든가 하는 등, 이런저런 장소 주변에는 시와 일화, 유명 인사들, 이런 사상가나 저런 군인이 늘 함께 붙어 다녔다. 하지만 한참 후 그는 그 길과 들과 공유지와 풍성히 열매 맺은 개암나무와 꽃으로 뒤덮인 산울타리를 지나 길의 더 먼 모퉁이에 다다랐고, 그곳에서 항상 말에서 내려와 말을 나무에 묶고는 혼자서 계속 걸어갔다. 그가 잔디밭 가장자리에 이르러 아래의 만을 내려다보았다.

그가 그것을 바랐든 바라지 않았든, 이렇듯 바다가 천천히 침식해 가는 땅의, 바다 쪽으로 뾰족하게 튀어나온 곳으로 나아가, 그곳에서 쓸쓸한 바닷새처럼 홀로 서는 것이 그의 운명이자 독자성이었다. 돌연 모든 불필요한 과잉의 것들을 벗어던지고 오그라들고 줄어들어, 육체조차 더 헐벗어 보이고 더 마르게 느껴지지만, 그러면서도 정신의 강렬함은 조금도 잃지 않는 것, 그리고 그렇게 그의 작은 바위 위에 서서 인간의 무지가 자아내는 어두움을 직면하는 것, 우리가 얼마나 아는 게 없는지 그리고 우리가 서 있는 땅을 바다가 어떻게 잠식하는지를 직시하는 것 — 그것이 그의 힘이자 타고난 재능이었다. 하지만 말에서 내릴 때 형식적인 몸짓과 겉치레, 개암과 장미 따위의 전리품들을 모두 내던지고 움츠러들어서 명성뿐 아니라 자신의 성명조차 잊었던 까닭에, 그는 그 고적함 속에서조차 줄곧 경계하며 어떤 환영도 용납지 않았고 어떤 환상에도 탐닉하지 않았다. 그리고 바로 그가 이렇듯 바다 앞에 홀로 선 자를 가장하고 있을 때, (간간이) 윌리엄 뱅크스의 마음속에, (아부하듯) 찰스 탠슬리의 마음속에,

마침 고개를 들고 잔디밭 가장자리에 서 있는 그를 쳐다보는 아내의 마음속에, 그에 대한 깊은 존경과 연민과 고마움의 감정이 생겨났는데, 그것은 마치 만선하여 기분 좋은 선원들이 수로 바닥에 박혀 갈매기들을 머리에 인 채 파도에 부딪히는 말뚝을 보고, 저 먼 바닷물 속에서 홀로 수로를 표시하는 임무를 떠안아 준 것에 대해 고마움을 느끼는 것과 비슷했다.

"하지만 여덟 아이들의 아버지는 선택의 여지가 없지…" 반쯤은 소리 내어 중얼거리다 걸음을 멈추고 몸을 돌려 한숨을 쉬고는, 눈을 들어 아내가 어린 아들에게 책을 읽어 주는 모습을 찾아 시선을 맞추고 파이프 담배를 가득 채웠다. 그는 만약 시선을 고정하여 진득하게 생각에 집중할 수 있었다면 무언가를 이끌어 냈을지도 모를 주제인, 인간의 무지와 인간의 운명과 우리가 서 있는 땅을 침식하는 바다에서 눈을 돌렸다. 그리고 지금 당장 그의 앞에 놓인 존엄한 주제와 비교하면 너무도 보잘것없는 사소한 일에서 위안을 얻었는데, 마치 이 비참한 세상에서 행복을 느끼는 것이 정직한 사람에게는 가장 비열한 범죄라도 되는 양, 평소에는 본체만체하거나 경멸했던 그런 위안이었다. 그것은 사실이었다. 그는 대개의 경우 행복했다. 그에겐 아내가 있었다. 그에겐 자식이 있었다. 그는 6주 뒤 카디프의 그 젊은이들에게 로크, 흄, 버클리, 그리고 프랑스 혁명의 원인들에 대해 '별 의미 없는 말'을 해 주기로 예정되어 있었다. 그러나 이런 강연과 강연을 통해 느끼는 즐거움과, 그가 남긴 명언들, 열정적인 젊은이들, 아름다운 아내, 스완지와 카디프와 엑서터와 사우샘프턴과 키더민스터와 옥스퍼드와 케임브리지에서 그에게 보내온 찬사에서 그가 느꼈던 즐거움은—이 모든 것은 '별 의미 없는 말하기'라는 말로 경시되거나 은폐되어야 했는데, 사실상 그는 자기가 했을 법한 일을 하지 않았기 때문이었다. 그것은 위장이었다. 말하자면, 자신의 감정을 인정하는 것이 두려워서, 내가 좋아하는 건 이거야, 이게 바로 나야,라고 말할 수 없는 한 남자의 도피처였다. 그리고 도대체 이를 왜 숨겨야 하는지 이해할 수 없는 윌리엄 뱅크스와 릴리 브리스코에게는 상당히 불쌍하고 불쾌한 위장이었다. 어째서 그는 늘 칭찬에 목말라 하는가. 사유에서는 그렇듯 두려움 없는 남자가 삶에서는 어찌 그리 소심한가. 존경과 비웃음의 감정을 동시에 불러일으키는 사람이라니, 참으로 신기하지 않은가.

가르치고 설교하는 것은 인간의 능력을 뛰어넘는 것 같아요. 릴리가 말했다. (그녀가 자기 물건들을 정리했다.) 마냥 우쭐하다 보면 어떤 식으로든 실패하기 마련이잖아요. 그런데 램지 부인은 남편이 요구하는 걸 너무 쉽게 들어주죠. 그러면 아주 작은 변화에도 크게 당황할 거예요. 릴리가 말했다. 우리 모두가 게임을 하면서 시시한 잡담이나 나누는 방에 책을 읽던 램지 씨가 들어온다고 상상해 봐요. 자기가 생각하던 것과 얼마나 다르겠어요? 그녀가 말했다.

그가 그들을 향해 다가왔다. 그러다 갑자기 뚝 하고 멈춰 서더니 말없이 바다를 바라보았다. 이제 그는 다시 몸을 돌렸다.

9

그래요. 그가 가는 모습을 지켜보며 뱅크스 씨가 말했다. 정말 안된 일이에요. (릴리는 램지 씨의 어떤 면모가 무섭다는 말을 했다—그는 기분이 너무 급작스럽게 변해요.) 그래요. 뱅크스 씨가 말했다. 램지가 좀 더 다른 사람들처럼 평범하게 행동하지 못하는 건 정말 안타까운 일이오. (그는 릴리 브리스코가 마음에 들었다. 그래서 그는 램지에 대해 그녀와 꽤 터놓고 토론할 수 있었다.) 젊은이들이 칼라일(Carlyle)을 읽지 않는 것은 바로 그 이유 때문이지요. 그가 말했다. 우리가 어째서 죽이 식었다고 불같이 성질을 부리는 까다롭고 늙은 불평꾼의 설교를 들어야 하지? 뱅크스 씨가 이해하는 요즘 젊은이들의 생각은 그러했다. 당신도 나처럼 칼라일이 인류의 위대한 스승 중 한 명이라고 생각한다면 정말 안된 일이지만 말이오. 릴리는 학창 시절 이래로 이제껏 칼라일을 읽은 적이 없다고 말하기가 부끄러웠다. 하지만 제 생각엔, 사람들은 램지 씨의 새끼손가락이 아프면 이 세상에 종말이 온다고 생각하기 때문에 오히려 그를 더 좋아하는 것 같은데요. **그런 건** 별로 개의치 않아요. 그에게 속을 사람이 누가 있겠어요? 그는 아주 공공연히 자기한테 아첨해 달라고, 숭배해 달라고 요구하는 걸요. 그의 하찮은 속임수는 아무도 속이지 못해요. 제가 싫어하는 건 그의 편협하고 맹목적인 성격이에요. 그녀가 뒤돌아 등을 보이며 걸어가는 그를 눈으로 좇으며 말했다.

"위선자적인 면모가 조금 있는 것 같지요?" 뱅크스 씨 또한 램지 씨의 뒷모습을 쳐다보며 넌지시 물었다. 그는 램지와의 우정과, 캠이 자신에게 꽃을 주길 거부한 일과, 램지 부부의 아이들 모두와, 지극히 편안하지만 아내가 죽은 후 다소 적막해진 자신의 집에 대해 생각하고 있었기 때문이다. 물론 그에게도 하는 일이 있었다… 그러면서도 그는 램지를 일컬어 "조금 위선자적인 면모가 있다"고 한 자신의 말에 릴리가 동의하면 좋겠다고 생각했다.

릴리 브리스코는 고개를 들었다가 숙였다가 하면서 계속 붓을 정리했다. 위를 쳐다보니, 그가 — 램지 씨가 — 멀리서 두 활개를 휘저으며 주변을 개의치 않고 잔뜩 몰두하여 눈앞에 누가 있는지 감지하지 못한 채로 그들을 향해 빠르게 다가오고 있었다. 약간은 위선자 같지 않으냐고? 그녀가 속으로 되물었다. 오, 아니야 — 그는 가장 진지하고, 진실하고(그는 이미 그들 가까이 다가와 있었다), 훌륭한 남자야. 하지만 아래를 내려다보며 그녀는 생각했다. 그는 온통 자기 생각뿐이고 독재자에다 불공평하지. 그리고 의도적으로 계속 고개를 숙이고 있었는데, 그렇게 해야만 램지 가족과 계속 안정적으로 함께 지낼 수 있기 때문이었다. 그러고는 곧장 고개를 들어 그들을 보았고, 그녀가 "사랑에 빠진 상태"라고 일컫는 것이 그들을 온통 뒤덮었다. 그들은 사랑의 눈을 통해서만 보이는 세계의, 그 비현실적이지만 통찰력 있고 흥미진진한 우주의 일부가 되었다. 하늘이 그들과 맞닿았고 새들이 그들을 통해 노래했다. 그런데 램지 씨가 쳐들어왔다가 물러나는 모습과 램지 부인이 창 안에서 제임스와 함께 앉아 있는 모습, 그리고 구름이 흐르고 나무가 휘는 모습에서 그녀가 훨씬 더 흥미진진한 마음으로 목도한 것은, 인생이 누군가가 하나씩 차례로 겪는 별개의 작은 사건들로 이루어진 어떤 것에서, 누군가를 단숨에 들어 올려 저기 해변 위에 철썩하고 맹렬하게 내던지는 파도처럼 둥글게 말린 전체로 변하는 양상이었다.

뱅크스 씨는 그녀의 대답을 기다렸다. 그래서 그녀는 램지 부인 또한 자신만의 방식으로 사람을 한껏 긴장하게 만든다든지 고압적이라든지, 뭐 그런 취지의 비판적인 말을 하려 했으나, 광희에 찬 그를 보니 그런 말을 하는 게 완전히 쓸데없는 일이라는 느낌이 들었다. 예순이 된 그의 나이와 그의 깔끔하고 냉담한 성격과 그가 입을 법한 실험실 가운을 고려할 때 그렇다는 말이었다. 릴리의 눈에 보이는 그는 릴리가 느끼기에 젊은이들 수십 명의 사랑에 맞먹는 그런 광희의 표정으로 램지 부인을 응시하고 있었다. (그런데 아마도 램지 부인은 결코 젊은이들 수십 명의 사랑을 자극한 적이 없었을 것이다.) 그의 시선에서 여과되어 이미 안중에 없는 존재가 된 그녀는 캔버스를 옮기는 척하면서, 그것이 사랑이라고 생각했다. 그 대상을 움켜쥘 시도조차 결코 해 본 적 없는 사랑. 하지만 수학자들이 수학 기호에 대해, 혹은 시인들이 시구에 대해 품는 사랑처럼, 전 세계로 퍼져 나가 인류가 얻는 이로움에 보탬이 될 사랑. 정말로 그랬다. 램지 부인을 보고 있으면 왜 그토록 기분이 좋은지, 그녀가 자기 아들에게 동화책을 읽어 주는 광경이 어째서 어떤 과학적인 문제를 해결해 냈을 때와 똑같은 기분을 느끼게 하는지, 그래서 그 광경을 생각하면 마음이 놓이고, 식물의 소화체계에 대한 절대적인 무언가를 증명했을 때 그랬던 것처럼, 자신이 야만을 길들이고 혼돈의 지배를 굴복시켰다는 느낌이 들게 하는지를 뱅크스 씨가 말로 표현할 수 있었다면, 세상 사람들은 어떻게든 그것을 공유했을 것이다.

그러한 광희—이것을 달리 뭐라고 부르겠는가?—가 릴리 브리스코로 하여금 하려던 말을 완전히 잊어버리게 만들었던 것이다. 램지 부인에 관해 할 말이 무엇이든 그것은 전혀 중요하지 않았다. 그런 것은 이러한 '광희' 옆에서는, 이렇듯 조용한 응시 옆에서는 희미해졌고, 그녀는 그의 그런 모습에 강렬한 고마움을 느꼈다. 이 숭고한 힘, 이 천상의 선물처럼 그녀를 위로하고 삶의 혼란을 덜어 주고 삶이 지운 버거운 짐을 벗겨 준 것은 아무것도 없었고, 그것이 지속되는 동안에는 어느 누구도 기껏해야 바닥을 가로질러 고인 햇살 웅덩이를 가르는 수준 이상으로는 그것을 방해하지 못할 것이기 때문이다.

사람들이 당연히 이렇게 사랑하고 뱅크스 씨가 램지 부인에게 이런 감정을 느끼리라는 것이 (그녀는 생각에 잠긴 그를 힐긋 보았다) 그녀에게 도움이 되었고 그녀의 기분을 북돋웠다. 그녀는 일부러 마치 하녀가 비천한 집안일을 하듯 낡은 헝겊 조각에 붓을 하나하나 닦았다. 그녀는 그렇게 해서 모든 여자들에게 미치는 숭배로부터 몸을 피했다. 그녀 자신이 칭찬받는 느낌이었기 때문이다. 계속 램지 부인이나 응시하도록 그는 내버려두고, 나는 내 그림이나 슬쩍 봐야겠다,라고 그녀는 생각했다.

그녀는 울고 싶은 심정이었다. 바람직한 그림이 아니었다. 형편없었다. 완전히 형편없었다! 물론 다르게 그릴 수도 있었다. 색도 옅게 쓰고 채색도 희미하게 할 수 있었고, 형체도 있는 듯 없는 듯 아련하게 표현할 수도 있었다. 그것이 폰스포트 씨가 보았을 법한 방식이니까. 그러나 그녀는 그런 식으로 보지 않았다. 그녀의 눈에는 강철의 골조 위에서 색깔이 강렬하게 타오르고 성당의 아치형 구조물 위에 앉은 나비 날개에 빛이 투과되는 모습이 보였다. 그 모든 것들 가운데 캔버스 위에 남아 있는 것은 마구 그려 놓은 다만 몇 안 되는 무작위의 표시들뿐이었다. 사람들에게 그것을 보일 일도 없고, 심지어 벽에 걸 일도 없을 터였다. 그리고 탠슬리 씨가 그녀의 귀에 속삭이던 말이 아직도 들리는 듯했다. "여자는 그림을 그리지도, 글을 쓰지도 못해요…"

자신이 램지 부인에 관해 무슨 말을 하려고 했었는지 이제야 기억이 났다. 그것을 말로 어떻게 표현하려 했는지는 모르겠으나, 아마도 뭔가 비판적인 말이었을 것이다. 그녀는 요전 날 밤 어떤 고압적인 태도 때문에 짜증이 났었다. 뱅크스 씨의 시선을 따라 부인을 바라보면서, 그녀는 어떤 여자도 다른 여자를 그가 숭배하는 방식으로 숭배할 수는 없을 거라고 생각했다. 그들은 뱅크스 씨가 그들 모두의 위로 넓게 드리워 준 그늘 아래서만 피신처를 구할 수 있을 터였다. 부인을 향해 빛살처럼 뻗어 가는 그의 시선에, 그녀는 자신의 시선으로 다른 빛살을 더했다. 그러면서 부인은 의문의 여지 없이 가장 아름다운 사람이며 (부인이 동화책 위로 몸을 굽혔다) 어쩌면 최고의 사람이지만, 지금 이곳에서 그들 눈에 보이는 완벽한 자태와는 사뭇 다르기도 한 사람이라고 생각했다. 하지만 왜 다른가? 어떻게 다르지? 그녀는 그녀의 눈에 지금은 생명 없는 덩어리처럼 보이는 파란색과 녹색 물감 덩어리를 팔레트에서 긁어내면서 자문했다. 하지만 그녀는 내일이면 그 파란색과 녹색 물감 덩어리에 생명을 불어넣어, 자신의 뜻대로 움직이고 흐르고 자신의 명령을 이행하도록 만들겠다고 다짐했다. 그녀는 어떻게 달랐지? 소파 한 귀퉁이에서 장갑 한 짝을 발견했을 때, 그 손가락의 뒤틀린 형태로 의론의 여지 없이 그녀의 장갑이라고 판별할 수 있을 본질적인 것, 그녀의 정수는 무엇일까? 그녀는 빠르게 나는 새처럼 민첩하고, 똑바로 날아가는 화살처럼 솔직해. 그녀는 또한 고집이 세고 위세를 부리지. (물론 나는 그녀가 여성들과의 관계에서 그렇다는 거야. 릴리가 스스로에게 상기시켰다. 공교롭게도 나는 그녀보다 훨씬 어린 데다, 브롬튼가에서 약간 벗어난 곳에서 살고 있는 보잘것없는 사람이니까.) 부인은 침실 창문은 열어 놓고 방문은 닫을 거야. (그렇게 그녀는 머릿속에서 램지 부인 특유의 행동 양식에 맞춰 요전 날 밤 일을 떠올려 보려고 시도했다.) 낡은 모피 코트로 몸을 감싸고 (서둘러서 대충 걸친 것처럼 보여도, 늘 격에 맞게 입는 것이 그녀가 자신의 미모를 부각하는 방식이었다) 밤늦게 도착하여 침실 문을 가볍게 두드린 후, 그녀는 우산을 잃어버린 찰스 탠슬리나, 발을 끌듯 걸으면서 코를 훌쩍이는 카마이클 씨나, "채소가 싱겁군요"라고 구시렁거리는 뱅크스 씨 등 무엇이든 그럴듯하게 흉내 내어 연기하겠지. 이 모든 것을 부인은 능숙하게 구현하고, 심지어 악의적으로 비틀기조차 할 거야. 그러고는 이젠 가야겠다느니 어쩌니 핑계를 대며 창가로 다가가서, — 벌써 새벽이 다 되었네. 해 뜨는 걸 볼 수도 있겠어 — 반쯤 뒤로 돌아, 좀 더 친밀하게, 하지만 여전히 웃으면서, 결혼을 종용하지. 당신도 그렇고, 민타도 그렇고, 모두 꼭 결혼해야 해요. 이 세상에서 당신이 어떤 영예를 얻고(하지만 램지 부인은 내 그림에 대해선 조금도 관심이 없어), 혹은 어떤 승리를 쟁취한들(아마도 램지 부인은 자기 몫의 승리를 챙겼을 것이다), — 그리고 여기서 부인은 어두워진 얼굴로 수심에 잠긴 채 다시 제자리로 돌아와 앉았고, — 여성이 결혼을 하지 않으면 (부인이 내 손을 잠시 가볍게 잡았다) 인생에서 가장 좋은 것을 놓치게 된다는 데에는 의론의 여지가 없어요,라고 말했다. 집은 잠든 아이들과 귀 기울이는 램지 부인으로, 등갓을 씌운 불빛과 규칙적인 숨소리로, 충만하게 느껴졌다.

아, 하지만 아버지를 모셔야 하고 살림도 돌봐야 하는 걸요. 릴리는 말하곤 했다. 만약 용기가 좀 더 있었다면, 심지어 그림도 그려야 한다는 말도 덧붙였을 것이다. 그러나 이 모든 해야 할 일들은 결혼에 비해 너무도 하찮고, 결혼을 안 한 여자나 할 법한 생각으로 보였다. 그런데 밤이 흘러감에 따라, 하얀 빛들이 커튼을 갈랐고, 이따금 정원에서 새가 지저귀는 소리도 들려 왔다. 그녀는 필사적인 용기를 모아서, 자신은 보편적인 법칙에서 벗어난 사람임을 강력히 주장하곤 했다. 그녀는 혼자 있는 것을 즐기고, 자아를 찾고 싶고, 결혼에는 맞지 않는 사람이라고, 그렇게 자신을 변론하곤 했다. 그러면 그녀는 비할 데 없이 깊은 눈의 진지한 시선을 마주해야 하고, (릴리는 이제 부인의 눈에 어린아이가 되어 있었다) 자신의 소중한 릴리, 자신의 작은 브리스코가 바보라는 램지 부인의 단순한 확신에 직면해야 했다. 그런 다음 그녀가 기억하기로는 자신이 램지 부인의 무릎에 머리를 얹고는 웃고, 웃고, 또 웃고, 거의 미친 듯이 웃었는데, 램지 부인은 자기가 전혀 이해하지 못하는 사람들의 운명조차도 변함없이 침착하게 맡아서 관리한다는 생각이 들었기 때문이었다. 부인은 단순하고 진지하게 거기 앉아 있었다. 릴리는 이제 제정신으로 돌아왔다. 아, 이것이 바로 그 장갑의 뒤틀린 손가락이구나. 그런데 부인은 어떤 마음속 성역을 꿰뚫어 보았을까? 릴리 브리스코는 마침내 고개를 들어 올려다보았다. 그리고 거기 램지 부인이 있었다. 그녀는 릴리가 웃은 이유를 전혀 눈치채지 못한 채 여전히 상황을 주도하고 있었지만, 이제 모든 의도성의 흔적은 사라지고 마침내 구름이 걷혀 드러난 공간처럼, 달 옆에서 잠든 하늘의 작은 공간처럼, 맑고 선명한 무언가가 그 자리를 차지하고 있었다.

그것은 지혜였을까? 지식이었을까? 아니면 다시 한 번, 아름다움에 현혹되어, 진리에 절반쯤 도착한 우리의 모든 인식력이 황금빛 그물망에 걸려 발이 엉키고 말았을까? 아니면 그래도 세상이 계속 돌아가려면 어떤 비밀은 마음속에 감춰 두어야 한다는 릴리의 확실한 믿음처럼, 부인도 자신의 마음속에 어떤 비밀을 꽁꽁 숨겨 두고 있는 건 아닐까? 모든 사람들이 그녀처럼 근근이 생활을 꾸려 가고 허둥대며 사는 건 아닐 터였다. 하지만 사람들이 안다 한들, 자신들이 아는 걸 누군가에게 말할 수 있을까? 바닥 위에서 램지 부인에게 바짝 다가앉아 그녀의 무릎을 꼭 끌어안고, 자신이 그토록 꼭 끌어안은 이유를 램지 부인은 결코 알지 못할 거라고 생각하고 빙그레 웃으며, 릴리는 왕의 무덤에 보물들이 부장되는 것처럼 자신의 몸이 닿아 있는 여자의 마음 및 심장의 방 안에 신성한 비문이 새겨진 판석들이 서 있는 모습을 상상했는데, 누군가가 그 비문을 해독하여 활자로 옮길 수 있다면 그는 모든 걸 알게 되겠으나, 그 비문은 결코 해독되도록 공개되지 않을 것이며, 절대 대중에게 알려지지 않을 터였다. 그 비밀의 방을 뚫고 들어갈 수 있는 어떤 기술 중에, 사랑이나 잔꾀에게 알려진 것이 있을까? 마치 한 항아리에 쏟아부은 물처럼 흠모하는 대상과 분리할 수 없을 정도로 하나가 되게 하는 어떤 방책이 있을까? 육체가 그것을 성취할 수 있을까? 아니면 복잡한 뇌혈관에 절묘하게 섞여 있는 마음이? 아니면 가슴이? 이른바 애정이라는 것이 그녀와 램지 부인을 하나로 만들 수 있을까? 그녀가 갈망하는 것은 지식이 아니라 하나가 되는 것이기 때문이다. 석판 위의 비문도 아니고, 인간에게 알려진 언어로 기록 가능한 그 어떤 것도 아니며, 바로 친밀함 그 자체인데, 머리를 램지 부인의 무릎 위에 기댔을 때, 그녀는 친밀해지는 것이 바로 지식을 얻을 수 있는 길이라고 생각했었다.

그런데 그녀가 램지 부인의 무릎에 머리를 기댔을 때 아무 일도 벌어지지 않았다. 아무 일도! 아무 일도! 그렇다 하더라도 그

너는 지식과 지혜가 램지 부인의 가슴속에 저장되어 있음을 알았다. 그렇다면, 사람들은 밀봉되어 있는데, 사람들에 관한 이런 저런 것들을 우리가 어떻게 안단 말인가. 그녀는 자문했었다. 형태가 없어 만지거나 맛볼 수 없는 공중의 달콤하고 자극적인 무언가에 이끌리는 꿀벌처럼, 우리는 반구형 벌집을 들락거리기도 하고 홀로 세계 여러 나라의 드넓은 하늘을 돌아다니기도 하다가 각 나라에서 수집해 온 웅얼거리는 말들과 술렁이는 감정들을 가지고 여러 벌집들을 찾아들어야 한다. 그 벌집들이 바로 사람들이다. 램지 부인이 일어섰다. 릴리도 일어섰다. 램지 부인이 돌아갔다. 누군가의 꿈을 꾸고 나면 현실의 그 사람이 미묘하게 달라 보이듯이, 램지 부인이 릴리의 방을 다녀간 후 며칠 동안, 불분명하게 웅얼거리는 소리가 부인이 실제로 했던 어떤 말보다 더 생생하게 부인의 주변을 떠돌았고, 부인이 거실 창 안 고리버들 안락의자에 앉아 있을 때, 위엄 있고 당당해 보이는 부인의 모습이 릴리의 눈에 반구형의 웅장한 건축물처럼 보였다.

이런 눈길이 뱅크스 씨의 눈길과 나란히 빛살처럼 나아가, 제임스를 무릎 위에 앉힌 채 동화책을 읽어 주는 램지 부인에게 곧장 닿았던 것이다. 그러나 릴리의 눈길이 여전히 램지 부인에게 머무는 동안, 뱅크스 씨의 눈길은 어느새 거두어졌다. 그가 안경을 쓰더니 한 걸음 뒤로 물러선 후 한 손을 들어 올렸다. 그가 맑고 푸른 눈을 살짝 가늘게 떴을 때, 정신을 차린 릴리는 그가 무엇을 하려는지 눈치채고는 마치 자신을 때리려고 들어 올린 손을 본 개처럼 몸을 움찔했다. 그녀는 이젤에서 자신의 그림을 와락 잡아 치우고 싶었지만, 속으로 그래도 누군가 보긴 해야 하잖아,라고 생각했다. 누군가가 자신의 그림을 쳐다본다는 끔찍한 시련을 견뎌 내기 위해 마음을 다잡았다. 누군가는 봐야 해, 그녀가 말했다. 그래도 누군가는. 그리고 정말 누군가가 그녀의 그림을 봐야 한다면, 다른 사람보다는 뱅크스 씨인 것이 그나마 덜 불안했다. 하지만 그 아닌 다른 누군가가 서른세 해 세월 동안 남겨진 그녀의 자취를, 그리고 그동안 내내 그녀가 말하거나 보여 준 것보다 더 많은 비밀과 뒤섞인 매일의 퇴적물을 봐야 한다면, 그것은 극도의 고통일 것이다. 동시에 대단히 짜릿할 터였다.

그 이상 담담하고 태연할 수 없었다. 뱅크스 씨가 주머니칼을 꺼내 상아 손잡이로 캔버스를 톡톡 두드렸다. "바로 저기," 보라색 삼각형 모양으로 뭘 나타내고 싶은 거죠? 그가 물었다.

제임스에게 책을 읽어 주는 램지 부인이에요,라고 그녀가 대답했다. 그녀의 예상대로, 그는 그것이 사람 모양이라는 걸 알아볼 사람은 아무도 없을 거라고 지적했다. 유사하게 그릴 생각은 애초에 없었어요,라고 그녀가 말했다. 그렇다면 무슨 이유로 그들을 이런 식으로 표현한 거요? 정말 이유가 뭐죠? 다만 저기 저 구석이 밝다면, 여기 이 구석은 어둡게 할 필요가 있었던 것 같긴 한데. 그것은 단순하고 명백하고 평범했지만, 뱅크스 씨는 흥미를 느꼈다. 어머니와 아이*는 보편적으로 경모되는 대상이고, 이 경우 어머니는 미모로 유명하지 않은가. 그는 가만히 생각했다. 그렇다면 불경(不敬)을 범하지 않고도 모자(母子)를 하나의 보라색 음영으로 치환할 수 있겠군.

하지만 이 그림은 그들에 관한 게 아니에요, 그녀가 말했다. 아니면 적어도, 뱅크스 씨가 생각하는 느낌으로는 아니에요. 다른 느낌으로도 그들에게 깊은 존경심을 표현할 수 있어요. 예를 들어, 이곳에는 음영을 주고 저곳은 밝게 하는 거죠. 어떤 그림이 그녀가 막연히 암시한 대로 존경의 표시여야 한다면, 그녀가 존경을 표현하는 방식은 바로 그런 형태를 취했다. 불경을 범하지 않고도 어머니와 아이를 하나의 음영으로 치환할 수 있다. 여기의 밝음은 저기의 어두움을 필요로 한다. 그는 그런 점을 고려해서 살펴보았다. 흥미로웠다. 그는 그것을 과학적으로 완전히 진지하게 받아들였다. 사실 내가 가진 편견은 모두 다른 쪽에 있어요, 그가 설명했다. 우리 집 거실에 걸린 가장 커다란 그림은 화가들도 상찬하고 구매 당시보다 현재 값이 더 나가는, 케넷 강둑 위 만개한 벚나무들을 그린 그림이라오. 케넷 강변에서 신혼여행을 보냈거든요. 그가 말했다. 릴리도 와서 그 그림을 한번 봐요. 그가 제안했다. 하지만 이제 그는 고개를 돌리고 그녀의 캔버스를 과학적으로 검사하기 위해 안경을 제대로 고쳐 썼다. 솔직히 이전에는 한 번도 생각해 본 적 없는 주제이긴 한데, 그림에서 형체들의 관계나 명과 암의 관계에 관해 궁금해져서

* 뱅크스 씨는 은연중에 램지 부인을 성모 마리아에, 램지 부인과 제임스의 모습을 성모자상에 비유하고 있다.

말이지요. 설명해 줄 수 있나요? 이것을 어떤 식으로 구현하고자 하는 거요? 그러면서 그는 그들 앞에 펼쳐진 풍경을 가리켰다. 그녀도 눈앞의 풍경을 바라보았다. 그녀는 자신이 그것을 어떤 식으로 표현하고자 하는지를 그에게 보여 줄 수 없었다. 손에 붓을 쥐지 않고는 그녀 자신에게도 보이지 않았으니까. 그녀는 흐릿해진 눈과 멍한 태도로 다시 한번 아까처럼 그림 그리는 자세를 취해, 여성으로서 그녀가 느낀 모든 인상들을 억눌러 훨씬 더 보편적인 무언가로 만들었고, 자신이 한때 분명히 보았었고 이제는 울타리와 집과 어머니와 아이 들 사이에서 막연히 찾아내어야 하는 그런 환상의 영향력 아래 다시금 놓이려 했다. 그 환상이 곧 그녀의 그림이 될 터였다. 그녀가 기억하기로 그것은 오른편의 이 형체를 왼편의 저 형체와 어떻게 연결시키는가, 하는 문제였다. 나뭇가지의 선을 맞은편으로 가로지르게 하는 방식으로 연결하거나, 전경(前景)의 빈 공간을 (아마도 제임스일) 어떤 물체로 채우는 방식으로 연결할 수 있겠지. 하지만 그렇게 하면 전체의 통일성이 깨질 위험이 있어. 그녀는 이쯤에서 생각을 멈췄다. 그를 지루하게 만들고 싶지 않았다. 그녀는 이젤에서 화폭을 가볍게 떼어 냈다.

하지만 누군가 이미 그녀의 화폭을 보았고, 그런 이상 그녀의 그림은 더 이상 그녀의 것만이 아니게 되었다. 이 남자는 그녀의 마음속 깊숙한 곳에 자리 잡은 내밀한 무언가를 공유했다. 그리고 그것에 대해 램지 씨에게 감사하고, 그것과 그 시간과 그 장소에 대해 램지 부인에게 감사하는 한편, 그녀가 존재하리라고 생각한 적 없던 힘이 세상에 있음을 인정하고, 더는 혼자가 아니라 누군가와 팔짱을 끼고 저 긴 복도를 걸어갈 수 있다고 믿으며—세상에서 가장 낯설면서도 가장 신나는 기분이었다—그녀는 물감 상자를 필요 이상으로 세차게 닫아 잠금 부분에 작게 팬 자국을 냈는데, 그 찰나의 순간이 물감 상자와 잔디와 뱅크스 씨, 그리고 맹렬한 속도로 옆을 휙 지나쳐 가던 악동 캠을 영원히 둥글게 에워싸는 것 같았다.

10

캠이 이젤 옆을 거의 스치다시피 지나갔기 때문이다. 캠은 뱅크스 씨와 릴리 브리스코를 보고도 멈추지 않았다. 딸이 있었다면 아주 귀여워했을 뱅크스 씨가 손을 내밀어 악수를 청하는 데도 그냥 지나쳤고, 자기 아버지 옆을 역시 아슬아슬하게 스쳐 지나가면서도 멈추지 않았으며, "캠! 잠깐 이리 오렴!" 하고 부르는 어머니의 말도 무시한 채 황급히 내달려 갔다. 그녀는 새처럼, 총알처럼, 혹은 화살처럼 떠났는데, 어떤 욕망이 그녀를 추동하고, 누가 그녀를 내쏘았고, 어디를 과녁 삼아 향해 가는지, 누가 짐작할 수 있겠는가? 뭐야, 왜 저러지? 램지 부인이 캠을 눈으로 좇으며 곰곰 생각했다. 조개껍질이 보였을 수도, 손수레가 눈에 띄었을 수도, 혹은 울타리 저편에 동화 속 왕국의 환상이 보였을 수도 있고, 아니면 그저 달리기 실력을 자랑하고 싶었는지도 모르지. 그 속을 누가 알겠어. 하지만 램지 부인이 재차 "캠!" 하고 부르자, 앞으로 달려 나가던 속도는 도중에 추진력을 잃었고, 캠은 방향을 돌려 돌아오는 길에 느긋이 나뭇잎도 하나 잡아 뜯으면서 어머니를 향해 천천히 걸어왔다.

무언가 자기만의 생각에 골몰한 캠을 보고 램지 부인은 아이가 어떤 몽상에 빠져 있는지 궁금해하면서, 앤드루와 도일 양과 레일리 씨가 집으로 돌아왔는지 밀드레드에게 물어보라고 일렀으나, 아이가 여전히 넋 나간 듯 서 있는지라, 같은 말을 두 번 반복해야 했다. 그 말은 마치 우물 속으로 떨어지는 것 같았다. 우물물이 맑다 해도 어떤 물체가 물속에 들어가면 모양이 기이하게 왜곡되듯이, 말이 마음의 우물 속으로 떨어질 때 뒤틀리는 바람에 캠의 마음 바닥에서 어떤 무늬를 만들어 낼지 도무지 알 수 없었다. 캠이 요리사에게 과연 어떤 말을 전할까? 램지 부인은 궁금했다. 한참을 진득이 기다리고 나서, 어떤 양 볼이 빨간 할머니가 부엌에서 양푼에 담긴 수프를 떠 마시고 있다는 말을 듣고 난 후에야, 램지 부인은 마침내 캠의 앵무새 같은 본능을 부추겼고, 그 본능으로 밀드레드의 말씨를 꽤나 정확히 포착해 놓았던 캠은 누구든 기다리기만 하면 이제 그것을 단조로운 가락으로 재현해 낼 수 있을 터였다. 양발을 번갈아 움직이며, 캠이 밀드레드의 말을 옮겼다. "아니, 아직 안 왔단다. 그리고 내가 엘렌더러 차(tea)를 치우라고 일렀지."

그렇다면 민타 도일과 폴 레일리가 아직 돌아오지 않았다는 얘기군. 그것이 의미하는 건 오직 한 가지뿐이야, 램지 부인이 생각했다. 민타가 폴의 청혼을 받아들이든지, 거절하든지 한 거지. 비록 앤드루가 따라가긴 했지만, 가볍게 점심을 먹은 후 멀리 산책을 나가는 게 뭘 의미하겠어? 민타가 그 선량한 남자의 청혼을 받아들이는 옳은 결정을 했다는 것밖엔 없잖아. 램지 부인이 생각했다. (그리고 그녀는 민타가 몹시, 몹시 마음에 들었다.) 폴이 그렇게 똑똑하진 않을지 몰라도,라는 생각을 이어 갈 때, 제임스가 어부와 아내 이야기를 계속 읽어 달라며 램지 부인을 세게 잡아당겼다. 그녀는 그래도 이를테면 찰스 탠슬리 같이 논문을 쓰는 영리한 남자보다는 멍청이가 훨씬 더 낫다고 속으로 생각했다. 어쨌든 지금쯤이면 분명 받아들이거나 거절하거나, 어느 쪽으로든 결정 났겠지.

하지만 그녀는 계속 동화책을 읽어 나갔다. "다음날 아침에 아내가 먼저 잠에서 깼어요. 막 동쪽 하늘이 밝아 오기 시작할 무렵이었어요. 침대에 누운 채로 그녀는 자기 앞에 아름답게 펼쳐진 시골 풍경을 보았어요. 그녀의 남편은 여전히 팔다리를 쭉 펴고 누워…"

그런데 민타가 이제 와서 폴의 청혼을 받아들일 수 없다고 말할 수 있을까? 오후 내내 단둘이서 시골길을 천천히 거닐기로 약속했으니 그럴 순 없겠지. 앤드루는 곧 게를 잡으러 떠날 테니까 말이야. 하지만 어쩌면 낸시가 그들과 함께 있을지도 모르겠네. 그녀는 점심 식사 후 그들이 현관문 근처에 서 있던 모습을 떠올려 보았다. 그들은 그곳에서 하늘을 올려다보면서 날씨가 어떨지 궁금해하며 서 있었고, 그녀는 한편으로는 수줍음 때문에 선뜻 서로에게 다가가지 못하는 그들을 지원하고, 그리고 한편으로는 그들이 함께 산책을 떠나도록 부추기려는 생각으로 (그녀는 폴을 동정했기 때문이다) 입을 열었다.

"수 킬로미터 내론 구름 한 점 보이지 않네요." 그들을 따라 밖으로 나온 쩨쩨한 찰스 탠슬리가 그녀의 이 말에 킬킬대며 웃는 게 느껴졌다. 하지만 그녀는 일부러 그렇게 말한 거였다. 마음속의 눈으로 이쪽저쪽 살펴봤지만, 낸시가 거기에 있었는지는 확신할 수 없었다.

그녀는 계속해서 읽었다. "아, 여보," 남자가 말했어요. "우리가 왜 왕이 되어야 하지? 난 왕이 되고 싶지 않아." "알겠어요," 아내가 말했어요. "당신이 왕이 되지 않겠다면, 내가 왕이 되면 되지. 왕은 내가 될 테니 당신은 넙치한테나 다녀와요."

"안으로 들어오든지 밖으로 나가든지 하렴, 캠," 그녀가 말했다. 캠은 그저 '넙치'라는 단어 하나에 마음이 이끌렸을 뿐이라는 것과, 그 애가 들어와 보았자 이내 제임스를 건드려 싸울 것을 알고 하는 말이었다. 캠이 급히 떠났다. 제임스와 취향이 같아서 함께 있으면 편했기 때문에, 램지 부인은 안도하고는 책을 계속 읽어 나갔다.

"그리하여 그가 바다에 도착했을 때, 바다는 거무죽죽한 회색이 되어 있었어요. 저 밑에서 바닷물을 밀어 올리듯 파도가 높이 솟고 썩는 냄새가 진동했답니다. 그가 다가가 바다 옆에서 말했어요.

넙치야, 바닷속의 넙치야.
제발, 청컨대, 내게로 오렴.
내 아내, 착한 일사빌을 위해,
나와 다른 소원을 가진 그녀를 위해.

'그럼, 그녀는 무엇을 원하나요?' 넙치가 말했어요." 그런데 그들은 지금 어디 있지? 동화책을 읽어 주는 일과 혼자만의 생각을 하는 일을 무던히 쉽게 동시에 하면서, 램지 부인은 궁금해했다. 어부와 아내 이야기는 마치 어떤 곡조를 받쳐 주며 부드럽게 반주되다가 이따금 예기치 못한 순간에 주선율에 합류하는 저음부와 같았기 때문이다. 그리고 나는 언제 그 이야기를 들을 수 있을까? 만약 아무 일도 생기지 않았다면, 민타에게 진지하게 이야기해 봐야겠어. 아무리 낸시가 그들과 함께 있다지만 (그녀는 길을 따라 내려가는 그들의 뒷모습을 다시 마음속에 떠올리면서 모두 몇 명인지 세어 보려 했지만 여의치 않았다) 민타가 온 시골길을 돌아다니게 할 순 없잖아. 나를 믿고 민타를 맡긴 민타 부모님 생각도 해야 하니까. (올빼미와 부지깽이. 그녀는 책을 읽으면서 자신이 그들에게 지어 준 별명을 떠올렸다. 올빼미와 부지깽이.) 그래, 민타가 램지 가족과 함께 머물면서 이러저러한 사람들을 만나 이런저런 행동을 하는 걸 봤다더라 하는 얘기를 그들이 들으면 기분이 꽤나 언짢겠지. 그런데 결국엔 분명 듣게 될 거란 말이야. "민타 아버지가 하원의사당에서 가발을 쓰는데, 그 애 엄마가 계단 위에서 그가 가발 쓰는 걸 능숙하게 거든다더군요.” 어떤 파티에서 돌아와 남편을 즐겁게 해 주려고 민타 부모님을 소재로 만들어 냈던 문구를 마음속에서 건져 내어 뇌었다. 이거 참, 정말이지, 램지 부인이 혼자 중얼거렸다. 어떻게 그들에게서 이런 어울리지 않은 딸이 나온 거지? 민타는 양말에 구멍이 다 날 정도로 활동적인 성격의 말괄량이잖아? 앵무새가 흩뿌린 모래를 하녀가 항상 쓰레받기에 담아 말끔히 치우고, 대화라고 해 봤자 (재미가 있을지도 모르지만 결국 제한적일 수밖에 없는) 앵무새에게서 끌어내는 말이 고작인 그런 엄숙하고 답답한 분위기 속에서 민타가 어떻게 살았겠냐고. 자연히, 민타에게 점심이나 같이 먹자, 차라도 한잔 마시자, 저녁 식사라도 함께 하자고 청하다가, 마침내 핀레이에 있는 우리 집에서 함께 머물자는 제안까지 하게 되었고, 이 일로 민타의 어머니인 ‘올빼미’와 마찰이 생기는 바람에, 더 자주 방문하여 더 많은 대화를 나눴고, 더 많은 모래가 흩뿌려졌으며, 실제로 종국에는 앵무새에 관해서 평생 동안 하고도 남을 거짓말을 다 했었지. (그렇게 해서 그녀가 그날 밤 그 파티에서 돌아와서는 남편에게 그런 말을 했던 것이다.) 하지만 민타가 와서는… 그래, 그녀가 왔지. 램지 부인이 생각했다. 그녀는 이 뒤엉킨 생각 안에 어떤 가시가 있는 게 아닐까 짐작했고, 그 가시를 발라내다 보니 그것이 언젠가 어떤 여자가 ‘램지 부인이 자기 딸의 애정을 빼앗아 갔다며’ 자신을 원망했던 일과 연관된 것임을 깨달았는데, 자신에 대한 그 비난이 다시금 기억이 난 것은 도일 부인이 했던 어떤 말 때문이었다. 말인즉슨, 지배하기 좋아하고, 간섭하기 좋아하고, 자기가 원하는 대로 남들이 하게끔 만든다는 것이었는데, 램지 부인은 자신에게 제기된 그런 혐의가 정말로 부당하다고 생각했다. 사람들 눈에 내가 '그렇게' 보이지 않을 방법이 없잖아? 아무도 내가 남들에게 깊은 인상을 주려고 갖은 애를 쓴다며 비난할 순 없어. 난 오히려 종종 내 초라한 모습이 부끄러운걸. 나는 남들에게 위세를 떨거나 전횡을 휘두르는 사람이 아니야. 물론 병원과 하수 시설과 낙농장에 관한 얘기는 비교적 사실에 가깝지. 그런 것들에 관해서라면, 난 확실히 내 의견을 열정적으로 표명하고 있고, 기회가 있다면 사람들의 목덜미를 움켜잡아 끌고 가서라도 그들이 직접 보도록 만들고 싶으니까. 섬 전체에 병원이 한 개도 없다니. 부끄러운 일이고말고. 런던에서 집으로 배달되는 우유는 흙먼지로 사실상 갈색이 되어 있어. 그건 법으로 금해야 해. 여기 이 섬에 모범적인 낙농장과 병원을 건설하는 것. 그게 내가 직접 하고 싶은 두 가지 일이야. 그런데 어떻게? 이 많은 아이들을 키우면서? 아이들이 좀 더 자라면, 아이들이 모두 학교에 다니게 되면, 어쩌면 그땐 여유가 좀 생길지도 모르지.

아, 하지만 그녀는 제임스나 캠이 하루라도 더 자라는 것을 결코 원하지 않았다. 그녀는 이 두 아이가 영원히 지금 그대로의 모습으로, 사악한 악동이자 기쁨의 천사로 남아 있기를 바랐고, 그들이 자라서 다리 긴 괴물로 변하는 것을 결코 보고 싶지 않았다. 그러한 손실은 그 어떤 것도 보상해 줄 수 없었다. 그녀가 이제 막 제임스에게 "그리고 케틀드럼과 트럼펫을 든 수많은 군인들이 있었어요"라고 읽어 주었을 때 아이의 눈빛이 어두워지는 것을 보고, 그녀는 생각했다. 아이들은 왜 자라야 하고, 이 모든 것을 잃어야 할까? 제임스는 그녀의 아이들 가운데 가장 재능이 뛰어났고 가장 예민했다. 하지만 아이들 모두 앞길이 아주 밝다고 그녀는 생각했다. 남들과 함께 있을 때 완벽한 천사인 프루는 아름답기도 해서, 이따금, 특히 밤에는 숨 쉬는 걸 잊게 만들 정도로 아름다워 보일 때가 있었다. 앤드루의 경우 남편조차도 그 애의 수학적 재능이 비상하다고 인정할 정도였다. 그리고 여전히 거칠고 제멋대로인 낸시와 로저는 온 종일 시골 바닥을 뛰어 돌아다녔다. 로즈에 대해 말하자면, 입이 지나치게 큰 게 흠이지만, 놀라운 손재주를 지녔다. 그들이 몸짓으로 알아맞히기 게임을 하면, 로즈는 옷을 만들었다. 로즈는 뭐든지 다 잘 만들었고, 특히 탁자든 꽃이든 무엇이든 정리하고 꾸고 배치하는 일을 제일 잘했다. 재스퍼가 새총으로 새를 쏘는 건 마음에 들지 않지만, 그것도 그저 하나의 성장 과정일 터였다. 아이들은 모두 성장의 단계들을 지나왔다. 그녀는 제임스의 머리 위에 턱을 올려놓으며 물었다. 어째서 아이들은 이토록 빨리 자라야 할까? 왜 아이들은 학교에 가야 할까? 그녀는 항상 아기가 있었으면 했다. 아기를 두 팔에 안고 있을 때가 가장 행복했다. 그런데도 사람들은 저들 좋을 대로 내가 독재적이니, 위세를 부리니, 사람들을 자기 뜻대로 통제하니 하면서 수군대지. 그녀는 신경 쓰지 않았다. 그리고 제임스의 머리칼에 입을 맞추며 그가 다시는 이만큼 행복하지는 않을 거라고 생각하려다 그만두었다. 언젠가 이 말을 듣고 남편이 무척 화를 냈던 일이 기억났기 때문이다. 하지만 여전히 그것은 사실이었다. 아이들이 앞으로 다시 어떤 행복을 경험하든, 지금보다 더 행복하지는 않을 것이었다. 캠은 십 펜스짜리 소꿉놀이 차 세트로도 며칠 동안이나 행복했다. 아이들은 잠에서 깨는 순간부터 그녀의 머리 위 마룻바닥을 쿵쿵 걸어 다니며 시끄럽게 소리 지르고 웃고 떠들었다. 복도를 따라 걸을 때도 시끌벅적 부산스러웠다. 그런 다음 문을 활짝 열고, 아이들이 들어왔다. 아침 식사를 하러 식당에 들어오는 일은 아이들에겐 매일의 정해진 일과 같은 것이지만, 아이들은 마치 그것이 아주 특별한 행사인 양, 잠이 활짝 깨어 시선은 또렷했고 얼굴은 갓 피어난 장미처럼 싱싱했다. 그리고 계속 그런 식으로 하루 종일 내내 한 가지 일에 뒤이어 다른 일이 이어지다가, 마침내 그녀가 아이들 방으로 올라가 잘 자라는 인사를 하고 난 뒤에도, 아이들은 벚나무와 라즈베리 나무들 사이에 둥지를 튼 새들처럼 각자 침대의 이불 속에 드러누워, 여전히 별 대단치 않은 쓸데없는 이야기들, 이를테면 누군가에게서 들은 이야기나 정원에서 우연히 알게 된 이야기들을 서로에게 재잘거렸다. 아이들은 모두 자기들만의 작은 보물을 가지고 있었다… 그래서 그녀는 아래층으로 내려가 남편에게 말했다. 아이들은 왜 자라야 하고 또 모든 것을 잃어야 할까요? 아이들은 두 번 다시 이렇게 행복하지는 못할 거예요. 그러면 남편은 화를 냈다. 왜 그렇게 인생을 비관적으로 보는 거야? 그가 말했다. 그건 분별 있는 태도가 아니야. 남편이 그런 말을 한다는 게 이상했지만, 그의 말이 진실이라고 믿은 이유는, 그가 가진 우울감과 절망감에도 불구하고 그는 대체로 그녀보다 더 행복하고 희망적이었기 때문이다. 아마도 그가 인간이 흔히 갖는 근심 걱정에 덜 노출되어 그런 것 같았다. 남편에겐 언제나 의지 삼을 만한 자신의 일이 있었다. 그렇다고 남편이 책망하는 대로 그녀가 '비관주의자'인 것은 아니었다. 다만 인생이라는 것을 생각하면 — 그리고 그녀는 자신의 눈앞에 주마등처럼 스쳐 지나가는 짧은 시간 한 조각, 그녀의 오십 년 인생을 떠올렸다. 삶이, 거기 그녀 앞에 있었다. 삶이란, 하고 생각의 운은 떼었으나, 그녀는 자신의 생각을 매조지할 수가 없었다. 자신의 삶을 한번 들여다보니, 자신은 분명한 삶의 감각을 가지고 있었고, 아이들과도 남편과도 절대로 공유할 수 없는 무언가 현실적이고 사적인 것이 존재했기 때문이었다. 일종의 거래가 그녀와 삶 사이에서 오갔는데, 그 거래에서 그녀는 이쪽 편에 삶은 저쪽 다른 편에 있었고, 자신에 관한 것이기에 그녀는 언제나 그 거래에서 더 많이 얻는 쪽이 되려고 애썼으며, 때때로 (그녀가 혼자 앉아 있을 때면) 삶과 협상하여 대타협을 이루어 냈던 기억도 있지만, 대부분의 경우 참으로 이상하게도 그녀가 삶이라고 부르는 이것은 무섭고 적대적이며 기회가 생길 때마다 재빨리 자신에게 덤벼든다는 것을 그녀는 인정해야 했다. 고통, 죽음, 빈곤같이 영원히 해결되지 않는 문제들도 있었다. 바로 이곳에도 암으로 죽어 가는 여자가 있었다. 그럼에도 그녀는 아이들 모두에게 말했었다. 너희들은 그것을 다 헤쳐 나가게 될 거야. 여덟 아이들에게 그런 말을 (그리고 온실을 수리하는 데 오십 파운드가 들 거라는 말을) 가차 없이 했었다. 그런 이유로, 아이들 앞에 무엇이 놓여 있는지—사랑과 야망과 황량한 장소에 비참하게 홀로 남겨지는 것—를 알고, 그녀는 종종 그런 느낌이 들었던 것이다. 아이들은 왜 자라야 하고 또 모든 것을 잃어야 할까? 그러다가도 그녀는 삶 앞에서 칼을 휘두르는 것은 허튼짓이라고 스스로에게 일렀다. 아이들은 완벽하게 행복할 거다. 그런데 곰곰 생각건대, 민타를 폴 레일리와 결혼시키려 하면서, 그녀는 삶이 오히려 불길하다고 다시금 느끼고 있었는데, 왜냐하면 그녀 자신의 거래에 대해 그녀가 어떻게 느끼건 간에 그녀는 딱히 모든 사람들에게 일어날 필요는 없는 경험들을 했음에도(그녀는 그것을 일일이 거론하지 않았다), 마치 그것이 자신에게도 하나의 도피처인 것처럼, 자기 생각에도 너무 성급하게, 사람은 모름지기 결혼해서 자식을 낳아야 한다는 말을 떠밀리듯 했기 때문이다.

내가 잘못한 걸까? 지난 한두 주 동안 자신의 행동을 돌아보며 그녀는 자문했다. 그리고 그녀가 정말로 이제 고작 스물네 살밖에 되지 않은 민타에게 마음을 결정하라고 지나치게 압박한 건 아닐까 생각했다. 그녀는 불안했다. 독재니 위세니 하는 소리들을 웃어넘기지 않았던가? 자기가 사람들에게 얼마나 강력한 영향력을 행사하는지 그녀는 또 잊은 게 아닌가? 결혼에는, 아, 정말이지 모든 종류의 자질이 필요하지만 (온실을 고치는 데도 오십 파운드가 드니까) 결혼 생활에는 필수적이고 본질적인 (그녀가 굳이 말할 필요가 없는) 한 가지가 있었고, 그것을 그녀도 남편과 함께 가지고 있었다. 그들도 그것을 가지고 있을까?

"그런 다음 그는 바지를 입고 미친 사람처럼 도망쳤어요." 그녀는 계속 읽어 나갔다. "그러나 밖에는 엄청난 폭풍이 노호하며 휘몰아쳐서 그는 제대로 서 있기조차 힘들었어요. 집과 나무가 쓰러지고, 산이 흔들리고, 바위가 바닷속으로 굴러떨어졌어요. 하늘은 칠흑같이 검고, 천둥과 번개가 치고, 바다가 교회의 첨탑이나 산처럼 높은 검은 파도와 함께 몰려왔는데, 파도의 꼭대기에는 모두 하얗게 거품이 일어 있었어요."

책장을 넘기고 보니 이제 남은 건 단 몇 줄뿐이어서, 잠잘 시간이 지났지만 그냥 끝까지 읽어 주어야겠다고 그녀는 마음먹었다. 날이 저물고 있었다. 정원에 켜진 불빛이 그것을 알려 주었다. 창백한 꽃과 희끄무레한 이파리가 공모하여 그녀의 마음속에 불안감을 부추겼다. 처음에는 무엇 때문인지 몰랐다. 그러다가 폴과 민타와 앤드루가 아직 돌아오지 않았다는 사실이 생각났다. 그녀는 현관문 앞 테라스 위에서 그들이 하늘을 유심히 올려다보던 모습을 다시 눈앞에 떠올렸다. 앤드루는 어망과 바구니를 들고 있었다. 그것은 그가 게와 그 밖에 잡다한 것들을 잡으러 간다는 걸 의미했다. 그렇다면 앤드루는 바위 위로 올라갈 것이고, 바위에서 떨어져 죽을 수도 있었다. 아니면 돌아올 때 절벽 위의 그 좁은 길 위를 한 줄로 걷다가 누군가 미끄러질 수도 있었다. 앤드루가 굴러떨어져 바닥에 충돌할 수도 있었다. 날이 꽤 어두워지고 있었다.

하지만 이야기를 다 마칠 때까지 그녀의 목소리는 조금도 변하지 않았다. 그녀는 책을 덮고는 마치 그것을 자신이 지어내기라도 한 것처럼 제임스의 눈을 들여다보면서 책의 마지막 문장을 덧붙였다. "그리고 그렇게 그들은 지금까지 조용히 살고 있답니다."

"자, 이게 끝이야." 그녀가 말했다. 그리고 그녀는 제임스의 눈빛에서 이야기에 대한 흥미가 서서히 사라지고 다른 무언가가 들어서는 것을 보았다. 불빛이 반사되어 연해지고 무언가 궁금함을 담은 눈빛이 응시하는 동시에 경탄하고 있었다. 그녀가 고개를 돌려, 만 건너편을 바라보았더니, 거기, 아니나 다를까, 파도 위를 가로질러 규칙적으로 처음 두 번은 짧게, 나중 한 번은 길게 지속되는 빛을 던지는 등대의 불빛이 있었다. 어느새 등대에 불이 켜져 있었다.

아이는 이제 곧 그녀에게 물을 테지. "우리 등대로 갈 건가요?" 그러면 그녀는 이렇게 말해야 한다. "아니, 내일은 안 돼. 아버지가 못 가게 될 거라고 말씀하셨거든." 다행히 밀드레드가 아이를 데리러 와서 어수선해진 사이에 아이의 관심이 다른 곳으로 향했다. 하지만 밀드레드에게 안겨 거실 밖으로 나가면서도 계속 어깨 너머로 뒤를 돌아보는 제임스를 보면서, 그녀는 제임스가 내일 우리가 등대로 가지 못하리라 생각하고 있음을 확신했고, 동시에 그가 이 순간을 평생 기억할 거라고 생각했다.

11

그래, (냉장고, 잔디깎이, 야회복을 입은 신사 등) 제임스가 오려 낸 사진들을 모으면서, 그녀는 아이들은 결코 잊지 않는다고 생각했다. 이런 이유 때문에, 어떤 말을 하고 어떻게 행동하는지가 그토록 중요했고, 그래서 아이들이 잠자리에 든 후에야 마음을 놓을 수 있었다. 이제 얼마간은, 어느 누구에 대해서도 생각할 필요가 없었다. 혼자 있을 때, 그녀는 진정한 자신일 수 있었다. 그리고 그녀는 이제 그것을 생각할 필요가 있다고 종종 느꼈다. 아니, 생각조차 하지 않을 필요성을 느꼈다. 아무 말 없이 조용히, 혼자 있는 것. 필요한 곳에서 필요한 말을 하고 반짝반짝 화려한 모습으로 주변 모든 사람들에게 확장되던 모든 존재와 행위가 증발하고 난 뒤, 그녀는 숙연하게 자기 자신으로, 쐐기 형태의 응축된 어둠으로, 다른 사람들 눈에는 보이지 않는 무언가로 움츠러들었다. 비록 그녀는 여전히 똑바로 앉아 뜨개질을 이어 가고 있었지만, 자신에 대한 그녀의 감상(感想)은 그러했다. 모든 애착들을 떨쳐 버린 이런 자아는 가장 기이한 모험도 자유롭게 감행할 수 있었다. 일상의 삶이 잠시 가라앉아 모습을 감추면, 경험의 범위에 한계가 없어진다. 그리고 누구에게든 언제나 이런 무한한 자원의 감각이 있을 거라고 그녀는 상상했다. 차례로, 그녀도, 릴리도, 어거스터스 카마이클도 우리의 허깨비 같은 겉모습을, 남들이 우리라고 인식하는 그것을, 그저 유치하다고 느껴야 한다. 그 아래는 완전히 어둡고 한없이 넓고 측량할 수 없을 만큼 깊지만, 이따금 우리는 표면으로 부상하여 남들이 보는 우리가 되는 것이다. 그녀는 자신의 의식 지평에는 끝이 없다고 보았다. 인도의 평원들을 비롯해 그녀가 이제껏 본 적 없는 모든 곳들을 가 보았고, 로마의 한 교회에서 두꺼운 가죽 커튼을 밀어젖히는 자신도 느꼈다. 누구의 눈에도 보이지 않기에, 이런 응축된 어둠은 어디든 갈 수 있었다. 아무도 그것을 막을 수 없다고, 그녀는 환희로 가득 차 생각했다. 자유가 있었고, 평화가 있었으며, 무엇보다도 가장 반가운 것은 한데 불러 모아 안정적인 기반 위에서 평안히 존재하는 것이었다. 자신의 경험에서(그녀는 여기서 뜨개바늘로 솜씨 좋게 무언가를 완성했다), 그녀는 이제껏 자신으로서는 찾지 못했던 안식을 쐐기 형태의 어둠으로서는 찾아냈다. 그녀가 개인성에서 벗어나자 조바심과 성급함과 동요가 사라졌고, 이런 평화와 안식과 영원에서 만물이 한데 모일 때, 그녀의 입술에서는 삶을 이겼다는 감탄이 흘러나왔다. 거기서 생각을 멈추고, 그녀는 등대가 던지는 불빛을 맞이하러 밖을 내다보았다. 세 번 가운데 마지막, 길게 지속되는 불빛이 그녀의 불빛이었다. 언제나 이 시간에, 이런 분위기에서 등대의 불빛을 주시하다 보면, 자신이 본 것 가운데 특히 한 가지에 애착하지 않을 수 없기 때문이었다. 그리고 이 한 가지, 길게 지속되는 불빛이 바로 그녀의 불빛이었다. 종종 그녀는 손에 일감을 든 채로, 그녀 자신이 자기가 바라보던 것, 이를테면 그 세 번째 불빛과 하나가 될 때까지 앉아서 바라보고, 또 앉아서 바라보는 행위를 되풀이했다. 그러면 늘 그렇게 마음을 짓누르던 이런

저런 말이 표면으로 떠올랐다. 그녀는 “아이들은 잊지 않아. 아이들은 잊지 않아”라는 말을 되뇌다가, “끝날 거야. 끝이 날 거야”라는 말을 덧붙여 말했고, “그 일은 올 거야. 오고 말 거야”라고 말하다가, 뜬금없이 이 말을 더했다. “우리는 신의 수중에 있거든.”

하지만 그 즉시 그런 말을 한 자신에게 짜증이 났다. 누가 그런 말을 했었지? 난 아닌데. 내가 함정에 빠져 의도하지도 않은 말을 하는 게 아닐까? 그녀는 고개를 들어 뜨개질감 너머로 세 번째 불빛을 마주했고, 그것이 그녀에게는 마치 자신의 눈과 눈이 서로 마주치는 것처럼 느껴졌다. 그녀만이 그녀의 머릿속과 가슴속을 탐색할 수 있기에, 그 눈이 탐색하여 그 거짓을, 아니 어떤 거짓이라도, 정화시켜 없애 버리는 것 같았다. 그녀는 그 불빛을 찬양하면서 스스로를 찬양했는데, 그것을 자만심이라 치부할 수 없는 것이, 그녀는 저 불빛처럼 엄격했고 탐구적이었으며 아름다웠기 때문이다. 사람들이 혼자일 때면 무생물이라든지, 나무와 시냇물과 꽃 같은 사물에게 마음이 기우는 게 참으로 이상하다고 그녀는 생각했다. 사람들은 사물이 자기를 표현한다고 느꼈고, 사물이 자기가 된다고 느꼈고, 사물이 자기를 안다고 느꼈고, 나아가 사물이 어떤 의미로는 바로 자기 자신이라고 여겼으며, 따라서 자기 자신에게 그러하듯 (그녀는 그 길게 지속되는 빛을 바라보았다) 사물에 대해 비합리적인 애정을 느꼈다. 물안개가 피어올랐다. 그러자 그녀는 뜨개바늘의 움직임을 멈춘 채 바라보고 또 바라보았다. 물안개가, 연인을 만나려는 신부처럼, 마음의 밑바닥에서 둥글게 몸을 말아 올려, 존재의 호수에서 피어올랐다.

그녀는 어쩌다 "우리는 신의 수중에 있다"라는 말을 하게 된 걸까? 그녀는 의아했다. 진실들 사이로 슬쩍 끼어든 가식이 거슬렸다. 그녀는 다시 뜨개질을 이어 갔다. 도대체 어느 신이 이런 세상을 만들 수 있다는 건가? 그녀가 물었다. 그녀는 이성과 질서와 정의는 없고 고통과 죽음과 빈곤만 존재한다는 사실을 머리로는 납득했다. 너무 비열해서 세상이 저지르지 못할 배신 따위는 없다는 걸 그녀는 알고 있었다. 어떤 행복도 영원할 수 없다는 걸 그녀는 알고 있었다. 입술을 살짝 오므린 채 흔들림 없이 침착한 태도로 뜨개질을 하면서 자신도 모르게 엄격한 표정을 짓는 버릇 때문에 그녀의 얼굴선이 너무도 경직되고 침착해 보인 나머지, 엄청나게 뚱뚱해진 철학자 흄이 수렁에 빠져 옴짝달싹 못하던 일이 생각나 킬킬대며 그녀 옆을 지나가던 그녀의 남편은, 아내가 가진 아름다움의 핵심에는 엄격함이 있음을 유념하지 않을 수 없었다. 그것 때문에 그는 우울해졌고, 그녀와의 거리감으로 인해 괴로웠으며, 그녀를 지나쳐 갈 때 자신이 그녀를 보호할 수 없다는 것을 느꼈고, 그래서 울타리에 도착했을 때, 그는 슬펐다. 그가 그녀를 도울 수 있는 일은 아무것도 없었다. 그저 옆에 서서 그녀를 지켜볼 뿐이었다. 사실 짜증스러운 진실은, 아내의 입장에서 볼 때 자신이 상황을 더 악화시켰다는 것이다. 그는 성말랐고 과민했다. 아까 등대로 가는 일에 대해서도 금세 흥분하여 화를 냈었다. 그는 산울타리 속으로 시선을 던졌고, 그 이파리들이 복잡하게 얽혀 자아내는 어둠 속을 들여다보았다.

램지 부인은 항상 어떤 자질구레한 것들을 손에 쥐거나, 어떤 소리를 듣거나 광경을 봄으로써 마지못해 고독에서 벗어났다. 그녀가 귀를 기울였지만, 사방이 몹시 고요했다. 크리켓 놀이는 끝났고 아이들은 목욕을 하고 있었다. 들리는 건 오직 파도가 부서지는 소리뿐이었다. 그녀는 뜨개질을 멈추고, 긴 적갈색 양말을 양손에 들고 잠시 달랑거려 보였다. 그녀는 그 불빛을 다시 보았다. 조금이라도 몰입에서 깨면 관계가 변하기 때문에, 그녀는 그녀의 따져 묻는 눈빛에 약간의 아이러니를 담아, 그 일정하게 지속되는 불빛, 그 무자비하고 냉혹한 것을 바라보았다. 불빛은 그녀를 아주 많이 닮아 있으면서도 또 아주 딴판이었고, 그녀를 제멋대로 부렸지만(그녀는 밤중에 잠에서 깨어 그것이 침대를 가로질러 가서 휘어지더니 바닥을 때리는 것을 보았다), 그럼에도 마치 그 불빛이 은빛 손가락으로 자신의 머릿속 어떤 봉인된 요술램프를 쓰다듬어 당장에라도 거기서 기쁨이 마구 터져 나와 자기를 덮치기라도 할 것처럼 그것을 홀린 듯 매료되어 바라보고 있자면, 그녀는 자신이 행복을, 절묘한 행복을, 강렬한 행복을 맛보았다고 생각했다. 햇빛이 희미해지면서 그 불빛이 거친 파도를 좀 더 환하게 은빛으로 물들이자, 파란색이 바다 밖으로 물러가고 바다는 순전히 레몬색 물결로 굽이쳤는데, 크게 곡선을 이루며 부풀어 오른 레몬색 파도가 해변 위로 쏟아져 부서지는 순간 그녀의 눈에는 폭죽 터지듯 환희가 가득 들어찼고, 순수한 기쁨의 파도가 마음 밑바닥을 질주했으며, 그녀는 충분하다고, 이것으로 충분하다고 느꼈다!

그가 돌아서서 아내를 보았다. 아! 그녀는 아름다웠다. 과거 그 어느 때보다 지금이 더 아름다웠다. 하지만 그는 그녀에게 말을 걸 수가 없었다. 그녀를 방해할 수가 없었다. 제임스가 자러 가고 마침내 혼자가 되었으니 갈급히도 그녀에게 말을 걸고 싶었다. 하지만 그는 다짐했다. 아니야, 그녀를 방해하지 않겠어. 그에게는 무심한 채로 멀리 떨어져 있는 그녀는 아름다운 모습으로 자기만의 슬픔에 잠겨 있었다. 그녀에게서 거리가 느껴지고, 그녀에게 다가갈 수 없고, 그녀를 돕기 위해 아무것도 할 수 없다는 사실에 마음이 아팠지만, 그는 그녀를 그냥 내버려둘 생각으로 아무 말 없이 지나쳤다. 바로 그 순간에 그녀가 그를 부르지 않았다면, 그는 이번에도 말 한마디 건네지 않고 그냥 지나쳤을 것이나, 그녀는 그가 절대로 먼저 말을 걸지 않으리라는 걸 알았기에, 그가 원하는 것을 자진해서 해 주었다. 큰 소리로 그를 불렀고, 액자에 걸쳐 둔 녹색 숄을 챙겨서 그에게로 갔다. 남편이 자신을 지키고 싶어 한다는 것을 알았기 때문이다.

12

그녀가 녹색 숄을 양어깨에 두르고는 그의 팔을 잡았다. 외모가 아주 대단해요. 곧바로 정원사 케네디의 이야기를 꺼내며 그녀가 말을 시작했다. 정말 너무 잘생겨서 해고를 할 수가 없다니까요. 온실 지붕을 수리하기 시작했는데, 사다리가 온실에 기대어진 채 방치되어 있고, 연마제 덩어리가 여기저기 지저분하게 붙어 있더군요. 그래. 그녀는 남편과 함께 걸으면서 그녀가 가진 근심거리의 특정한 근원이 무엇인지 포착할 수 있었다. 그렇게 걷는 중간에 "수리비가 오십 파운드는 들 거래요"라는 말이 혀끝에서 맴돌았지만, 돈 얘기를 꺼낼 용기가 없어서 대신 재스퍼가 새총으로 새를 쏜 얘기를 했고, 그는 바로 사내아이들에게 그런 건 자연스러운 일이고 머지않아 더 나은 재밋거리를 찾게 될 거라고 말하면서 그녀를 달랬다. 남편은 매우 합리적이고, 매우 온당했다. 그래서 그녀도 "그래요. 모든 아이들이 다 성장 단계를 거치니까요"라고 호응하는 한편 화단의 달리아를 눈여겨보며 내년의 꽃은 어떻게 될지를 궁금해하다가, 아이들이 찰스 탠슬리에게 지어 준 별명을 들은 적 있느냐고 그에게 물었다. 아이들은 그를 무신론자라고 불러요. 쩨쩨한 무신론자. "그가 그렇게 세련된 인간은 아니지." 램지 씨가 말했다. "전혀 아니죠." 램지 부인이 말했다.

그도 자기 일은 자기가 알아서 할 거예요. 램지 부인은 그렇게 말하면서도 속으로는 다른 생각으로 바빴다. 구근을 이런 시골에 내려보내는 게 무슨 소용이 있을까? 보낸 구근을 심기는 했을까? "아, 탠슬리는 써야 할 논문이 있어." 램지 씨가 말했다. 그것에 관해서라면 자기도 다 알고 있다고 램지 부인이 말했다. 탠슬리는 줄곧 그 얘기만 했다. 그의 논문은 무언가에 대한 누군가의 영향에 관한 것이었다. "뭐, 그가 기댈 거라곤 그 논문밖에 없으니까." 램지 씨가 말했다. "부디 탠슬리가 프루에게 반하지 않으면 좋겠어요." 램지 부인이 말했다. 만약 탠슬리와 결혼한다면 프루에게 한 푼도 물려주지 않을 생각이라고 램지 씨가 말했다. 그의 시선은 아내가 눈여겨보는 꽃이 아니라 그보다 삼십 센티미터쯤 높은 지점에 닿아 있었다. 나쁜 친구는 아니야,라고 덧붙인 그는 어찌 되었든 탠슬리가 영국에서 자신의 학문 활동을 숭배하는 유일한 젊은이라는 말을 하려다가, 다시 삼켰다. 자신의 책에 대한 이야기로 다시 그녀를 성가시게 하고 싶지 않았다. 꽃이 훌륭하군. 시선을 내려 빨간 것과 갈색의 것을 인지한 램지 씨가 말했다. 그래요. 하지만 이 꽃들은 내가 내 손으로 직접 심은 것들이에요. 램지 부인이 말했다. 문제는 내가 런던에서 그냥 구근들만 이곳으로 내려 보내면 어떻게 될까, 하는 거예요. 과연 케네디가 제대로 심을까요? 치유 불가능한 게으름뱅이인데요. 계속 걸으면서 그녀가 말했다. 내가 직접 손에 삽을 들고 하루 종일 옆에서 지켜보기라도 해야, 가끔씩 찔끔찔끔 일을 하거든요. 그렇게 그들은 레드핫포커 꽃들이 피어 있는 쪽을 향해 걸어갔다. "당신이 과장하는 걸 딸애들이 보고 배우고 있어." 램지가 그녀를 나무랐다. 카밀라 숙모는 자기보다 훨씬 더 심하다고 램지 부인이 대꾸했다. "그러니까 내가 아는 한 아무도 카밀라 숙모를 미덕의 귀감으로 여기지는 않잖아." 램지 씨가 말했다. "그래도 카밀라 숙모는 내가 지금껏 봐 온 여자들 가운데 가장 미인이에요." 램지 부인이 말했다. "내 눈엔 다른 사람이 더 그래."

램지 씨가 말했다. 프루가 자신보다 훨씬 더 아름답게 자랄 거라고 램지 부인이 말했고, 그럴 기미가 보이지는 않는다는 게 램지 씨의 의견이었다. “그럼, 오늘 밤에 잘 봐요.” 램지 부인이 말했다. 그들은 잠시 걸음을 멈췄다. 램지 씨는 앤드루가 어떤 계기로든 더 열심히 공부하기를 바랐다. 그러지 않으면 장학금을 받을 기회를 모두 잃을 테니까. “아, 장학금 말이죠!” 그녀가 말했다. 램지 씨는 장학금과 같은 중요한 문제를 그렇게 가볍게 말하는 그녀가 어리석게 느껴졌다. 램지 씨는 앤드루가 장학금을 받으면 무척 자랑스러울 거라고 말했다. 장학금을 받지 못하더라도 앤드루는 똑같이 자랑스러운 아들이라는 게 램지 부인의 대답이었다. 이런 식으로 그들의 의견은 항상 달랐지만, 그게 문제가 되지는 않았다. 그녀는 앤드루가 받을 장학금에 자부심을 느낄 남편이 좋았고, 그는 앤드루가 무엇을 하든 자랑스럽게 여기는 그녀가 좋았다. 그녀의 뇌리에 불현듯 벼랑 끝 좁은 길이 떠올랐다.

시간이 꽤 늦지 않았나요? 그녀가 물었다. 아직 집에 들어오지 않은 아이들이 있어요. 그가 심상하게 시계 뚜껑을 열었다. 하지만 이제 겨우 7시가 지났을 뿐이었다. 시계 뚜껑을 잠시 열어 둔 채, 그는 아까 테라스에서 느꼈던 점을 아내에게 말해야겠다고 마음먹었다. 우선, 그렇게 걱정이 많은 것은 합리적이지가 않았다. 앤드루는 스스로 자기 안전을 챙길 수 있는 나이였다. 그런 다음 그는 방금 전 테라스를 걸을 때 생각했던 것을 그녀에게 말하고 싶었다. 여기서 그는 마치 자신이 그녀의 그 고독과 냉담함과 거리감에 끼어들기라도 하는 것처럼 마음이 불편해졌다… 하지만 그녀가 그를 재촉했다. 나한테 무슨 말을 하려던 거예요? 그녀가 물었다. 그녀는 그것이 등대에 가는 문제에 관한 것이라고 짐작했고, 그가 "제기랄"이라고 욕했던 것에 미안함을 느꼈나 보다고 생각했다. 하지만 아니었다. 당신이 그렇게 슬픈 얼굴을 하는 걸 보고 싶지 않다고 그가 말했다. 그저 실없는 상상을 했을 뿐이에요. 얼굴을 살짝 붉히면서 그녀가 항변했다. 마치 계속 걸어야 할지 되돌아가야 할지 갈피를 못 잡는 것처럼, 두 사람 모두 마음이 불편해졌다. 제임스에게 동화책을 읽어 주고 있었노라고 그녀가 말했다. 그랬다. 그들은 그런 말을 나눌 수 없었고, 그런 말을 할 수도 없었다.

그들이 양쪽 레드핫포커 꽃 무더기 사이의 틈새에 도달했을 때, 다시 등대가 보였지만, 그녀는 일부러 등대를 쳐다보지 않았다. 남편이 자기를 보고 있다는 걸 알았다면, 그녀는 거기에 그렇게 앉아 생각에 잠기지는 않았을 거라고 생각했다. 그녀가 앉아서 생각에 빠져 있는 모습을 누군가가 보았다는 사실을 기억나게 하는 건 뭐든 싫었다. 그래서 그녀는 어깨 너머로 읍내를 바라보았다. 불빛들이 마치 바람에도 견고한 은빛 물방울인 양 잔물결 모양을 이루며 내달리고 있었다. 모든 가난한 사람들이, 모든 고통받는 사람들이 저것에 의지하는구나,라고 램지 부인이 생각했다. 읍내와 항구와 배의 불빛들이 그곳에 가라앉은 무언가를 표시하게 위해 떠 있는 환영(幻影)의 그물 같았다. 그녀가 무슨 생각을 하는지 나와 나눌 생각이 없다면, 나도 내 생각이나 하지 뭐. 램지 씨가 혼잣속으로 생각했다. 그는 데이비드 흄이 수렁에 빠지게 된 경위를 스스로에게 일러 주며 생각을 이어 가고 싶었고, 큰 소리로 웃고 싶었다. 하지만 무엇보다 앤드루에 대해 불안해하는 건 쓸데없는 짓 아닌가. 나도 앤드루 나이였을 때, 호주머니에 비스킷 하나 넣고 온종일 시골 바닥을 돌아다니곤 했지만, 나를 신경 쓰는 사람도, 내가 절벽에서 떨어졌다고 생각한 사람도 없었어. 날씨가 이대로만 지속되어 준다면, 나도 하루 정도는 나가서 여기저기 돌아다니고 싶어, 그가 입 밖으로 말을 내었다. 뱅크스나 카마이클이랑 늘 같이 어울리는 거 이젠 지겨워. 나도 조금은 고독을 맛보고 싶어. 그렇게 해요,라고 그녀가 말했다. 그녀가 반대하지 않자 그는 기분이 언짢아졌다. 그녀는 그가 절대로 그렇게 하지 못한다는 걸 알고 있었다. 그는 이제 나이가 너무 많아서 호주머니 속에 비스킷 하나 지닌 채로 하루 온종일 걸어 다닐 기운이 없었다. 그저 아들 녀석들 걱정만 할 뿐 남편 걱정은 하지도 않는군. 레드핫포커 꽃 무더기들 사이에 서서, 만을 건너다보며, 그는 수년 전 미혼 시절에 자기가 하루 온종일 걸었던 일을 떠올렸다. 그는 당시 선술집에서 빵과 치즈로 끼니를 해결했다. 그가 앉은 자리에서 열 시간씩 연구에 매진하는 동안, 한 노파가 이따금 불쑥 나타나 불이 꺼지지 않았는지 살펴봐 줄 뿐이었다. 저기, 모래 언덕들이 점차 어둠에 잠식되어 가는 모습이, 그가 가장 좋아하는 시골 풍경이었다. 하루 종일 걸어도 사람 하나 만나지 못할 수도 있었다. 몇 킬로미터를 계속 가도 마을 하나, 집 한 채 보기 힘들었다. 혼자서 문제를 고심하다 해결하기도 했다. 태초 이래 사람의 발길이 닿은 적 없는 작은 해변들도 있었다. 몸을 곧추세운 채 그를 쳐다보는 바다표범을 마주치기도 했다. 그는 때때로 저기 저 밖의 작은 집에서 혼자 — 그가 생각을 하다 말고 한숨을 내쉬었다. 난 그럴 권리가 없어. 여덟 아이들의 아버지잖아. 그가 스스로를 일깨웠다. 지금과 한 가지라도 달라지길 바란다면 난 짐승이고 똥개일 거야. 앤드루는 나보다 나은 남자가 되겠지. 프루는 제 엄마 말대로라면 미인이 될 거고. 아이들이 세파를 잘 헤쳐 나가야 할 텐데. 내가 자식 농사를 대체로 꽤 잘 지어 놓았어. 여덟 아이들 모두. 그의 아이들은 그가 이 가련한 작은 우주를 완전히 망쳐 놓지는 않았음을 보여 주었다. 그가 가련한 작은 우주라고 말한 것은, 이런 저녁에 점점 어둠에 잠식되어 가는 땅을 바라볼 때면, 반쯤은 바다에 삼켜진 그 작은 섬이 애처로울 만큼 조그마해 보였기 때문이다.

"가련한 작은 땅." 그가 한숨을 내쉬며 중얼거렸다.

그녀의 귀에 그의 말이 들어왔다. 그는 가장 우울한 얘길 하고 있었지만, 그가 그 말을 하고 나면 곧 언제나 평소보다 더 유쾌해 보인다는 것을 그녀는 알아챘다. 그녀는 그가 그런 말을 지어내는 건 하나의 유희에 지나지 않는다고 생각했다. 만약 남편이 말한 것의 반이라도 그의 입에서 나왔다면, 그녀는 지금쯤 이미 총으로 자신의 머리를 날렸을 것이다.

이런 식으로 의미 없는 말을 지어내는 것에 짜증이 난 그녀가 그에게 직설적으로 말했다. 완벽하게 아름다운 저녁이잖아요.

그런데 뭐가 불만인데요? 남편이 무슨 생각을 하는지, 혹시 결혼을 하지 않았더라면 좀 더 좋은 책들을 썼을 텐데,라고 생각하는 것은 아닌가 짐작한 그녀가 반은 우스갯소리 하듯, 반은 투정하듯 물었다.

불평하는 게 아니야. 그가 말했다. 그가 불평하는 게 아니라는 걸 그녀는 알고 있었다. 그에겐 불평할 게 아무것도 없다는 것도 그녀는 알고 있었다. 그가 그녀의 손을 잡아서 입술로 가져가 진하게 입을 맞추자, 그녀의 눈에 눈물이 고였다. 그가 얼른 그녀의 손을 놓았다.

쳐다보던 풍경에서 몸을 돌린 그들은 기다란 창 모양의 은록색 식물들이 자라는 곳에 난 길을 따라 서로 팔짱을 끼고 걷기 시작했다. 남편의 팔이 젊은이의 팔처럼 날씬하고 단단하다고 램지 부인은 생각했다. 그녀는 남편이 예순 넘은 나이에도 여전히 얼마나 강건한지, 얼마나 분방하고 낙천적인지, 온갖 끔찍한 일들이 존재함을 알면서도 그것 때문에 우울해지는 게 아니라 오히려 기운을 얻는 것처럼 보인다는 게 얼마나 신기한지를 기분 좋게 떠올렸다. 이상하지 않은가? 그녀는 곰곰 생각했다. 그녀 눈에는 가끔 그가 다른 사람들과는 정말로 달라 보였다. 보통의 일상적인 것들에 대해서는 타고나길 장님에, 귀머거리에, 벙어리 같은 반면, 유다른 것들에 대해서는 독수리처럼 날카로운 시각을 자랑했다. 그의 이해력에 그녀는 종종 놀라곤 했다. 하지만 그가 과연 저기 저 꽃을 눈여겨보긴 했을까? 그렇다면 풍경은? 아닐 것이다. 자기 딸이 미인임을 알아보긴 했을까? 아니면 자기 접시에 푸딩이 놓였는지 소고기구이가 놓였는지 알아챘을까? 함께 식사할 때면, 그는 여전히 꿈속을 헤매는 사람처럼 앉아 있곤 했다. 그리고 아무래도 그는 큰 소리로 이야기하고 큰 소리로 시를 암송하는 게 점점 버릇이 되어 버린 것 같았다. 왜냐하면 때때로 민망하게도 그가

가장 훌륭하고 가장 총명한 여인이여, 어서 오라!*

라는 시구를 기딩스 양을 바라보며 우렁차게 읊어 댔고, 가엾게도 그녀는 거의 혼이 나갈 정도로 깜짝 놀랐던 것이다. 하지만 또 램지 부인은, 비록 기딩스 양과 같이 세상의 모든 둔한 사람들에 맞서 곧장 남편을 편들면서도, 남편이 자신에겐 버거울 정도로 너무 빨리 언덕을 오른다고 생각하여, 그의 팔을 가만히 눌러 속도를 좀 줄이라는 신호를 넌지시 주었다. 어차피 그녀는 강둑 위의 흙 두렁이 새로 생긴 것인지 알아보려 잠시 걸음을 멈춰야 했다. 그녀는 제대로 살피려고 허리를 굽히면서, 남편같이 위대한 사람이 사유하는 방식은 우리의 방식과는 모든 면에서 다를 거라고 생각했다. 그녀가 지금껏 알았던 모든 위대한 사람들도 그랬다. 토끼가 들어갔던 게 틀림없다고 판단하며 그녀가 생각했다. 젊은이들로서는 (그녀에겐 강의실 분위기가 거의 견

* 퍼시 비시 셸리의 시, 「제인에게: 초대」의 도입부.

디기 힘들 정도로 답답하고 침울했지만) 단지 그의 목소리를 듣고 그의 얼굴을 보는 것만으로 좋을 터였다. 그런데 총으로 쏘지 않고 어떻게 토끼를 막지? 그녀는 의문이 들었다. 토끼일 수도 있고 두더지일 수도 있어. 어쨌든 어떤 동물이 그녀의 달맞이꽃들을 망쳐 놓고 있었다. 생각을 잇던 그녀는 문득 고개를 들어 위를 쳐다보다가 가는 나뭇가지들 위로 곧 긴 밤 내내 맥동하듯 반짝일 별의 첫 맥동을 목도했고, 그 광경에 너무도 기분이 좋아져 남편도 그것을 보았으면 했지만, 이내 그런 생각을 접었다. 그는 결코 주변 사물들에 눈길을 주지 않았다. 설령 본다 한들, 그저 한 번 탄식하며 가련한 작은 세상, 하고 뇌까리는 게 전부일 터였다.

바로 그 순간 그가 그녀를 기쁘게 해 주려고 "아주 멋지군"이라고 말하면서 꽃들을 보고 감탄한 체했다. 하지만 그가 꽃들에 감탄하지 않았고, 심지어 꽃들이 거기에 있다는 사실조차 인식하지 못했음을 그녀는 아주 잘 알고 있었다. 그것은 그저 그녀를 기쁘게 해 주기 위해 던진 빈말에 불과했다…. 아, 그런데 저기 윌리엄 뱅크스와 함께 산책하는 사람이 릴리 브리스코 아닌가? 근시인 그녀가 멀어져 가는 한 쌍의 뒷모습에 초점을 맞추려 애썼다. 맞아, 정말 그렇네. 저건 두 사람이 결혼할 거라는 의미 아닐까? 그래, 틀림없어! 정말 멋진 생각이야. 두 사람은 꼭 결혼해야 해!

13

암스테르담에 가 본 적이 있어요. 릴리 브리스코와 잔디밭을 거닐면서 뱅크스 씨가 말했다. 렘브란트의 그림들도 감상했지요. 마드리드에도 가 봤어요. 불행히도 그날이 성금요일*이라, 프라도 미술관은 휴관 중이었지요. 로마도 갔었소. 브리스코 양은 로마에 가 본 적이 없다고요? 아, 꼭 가 봐야 해요. 시스티나 성당을 방문하고, 미켈란젤로의 작품들을 감상하고, 지오토의 프레스코화가 있는 파도바를 구경하는 건 정말 멋진 경험이 될 거요. 아내가 몇 년간 건강이 좋지 않아서, 관광을 본격적으로 해 보지는 못했지요.

전 브뤼셀에 가 본 적이 있어요. 파리에도 갔었지만, 아픈 이모를 병문안하러 아주 짧게 다녀온 정도죠. 드레스덴에 가서는 이전에 본 적 없던 그림들을 많이 봤어요. 그런데 어쩌면 그림들을 보지 않는 편이 나았을지도 모르겠어요. 릴리 브리스코가 반추했다. 그런 그림들을 보고 나면 내 그림이 가망 없을 정도로 모자라게 느껴질 뿐이거든요. 뱅크스 씨는 릴리의 관점이 도가 지나치다고 생각했다. 우리 모두가 티치아노 같은 뛰어난 화가가 될 수 없고, 우리 모두가 다윈 같은 탁월한 생물학자가 될 순 없어요. 그가 말했다. 동시에 우리 같은 보잘것없는 사람들이 존

* 예수가 십자가에 못 박혀 죽은 일을 기념하는 날. 부활절 이틀 전날이다.

재하기 때문에 티치아노나 다윈 같은 사람들이 있을 수 있는 것 아니겠소? 릴리는 그를 칭찬해 주고 싶었다. 뱅크스 씨, 당신은 보잘것없지 않아요. 그녀는 그렇게 말하고 싶었다. 하지만 그는 칭찬을 원하지 않았고(대부분의 남자들은 칭찬받기를 원한다고 그녀는 생각했다), 그녀는 자신이 그런 말을 하고 싶은 충동을 느낀 것에 조금은 부끄러워져서, 그가 자신이 하던 말은 어쩌면 그림에는 적용되지 않을 수도 있다고 말하는 동안 말없이 듣고 있다가, 얼마간 가식적인 언사를 가볍게 내던졌다. 어쨌든 그림은 계속 꾸준히 그릴 생각이에요. 저는 그림이 재미있거든요. 그럼요. 당신은 그러리라 믿어요. 뱅크스 씨가 말했다. 그리고 그들이 잔디밭의 끝에 이르렀을 즈음엔 그가 런던에서는 그림의 소재를 찾기 힘든지를 그녀에게 묻고 있었고, 그때 그들은 고개를 돌려 램지 부부를 보았다. 그러니까 저게 바로 결혼이구나. 릴리는 생각했다. 한 남자와 한 여자가 공을 던지는 아이를 바라보는 것이 바로 결혼이구나. 저게 바로 요전 날 밤 램지 부인이 내게 말하려고 했던 거구나. 그녀가 생각했다. 녹색 숄을 어깨에 두른 램지 부인이 램지 씨와 서로 바투 서서, 프루와 재스퍼가 캐치볼 놀이를 하는 것을 지켜보고 있었기 때문이다. 그런데 갑자기, 지하철에서 내리거나 초인종을 누르는 것처럼 아무런 이유도 없이 사람들을 불시에 엄습하여 그들을 상징화하고 그들을 어떤 대표이자 전형으로 만드는 그런 의미가 램지 부부에게 달려들어, 어스름 속에 서서 아이들의 공놀이를 구경하는 그들을 결혼의 상징이자 남편과 아내의 상징으로 만들어 버렸다. 그러다 잠시 후 실제의 모습을 초월했던 그 상징적 윤곽이 다시 가라앉아 사라졌고, 그들을 다시 만났을 때 그들은 아이들의 캐치볼 놀이를 구경하는 원래의 램지 부부가 되었다. 하지만 그럼에도 잠시, 물론 램지 부인은 여느 때와 같은 미소로 그들을 맞이하며(아, 그녀는 우리가 결혼할 거라고 생각하고 있구나,라고 릴리는 생각했다), "오늘 밤은 내가 이겼군요"라는 말을 했고, 이 말은 뱅크스 씨가 몸을 빼어 자기 숙소로 돌아가 자기 고용인이 제대로 조리한 채소 요리를 먹지 않고 여기서 식사하기로 동의했다는 뜻이었지만, 그럼에도 한순간, 공이 하늘 높이 치솟았을 때 무언가가 폭파되어 광대한 공간 속에 무책임하게 방기되었다는 느낌이 있었고, 그래서 그들은 눈으로 공을 좇았으나 곧 놓치고 말았는데, 공 대신 시야에 자리한 것은 별 하나와 축 늘어진 나뭇가지들이었다. 어슴푸레한 빛 속에서 그들은 모두 윤곽이 뚜렷하게 두드러져 보이면서도 이 세상 사람이 아닌 듯 영묘해 보였고, 상당한 간격으로 구분 지어져 있는 것처럼 느껴졌다. 그때 (마치 견고함이 완전히 사라져 버리기라도 한 것처럼) 광활해진 공간 위를 뒤로 홱 튀어 나가기 시작한 프루가 그들에게 부딪힐 듯 전속력으로 달려가 왼손을 높이 들어 멋지게 공을 잡아냈고, 뒤이어 그녀의 엄마가 "그들이 아직 돌아오지 않았니?"라고 묻는 소리에 마법이 풀렸다. 그제야 램지 씨는 어떤 노파가 수렁에 빠진 흄*에게 구해 줄 테니 대신 주기도문을 외워 보라고 요구했던 일화를 떠올리며 이제 마음껏 크게 웃어도 되겠다고 생각했고, 킬킬거리면서 자신의 서재를 향해 느리게 걸음을 옮겼다. 램지 부인은 캐치볼 놀이를 하느라 잠시 벗어났던 가족생활의 유대 속으로 프루를 다시 데려오며 물었다.

"낸시도 그들과 함께 갔니?"

14

(확실히 낸시는 그들과 함께 갔다. 낸시가 점심 식사 후 지긋지긋한 가족생활을 피해 다락방으로 달아나려 할 때, 민타 도일이 손을 내밀면서 멍청한 표정으로 같이 가 달라고 부탁했기 때문이다. 그렇다면 가야 한다고 낸시는 생각했다. 그녀는 가고 싶지 않았다. 그런 일엔 아예 끌려 들어가고 싶지 않았다. 하지만 그들이 길을 따라 절벽이 있는 곳으로 가는 동안 민타는 내내 낸시의 손을 잡고 있었다. 그러다가 어느 순간 손을 놓았고, 얼마 후 다시 손을 잡았다. 그녀가 원하는 건 대체 뭐지? 낸시가 자문했다. 물론 사람들이 원하는 무언가가 있었다. 민타가 그녀의 손을 가져가 잡았을 때, 낸시는 마지못해 자신의 발아래 펼쳐진 세계 전체를 마치 그것이 안개 사이로 보이는 콘스탄티노플인 양 보았고, 그렇다면 아무리 졸음으로 눈꺼풀이 무거워도 이런저런 질문을 해야 하는 법이었다. "저것

---

* 데이비드 흄은 1744년에 에든버러 대학의 철학 교수직에 지원하였으나 무신론자라는 이유로 거절당한 바 있다.

이 산타 소피아 대회당인가요?" "저것이 금각만인가요?"* 그래서 민타가 자신의 손을 잡았을 때 낸시가 물었다. "당신이 원하는 게 뭐예요? 저건가요?" 그런데 저건 뭔가요? 군데군데 안개를 뚫고 (낸시가 발아래 펼쳐진 세상을 내려다보았을 때) 첨탑과 반구형 지붕과 이름 모를 돌출물들이 모습을 드러냈다. 하지만 그들이 산비탈을 뛰어내려 갈 때 그랬던 것같이 민타가 그녀의 손을 놓으면, 그 모든 것들이, 첨탑과 반구형 지붕과 안개 사이로 튀어나왔던 것들이 모두, 다시 안개 속에 잠겨 모습을 감추었다. 앤드루가 주의 깊게 지켜보건대 민타는 꽤 잘 걸었다. 그녀는 대부분의 여자들보다는 활동적이면서도 감각적으로 옷을 입었고, 아주 짧은 스커트 밑에 검정 니커보커스†를 받쳐 입고 있었다. 개울을 만나면 그녀는 곧장 개울로 뛰어들어 첨벙대며 건넜다. 앤드루는 그녀의 무모함이 마음에 들었지만, 이런 무모함이 도움이 되지 않으리라는 것 또한 알았다. 그녀는 언젠가 바보 같은 방식으로 자살할지도 몰랐다. 그녀는 두려운 게 없어 보였다. 하지만 황소는 예외였다. 들판에서 황소의 모습이 보였다 하면 그녀는 두 팔을 높이 쳐든 채 비명을 내지르며 도망쳤고, 물론 바로 그런 행동이 황소를 더욱 흥분시켰다. 하지만 그녀는 그런 사실을 털어놓는 것에 조금도 거리낌이 없었다. 그건 모

---

* 콘스탄티노플은 이스탄불의 옛 이름이다. 산타 소피아와 금각만(골든 혼 베이)은 모두 튀르키예의 이스탄불에 위치해 있다.

† 무릎 근처에서 졸라매게 되어 있는 품이 넓은 바지. 여행, 등산, 골프, 스키 따위를 할 때 입는다.

두가 인정하는 바였다. 그녀는 자신이 황소를 끔찍이도 무서워한다는 사실을 인지하고 있다고 말했다. 아마도 아기였을 때 유모차에 탄 채로 황소 뿔에 들이받혔음에 틀림없다는 게 그녀의 생각이었다. 그녀는 자신이 하는 말과 행동에 별반 신경 쓰지 않는 것처럼 보였다. 이젠 뜬금없이 절벽 가장자리 위에서 대중없이 왔다 갔다 몸을 움직이더니,

빌어먹을 당신의 눈, 빌어먹을 당신의 눈.*

하고 어떤 노래를 부르기 시작했다. 그러자 다른 사람들도 모두 합류하여 그녀를 따라 후렴 부분을 큰 소리로 합창하지 않을 수 없었다.

빌어먹을 당신의 눈, 빌어먹을 당신의 눈.

하지만 그들이 해변에 당도하기도 전에 조수가 밀려와 좋은 채집터를 덮어 버린다면 그야말로 낭패일 터였다.

"정말 낭패지." 용수철이 튀어 오르듯 벌떡 일어서면서 폴이 동의했다. 그리고 그들이 미끄러지듯 내려갈 때, 폴은 계속해서 안내서의 내용을 인용하여 "공원 같은 조망을 자랑하는 데다 진기한 해양

* 빅토리아 시대 스코틀랜드의 배우이자 가수, 윌리엄 그리번 로스(William Gribbon Ross)가 부른 노래 「샘 홀」(Sam Hall)의 후렴구.

생물들의 규모와 종류가 광대하고 다양하기 때문에 당연하게도 명성이 드높은 이 섬들"에 대해 떠들어 댔다. 하지만 앤드루가 느끼기에는 저렇게 고함을 지르고, 당신의 눈을 빌어먹었다고 욕을 하다, 절벽 아래로 길을 잡아 내려가서, 폴의 등을 손바닥으로 툭툭 치며 그를 '어이 친구' 라고 부르는 등, 뭐 그렇게 해서는 일이 잘 될 것 같지 않았다. 여자들을 데리고 산책하며 겪은 것으로는 최악이었다. 해변에 도착하자 그들은 갈라졌다. 앤드루가 폴과 민타는 자기들끼리 놀도록 내버려두고 교황의 코* 쪽으로 나갔고, 구두와 양말을 벗은 뒤 양말을 돌돌 말아 구두 안에 넣었다. 낸시도 자기가 봐둔 바위로 걸어가서 자기 물웅덩이를 탐색하느라 두 사람을 자기들끼리 있도록 내버려둔 채 신경 쓰지 않았다. 그녀는 낮게 쭈그리고 앉아, 바위 한쪽에 젤리 덩어리처럼 붙어 있는 고무처럼 매끈한 말미잘을 만지작거렸다. 자기만의 생각에 빠져, 그녀는 물웅덩이를 바다로 둔갑시켰고, 피라미들을 상어와 고래로 만들었으며, 손으로 햇빛을 가려 이 조그만 세계에 거대한 구름을 드리움으로써, 마치 자신이 신이라도 된 양 수많은 무지하고 죄 없는 생물들을 어둠과 황량함 속에 잠기게 했다가, 어느 순간 갑자기 손을 치워 막혀 있던 햇빛이 다시 흘러내리게 했다. 저 멀리 희미하게 보이는 십자형 모래 위에서, 목이 긴 장갑을 끼고 옷에 술 장식을 단 어떤 상상 속 거

* 바다 쪽으로 부리처럼 (여기서는 '교황의 코' 모양으로) 뾰족하게 튀어나온 육지를 가리킨다.

대한 바다 괴물(leviathan)이 (낸시는 여전히 그 물웅덩이를 확장시키고 있었다) 발을 높이 들며 위풍당당하게 걸어가, 산허리의 광대한 틈으로 미끄러지듯 들어갔다. 그러자 물웅덩이 위로 누구도 눈치채지 못할 만큼 슬며시 시선을 들어 올려, 물결 모양으로 흔들리는 바다와 하늘의 경계선 위에 두었다가, 수평선 위 증기선들의 연기에 가물거리는 나무둥치로 옮긴 그녀는 난폭하게 엄습해 들어왔다가 부득이하게 철수하는 그 모든 힘 때문에 최면에 걸렸고, 저 크고 광대함과 (물웅덩이는 다시 줄어들었다) 물웅덩이 안에서 꽃을 피운 이 작고 협소함이라는 두 가지 감각 때문에 그녀의 몸과 그녀의 삶, 그리고 세상 모든 사람들의 삶을 영원히 무(無)로 환원시키는 강렬한 감정에 손발이 묶여 꼼짝도 할 수 없을 것 같은 느낌이 들었다. 그래서 그녀는 물웅덩이 앞에 쭈그리고 앉아 파도 소리에 귀를 기울이면서 골똘히 생각했다.

바닷물이 들어온다는 앤드루의 고함 소리에, 철벅 물을 튀기며 얕은 파도 위를 껑충 뛰어 해안에 착지한 뒤 해변 위로 달려 올라간 그녀는 급한 성미와 빠르게 이동하려는 열망에 이끌려 어떤 바위 뒤로 이동했는데, 이런 맙소사! 그곳에서 폴과 민타가 서로의 품에 안겨 있는 게 아닌가! 아마도 키스를 하고 있었던 것 같다. 그녀는 극도로 화가 났다. 그녀와 앤드루는 그것에 대해 아무 말도 하지 않고 입을 꼭 다문 채, 양말과 구두를 신었다. 실제로 그들은 서로에게 날이 서 있었다. 네가 가재든 뭐든 봤을 때 날 부를 수도 있었잖아. 앤드루가 투덜거렸다. 하지만 그게 우리 잘못은 아니잖아. 두 사람 모두 그렇게 느꼈다. 그들은 이런 지독히도 성가신 일이 일어나는 걸 결코 바란 적 없었다. 그럼에도 낸시가 여자라는 사실이 앤드루의 신경을 긁고, 낸시는 낸시대로 앤드루가 남자라는 사실이 거슬려서, 두 사람은 구두끈을 시간을 들여 아주 깔끔하게 맨 후 나비매듭을 다소 꽉 조였다.

다시 절벽 꼭대기에 막 다 올랐을 때 민타가 할머니의 브로치를 잃어버렸다고 비명을 지르듯 소리쳤다. 할머니의 브로치는 그녀가 소지한 유일한 장신구였는데, (모두 그걸 기억할 거야) 진주에 수양버들 무늬가 새겨진 브로치였다. 모두 분명 그걸 봤을 거야. 그녀가 두 뺨 위로 눈물을 흘리며 말했다. 우리 할머니가 생애 마지막 날까지 모자에 꽂고 다니셨던 브로치니까. 그런데 그걸 잃어버리다니. 다른 건 몰라도 그것만은 잃어버리면 안 되는데! 되돌아가서 찾아봐야겠어. 그들은 모두 되돌아갔다. 그들은 여기저기를 찔러 보고 들여다보고 뒤져 보았다. 고개를 아주 낮게 숙인 채 눈을 바삐 굴리면서도 입으로는 불퉁하게 구시렁댔다. 폴 레일리는 미친 사람처럼 그들이 앉았던 바위 주변을 샅샅이 뒤졌다. 이 지점과 저 지점 사이를 철저히 뒤져 보라는 폴의 말에, 브로치 하나 가지고 이런 법석을 떠는 건 전혀 무익한 일이라고 앤드루는 생각했다. 바닷물이 빠르게 밀려들어 오고 있었다. 얼마 안 있어 그들이 앉았던 곳이 바닷물의 차지가 될 터였다. 당장 브로치를 찾을 가능성은 조금도 없었다. "우리도 고립되겠어요!" 갑자기 겁에 질린 민타가 찢어지는 목소리로 외쳤다. 마치 그런 위험에 처하기라도 한 것처럼! 갑자기 황소가 나타났을 때와 다시 똑같은 상황이 벌어졌다. 그녀는 자신의 감정을 통제할 수 없었다. 앤드루가 생각했다. 여자들은 감정을 통제할 줄 모르지. 불쌍한 폴이 그녀를 달랠 수밖에. 남자들이 (앤드루와 폴은 즉시 남자답게 변하여, 여느 때와는 달라졌다) 간단히 상의를 한 후, 폴의 지팡이를 그들이 앉았던 곳에 꽂아 두고 물이 빠져나갔을 때 다시 오는 게 좋겠다고 결정했다. 그 이상 지금 할 수 있는 일은 아무것도 없었다. 브로치가 거기 있다면 아침에도 여전히 거기에 있을 거라고 그들이 민타를 달랬지만, 그녀는 절벽 꼭대기까지 올라가는 내내 훌쩍이기만 했다. 민타는 그것이 할머니의 브로치여서, 차라리 다른 것을 잃어버릴지언정 그것만은 절대 잃어버리고 싶지 않았다고 말했지만, 낸시가 느끼기에 민타가 브로치를 잃어버려 속이 상한 건 사실이라 해도, 오직 그것 때문에 우는 것 같지는 않았다. 그녀가 우는 데는 뭔가 다른 이유도 있는 것 같았다. 그들 모두가 바닥에 주저앉아 울 수도 있을 거라고 낸시는 생각했다. 하지만 그 울음이 무엇 때문인지는 몰랐다.

폴과 민타가 선두에 서서 걸었고, 폴이 민타를 달래면서 자신이 물건 찾는 데는 도사라고 말했다. 어릴 때 금시계를 찾은 적도 있어요. 그는 새벽에 일어나서 그것을 찾을 수 있을 거라 확신했다. 동이 터도 여전히 어두워서 해변에 혼자 있는 게 왠지 다소 위험할 거라는 생각이 들었지만, 그는 그녀에게 자기가 틀림없이 브로치를 찾을 거라고 말하기 시작했다. 그러자 그녀가 말했다. 당신이 새벽에 일어난다는 말은 듣기 싫어요. 브로치는 이미 잃어버렸어요. 난 그걸 알아요. 오늘 오후 그걸 달았을 때 불길한 예감이 들었었거든요. 그는 그녀에게 말하지 않고 새벽에 모두 잠자고 있을 때 몰래 집을 나가, 설사 그걸 찾지 못하더라도 에든버러에 가서 꼭 그것처럼 생겼으면서도 그것보다 더 아름다운 브로치를 사서 그녀에게 주어야겠다고 남몰래 마음먹었다. 그는 자신의 능력을 증명해 보이고 싶었다. 그들이 언덕 위로 올라가 발아래 읍내의 불빛들을 보았을 때, 그 불빛들이 앞으로 그에게 일어날 일들—그의 결혼, 그의 아이들, 그의 집—을 예고하는 것처럼 갑자기 하나씩 하나씩 두드러져 보였고, 그래서 그들이 키 큰 관목들로 그늘져 있는 큰길로 나왔을 때 그는 어떻게 하면 다시 민타와 단둘이 있을 수 있는 곳으로 도피해서, 언제나 그가 이끌고 그녀는 (지금 그녀가 그러는 것처럼) 그의 곁에 바투 붙어 함께 계속 걸을 수 있을까를 생각했다. 그들이 함께 교차로를 돌 때, 그는 자신이 얼마나 놀라운 경험을 했는지를 생각했고, 누군가에게 말해야겠다고 마음먹었다. 그 누군가는 물론 램지 부인을 염두에 둔 말이었는데, 자신이 어떤 일을 겪었고 행했는지를 생각하면 숨이 멎을 지경이었기 때문이다. 그가 민타에게 청혼했을 때가 그의 삶에서 단연코 최악의 순간이었다. 어쩐지 램지 부인이야말로 그가 민타에게 청혼하도록 만든 장본인이라고 생각했기 때문에, 그는 곧장 부인에게로 갈 작정이었다. 그녀는 그가 무엇이든 할 수 있다고 생각하게 만들었다. 다른 사람들은 아무도 그의 말을 진지하게 받아들이지 않았다. 하지만 부인은 그가 원하는 건 무엇이든 할 수 있다고 믿게 만들었다. 오늘 하루 종일 부인의 시선이 자신을 따라다니며 (비록 그녀는 아무 말도 하지 않았지만) 마치 "그래요, 당신은 할 수 있어요. 난 당신을 믿어요. 난 당신에게서 그걸 기대해요"라고 말하는 것처럼 느껴졌다. 그녀는 그가 이 모든 것을 느끼도록 만들었고, 그래서 집에 돌아가자마자 곧장 (그는 만 위로 집의 불빛들을 찾아보았다) 그녀에게 가서 말하고 싶었다. "해냈어요, 램지 부인. 모두 부인 덕분이에요." 그런 생각을 하며 집으로 난 좁은 길에 들어섰을 때, 2층 창 안에서 불빛이 움직이는 모습이 보였다. 그렇다면 그들은 엄청 늦은 게 분명했다. 사람들이 저녁 식사 준비를 하고 있었다. 집안 곳곳에 불이 켜졌고, 어둠 속에 있다가 밝은 빛을 마주하자 그의 눈은 빛으로 포만감을 느꼈다. 그래서 그는 진입로를 걸어 올라가면서 어린애처럼 불빛, 불빛, 불빛 하고 혼자 중얼거렸고, 일행과 함께 집 안으로 들어갔을 때에도 자못 굳은 얼굴로 주위를 두리번거리며 불빛, 불빛, 불빛 하고 멍하니 되뇌었다. 하지만, 맙소사, 그가 넥타이에 손을 얹으며 스스로를 다그쳤다. 바보처럼 굴지 마.)

15

"네." 어머니의 질문에 기억을 가만히 되짚어 보던 프루가 대답했다. "분명 낸시가 그들과 함께 간 것 같아요."

16

그렇다면 낸시가 그들과 함께 갔나 보군. 램지 부인이 생각했다. 그녀는 솔빗을 내려놓은 뒤 참빗을 집어 들었고, 그때 들려온

문 두드리는 소리에 "들어오렴"이라는 말로 답했는데(재스퍼와 로즈가 들어왔다), 그러면서도 머릿속으로는 낸시가 그들과 함께 있다는 사실로 인해 무슨 일이 벌어질 가능성이 낮아질 것인지 아니면 높아질 것인지를 궁금해했다. 어쨌든 그런 규모의 대참사는 있을 법하지 않다는 것 외엔 어떤 합리적인 근거도 없이 램지 부인은 사고가 날 가능성이 어쩐지 낮아질 것 같다고 생각했다. 그들이 모두 물에 빠져 죽을 리는 없었다. 그렇게 또다시 그녀는 오랜 적수인 삶 앞에서 혼자임을 느꼈다.

재스퍼와 로즈가 저녁 식사를 늦춰야 하는지 알려 달라는 밀드레드의 말을 전했다.

"영국의 여왕 때문이라 해도 늦출 수는 없어." 램지 부인이 단호히 말했다.

"멕시코의 여왕 때문이라 해도 마찬가지야." 그녀가 재스퍼를 보고 웃으면서 덧붙였다. 그 역시 어머니를 닮아 과장하는 나쁜 버릇이 있기 때문이었다.

괜찮다면 내가 어떤 장신구를 착용하면 좋을지 좀 골라 주련? 재스퍼가 말을 전하러 간 사이에 램지 부인이 로즈에게 말했다. 열다섯 명이나 되는 사람들이 참석하는 만찬을 마냥 늦출 수는 없었다. 그녀는 그들이 이렇게까지 늦는 것에 슬슬 화가 나기 시작했다. 생각 없는 사람들 같으니. 그녀는 그들이 걱정되면서도 다른 날도 아니고 하필 오늘 밤에 이렇게 늦도록 돌아오지 않는 것에 짜증이 났다. 오늘은 윌리엄 뱅크스 씨가 마침내 그들과 함께 식사를 하겠다고 동의한 터라, 사실 그녀는 오늘의 저녁 식사에 특별히 공을 들였다. 그들은 밀드레드의 주특기인 뵈프앙도브*를 먹을 예정이었다. 무엇보다 요리가 준비된 정확한 순간에 제공하는 것이 제일 중요했다. 소고기와 월계수 잎과 포도주, 이 모든 것이 정확히 시간 맞춰 알맞게 조리되어야 한다. 식사 시간을 늦추는 건 용납할 수 없는 일이었다. 그런데 하고많은 밤들 가운데 하필이면 오늘 밤에, 그들이 밖으로 나가 이렇게 늦게 들어오면, 음식을 다시 주방으로 보내 계속 데워야 하니, 뵈프앙도브가 완전히 망하지 않을 도리가 있나.

재스퍼는 그녀에게 오팔 목걸이를 권했고, 로즈는 금목걸이를 권했다. 그녀의 검정 드레스에 어느 것이 더 잘 어울리지? 정말 어느 것이 더 예뻐 보일까? 거울에 비친 목과 어깨를 멍하니 바라보면서 (하지만 무의식중에 얼굴은 피하면서) 램지 부인이 말했다. 그러고 나서, 아이들이 그녀의 보석함을 뒤지는 동안, 그녀는 창밖을 내다보았다. 까마귀들이 어느 나무에 앉을까 궁리하고 있었다. 그 광경은 항상 그녀를 즐겁게 했다. 까마귀들은 자리를 잡았는가 싶다가도 매번 마음을 바꾸고 다시 공중으로 날아갔다. 그녀 생각엔 아무래도 우두머리인 늙은 까마귀의 성미가 여간 고약하고 까다로운 게 아니기 때문인 것 같았다. 그는 날개 깃털의 반이 떨어져 나가고 없는 꼴사나운 늙은 새였다. 그녀는 그에게 조셉 노인이라는 이름을 지어 주었는데, 조셉은 언

* 와인에 소고기, 야채, 마늘, 허브 등을 함께 넣어 끓인 스튜.

젠가 그녀가 선술집 앞에서 본 적 있는, 실크해트를 쓰고 호른을 연주하던 추레한 노인을 닮아 있었다.

"저것 좀 봐." 그녀가 웃으면서 말했다. 까마귀들은 사실 싸우고 있었다. 조셉과 메리가 싸우고 있었다. 어쨌든 그들 모두 다시 날아올라, 공기를 밀어내며 검은 날개를 펼쳐서 공중을 정교한 언월도 모양으로 갈랐다. 퍼드덕퍼드덕 날개 치는 모습은 (그 움직임을 제 맘에 쏙 들 만큼 정확히 묘사할 수 없었지만) 그녀가 보기에 가장 멋진 광경 가운데 하나였다. 저것 좀 봐. 그녀가 로즈에게 말했다. 그녀는 로즈가 그것을 자신보다 더 명확하게 볼 수 있기를 바랐다. 아이들은 이따금 부모의 그것을 뛰어넘는 인식 능력을 보여 주기 때문이다.

그런데 어떤 목걸이를 하실 거예요? 그녀의 보석함 상자들이 아이들의 손에 다 열려 있었다. 이탈리아제 금목걸이를 하실 거예요, 아니면 제임스 삼촌이 인도에서 사다 준 오팔 목걸이를 하실 거예요? 아니면 자수정 목걸이를 하실 거예요?

"너희들이 골라 보렴, 얘들아, 골라 보라니까." 아이들이 서두르기를 바라며 그녀가 말했다.

하지만 그녀는 아이들에게 고를 시간을 충분히 주었다. 특히 로즈가 이것저것을 집어 들어 검정 드레스에 보석을 갖다 대어 보도록 내버려두었는데, 매일 밤 거행되는 이 작은 보석 고르기 의식을 로즈가 가장 좋아한다는 걸 그녀도 잘 알고 있기 때문이었다. 어머니가 착용할 보석을 고르는 이런 일에 커다란 의미를 부여하는 데는 로즈 나름의 숨은 이유가 있었다. 로즈가 자신이

고른 목걸이를 직접 채워 줄 수 있도록 가만히 목을 내어 준 채 서서, 램지 부인은 그 이유를 궁구했다. 그녀는 자신의 과거 속으로 뛰어들어 가 자신이 지금 로즈의 나이에 자신의 어머니에 대해 품었던, 깊이 묻어 둔 뭐라 말로 표현할 수 없는 어떤 감정을 돌이켜 보았다. 자기 자신에 대해 느끼는 감정들이 모두 그렇듯, 과거의 그 감정을 생각하자 램지 부인은 슬퍼졌다. 그녀가 보답으로 줄 수 있는 게 너무도 부족했고, 로즈가 그녀에게서 느낀 것이 무엇이건 간에, 그것은 그녀의 실제 모습보다 훨씬 과장되어 있었다. 로즈도 성장할 것이고, 이러한 심원한 감정들 때문에 괴로워할 거라고 램지 부인은 생각했다. 난 준비가 다 되었으니, 이제 그만 내려가자. 그녀가 말했다. 재스퍼는 신사니까 팔을 내어 날 부축해 주렴. 로즈는 숙녀니까 내 손수건을 들고 가야겠지? (그녀가 로즈에게 손수건을 건넸다.) 자, 그리고 또 뭐가 있지? 아, 맞아. 좀 추울 수도 있으니 숄을 가져가야겠구나. 숄을 하나 골라 줄래? 그녀가 말했다. 로즈는 그런 말에 기분이 좋아지는 아이였고, 그렇게 될 수밖에 없는 아이였기 때문이다.

"저기." 램지 부인이 층계참 창가에 멈춰 서서 말했다. "저기 쟤들 또 왔네." 조셉이 또 다른 나무 우듬지에 앉아 있었다. "쟤들이 자기들 날개가 부러져도 괜찮을 것 같니?" 램지 부인이 재스퍼에게 물었다. 대체 불쌍한 조셉과 메리를 왜 쏘고 싶은 거니? 꾸중을 들었다는 느낌에, 재스퍼가 계단 위에서 당황히 발을 움직거렸다. 하지만 어머니는 새를 쏘는 재미도, 새들에겐 감정이 없다는 것도 이해하지 못하셔서 그러시겠거니 생각하니 그렇게 심각하게 혼이 난 느낌은 들지 않았다. 자기 어머니지만, 그녀는 자신과는 다른 차원의 세계에서 살았다. 그래도 그는 어머니가 지어낸 메리와 조셉 이야기를 꽤 좋아했다. 어머니의 이야기는 웃음이 터져 나올 정도로 재미있었다. 하지만 저 까마귀들이 메리와 조셉인지 어머니는 어떻게 아세요? 매일 밤 똑같은 새들이 똑같은 나무를 찾아온다고 생각하세요? 재스퍼가 물었다. 하지만 이때쯤엔 다른 모든 어른들이 그렇듯 갑자기 그녀도 그에게 향하던 최소한의 관심마저 거둬들이고는 현관에서 들려오는 소리에 귀를 기울이고 있었다.

"그들이 돌아왔구나!" 그녀가 소리쳤다. 그리고는 이내 안도하는 마음보다는 그들에 대한 짜증이 훨씬 더 크게 느껴졌다. 하지만 다음 순간 그녀는 그 일이 일어났을지 궁금해졌다. 그녀가 내려가면 그들이 그녀에게 말해 줄 것이다. 하지만 아니야. 이렇게 사람 많은 데서 나한테 무슨 말을 할 수 있겠어. 그러니 내려가서 식사를 시작한 뒤 때를 기다려야 해. 그렇게 그녀는, 홀에 모여든 자신의 백성들을 발견하고 그들을 내려다보다가 그들 사이로 내려가 그들이 바치는 진상품에 말없이 고개를 끄덕이고 그녀 앞에 부복하여 외치는 헌신의 맹세를 받아들이는 어느 여왕처럼 (폴은 그녀가 그의 앞을 지나갈 때 꼼짝도 하지 않고 앞만 똑바로 쳐다보았다) 계단을 내려가서, 현관을 가로질러 가, 고개를 아주 살짝 숙여 인사했는데, 그렇게 함으로써 그녀는 마치 그들이 말로 표현하지 못하는 것, 그들이 그녀의 아름다움에 바치는 경의를 받아들이는 것 같았다.

하지만 그녀는 걸음을 멈췄다. 무언가 타는 냄새가 났다. 설마 주방에서 뵈프앙도브를 지나치게 오래 끓이다 태운 걸까? 제발 아니길! 그녀가 이렇게 바라는 순간, 댕댕 울리는 커다란 징 소리가 엄숙하고 위엄 있게 식사 시간을 알렸다. 이제 다락방으로, 침실로, 자기만의 편한 자리로 흩어져서 책을 읽거나, 글을 쓰거나, 머리 손질에 마지막 손길을 더하거나, 옷매무새를 점검하던 사람들도 하던 일을 멈추고, 손에 든 자질구레한 것들도 세면대와 화장대에 놓아두고, 읽던 소설도 비밀스러운 일기장도 침대 옆 탁자 위에 올려 둔 채, 모두 저녁 만찬을 위해 식당으로 모일 시간이었다.

17

그런데 난 내 인생으로 무엇을 한 거지? 식탁의 상석에 앉아, 식탁 위에 놓인 희고 둥근 접시들을 바라보면서 램지 부인이 생각했다. "윌리엄, 제 옆에 앉으세요." 그녀가 말했다. "릴리는 저기에." 그녀가 기운 없이 말했다. 그들 — 폴 레일리와 민타 도일 — 에겐 저것이 있는데, 내겐 겨우 이것 — 엄청 긴 식탁과 접시와 칼 — 뿐이구나. 맞은편 끝에 그녀의 남편이 얼굴을 잔뜩 찌푸린 채 웅크리고 앉아 있었다. 뭐가 못마땅한 거지? 그녀는 알지 못했다. 알고 싶지도 않았다. 어떻게 저 남자에게 자기가 어떤 감정이나 애정을 느꼈던 건지 그녀는 이해할 수가 없었다.

수프를 조금씩 떠서 나누어 주면서, 그녀는 모든 것을 지나왔고 모든 것을 겪어 온 끝에 모든 것에서 벗어났다는 느낌이 들었다. 마치 저기에 소용돌이가 있어, 그 소용돌이 안에 휩쓸릴 수도 있고 벗어날 수도 있는데, 그녀는 거기서 벗어난 느낌이었다. 모든 것이 끝났다고 그녀는 생각했다. 한편 사람들이 한 사람씩 차례로 들어왔다. 찰스 탠슬리가 들어왔고—"저기에 앉아요." 그녀가 말했다—오거스터스 카마이클이 들어와 앉았다. 그러는 동안에도 그녀는 누군가가 그녀의 말에 대답해 주기를, 무슨 일이라도 일어나기를, 수동적으로 기다렸다. 하지만 이런 건 내가 할 만한 얘긴 아니지. 그녀는 수프를 접시에 듬뿍 퍼 담아 주며 생각했다.

이것을 생각하며 저것—수프를 국자로 퍼내기—을 하는 괴리감에 이맛살을 찌푸리며, 그녀는 자신이 저 소용돌이에서 벗어나 있음을 더욱더 강하게 느꼈다. 혹은 마치 그늘이 져 색이 사라지자 사물들이 더 진실하게 보이는 듯했다. 방은 (그녀가 식당 안을 둘러보았다) 매우 허름했다. 아름다운 구석이 하나도 없었다. 그녀는 탠슬리 쪽을 보지 않으려고 애썼다. 모든 게 전혀 어우러지지 않은 것 같았다. 모두 따로 분리된 채 앉아 있었다. 그래서 사람들을 어우러지게 하여 감정이 교류되고 새로운 무언가가 창조되도록 하는 일은 모두 그녀에게 달려 있었다. 그녀가 하지 않으면 아무도 하지 않을 것이기에, 그녀는 다시금 남자란 아무 쓸모도 없는 존재라는 것을 적의 없이 사실로 느꼈다. 그리고 시계가 멈췄을 때 몇 번 흔들어 주면 시계가 다시 똑딱

거리기 시작하듯, 스스로 몸을 약간 좌우로 흔들자 오래되어 익숙한 맥박이 — 하나, 둘, 셋, 하나, 둘, 셋 — 뛰기 시작했다. 그녀는 계속 그렇게 하나, 둘, 셋을 반복하면서 그것에 귀를 기울였고, 소멸해 가는 약한 불꽃을 신문지로 가려 보호하듯 여전히 허약한 맥박을 보호하고 키웠다. 그렇게 한 다음 그녀는 나름의 결정을 내렸고, 윌리엄 뱅크스 — 아내도 자식도 없고 오늘 밤 말고는 늘 숙소에서 홀로 식사를 해야 하는 불쌍한 사람! — 쪽으로 조용히 몸을 구부려 말을 건넸다. 그를 가엽게 여기는 가운데, 생기가 이제 다시 그녀를 지탱할 수 있을 만큼 충분히 강해지자 이 모든 일을 시작하는 그녀는 마치 바람에 부푼 돛을 보고도 다시 출항하고 싶은 생각보다는, 차라리 배가 침몰한다면 자신이 소용돌이에 휘말려 돌고, 돌고, 돌다가 마침내 바다 밑바닥에서 안식을 취할 수 있을 텐데라고 생각하는 지치고 피로한 선원 같았다.

"당신에게 온 편지들 보셨나요? 가져가실 수 있도록 현관에 놓아두라고 일렀는데요." 그녀가 윌리엄 뱅크스에게 말했다.

릴리 브리스코는 사람들이 따라서 들어가기란 불가능하고 들어가는 것을 눈으로 지켜만 봐도 등골이 오싹해지는 그런 낯선 무인지대로 램지 부인이 표류해 들어가는 것을, 배의 돛이 수평선 아래로 가라앉을 때까지 침몰해 가는 배를 눈으로 좇듯 지켜보았다.

부인이 정말 늙어 보이고 정말 지쳐 보이고 정말 멀어 보인다고 릴리는 생각했다. 그러나 다음 순간 그녀가 윌리엄 뱅크스 쪽으로 고개를 돌리고 미소를 지었을 때, 그것은 마치 배가 방향을 돌리자 햇살이 다시 돛에 내리쬐는 것 같았고, 안도한 릴리는 약간 즐거워진 기분으로 생각했다. 부인은 왜 그를 가여워하는 거지? 부인이 뱅크스에게 그의 편지가 현관에 놓여 있다고 말했을 때 그녀가 받은 인상이 그러했기 때문이다. 마치 부인이 지친 이유가 부분적으로는 사람들을 가여워하기 때문이고, 또 누군가를 가여워하는 일이 다시 살아 보겠다는 결심을, 그녀 안에서 삶의 의욕을 다시 자극하기라도 하는 것처럼, 부인은 불쌍한 윌리엄 뱅크스,라고 말하는 것 같았다. 그리고 릴리는 그것이 진실이 아니라고 생각했다. 그것은 부인의 본능이자, 다른 사람들의 필요보다는 부인 자신의 필요에서 기인한 그녀의 잘못된 판단들 중 하나였다. 그는 전혀 가여운 사람이 아니었다. 그에게는 하는 일이 있다고 릴리는 속으로 생각했다. 그녀는 마치 보물이라도 발견한 것처럼 갑자기 자신에게도 하는 일이 있음을 기억했다. 찰나 사이에 그녀는 자신의 그림을 보았다. 그리고 생각했다. 그래, 나무를 좀 더 중앙으로 옮겨야겠어. 그러면 저 어색한 공간이 해결될 거야. 그렇게 해야겠어. 난 그것 때문에 내내 어찌할 바를 몰랐던 거야. 그녀는 소금 병을 집어 들어 식탁보의 꽃무늬 위에 다시 내려놓았다. 그림 속 그 나무를 옮길 것을 자신에게 일깨우기 위해서였다.

"우편으로는 가치 있는 것을 얻기 힘든데도 이상하게 늘 편지를 기다리게 되더군요." 뱅크스 씨가 말했다.

무슨 빌어먹을 헛소리들을 하는지. 찰스 탠슬리가 수프를 깨끗이 먹어 치운 후 숟가락을 접시의 정중앙에 정확히 내려놓으면서 생각했다. 릴리가 보기에 (릴리의 맞은편에 창을 등지고 앉은 탠슬리는 정확히 바깥 풍경의 중앙에 있었다) 그는 마치 제대로 끼니를 챙기기라 작정한 사람 같았다. 그를 둘러싼 모든 것이 그런 변함없는 결핍의 분위기, 그런 궁상맞고 추레한 분위기를 풍겼다. 그럼에도 누군가를 보고 있으면 그 사람을 완전히 싫어하기란 거의 불가능했다. 그녀는 움푹 파여 무서운 안광을 빛내는 그의 파란 눈을 좋아했다.

"편지를 자주 쓰는 편인가요, 탠슬리 씨?" 램지 부인이 물었다. 릴리는 램지 부인이 그 역시 가여워하고 있을 거라 생각했다. 부인이 남자들은 마치 무언가가 결여된 존재인 것처럼 늘 가여워하고 여자들은 마치 무언가를 가지고 있는 존재인 것처럼 절대로 가여워하지 않는 것은 사실이었기 때문이다. 어머니께 편지를 씁니다. 그 외에는 한 달에 한 통도 잘 쓰지 않는 것 같네요. 탠슬리 씨가 짧게 대답했다.

그는 이런 사람들이 원하는 대로 그들과 실없는 얘기나 주고받을 생각이 없기 때문이었다. 이런 어리석은 여자들의 시혜적인 관심도 받고 싶지 않았다. 그래서 그는 그의 방에서 내내 책을 읽고 있었고, 이제 내려와 보니, 모든 것이 그의 눈에는 어리석고 피상적이고 얄팍해 보였다. 왜 그렇게들 옷을 차려입은 거지? 나는 그냥 평소 입던 옷차림으로 내려왔는데. 하긴 나한텐 변변한 정장 한 벌이 없지. "우편으로는 가치 있는 것을 얻기 힘들다"는 말도 그들이 늘 그냥 하는 얘기잖아. 남자들이 그런 시답잖은 말이나 하는 건 다 여자들 때문이야. 그래, 그건 정말 맞는 말이지. 그가 생각했다. 이 사람들은 일 년 내내 소유할 가치가 있는 것이라곤 그 어느 것도 갖지 못했으니까. 그저 수다를 떨고, 떨고, 떨다가, 먹고, 먹고, 먹을 뿐이지. 이건 여자들의 잘못이야. 여자들은 그들의 온갖 '매력'과 어리석음으로 문명이라는 걸 불가능하게 만들거든.

"내일 등대에는 못 갈 겁니다, 램지 부인." 그가 고집스레 말했다. 그는 부인을 좋아하고, 숭배하고, 배수로를 파던 남자가 그녀를 우러러보던 일을 여전히 떠올리면서도, 자신의 생각을 강하게 피력할 필요를 느꼈다.

그는 멋진 눈을 가졌지만 자기가 알았던 사람들 가운데 정말이지 가장 매력 없는 인간이라고 릴리 브리스코는 생각했다. 그런데 어째서 그녀는 그가 한 말을 신경 쓰는 걸까? 여자들은 글을 쓸 수 없어요. 여자들은 그림도 그릴 수 없어요. 그의 입에서 그런 말이 나온들 무슨 상관이란 말인가? 어차피 그건 분명히 그에게도 진실은 아니고, 그는 그저 어떤 이유로든 그것이 자신에게 도움이 되기 때문에 그런 말을 한 것일 텐데. 그런데도 그녀는 왜 바람에 시달리는 옥수수처럼 온몸을 바짝 굽혔다가 오직 안간힘을 쓰고 다소 고통스럽게 노력해야만 이러한 굴욕에서 몸을 일으킬 수 있는 걸까? 그녀는 다시 한 번 이겨 내야 한다. 식탁보 위에 장식용 잔가지가 있고, 내 그림이 있고, 나는 나무를 중앙으로 옮겨야 해. 중요한 건 다른 게 아니라 바로 그거야. 그에게 화를 내지도 않고, 그와 언쟁하지도 않고, 그저 내게 중요한 것을 유지하고 지킬 수는 없을까? 그녀는 자문했다. 그리고 만약 조금이라도 복수하고 싶다면, 그를 비웃으면 되지 않을까?

"아, 탠슬리 씨." 릴리가 말했다. "부디 절 등대에 데려가 주세요. 정말 가고 싶어요."

그는 그녀가 거짓을 말하고 있음을 알 수 있었다. 어떤 이유에서든 그를 약 오르게 하려고 하는 말이었다. 그녀는 그를 비웃고 있었다. 그는 낡은 플란넬 바지를 입고 있었다. 다른 바지가 없으니까. 그는 자신이 매우 초라하고 소외되고 외롭다고 느꼈다. 그녀는 어떤 이유에서인지 자신을 희롱하고 있었다. 그녀는 그와 함께 등대에 가고 싶은 생각이 전혀 없었다. 그녀는 그를 멸시했다. 프루 램지도 그를 멸시했다. 다른 사람들도 모두 그를 멸시했다. 그는 그것을 모두 알고 있었다. 하지만 그는 여자들의 웃음거리가 되어 주지는 않을 요량이었다. 그래서 앉은 자리에서 일부러 몸을 돌려 창밖을 내다보고는, 곧장 아주 불퉁한 태도로 잘라 말했다. 릴리 양이 가기에는 내일 날씨가 많이 험하겠군요. 뱃멀미를 할 텐데요.

램지 부인이 듣는 데서 자기가 그런 식으로 말하게 만든 릴리에게 그는 화가 났다. 방에서 혼자 책을 읽고 논문 작업이나 했으면, 하고 그는 생각했다. 그는 자신의 방에서 가장 편안함을 느꼈다. 그는 지금껏 누구에게든 한 푼도 빚진 적 없고, 열다섯 살 이래로는 아버지한테도 절대 손 벌린 적 없으며, 오히려 저축한 돈을 쪼개 가계를 돕는 한편 누이동생도 공부시키고 있었다.

그래도 역시 브리스코 양에게 "뱃멀미를 할 텐데요"라며 대뜸 말을 내뱉을 게 아니라 적절히 응대할 말을 생각해 냈더라면 좋았을 거라고 자탄했다. 그는 램지 부인에게 들려줄 만한 이야기를 생각하고 싶었다. 사람들은 모두 그를 따분한 골생원으로 보지만, 그녀에게 무언가를 말해서 자신이 꼭 그런 사람만은 아님을 보여 주고 싶었다. 그가 부인 쪽으로 고개를 돌렸다. 하지만 부인은 윌리엄 뱅크스에게 그가 한 번도 들어 본 적 없는 사람들에 관해 이야기하고 있었다.

"그래요, 치워요." 그녀가 뱅크스 씨와 나누던 말을 중단하고 하녀에게 간단히 지시했다. "제가 그녀를 마지막으로 본 게 아마 십오 년—아니다, 이십 년—쯤 되었을 거예요." 두 사람이 나누던 이야기에 몰두해 있느라 대화의 맥락을 잠시도 놓칠 수 없다는 듯 그녀는 고개를 다시 뱅크스 씨에게로 돌리고 말하는 중이었다. 그러니까 당신이 오늘 저녁에 실제로 그녀의 소식을 들었다는 거군요! 캐리는 여전히 말로우에 살고 있나요? 모든 게 여전히 똑같은가요? 아, 마치 어제 일처럼 기억이 생생해요. 템스강에 갔는데 매우 추웠죠. 하지만 매닝 부부는 일단 계획을 세우면 그걸 그대로 고수하는 사람들이라서요. 허버트가 강둑에서 티스푼으로 말벌을 죽인 일은 결코 잊을 수 없을걸요! 아주, 아주 추웠던 이십 년 전 어느 날 그녀가 다녀왔던 템스강변 위 그 응접실의 탁자와 의자들 사이를 마치 유령처럼 미끄러지듯 움직이며 램지 부인은 생각에 잠겼다. 여전하구나. 그러나 이제 그녀는 유령처럼 그 탁자와 의자들 사이를 다녔고, 마치 그녀가 이렇듯 변하는 동안, 그 특정한 날은 이 모든 세월 내내 그곳에 그대로 남아 있다가 이제는 매우 고요하고 아름다워지기라도 한 것처럼, 그녀는 그날에 매혹되었다. 캐리가 당신에게 직접 편지를 썼나요? 그녀가 물었다.

"그래요. 캐리가 그러는데 그들이 당구장을 새로 짓고 있다더군요." 그가 말했다. 설마! 설마요! 말도 안 돼요. 당구장을 짓다니요! 그녀에겐 믿기 어려운 일이었다.

뱅크스 씨는 당구장을 새로 짓는 게 왜 그리 이상한 일인지 알 수가 없었다. 그들도 이제는 형편이 꽤 좋아졌답니다. 캐리에게 부인이 안부를 묻더라고 전해드릴까요?

"네?" 램지 부인이 조금 놀라며 말했다. "아니에요." 새 당구장을 짓는 이 캐리라는 여자를 자신이 잘 알지 못한다는 생각이 들어, 그녀가 덧붙였다. 하지만 그들이 아직도 거기에 산다니 신기하다고 그녀가 거듭해서 말하자, 뱅크스 씨는 그녀의 반응이 재미있는 모양이었다. 그녀는 자신이 그들을 한 번 이상 생각해 본 적 없는 동안, 그들이 그 긴 세월을 줄곧 같은 곳에서 살아갈 수 있었다는 사실을 생각하니 유다른 기분이 들었다. 같은 이십 년이라는 세월 동안 그녀 자신의 삶은 얼마나 다사다난했던가. 하지만 아마 캐리 매닝도 나에 대해선 까맣게 잊고 지냈을 테지. 그렇게 생각하자 기분이 이상하고 언짢았다.

"사람들은 시간이 흐르면 곧 사이가 멀어지기 마련이지요." 뱅크스 씨가 말했다. 하지만 그는 자신이 결국에는 매닝 가족과 램지 가족 모두와 알고 지냈다는 사실에 어느 정도 만족감을 느꼈다. 숟가락을 내려놓고 깨끗이 면도한 입술을 꼼꼼하게 닦아 내며, 그는 자신은 사이가 멀어지지 않았다고 생각했다. 하지만 이런 면에서 자신은 어쩌면 남들과는 다소 다를지도 모른다고 생각했다. 그는 틀에 박힌 삶을 결코 좋아하지 않았다. 그는 각계각층의 사람들과 교류했다⋯ 이때 램지 부인이 대화에서 잠시 이탈해, 하녀에게 음식을 계속 따뜻하게 데워 두라고 일렀다. 이래서 그는 혼자 식사하는 편을 선호했다. 이런 식의 방해가 못마땅했다. 글쎄, 바로 이런 자리에 앉아 있는 게 친구들 때문에 치러야 하는 희생이겠지. 기계공이 여가 시간에 아름답게 연마하여 언제든 사용할 준비를 해 둔 도구를 검사하듯 왼손의 손가락을 식탁보 위에서 벌려 볼 뿐 더없이 훌륭하게 예의를 갖춘 태도를 유지하면서, 윌리엄 뱅크스가 생각했다. 그가 초대를 거절했다면 램지 부인은 상처를 입었을 것이다. 하지만 이것은 그로서는 가치 없는 짓이었다. 자신의 손을 내려다보면서, 그는 혼자 저녁 식사를 했더라면 지금쯤 벌써 식사를 마치고 자유롭게 일할 수 있었을 거라고 생각했다. 그래, 이건 지독한 시간 낭비야. 그가 생각했다. 아이들은 여전히 식당을 들락거렸다. “너희들 중 누가 로저의 방에 빨리 다녀왔으면 좋겠구나.” 램지 부인이 말하고 있었다. 이 모든 것이 다른 것들, 이를테면 자신의 일과 비교하면 정말 하찮고 지루하기만 하다고 그는 생각했다. 여기서 그는 식탁 앞에 앉아 손가락으로 하릴없이 식탁보나 두드리고 있지 않은가. 만약 내가 지금 내 방에 혼자 있다면 ― 그는 머릿속으로 자신의 일을 재빨리 조감했다. 확실히 이건 다 시간 낭비야! 하지만 그녀는 내 오랜 친구가 아닌가. 그가 생각했다. 나는 나름대로 부인에게 정성을 기울이고 있어. 그런데 지금 이 순간은 그녀의 존재도, 그녀의 아름다움도 그에게 아무런 의미가 없었고, 그녀가 창가에서 어린 아들과 함께 앉아 있던 모습도 전혀 아무런 의미가 없었다. 그는 그저 혼자가 되어 읽던 책을 중단했던 곳부터 다시 읽고 싶었다. 그는 마음이 편치가 않았고, 그녀의 옆에 앉아 있음에도 그녀에게 아무런 감정도 느낄 수 없어서 배신당한 느낌이었다. 사실을 말하자면, 그는 가정생활이라는 것을 즐기지 않았다. 사람은 무엇을 위해 살지?라고 그가 자문한 것은 바로 이런 상태에서였다. 이런 고생을 하면서까지 인류를 존속시키려는 이유가 뭘까? 그가 자문했다. 그것이 그렇게도 바람직한 일인가? 인간이 종족으로서 그렇게 매력적인 존재인가? 뭐 딱히 그렇지는 않지. 그가 다소 단정치 못한 사내아이들에게 눈길을 주며 생각했다. 그는 자기가 제일 예뻐하는 캠은 자고 있을 거라 짐작했다. 무언가에 바쁘게 몰두하고 있다면 결코 묻지 않았을 어리석은 질문들이자 쓸데없는 질문들이었다. 인간의 삶이란 이러한가? 인간의 삶이란 저러한가? 그런 것에 대해 생각할 겨를이 없겠지. 그런데 램지 부인이 하인들에게 무언가를 지시하는 까닭에, 그리고 또한 캐리가 여전히 어딘가에서 살아가고 있다는 사실에 램지 부인이 그토록 놀라는 것을 보고 우정이란, 심지어 가장 끈끈하다고 할 만한 것조차, 깨지기 쉬움을 깨달은 까닭에, 그는 여기서 스스로에게 그런 질문이나 해 대고 있는 것이었다. 사람은 만나면 헤어지기 마련인 것을. 그는 다시 스스로를 꾸짖었다. 그는 램지 부인의 옆에 앉아 있었지만, 그녀에게 할 말이라곤 아무것도 없었다.

"정말 미안해요." 마침내 램지 부인이 다시 그에게로 몸을 돌리면서 말했다. 물에 흠뻑 젖었다가 바짝 말라서 발을 억지로도 집어넣기 힘든 장화처럼, 그는 경직되고 무력한 기분이 들었다. 그는 어떻게든 말을 해야만 했다. 매우 조심하지 않으면 그의 마음이 변했음을, 그가 그녀에게 조금도 관심이 없음을 부인이 눈치챌 것이고, 그러면 그녀로선 전혀 기분이 좋을 리 없을 터였다. 그래서 그는 그녀 쪽으로 몸을 돌려 정중히 고개를 숙였다.

"이렇게 떠들썩한 곳에서 저녁 식사를 하시는 게 분명 마뜩치 않으시겠지요?" 그녀가 주의가 흐트러졌을 때 하던 식의 사교적인 태도로 말했다. 그래서 어떤 국제적인 모임이 있을 때 언어 문제로 갈등이 생기는 경우, 의장이 통일을 기하기 위해 모두 프랑스어를 쓰자고 제의하는 거다. 어쩌면 엉터리 프랑스어를 사용할지도 모르고, 화자의 생각을 표현할 단어가 프랑스어에는 없을지도 모르지만, 그럼에도 프랑스어를 말하는 것이 어느 정도의 질서와 통일성을 강제할지도 모른다. 뱅크스 씨도 그녀에게 같은 식의 언어로, "아니, 전혀 그렇지 않아요"라고 대답했고, 그러자 이런 언어에 대한 지식이 없는 찰스 탠슬리는 이런 간단한 말*만 듣고도, 즉시 그 말이 가식적이라고 의심했다. 그는 램지가(家) 사람들이 허튼소리만 지껄인다고 생각했고, 이 생생한 사례를 기쁘게 포착하여 그들의 말을 메모했고, 조만간 친구 한두 명에게 그것을 큰 소리로 읽어 주리라 마음먹었다. 거기, 자기가 하고 싶은 말을 할 수 있는 사람들 사이에 가서, 그는 '램지 가족과 함께 지냈던 일'과 그들이 주고받던 쓸데없는 말들을 화제 삼아 냉소적으로 떠들어 대고 싶었다. 한 번 정도는 함께 지낼 가치가 있지만, 두 번은 아닌 것 같다고 말할 작정이었다. 여자들이 너무 지루하다고 말할 생각이었다. 물론 램지가 미모의 여성과 결혼하여 아이를 여덟이나 낳느라 학자로서 야망을 버렸다는 얘기도 빠뜨리지 않을 생각이었다. 말할 내용은 대충 그런 모양으로 가다듬어지겠지만, 지금 이 순간 옆에 빈 의자를 둔 채 거기에 꼼짝없이 앉은 그는 어떤 것도 제 모양새를 갖추지 못했다. 모든 것이 부스러기이자 파편에 불과했다. 그는 극도로 마음이 불편했다. 심지어 신체적으로도 불편함을 느꼈다. 누군가가 그에게 그의 견해를 말할 기회를 주면 좋겠다고 생각했다. 그런 기회를 너무도 절실히 원했기 때문에 그는 앉은 자리에서 안절부절못하는 태도로 이 사람 저 사람을 둘러보면서 입을 벙긋거리며 그들의 대화에 끼어들 기회를 노렸다. 그들은 어업에 관한 이야기를 나누고 있었다. 왜 아무도 내 의견은 묻지 않는 거지? 자기들이 대체 어업에 대해 뭘 안다고 저러는 거야?

릴리 브리스코는 이 모든 것을 알았다. 그의 맞은편에 앉은 그녀는 육체의 안개 속에 가려져 어둡게 보이는 자신을 부각시키

---

* 원문은 '단음절의 단어들'(words of one syllable)로, 바로 위의 "아니오, 전혀 그렇지 않아요."(No, not at all)를 가리킨다.

고 싶은 젊은이의 욕망이 담긴 늑골과 대퇴골을 엑스레이 사진을 들여다보듯 꿰뚫어 볼 수 있었다. 그 희부연 안개는 사회적 관습이 대화에 끼어들고 싶은 그의 불타는 욕망 위에 덮어씌운 것이었다. 하지만 릴리는 그가 여자는 "그림도 그릴 수 없고 글도 쓸 수 없다"고 비웃던 일을 떠올렸고, 중국인의 눈매를 닮은 눈을 가늘게 뜨면서 그런 그가 편해지도록 자기가 굳이 도와줄 이유는 없다고 생각했다.

그녀가 아는 행동 규범의 (아마도) 일곱 번째 조항에 따르면, 이런 유형의 경우에 여자는 자신의 직업이 무엇이든 간에 마땅히 맞은편에 앉은 젊은 남자가 사람들의 인정을 받으려는 간절한 욕망과 허영심의 대퇴골과 늑골을 드러내어 해소할 수 있도록 도와주어야 한다. 마찬가지로 지하철에 불이 나면 여자를 돕는 것이 남자들의 의무가 아닌가. 그녀는 노처녀다운 공평함으로 숙고했다. 그러고는 그런 일이 생기면 그녀는 확실히 탠슬리 씨가 불타는 지하철에서 자기를 꺼내 주기를 바랄 거라고 생각했다. 하지만 우리가 이런 일들에서 서로를 도와주지 않는다면 어떻게 되겠어? 그녀가 생각했다. 그래서 그녀는 옅은 웃음을 띤 채 거기에 앉아 있었다.

"등대에 갈 생각은 아니지요, 그렇죠, 릴리?" 램지 부인이 말했다. "불쌍한 랭글리를 생각해 봐요. 그는 세계를 수십 번이나 돌아다녔지만, 우리 남편이랑 돌아다녔을 때만큼 고생한 적은 없다고 내게 그러더군요. 탠슬리 씨는 뱃멀미를 잘 안 하나 보죠?" 그녀가 물었다.

탠슬리 씨는 망치를 치켜들어 그것을 공중 높은 곳에서 휘둘렀지만, 그것이 내려올 즈음엔 이런 도구로 저 나비처럼 연약한 존재를 내려칠 수 없음을 깨달았고, 그래서 그저 여태껏 단 한 번도 뱃멀미를 한 적이 없다는 말로 받아넘겼다. 하지만 그 한 문장 안에는 그의 할아버지는 어부고, 아버지는 약제사이며, 오직 혼자 힘으로 여기까지 성취해 온 스스로를 자랑스러워하는 자신은 바로 찰스 탠슬리라는 사람인데, 아무도 그것을 알아보지 못하는 듯 보이는 게 사실이지만, 머지않아 모든 사람들이 자신의 참모습을 알게 될 테니 두고 보라는 등의 내용이 마치 화약처럼 압축되어 있었다. 그는 못마땅한 얼굴로 앞을 노려보았다. 그는 오래지 않아 자신의 내면에 응축된 화약이 터지게 되면 마치 털실 뭉치나 사과 궤짝처럼 산산조각 나 하늘 높이 날아올라 갈 이 온순하고 세련된 사람들을 거의 가여워하다시피 했다.

"저를 데려가실 거죠, 탠슬리 씨?" 릴리가 재빨리 다정하게 말했다. 물론 램지 부인이 릴리에게 (사실상 말한 거나 마찬가지지만) "릴리, 난 지금 불바다에서 익사하게 생겼어요. 당신이 저기 저 젊은이에게 다정한 말을 건네어 지금 이 고통을 덜어 주지 않으면, 삶은 좌초되고 말 거예요. 정말이지 지금 이 순간에도 신경에 거슬리도록 요란하게 삐걱거리는 소리가 들리는 것 같다니까. 신경이 바이올린 줄처럼 팽팽하게 당겨진 상태라, 한 번만 건드려도 팅 하고 줄이 끊어질 것 같다고요"라고 말한다면, 램지 부인이 (사실 눈빛으로 이미 말한 거나 마찬가지지만) 이 말을 다 했을 때, 릴리 브리스코는 지금껏 수없이 그래 왔던 것처럼 '저기 있는 저 젊은이에게 누군가 잘 대해 주지 않는다면 무슨 일이 벌어질까?'라는 실험을 포기하고 그에게 잘 대해 줄 수밖에 없는 것이었다.

릴리의 기분이 변했음을 맞게 판단한 — 그녀는 이제 그에게 상냥했다 — 그는 자기 본위에서 벗어나, 자신이 아기였을 때 아버지가 자기를 배 밖으로 내던졌다가 갈고리 장대로 자신을 건져 올리곤 했고, 그런 식으로 자신이 수영을 배웠다는 이야기를 그녀에게 들려주었다. 삼촌 한 분이 스코틀랜드 앞바다 어느 바위섬의 등대지기라고 그가 말했다. 그곳에서 삼촌과 함께 몰아치는 폭풍우를 경험한 적도 있었지요. 그가 이 일화를 큰 소리로 말했을 때 마침 잠시 주변의 대화가 끊긴 상태였던 터라, 폭풍 속에서 자기 삼촌과 함께 등대에 있었다는 그의 이야기에 사람들은 자연히 귀를 기울이게 되었다. 대화의 국면이 순조롭게 바뀌고 램지 부인이 (이제 잠시나마 자기가 이야기할 자유가 생겼기에) 자신에게 고마워하는 것이 느껴지자, 릴리 브리스코는 생각했다. 아, 하지만 당신의 그 자유를 위해 난 큰 대가를 치른걸요. 그녀는 진실하지 못했으니 말이다.

그녀는 늘 쓰던 수법을 썼다. 친절하게 대하기. 그녀는 그를 결코 알지 못할 것이다. 그도 그녀를 결코 알지 못할 것이다. 인간관계란 다 이런 식이고, 그 가운데 최악은 (뱅크스 씨의 경우를 제외하고) 남녀 관계라고 그녀는 생각했다. 그때 자신이 스스로를 일깨우기 위해 그곳에 놓아두었던 소금 병이 눈에 들어오자, 다음날 아침에 나무를 중앙 쪽으로 옮기기로 마음먹었던 일이 떠올랐고, 그녀는 내일 그림을 그린다는 생각에 기분이 무척이나 좋아져서 탠슬리 씨가 하는 말에 큰 소리로 웃었다. 그래, 원한다면 밤새 떠들라지.

"그런데 등대에 한 번 근무하러 들어가면 얼마나 있다가 나오나요?" 램지 부인이 물었다. 그가 그녀에게 알려 주었다. 그는 놀라울 정도로 박식했다. 그가 기분이 좋아지고 그녀를 좋아하고 즐거운 시간을 보내기 시작했으므로, 램지 부인은 이제 자기도 이십 년 전에 말로에 있던 매닝 부부의 응접실로, 비현실적이지만 매혹적인 장소인 그 꿈의 나라로 되돌아갈 수 있겠다고 생각했다. 그곳에서는 걱정할 미래가 없으니 조급하거나 불안해할 필요 없이 돌아다닐 수 있었다. 그녀는 그들에게는 무슨 일이 일어났는지, 자신에게는 무슨 일이 일어났는지를 모두 알고 있었다. 이십 년 전의 일이기 때문에 그 이야기의 결말을 이미 알고 있는 데다, 이 식당의 식탁에서조차 폭포수처럼 떨어져 내리는 삶이 그곳에서는 봉인된 채 제방 안 호수처럼 잔잔히 놓인 까닭에, 그곳으로 되돌아가는 것은 좋은 책을 다시 읽는 느낌이었다. 뱅크스 씨는 그들이 당구장을 새로 지었다고 말했다. 그런데 그게 가능할까? 윌리엄이 매닝 부부에 대한 이야기를 계속할까? 그녀는 그가 그러기를 바랐다. 하지만 아니었다. 어떤 이유에서인지 그는 더는 그럴 기분이 아닌 것 같았다. 그가 더 이야기를 풀어놓도록 그녀가 유도해 보았지만, 그는 호응해 주지 않았다. 그렇다고 강요할 수도 없었다. 그녀는 실망했다.

"아이들 때문에 면목이 없네요." 한숨을 쉬며 램지 부인이 말하자, 뱅크스 씨가 시간을 잘 지키는 버릇은 나이가 들어서야 몸에 배는 소소한 미덕이라는 말로 위로했다.

"나중에라도 그렇게 된다면야." 램지 부인은 그저 공백을 메우기 위해 이렇게 말하면서, 윌리엄이 노처녀 같은 말을 다 한다는 생각을 했다. 자신의 마음이 변했음을 의식하고, 그녀가 좀 더 친숙한 주제로 대화를 나누길 바라는 것을 알아챘으면서도, 갑자기 삶이 불쾌해져서 지금은 그녀와 그럴 기분이 들지 않았기에, 그는 거기에 앉아서 그저 기다렸다. 어쩌면 다른 사람들은 뭔가 흥미로운 이야기를 하고 있지 않을까? 다른 사람들은 무슨 대화를 나누고 있을까?

이번 어획기에는 어획량이 많지 않았다든지, 사람들이 이민을 가고 있다든지 하는 말이었다. 임금과 실업에 대한 이야기도 나왔다. 탠슬리라는 젊은이가 정부를 비판하고 있었다. 윌리엄 뱅크스는 사적인 삶이 유쾌하지 못할 때 이런 종류의 이야기를 알아듣는다는 것도 꽤나 위안이 된다고 생각하면서, 그가 "현 정부의 가장 추잡한 행위 중 하나"에 대해 뭐라고 성토하는 말에 귀를 기울였다. 릴리도 듣고 있었고, 램지 부인도 듣고 있었고, 그들 모두가 듣고 있었다. 하지만 이미 지루해진 릴리는 무언가 모자라다는 것을 느꼈고, 뱅크스 씨도 무언가가 빠져 있다고 느꼈다. 숄을 어깨에 두르며, 램지 부인도 무언가가 결여되어 있다고 느꼈다. 그들 모두가 그의 말에 열심히 귀를 기울이면서도, 속으로는 '부디 내 맘속 생각을 들키지 않았으면' 하고 빌었다. 각자가 '다른 사람들은 이렇게 느끼는구나, 어부들과 관련한 정부 정책에 관해 분개하고 분노하는구나, 그에 반해 나는 아무 것도 느끼는 게 없구나'라는 생각을 하고 있었기 때문이다. 하지만 뱅크스 씨는 탠슬리를 바라보며, 어쩌면 여기 있는 이 젊은이가 우리가 늘 기다리던 바로 그 사람일지도 모른다고 생각했다. 가능성은 늘 있었다. 언제든 누군가가 지도자로 부상할 수 있고, 다른 분야에서처럼 정치에서도 천재가 나타날 수 있었다. 아마 우리같이 시대에 뒤떨어진 사람들은 그런 그에게 무척이나 거슬릴 수밖에 없을 테지. 뱅크스 씨는 최대한 상황을 참작하려 애쓰며 생각했다. 그는 탠슬리가 스스로에 대해, 그리고 자신의 연구와 관점과 학문에 대해서는 더욱 지독히도 방어적이라는 것을 등골의 신경이 곤두설 때와 같이 묘한 신체 감각을 통해 알 수 있었다. 탠슬리 군은 편협함과 완전히 거리가 멀다거나 전적으로 공정하다고는 볼 수 없었는데, 그는 이렇게 말하는 것 같았기 때문이다. 당신들은 지금껏 인생을 낭비했어요, 당신들은 죄다 틀렸어요, 불쌍한 노인네들 같으니, 당신들은 구제할 수 없을 정도로 시대에 뒤처져 있어요, 운운. 이 젊은이는 지나치게 자신만만한 편이군. 게다가 태도도 형편없어. 그럼에도 그를 유심히 관찰한 뱅크스 씨는 그가 용기도 있고 능력도 갖췄으며 사실에도 정통하다는 것을 알게 되었다. 탠슬리가 정부를 비난할 때, 뱅크스 씨는 생각했다. 그의 말에 일리가 있을지도 몰라.

"자, 한번 얘기해 봐요." 그가 말했다. 그렇게 그들이 정치에 대한 논쟁을 벌이자, 릴리는 식탁보 위의 나뭇잎을 내려다보았고, 램지 부인은 그 논쟁은 전적으로 두 남자에게 맡겨 둔 채 이 이야기가 왜 이렇게 지루한지 모르겠다고 생각했고, 식탁의 다른 쪽 끝에 앉은 남편을 바라보면서 그가 무슨 말이라도 해 주기를 바랐다. 한마디만 해 줘요. 그녀가 혼잣말했다. 남편이 뭐라고 한마디만 해도 모든 게 달라질 터였다. 그는 사안의 핵심을 찔렀다. 어부들과 그들의 임금에 대해서도 관심이 많았다. 그런 것들을 고민하느라 밤잠을 설치기도 했다. 그가 입을 열기만 하면 분위기는 완전히 달라질 터였다. 그러면 사람들은 '맙소사, 당신은 내가 그런 일에 관심이 없다는 걸 왜 모르죠?'라는 식으로 느끼지 않게 될 터였다. 남편이 무언가를 말하면 사람들이 관심을 갖게 될 테니까. 그러다 남편이 말하기를 기다리는 게 자신이 남편을 너무도 숭배하기 때문이라는 것을 깨닫자, 제 남편을 칭찬한 사람이 바로 자기 자신이라는 사실을 잊은 채, 마치 누군가가 그녀에게 그녀의 남편과 그들의 결혼에 대한 찬사의 말을 건네기라도 한 것처럼 기분이 한껏 고양되어 온몸이 발갛게 달아올랐다. 그녀는 혹시 이것이 남편의 얼굴에도 드러나는지 알아볼 생각에 그를 쳐다보았다. 그는 당연히 멋진 모습일 거라고 예상했는데… 하지만 전혀 아니었다! 그는 이맛살을 한껏 찌푸리고 인상을 구긴 채 앞을 노려보고 있었고, 화가 나서 얼굴이 벌겋게 상기되어 있었다. 도대체 왜 저러는 거야? 그녀는 의아했다. 문제가 될 게 뭐지? 그저 불쌍한 어거스터스 노인이 수프 한 접시를 더 청한 것뿐이잖아. 그게 다잖아. 어거스터스가 수프를 새로 한 접시 더 먹기 시작했다는 것이 남편에게는 상상도 할 수 없을 정도의 혐오스러운 (그가 식탁 너머로 그녀에게 그렇게 신호를 보냈다) 일이었다. 그는 자신이 다 먹고 난 후에도 남들이 여전히 먹고 있는 상황을 몹시 싫어했다. 그녀는 그의 분노가 한 무리의 사냥개처럼 그의 눈과 이마로 내처 달려드는 것을 보았고, 그가 금방이라도 격렬하게 화를 터뜨릴 것 같은 느낌이 딱 든 순간 — 하지만 다행히도! 그가 스스로를 억제하며 분노의 바퀴에 제동을 거는 모양이었다. 그의 몸 전체가 억눌린 말 대신 불꽃을 내뿜는 것처럼 보였다. 그는 그곳에 도끼눈을 뜨고 앉아 있었다. 그는 아무 말도 하지 않았고, 그녀가 그를 지켜보기를 바랐다. 그녀가 스스로를 억제한 자신을 칭찬하고 인정해 주기를 바랐다! 그런데 애초에 불쌍한 어거스터스가 수프 한 접시를 더 청해 먹지 못할 이유가 뭐란 말인가? 그는 그저 엘렌의 팔을 살짝 건드리고는,

"엘렌, 미안하지만 수프 한 접시만 더"라고 했을 뿐인데, 그 말에 램지 씨는 저렇듯 인상을 쓰고 불퉁한 얼굴이 되었던 것이다.

그러면 안 될 게 뭐예요? 램지 부인이 따져 물었다. 그가 원한다면 한 접시 더 먹게 해 줄 수 있잖아요. 사람들이 음식을 오랫동안 게걸스레 먹어 대는 거 정말 꼴 보기 싫거든. 램지 씨가 못마땅한 얼굴로 그녀를 노려보았다. 그는 이런 식으로 시간을 질질 끄는 걸 극도로 싫어했다. 하지만 램지 씨는 자신이 그 광경에 진저리를 치면서도 화를 자제하는 모습을 아내가 눈여겨보기를 바랐다. 하지만 그렇다고 그걸 그렇게 노골적으로 티를 내요? 램지 부인이 핀잔했다. (그들은 기다란 식탁을 사이에 두고 마주 보면서 이런 질문과 답변을 눈으로 주고받았고, 서로 상대방이

느끼는 감정을 정확히 알았다.) 모두가 다 보잖아요. 램지 부인이 생각했다. 이미 로즈가 그녀의 아버지에게 시선을 집중한 상태였고, 로저 역시 그의 아버지를 주시하고 있었다. 두 아이 모두 금방이라도 웃음을 터뜨리겠지 싶었던 램지 부인은 지체 없이 입을 열었다. (사실 그럴 시간이긴 했다.)

"촛불을 켜야겠구나." 그러자 아이들이 즉시 벌떡 일어나 찬장으로 가서 양초를 더듬어 찾았다.

어째서 남편은 도통 감정을 숨기지 못하는 걸까? 램지 부인은 의문이 들었다. 그리고 어거스터스 카마이클이 눈치를 챘으면 어쩌지 하는 생각이 들었다. 어쩌면 눈치를 챘을 수도, 아닐 수도 있었다. 그녀는 거기에 앉아 수프를 마시는 그의 예사롭고 침착한 태도를 존경하지 않을 수 없었다. 그는 수프가 먹고 싶으면 수프를 요청했다. 사람들이 그를 비웃든 그에게 화를 내든 그는 변함없이 여전했다. 그는 그녀를 좋아하지 않았고, 그녀는 그것을 알고 있었다. 하지만 부분적으로는 바로 그 이유 때문에 그녀는 그를 존경했고, 희미한 불빛 속에서 기념비처럼 매우 크고 묵직한 체구로 조용히 사색에 잠긴 채 수프를 마시는 그를 바라보다가, 지금 그의 기분이 어떤지, 어째서 그는 늘 자족하고 위엄이 있는지 궁금해졌다. 그녀는 그가 앤드루에게 얼마나 많은 관심을 쏟고 있는지, 또 앤드루의 말에 따르면 그가 얼마나 자주 앤드루를 자기 방으로 불러들여 "이것저것을 보여 주는지" 하는 것들을 떠올렸다. 그리고 그는 저기 잔디밭 위에서 하루 종일 드러누워, 아마도 시상을 떠올리기 위해, 머릿속을 되작였고, 나중에는 그런 그의 모습이 마치 새를 눈으로 좇는 고양이처럼 보일 정도였는데, 마침내 찾던 말이 생각났을 때 그가 신이 나서 앞발로 박수를 치자, 남편이 "불쌍한 어거스터스 노인, 그는 진정한 시인이야"라고 말했으니, 그것은 남편의 입에서 나온 최고의 찬사였다.

이제 초 여덟 개가 식탁 아래쪽에 세워졌고, 처음에 구부정했던 불꽃들이 이내 곧추서자 긴 탁자 전체의 시야가 확보되어, 식탁 중앙에 놓인 노란색과 보라색의 과일 접시들이 보였다. 그 애는 저걸 어떻게 한 걸까? 램지 부인은 궁금했다. 로즈가 포도와 배, 뿔 모양의 분홍색 줄무늬 조가비, 그리고 바나나를 배열해 놓은 모습이 해저에서 건져 낸 전리품, 바다의 신 넵튠의 연회, (어떤 그림에서처럼) 빨갛게 그리고 황금빛으로 너울대는 횃불 아래 표범 가죽*옷을 입은 술의 신 바쿠스의 어깨 너머로 포도나무 이파리들과 함께 주렁주렁 매달린 포도송이들을 연상시켰다…. 이렇게 갑자기 밝아지자, 그 과일 접시가 무척이나 크고 깊어 보였고, 지팡이를 짚고 언덕으로 올라갔다가 골짜기로 내려갈 수도 있을 것 같은 하나의 세계처럼 느껴졌다. 그리고 어거스터스 역시 같은 과일 접시를 감탄하듯 바라보는 것을 보고 (잠시나마 그와 공감대가 형성된 것 같아) 기뻐하던 그녀는 다음 순간 그가 느닷없이 접시에 난입하여 여기서 장식 술 하나, 저기서 꽃

* 표범 가죽은 바쿠스의 상징이다.

한 송이를 뽑아내어 실컷 눈요기를 한 뒤 자신만의 벌집*으로 돌아가는 양을 지켜보고는, 사물을 보는 그의 방식이 그녀와 다름을 실감했다. 그럼에도 본다는 행위가 두 사람을 하나로 결합시켰다.

모든 초에 불이 켜지자, 식탁 양쪽의 얼굴들이 촛불에 의해 한층 더 가까워졌고, 해 질 무렵만 해도 그러지 못했으나 이제는 식탁 주위로 차분하게 한 무리를 이루었다. 밤은 이제 유리창에 의해 차단되었다. 유리창은 외부 세계를 정확하게 보여 주기는 커녕, 그것을 너무도 이상하게 굴절시켜 이곳 방 안은 정돈된 마른 땅으로 보이는 반면 저기 바깥은 사물들이 마치 물처럼 불안정하게 흔들리다 사라지고 마는 거울상처럼 보였다.

마치 이런 일이 진짜로 벌어지기라도 한 것처럼, 어떤 변화가 그들 모두에게 동시에 일어났는데, 그들은 모두 자신들이 어떤 섬 위의 한 우묵한 공간에서 무리를 이루고 있음을 의식했고, 저기 외부의 유동성에 저항하는 공동의 대의를 품었다. 폴과 민타가 식당 안으로 들어오길 기다리느라 마음이 어수선해 영 집중할 수 없었던 램지 부인도 이제는 불안이 기대로 바뀌는 것을 느꼈다. 그들이 곧 올 것이기 때문이었다. 사람들의 기분이 갑작스럽게 좋아진 이유를 분석해 보던 릴리 브리스코는 그것을 견

* '자신의 자리' 정도로 번역해야 자연스럽겠으나, 앞서 울프가 사람들을, 그리고 램지 부인을 '벌집'에 비유한 바 있기에, 원문대로 '벌집'으로 번역한다.

고함이 갑자기 사라지고 그들 사이에 아주 광활한 공간이 놓였던 테니스 잔디에서의 그 순간*과 비교했다. 그리고 이제 가구가 별로 없는 방 안의 많은 촛불들과 커튼을 치지 않은 창들과 촛불에 비춰진 얼굴들의 밝은 가면 같은 모습도 유쾌해진 분위기를 만드는 데 일조했다. 그들이 자신들을 짓누르던 어떤 중압감을 떨쳐 냈을지도 모른다. 어떤 일이든 일어날 수 있다고 그녀는 생각했다. 램지 부인은 문 쪽을 쳐다보면서 그 두 사람이 지금 들어올 거라고 생각했고, 바로 그 순간 민타 도일과 폴 레일리가 손에 커다란 접시를 든 하녀와 함께 방 안으로 들어왔다. 저희가 엄청나게 늦었죠. 늦어서 너무너무 죄송해요. 민타가 말했고, 그들은 식탁의 다른 끝에 있는 자신들의 자리를 찾아 앉았다.

"제가 브로치를 잃어버렸어요. 제 할머니의 브로치요." 민타가 비통한 목소리로 말했다. 시선을 올렸다 내렸다 하며 커다란 갈색 눈에 가득 고인 눈물이 흘러넘치지 않도록 애쓰는 모습이 그녀의 바로 옆 자리에 앉은 램지 씨의 기사도 정신을 자극했는지, 그가 그녀에게 가벼운 농담을 건넸다.

어떻게 보석을 달고 바위를 기어오르는 그런 바보짓을 할 수가 있지?

그녀는 그를 두려워했다. 그는 무서울 정도로 똑똑했고, 그의

* 13장을 참조하라.

옆자리에 앉아 처음으로 대화를 나눴던 밤에 그가 조지 엘리엇*을 화제로 올렸는데, 그녀는 마침 『미들마치』 제3권을 기차에 놓고 내리는 바람에 소설의 결말을 알지 못했던 터라 정말로 겁을 먹었었다. 하지만 그 뒤로 그녀는 그와 완벽히 잘 지냈고, 그가 그녀를 바보라고 부르며 놀리는 것을 좋아했기 때문에, 그녀는 실제보다 훨씬 더 무지한 척했다. 그래서 오늘 밤에 그가 그녀를 대놓고 놀려 대도 그녀는 겁먹지 않았다. 게다가 그녀는 방으로 들어오자마자 기적이 일어났음을, 황금빛 실안개가 자신을 둘러싸고 있음을 알아차렸다. 그녀는 때때로 황금빛 실안개에 둘러싸였고, 또 때로는 그렇지 않았다. 그녀는 그것이 자신에게 왜 오고, 또 왜 가는지 결코 알지 못했고, 그녀가 방으로 들어올 때까지도 자신이 그것에 둘러싸여 있었는지 감지하지 못했지만, 방 안에서 그녀를 쳐다보는 어떤 남자의 시선 때문에 곧바로 알게 되었다. 그랬다. 오늘 밤 그녀는 엄청난 양의 황금빛 안개에 둘러싸여 있었고, 바보짓 하지 말라는 램지 씨의 말투에서 그것을 알아챘다. 그녀는 얼굴에 옅게 웃음을 띤 채 그의 옆에 앉아 있었다.

고백했구나. 램지 부인이 생각했다. 둘이 결혼을 약속했어. 그리고 순간적으로 그녀는 인생에 두 번 다시 느끼리라 예상한 적

* George Eliot(1819~1880). 본명은 메리 앤 에번스(Mary Ann Evans)로, 영국의 소설가이다. 대표작으로 『미들마치』, 『다니엘 데론다』 등이 있다.

없는 감정 — 질투심을 느꼈다. 왜냐하면 그녀의 남편 역시 행복감으로 빛나는 민타의 분위기를 느꼈기 때문이다. 그는 금빛과 붉은빛으로 빛나는 이런 아가씨들을, 무언가 얽매임 없이 약간은 제멋대로인 데다 무모한 데가 있고, 풍성한 머리칼을 자랑하는 이런 아가씨들을 좋아했다. 사실 남편은 불쌍한 릴리 브리스코에 대해 '빈약하다'고 말한 적이 있었다. 광채나 풍성함 같은, 램지 부인이 갖지 못한 어떤 자질이 남편을 매혹했고, 즐겁게 했고, 민타 같은 아가씨들을 좋아하게 만들었다. 그런 아가씨들이 남편의 머리를 잘라 주거나 남편의 회중시계 줄을 땋아 주거나, 혹은 서재에 있던 그에게 "이리 오세요, 램지 씨. 이제 우리가 저들을 이길 차례에요"라고 소리치면(그녀의 귀에 그들의 목소리가 들리는 것 같았다), 남편은 하던 일을 중단하고 밖으로 나가 테니스를 칠지도 모를 일이었다.

하지만 그녀가 정말로 질투한 것은 아니었고, 단지 이따금, 아마도 그녀 자신의 잘못 때문에, 거울에 비친 자신의 모습이 늙어 보인다는 게 조금 분했다. (온실 수리비용 청구서도 그렇고 다른 모든 것들도 그렇고.) 그녀는 오히려 그런 아가씨들이 고마웠다. 그들이 남편을 스스럼없이 놀리는 바람에 ("오늘 담배를 몇 대나 피우신 거죠, 램지 씨?" 어쩌고저쩌고) 그는 마치 젊은이처럼 보였고, 여자들에게 무척 매력적이고, 얽매인 데 없고, 자신의 위대한 연구 업적과 세상의 고난과 자신의 명성이나 실패에 짓눌리지 않은 남자로 보였기 때문이다. 그는 다시금 그녀가 처음 그를 보았을 때의 그 깡말랐지만 용감하고 친절한 젊은이가 되어 있었다. 그녀는 남편이 저렇게 (그녀가 그를 보니, 민타를 놀리는 그의 얼굴이 놀랍도록 젊어 보였다) 유쾌한 방식으로 자신이 보트에서 내리는 걸 도왔던 때를 회상했다. 그녀 자신으로서는—"그건 거기에 내려놓으렴." 스위스인 하녀 아이가 그녀 앞에 뵈프앙도브가 담긴 커다란 갈색 냄비를 조심히 내려놓도록 도와주면서 그녀가 말했다. 그녀는 좀 모자란 사람들을 좋아했다. 폴은 반드시 자기 옆에 앉아야 했다. 그녀는 그의 자리를 꼭 마련해 두었다. 정말로, 그녀는 때때로 자신이 멍청한 사람들을 제일 좋아한다고 생각했다. 그들은 논문 따위로 그녀를 성가시게 하지 않았다. 엄청나게 똑똑하다는 말을 듣는 이 사람들이 결국은 얼마나 많은 부분을 놓치고 사는가! 그들은 분명 너무도 메말라 버렸다. 폴이 그녀 옆에 앉을 때, 그녀는 그에게도 매력적인 구석이 있다고 생각했다. 그녀는 그의 태도가 마음에 들었고, 날카롭게 쭉 뻗은 코와 연푸른색 눈도 보기 좋았다. 그는 매우 배려심이 많은 젊은이였다. 사람들이 모두 이야기를 나누고 있으니, 이제 무슨 일이 있었는지 나한테 말해 줄래요?

"우리는 민타의 브로치를 찾으러 되돌아갔어요." 폴이 그녀의 옆자리에 앉으면서 말했다. "우리"—그걸로 충분했다. 그녀는 그가 그 쉽지 않은 단어를 입 밖에 내느라 목소리를 높이는 것에서, 공을 들이는 것에서, 그가 "우리"라고 말한 것은 이번이 처음임을 알았다. "우리"가 이랬어요. "우리"가 저랬어요. 그들은 평생 '우리'라는 말을 하게 될 거라고 그녀는 생각했다. 마티가 마치 자랑하듯이 약간 과장된 몸짓으로 냄비의 뚜껑을 열자, 훌

릉한 갈색 요리에서 올리브와 기름과 육즙이 뒤섞인 기막히게 맛있는 냄새가 피어올랐다. 요리사가 이 요리에 사흘간 정성을 쏟아부었다. 램지 부인은 부드러운 건더기 속으로 국자를 넣으면서 윌리엄 뱅크스에게는 특별히 신경 써서 연한 고기 조각을 골라 줘야겠다고 생각했다. 그녀는 윤기가 자르르 흐르는 냄비 벽, 그리고 뒤죽박죽 섞인 갈색과 노란색의 풍미 있는 고기 조각들과 월계수 잎과 포도주가 들어 있는 요리를 들여다보면서, 이 정도면 약혼 축하 음식이 될 만하다고 생각했다. 축제를 거행하는 것에 대해, 그녀의 마음속에 장난스럽기도 하고 다정하기도 한 어떤 묘한 기분이 생겨났는데, 마치 그녀 안에 두 개의 감정들이 소집된 것 같았다. 그 하나는 심오한 감정이었다. 여자를 향한 남자의 사랑보다 더 중대한 게 뭐란 말인가. 그 사랑의 가슴속에 죽음의 씨앗을 품는 것보다 더 당당하고 더 감명 깊을 일이 뭐란 말인가. 동시에 그녀는 우리가 이 연인들에게, 눈을 반짝이며 착각 속에 빠져드는 이 사람들에게 화환을 씌워 주고는 그들 주위를 맴돌며 춤을 추고 놀려 대야 한다고 생각했다.

"이거 정말 맛있는데요." 뱅크스 씨가 나이프를 잠시 내려놓으며 말했다. 그는 천천히 맛을 음미하며 먹었다. 국물이 진하고 고기가 연했다. 완벽하게 조리된 음식이었다. 이렇게 외진 시골에서 어떻게 이런 것을 준비하셨나요? 그가 그녀에게 물었다. 그녀는 굉장한 여자였다. 그녀에 대한 사랑과 숭배의 감정이 모두 회복되었고, 그녀도 그것을 눈치챘다.

"할머니께서 조리법을 가르쳐 주신 프랑스 요리예요." 깊은 만족감이 담긴 목소리로 램지 부인이 말했다. 당연히 프랑스 요리죠. 영국에서 요리라고 불리는 것들이 얼마나 끔찍한지 다들 아시잖아요. (사람들이 동의했다.) 물속에 양배추를 담그고, 고기는 너무 오래 구워 가죽처럼 질겨지고, 맛있는 채소 껍질도 다 잘라내 버리죠. "그 안에 채소의 모든 영양소가 집중되어 있는데도 말입니다." 뱅크스 씨가 말했다. 버려지는 음식물은 또 어떻고요. 램지 부인이 말했다. 프랑스의 한 가족이 영국 요리사 한 명이 버리는 음식물로 먹고 살 수 있을 정도랍니다. 윌리엄의 애정이 그녀에게 다시 돌아왔고, 모든 것이 다시 제자리를 찾았으며, 그녀의 위기도 끝나, 이제 마음 편히 의기양양해할 수도, 여유롭게 남을 놀릴 수도 있다는 느낌에 고무된 그녀가 과장된 몸짓을 하며 큰 소리로 웃었고, 그런 그녀를 지켜보던 릴리는 급기야 다시 미모가 만개한 얼굴로 저곳에 앉아 채소 껍질 얘기나 하고 있는 부인이 정말 유치하고 우스꽝스럽다고 생각하기에 이르렀다. 부인에게는 뭔가 무서운 점이 있었다. 그녀에게 저항하는 건 불가능한 일이었다. 부인은 항상 결국에는 자기 뜻을 관철시키고 만다고 릴리는 생각했다. 그녀가 추측건대 폴과 민타가 결혼을 약속한 것도 부인이 만들어 낸 결과였다. 뱅크스 씨도 지금 이곳에서 식사를 하고 있지 않은가. 부인은 아주 간단하고 아주 직접적으로 소원을 빌어 그들 모두에게 마법을 걸었다. 그리고 릴리는 램지 부인의 그런 풍부한 정신력과 자신의 빈약한 정신력을 대비시켜 보았고, 폴 레일리가 그 한가운데서 말없이 온몸을 전율하며 무언가에 정신을 빼앗긴 듯 멍한 표정이 된 것도 부분적으로는 이런 이상하고 무서운 것에 대한 믿음 때문이라고(부인은 만면에 환한 미소를 띠고 있었는데, 젊어 보이지는 않으나 눈부시게 빛났다) 생각했다. 릴리가 느끼기에, 채소 껍질에 대해 말할 때도, 램지 부인은 그것을 칭송하고 그것을 숭배하고 그것에 두 손을 얹어 따뜻하게 보호하고는, 할 걸 다 한 뒤엔, 어떻게든 웃으며 자신의 제물을 제단으로 이끌었다. 릴리는 정말 그렇게 느꼈다. 이제 릴리에게도 그런 감정이, 가슴 설레는 사랑의 감정이 밀려왔다. 폴의 옆에 있자니 그녀 자신이 얼마나 존재감 없게 느껴지는지! 그가 열정에 불타오르고 행복감에 달아오를 때 그녀는 무관심한 듯 냉소적이었고, 그가 배를 타고 모험을 떠날 때 그녀는 해안에 정박해 있었으며, 그가 앞뒤 재지 않고 출발했을 때 그녀는 홀로 남겨졌다. 그리고 설사 그것이 재앙일지라도, 이제 그녀는 그의 재앙에 한몫 끼게 해 달라고 간청할 준비가 되어 있었다. 그래서 그녀는 수줍게 말을 걸었다.

"민타가 언제 브로치를 잃어버렸나요?"

폴이 기억에 휘감기고 꿈에 물든 아주 묘하고 아름다운 미소를 지었다. 그러다 이내 머리를 흔들고는 말했다. "바닷가에 있을 때요."

"제가 찾을 겁니다." 그가 말했다. "내일 일찍 일어날 생각이에요." 민타에겐 비밀이라고 목소리를 낮춰 말한 뒤, 그는 램지 씨 옆자리에서 웃고 있는 민타 쪽으로 눈길을 돌렸다.

릴리는 그를 돕고 싶은 자신의 욕망을 미치도록 격렬하게 알리고 싶었고, 자신이 동틀 녘 바닷가에서 바위틈에 반쯤 숨겨진 브로치에 달려들고, 또한 그렇게 해서 자신도 뱃사람 사이에 끼어들어 그들과 어울려 모험을 떠나는 모습을 상상했다. 하지만 그녀의 제안에 그가 뭐라고 대답했던가? 그녀가 평소에는 좀처럼 드러내지 않는 감정을 담아 "저도 같이 가게 해 줘요"라고 실제로 말했을 때, 그는 소리 내어 웃었다. 그것은 아마도 수락 혹은 거부 중 하나를 의미했을 것이다. 하지만 그의 뜻은 그게 아니었다. 그가 묘하게 킬킬 웃은 것은, 마치 '절벽 아래로 몸을 던지고 싶으면 마음대로 해. 나는 상관없어'라고 말한 것과 마찬가지였다. 그녀의 볼은 그가 보여 주는 사랑의 열기, 그것의 무서움, 그것의 잔인성, 그것의 파렴치함에 홧홧해졌다. 그녀는 그 열기에 그슬렸다. 그리고 릴리는 식탁 다른 편 끝의 램지 씨 옆에 앉아 매력을 발산하는 민타를 바라보았고, 야수의 이빨에 노출된 그녀를 보고 움찔하면서도 고마움을 느꼈다. 식탁보 무늬 위의 소금 병을 눈에 담으며, 어쨌든 다행히도 자신은 결혼하지 않아도 된다고, 저런 타락을 경험하지 않아도 된다고 혼자 중얼거렸다. 그녀는 차라리 나무를 중앙으로 좀 더 옮겨야겠다고 생각했다.

상황의 복잡함이 그러했다. 특히 램지 가족의 집에 머물면서, 릴리는 동시에 두 개의 상반된 감정을 격렬하게 느끼는 일을 겪었다. 상대방이 느끼는 감정이 그 하나이고, 자신이 느끼는 감정이 다른 하나인데, 이 두 가지가 지금처럼 그녀의 마음속에서 싸웠다. 이 사랑은 너무도 아름답고 너무도 흥미진진해. 그래서 나는 사랑의 문턱에서 벌벌 떨며, 평소 버릇과는 다르게 바닷가로

가서 브로치를 같이 찾아 주겠다는 제안까지 해 버렸어. 그러면서도 사랑이란 인간의 열정 가운데 가장 어리석고 가장 야만스러운 감정이라는 생각을 떨칠 수가 없단 말이야. 사랑은 너무도 어리석고 야만적이어서, 옆모습이 보석같이 아름다운 (폴의 옆얼굴을 훌륭했다) 착한 젊은이를 마일엔드가*에서 쇠지레를 손에 들고 어슬렁대는 불량배로 (그는 거드럭댔고 무례했다) 변하게 만들거든. 하지만 태초부터 사랑을 노래한 송시가 있었고, 장미와 화관이 쌓였고, 사람들에게 물어보면 열에 아홉은 사랑 말고 바라는 게 없다고 말해. 반면 그녀 자신의 경험으로 미루어 보건대 여자들은 줄곧 '이건 내가 원하는 게 아니야. 사랑보다 더 지루하고 유치하고 비인간적인 건 없어. 하지만 그럼에도 사랑은 아름답고 필요한 감정이기도 하지'라고 느낀다고 그녀는 혼잣말했다. 글쎄, 그래서 어떻단 말인가? 마치 이 같은 논쟁에서 명백히 부족한 논리를 슬쩍 던져 놓고는 그 뒷감당을 다른 사람에게 맡기는 것처럼, 그녀는 어떤 식으로든 다른 사람들이 이 토론을 이어 가 주기를 기대하면서 물었다. 그래서 그녀는 사랑이라는 문제에 관해 어떤 통찰력을 보여 줄까 싶어 그들이 하는 말에 다시 귀를 기울였다.

"그런데 영국인들이 커피라고 부르는 액체가 있습니다." 뱅크스 씨가 말했다.

* Mile End Road. 영국 런던의 이스트엔드에 위치한 빈민가.

"아, 커피 말이군요!" 램지 부인이 말했다. 하지만 그건 오히려 진짜 버터와 깨끗한 우유에 관한 문제라고 봐야죠. (부인은 매우 힘주어 말하고 있었고, 릴리는 그녀가 완전히 흥분해 있음을 알 수 있었다.) 그녀는 영국 낙농 체계의 불법적 행태와 어떤 상태로 우유가 문 앞에 배달되는지에 관해 열을 내어 거침없이 고발하고는, 자신이 비난한 바를 막 입증하려던 참에 입을 다물었는데, 그녀가 그 문제를 거론하기 시작하자, 마치 가시금작화의 덤불에 튄 불꽃이 삽시간에 여기저기 모든 덤불에 옮겨붙듯, 식탁 중앙에 앉은 앤드루부터 시작하여 그녀의 아이들이 웃고, 그녀의 남편도 웃고, 급기야는 식탁 전체에 웃음이 번졌기 때문이다. 불길에 휩싸여 조롱을 당하자, 그녀는 하릴없이 투구를 벗고 포루에서 내려와 그저 영국 대중의 편견을 공격할 경우 어떤 일을 당하는지를 보여 주는 사례로서 여기 식탁에 앉은 사람들의 놀림과 조롱을 뱅크스 씨에게 전시해 보이는 것으로 앙갚음할 수밖에 없었다.

그러나 그녀는 아까 탠슬리와 관련된 일로 자신을 도와주었던 릴리가 어쩐지 소외된 채로 나머지 다른 사람들과 달리 웃어 대지 않았음을 염두에 두고 일부러 "어쨌든 릴리는 내 생각에 동의해요"라고 말했고, 그렇게 릴리는 약간은 당황하고 약간은 놀란 채로 대화에 끌려들어 갔다. (왜냐하면 릴리는 사랑에 대해 생각하고 있었기 때문이다.) 램지 부인은 릴리와 찰스 탠슬리 두 사람 모두 사람들의 관심이나 대화에서 소외되어 있다고 생각해 오던 참이었다. 그들 두 사람은 빛나는 다른 두 사람 때문에 고통받았다. 잘생긴 폴 레일리와 함께 있는 한 방 안의 여자들이 아무도 자신을 거들떠보지 않았기 때문에, 탠슬리는 자신이 무시당하고 있다고 느꼈고, 그것은 분명 사실이었다. 불쌍한 젊은이! 그래도 그에게는 그의 논문, 무언가에 대한 누군가의 영향이 있었고, 자기 앞가림을 할 줄 알았다. 릴리의 경우는 달랐다. 그녀는 민타의 광채 아래 희미해졌고, 작은 체구를 부각시키는 회색 드레스 차림에다 잔주름이 자글자글한 조그만 얼굴과 중국인을 닮은 작은 눈매 때문에 여느 때보다 더욱 존재감이 없어 보였다. 그녀의 모든 것이 너무도 작았다. 하지만 램지 부인은 릴리의 도움을 당연하게 청하면서(남편이 그의 장화에 대해 한 시간 이상을 떠들어 대는 것에 비하면 자신은 유제품에 대해 많이 말한 축에 들지 않는다는 그녀의 생각에 릴리는 동의할 것이기 때문에), 릴리를 민타와 비교해 볼 때 마흔에 이르면 두 사람 가운데 릴리가 더 나을 것이라고 생각했다. 릴리에게는 어떤 특징적인 무언가가, 어떤 불꽃처럼 확 발화되는 무언가가, 그녀 자신만의 무언가가 있었다. 램지 부인은 그것을 정말로 아주 많이 좋아했지만, 우려스럽게도 그것을 좋아하는 남자는 아무도 없었다. 윌리엄 뱅크스처럼 나이가 아주 많은 남자가 아니라면 분명히 좋아하지 않을 그런 것이었다. 하지만 그는, 글쎄, 그의 아내가 죽은 이래로, 어쩌면 자신을 좋아할지도 모른다고 램지 부인은 생각했다. 물론 그건 연애 감정은 아니지만, 너무도 많이 존재하는 그런 분류할 수 없는 애정들 중 하나였다. 아, 하지만 다 쓸데없는 소리지. 그녀가 생각했다. 윌리엄은 릴리와 결혼해야 해. 그들에겐 공통점이 많아. 릴리는 꽃을 매우 좋아하지. 두 사람 모두 냉정하고 초연하고 혼자서도 잘해 나가는 편이잖아. 그녀는 조만간 그들이 함께 오랫동안 산책할 수 있는 기회를 마련해야겠다고 생각했다.

어리석게도, 오늘 그녀는 그들을 서로 맞은편에 앉혔다. 그런 것은 내일 바로잡을 수 있을 것이다. 날씨가 좋으면 그들이 소풍을 갈 수도 있다. 모든 것이 가능해 보였다. 모든 것이 순조로워 보였다. 방금 전 (하지만 이런 상태가 오래가진 않을 거라고, 그녀는 사람들이 모두 장화에 관해 이야기하고 있는 그 순간에서 거리를 두며 생각했다) 방금 전 그녀는 안전한 곳에 도달했다. 그녀는 공중에서 부유하는 매처럼 빙빙 맴돌았다. 자신의 몸속 신경 곳곳을 충만하게, 달콤하게, 하지만 소란스럽지 않게, 오히려 엄숙하게 채우는 약간의 기쁨 안에서, 그녀는 마치 깃발처럼 떠다녔다. 그녀는 거기에서 그들 모두가 먹는 모습을 쳐다보면서, 그 기쁨은 남편과 아이들과 친구들로 인한 것이라고 생각했다. 이 심오한 고요함에서 솟아오르는 그 모든 것이 (그녀는 윌리엄 뱅크스에게 아주 작은 고기 한 덩이를 더 펴 주면서 도기 냄비 속을 깊숙이 들여다보았다) 이제는 어떤 특별한 이유 없이 위로 올라오는 훈김처럼, 증기처럼 그들을 함께 안전하게 감싸며 그곳에 머무르는 것 같았다. 아무것도 말할 필요가 없었고, 아무것도 말할 수가 없었다. 기쁨이 그들의 주위를 감쌌다. 뱅크스 씨에게 특별히 연한 고깃덩어리를 신중히 골라서 주면서, 그녀는 그런 감정이 영원할 거라고 느꼈다. 그날 오후가 되기 전에 그녀는 뭔가 다른 것에 대해서 이미 한 번 그런 감정을 느낀 바 있었다. 사물에는 어떤 일관성이, 어떤 안정성이 있다. 어떤 것들은 변화의 영향을 받지 않아서, (그녀는 반사된 불빛들이 어른거리는 창을 힐끗 쳐다보았다) 덧없이 흘러가 망령처럼 사라지는 것들 앞에서도 마치 루비처럼 환하게 빛난다는 뜻이었다. 그래서 그녀는 오늘 이미 한 번 느꼈던 평화와 안식의 기분을 오늘 밤에 다시 느끼는 것이었다. 바로 그런 순간들이 앞으로도 영원히 남을 무언가를 이룬다고 그녀는 생각했다. 오늘 이 순간도 영원히 남을 것이다.

"그래요." 그녀가 윌리엄 뱅크스를 안심시켰다. "모두 다 배불리 먹을 만큼 충분히 남아 있어요."

"앤드루, 접시 좀 낮게 들렴. 잘못하면 쏟겠다." 그녀가 말했다. (뵈프앙도브는 완벽한 성공이었다.) 숟가락을 내려놓으면서, 그녀는 여기가 사물의 중심부에 놓인 고요한 공간이라고 느꼈다. 그런 공간에서 그녀는 움직이거나 쉴 수 있고, 이제는 귀를 기울이며 (모두의 접시에 요리가 담겼다) 기다릴 수도 있고, 그러다 높은 곳에서 급강하하는 매처럼, 식탁의 다른 끝에서 마침 자기 기차표에 찍힌 번호 1253의 제곱근에 대해 이야기하는 남편 쪽으로 온몸을 기울이며 과장된 몸짓으로 쉽사리 웃음에 빠져들 수도 있었다.

대체 저게 다 무슨 말이야? 저런 말은 이제껏 들어 본 적이 없는걸. 제곱근이라니? 그게 뭐지? 세제곱근이나 제곱근에 대해서는 아들 녀석들이 알고 있을 테니 그 애들한테 물어봐야겠어.

세제곱근과 제곱근을 비롯해, 볼테르, 스탈 부인, 나폴레옹의 성격, 프랑스의 토지 보유 제도, 로즈베리 경*, 크리비†의 회고록 같은 것들이 그들이 나누는 대화의 주제들이었다. 그녀는 이 경탄할 만한 남자들의 지성 체제가 자신을 떠받치고 지탱하도록 내버려두었는데, 시대를 오르내리고 분야를 넘나드는 이 지성 체제는 흔들리는 구조물을 가로지르는 철제 대들보처럼 이 세계를 지탱하였기에, 그녀는 그것에 전적으로 자신을 맡긴 채, 마치 베개를 베고 누워 창밖 나무에 무수히 매달린 잎들을 빤히 올려다보던 아이가 눈을 무겁게 깜박이다 이내 잠이 드는 것처럼, 졸음에 겨워 깜박이던 눈을 잠시 감을 수 있었다. 그러다 그녀는 문득 잠에서 깨어났다. 그들은 여전히 이야기를 열심히 자아내는 중이었다. 윌리엄 뱅크스가 웨이벌리 소설들‡을 찬양하고 있었다.

그는 그 소설들을 6개월마다 한 권씩 읽는다고 말했다. 그런데 그게 뭐라고 찰스 탠슬리가 저렇게 화를 내지? 램지 부인은

---

* 아치볼드 필립 프림로즈(1847~1929). 제5대 로즈베리 백작. 스코틀랜드 출신의 영국 정치인으로서 영국의 총리를 역임(1894~1895)했다. 평생 동성애자 또는 양성애자라는 소문이 돌았다.

† 토머스 크리비(1768~1838). 영국의 정치인. 본문의 회고록은 1903년에 허버트 맥스웰 경의 편집으로 출판된 『크리비 페이퍼스』(*Creevey Papers*)를 가리킨다.

‡ 1814년에 익명으로 출간한 『웨이벌리』(*Waverley*)가 크게 호평을 얻자, 월터 스콧(1771~1832)은 『아이반호』(1819), 『케닐워스』(1821), 『페브릴성』(1823), 『우드스톡』(1826) 등 소위 '웨이벌리 소설'이라 불리는 역사소설들을 잇달아 발표했다.

탠슬리가 하는 말에 귀를 기울이기보다는 그의 행동을 관찰했고, 그가 웨이벌리 소설들에 대해 아무것도 모르면서, 진짜 아무것도 아는 게 없으면서 갑자기 끼어들어 (그것은 죄다 프루가 그를 상냥하게 대하지 않았기 때문이라고 그녀는 생각했다) 그것을 맹렬히 깎아내린다고 생각했다. 그녀는 어떻게 된 일인지 그의 태도로 알 수 있었다. 그는 제 주장을 내세우고 싶었던 것이다. 그래서 그는 교수직을 얻거나 결혼을 해서 주야장천 "나는—, 나는—, 나는—"이라고 말할 필요가 없어질 때까지 언제나 그런 태도를 견지할 터였다. 불쌍한 월터 경에 대한, 아니 어쩌면 제인 오스틴에 대한 그의 비평도 결국 그것으로 귀결되었기 때문이다. "나는—, 나는—, 나는—." 그의 목소리와 강조하는 말투와 불안한 태도로 판별하건대, 그녀는 그가 말을 하면서도 자기 자신 및 자신이 남들에게 주는 인상을 염두에 두고 있음을 알 수 있었다. 그에겐 성공이 필요할 터였다. 어쨌든 그들은 다시 자기들끼리 이야기하기 시작했다. 이제 그녀는 그들의 말에 귀 기울일 필요가 없었다. 이런 상태가 오래가지 않으리라는 것을 그녀는 알았다. 하지만 바로 그 순간 그녀의 눈은 너무도 투명해서, 마치 물속에서 살며시 이동하며 잔물결과 물속 갈대와 균형을 잡으며 유영하는 피라미 떼와 갑자기 조용해진 송어들이 그 자리에 멈춰서 몸을 떠는 모습을 환히 비춰 내는 빛줄기처럼, 식탁을 둘러싼 사람들 각각의 속내와 속엣감정을 환히 드러내 보이는 것 같았다. 그렇게 그녀는 그들을 보았고, 그들이 하는 이야기를 들었다. 그러나 그들이 무슨 말을 하든지 그것에는 또한 이런 성질도 있었는데, 마치 그들이 하는 말들은 송어의 움직임처럼 동시에 잔물결과 자갈을 보고 오른쪽으로도 무언가를 왼쪽으로도 무언가를 보다가는 곧 전체가 하나로 통합되는 것 같았다. 평소 활동적인 삶 속에서라면, 그녀는 그물로 잡아 이것과 저것을 구분하고, 자기도 웨이벌리 소설들을 좋아한다고 말하거나 아직 그것들을 읽지 못했다고 말하고, 스스로 나서서 이런저런 얘기도 했을 테지만, 지금 그녀는 아무 말도 하지 않았다. 잠시 그녀는 안주인 노릇을 유예한 채 그저 가만히 앉아 있었다.

"아, 그런데 그것이 얼마나 오래갈 거라고 생각하십니까?" 누군가가 물었다. 마치 그녀에게 파르르 떨리는 더듬이가 있어, 그들의 대화 속 특정 발언들을 포착하여 그녀의 관심을 강요하는 것 같았다. 이 말도 그렇게 포착되었다. 그녀는 남편이 위험에 처했음을 감지했다. 저런 질문을 하면 십중팔구 남편에게 자신의 실패를 상기시키게 될 말들이 나오게 마련이었다. 나의 책들은 얼마나 오랫동안 읽히게 될까? 남편은 곧바로 그런 생각을 할 터였다. 윌리엄 뱅크스는 (그런 온갖 허영심에서 완전히 벗어난 사람이었기에) 소리 내어 웃었고, 자신은 유행에 따른 변화에 별로 의미를 두지 않는다고 말했다. 문학에서든, 혹은 사실 다른 어떤 것에서든, 무엇이 오래갈지 누가 알겠습니까?

"각자 즐기는 걸 즐기면 그만이지요." 그가 말했다. 램지 부인은 그의 강직함에 더없이 감탄했다. 그는 단 한순간도, 그런데 이것이 내게 어떤 영향을 미칠까?라는 식의 생각을 하지 않는 것 같았다. 그도 그럴 것이 만약 누군가가 그와는 다른 기질의 소유자라서, 반드시 칭찬이나 격려를 받아야만 하는 사람이라면, 당연히 마음이 불편해지기 시작할 것이고(그리고 그녀는 램지 씨에게서 그런 기미를 보았다), 누군가가 "아, 하지만 당신의 저작은 영원히 남을 겁니다, 램지 씨"라든가 혹은 그와 비슷한 말을 해 주기를 바랄 것이었다. 램지 씨는 이제 다소 짜증 섞인 어투로, 여하튼 스콧은 (아니, 셰익스피어라고 말했던가?) 적어도 자기가 살아 있는 동안에는 명성이 지속될 거라는 말로 자신의 불편한 속내를 꽤 분명히 드러내었다. 그는 그 말을 짜증스럽게 내뱉었다. 그녀는 모든 사람들이 이유도 알지 못한 채 다소 거북함을 느낀다고 생각했다. 그때 눈치 빠른 민타 도일이 엉뚱하게도 자기는 사람들이 셰익스피어의 작품을 정말로 좋아서 읽는다는 말을 믿지 않는다고 화통하게 말했다. 램지 씨는 험상한 표정으로 (하지만 그의 마음은 이제 불안에서 벗어났다) 셰익스피어 작품을 좋아한다고 말하는 사람들 중에도 자기들의 말만큼 그것을 좋아하는 사람은 별로 없다고 말하면서도, 그의 희곡 몇 편에는 그럼에도 상당한 장점이 있다는 말을 덧붙였고, 램지 부인은 좌우간 지금 당장은 남편이 괜찮을 거라고 보았다. 남편은 민타를 놀릴 것이고, 민타는 스스로에 대한 그의 극심한 불안감을 감지하고는 그녀 나름의 방식으로 그를 보살피면서 어떻게든 그를 칭찬할 것임을 램지 부인은 알았다. 하지만 그녀는 그런 것이 꼭 필요하지는 않기를 바랐고, 그것이 필요하다면 아마 자신의 탓이리라고 생각했다. 어쨌든 이제 자유로워진 그녀는 소넌 시절에 읽었던 책들에 대해 무언가를 말하려고 애쓰는 폴 레일리에게 귀를 기울였다. 그때 읽은 책들이 기억에 오래 남는 것 같아요. 학교 다닐 때 톨스토이 작품을 좀 읽었어요. 그는 항상 기억나는 게 하나 있는데 책 이름은 잊어버렸다고 말했다. 러시아 이름은 기억하기가 정말 힘들죠. 램지 부인이 말했다. "브론스키였어요." 폴이 말했다. 악인에게 너무도 잘 어울리는 이름이라고 늘 생각해서인지, 그 이름만은 기억이 나네요. "브론스키라고요?" 램지 부인이 말했다. "아, 『안나 카레니나』를 말하는 거군요." 하지만 그들의 대화는 거기서 많이 나아가지 못했다. 책은 그들이 잘 아는 분야가 아니었다. 아니, 찰스 탠슬리라면 책에 관한 두 사람의 오류를 순식간에 바로잡아 주었을 테지만, 그의 설명은 온통 '내가 제대로 말하고 있는 걸까? 내가 좋은 인상을 주고 있을까?'라는 식의 자의식으로 뒤죽박죽되어, 결국에는 톨스토이보다는 탠슬리 본인에 대해 더 많이 알려 주게 될 터였다. 반면 폴은 자기 자신이 아니라 단순히 그 책에 관해 말했을 뿐이다. 대부분의 우둔한 사람들처럼, 폴에게도 역시 겸손함 같은 것이 있었고, 남의 감정을 배려할 줄 알았다. 그리고 그녀는 그것이 매력적이라고 더러 느꼈다. 이제 그는 자기 자신이나 톨스토이에 관해서가 아니라 램지 부인이 추운 건 아닌지, 부인이 외풍 때문에 한기를 느끼는 건 아닌지, 부인이 배가 먹고 싶은 것은 아닌지를 생각하고 있었다.

아뇨. 배는 먹고 싶지 않아요. 그녀가 말했다. 실제로 그녀는 (자신의 그런 행동을 의식하지 못한 채) 혹시라도 누군가가 과일 접시에 손을 대기라도 할까 봐 빈틈없이 경계하고 있었다. 그녀의 시선은 줄곧 배의 굴곡과 음영 사이를, 저지대에서 난 진보라색의 포도송이들 사이를 들락거리다가, 조가비의 뿔처럼 돋은 부분 너머로 보라색에 노란색을 대비시켜 보고, 동그란 형태에 곡선 형태를 대비시켜 보고 있었는데, 그녀가 왜 그러는지, 아니 혹은, 그녀가 왜 매번 그러는지 알지 못한 채, 그녀는 점점 더 마음이 고요해졌다. 그런데, 아, 이런! 유감스럽게도, 손 하나가 뻗어 나와 배 하나를 집어 가는 바람에 전체 모양이 엉망이 되고 말았다. 그녀가 로즈에게 동정 어린 눈길을 보냈다. 재스퍼와 프루 사이에 앉은 로즈를 지긋이 쳐다보았다. 자신의 아이가 저렇게 멋지게 과일을 담아냈다는 게 신기했다.

자신의 아이들인 재스퍼와 로즈와 프루와 앤드루가 저기에 나란히 앉아서 아주 조용히, 하지만 달싹거리는 입술로 추측하건대 자기들끼리 통하는 어떤 농담을 주고받는 모습을 보자 그녀는 기분이 이상해졌다. 그것은 다른 무엇과도 상관없는, 아이들이 자기들 방에서 마음껏 웃으며 재잘대기 위해 몰래 비축해 놓는 그런 이야기였다. 아이들 아버지에 대한 이야기는 아니기를 그녀는 바랐다. 아니겠지. 그녀는 생각했다. 무슨 얘기였을까? 그녀는 궁금했다. 자신이 거기에 없는데도 아이들이 재미있게 웃는 것이 조금은 서글펐다. 표정의 변화 없이 굳은 가면 같은 그 얼굴들 뒤에 모든 것을 숨겨 놓은 채, 아이들은 식탁에서 벌어지는 일에 쉽사리 합류하지 않았다. 아이들은 어른들과 구분되어 약간은 높은 자리에 앉아 어른들을 주시하는 관찰자나 감독관처럼 느껴졌다. 하지만 오늘 밤 그녀가 프루를 쳐다보았을 때, 그녀는 이것이 그 아이와 관련해서는 이제 완전히 사실이라고 말할 수는 없음을 알 수 있었다. 이제 막 아이 티를 벗어나기 시작한 프루가 몸을 움직여 어른들의 세계로 내려오고 있었다. 마치 맞은편에 앉은 민타의, 행복에 대한 기대와 흥분으로 발갛게 상기된 얼굴빛이 그녀에게 반사되기라도 한 것처럼, 마치 남자와 여자의 사랑을 공표하는 태양이 식탁보 가장자리 위로 솟아오르기라도 한 것처럼, 아주 희미한 빛이 프루의 얼굴에 비쳐 들었는데, 프루는 솟아오르는 그것이 무엇인지도 알지 못한 채, 그것을 향해 몸을 굽혀 인사했다. 프루는 부끄러워하면서도 호기심 어린 눈빛으로 민타를 계속 바라보았고, 그래서 램지 부인은 프루와 민타를 번갈아 바라보다가, 마음속으로 프루에게 말을 건넸다. '너도 머지않아 민타처럼 행복해질 거야.' 그리고 덧붙였다. '너는 내 딸이니까 더 행복해질 거야.' 그 말은 자신의 딸이 다른 누구의 딸들보다 더 행복해야 한다는 뜻이었다. 저녁 식사가 끝이 났다. 이제 헤어질 시간이었다. 사람들은 그저 접시에 남은 것들을 이리저리 찔러 대고 있었다. 그녀는 남편이 들려주는 어떤 이야기에 사람들이 웃을 만큼 다 웃을 때까지 기다릴 작정이었다. 그는 어떤 내기에 대해 민타에게 농담을 건네고 있었다. 저 이야기가 끝나면 일어나야지 하고 그녀는 생각했다.

뜬금없이 찰스 탠슬리가 마뜩하게 느껴졌다. 그의 웃는 모습이 마음에 들었고, 그가 폴과 민타에게 몹시 화가 난 것도 마음에 들었고, 그의 어색한 태도도 마음에 들었다. 저 젊은이에게는 어쨌든 많은 자질이 있었다. 그리고 릴리에게는 그녀만의 유머 감각이 있지. 냅킨을 접시 옆에 내려놓으며 그녀가 생각했다. 릴리에 대해서는 걱정할 필요가 없었다. 그녀는 기다렸다. 그녀가 냅킨을 접시 가장자리 아래로 밀어 넣었다. 자, 이젠 다 끝났겠지? 아니었다. 그 이야기는 이미 또 다른 이야기에 바통을 넘긴 상태였다. 그녀의 남편은 오늘 밤 기분이 매우 좋았고, 그녀가 짐작건대, 앞서 수프 때문에 어그러진 어거스터스와의 사이를 바로잡고 싶은 마음에 그를 대화 속으로 끌어들인 모양이었다. 그들은 대학 시절에 그들이 함께 알고 지낸 누군가에 대한 이야기를 나누고 있었다. 그녀는 바깥 어둠에 까맣게 물든 창유리 때문에 한층 더 밝게 타오르는 촛불이 비치는 창을 바라보았다. 그렇게 바깥을 쳐다보고 있느라 사람들의 말에 귀를 기울이지 않은 탓에, 사람들이 얘기하는 말소리가 마치 성당에서 예배드릴 때 듣는 목소리처럼 아주 이상하게 들렸다. 갑자기 터져 나오는 웃음소리와 그 뒤를 이어 들려온 혼자 이야기하는 한 사람의 (민타의) 목소리가 가톨릭 성당 미사에서 라틴어로 된 말들을 부르짖던 남자들과 소년들을 떠올리게 했다. 그녀는 기다렸다. 그녀의 남편이 말하고 있었다. 그가 무언가를 반복해서 말했고, 그의 목소리에 실린 기쁨과 우울의 정조 및 리듬으로 판단컨대 그것이 시라는 것을 그녀는 알아차렸다.

밖으로 나와 정원 길을 올라 걸어요,
루리아나, 루릴리.

월계화가 만발하고, 노란 꿀벌이 윙윙거린다오.*

그 낱말들은 (그녀는 여전히 창을 바라보고 있었다) 마치 저기 바깥의 물 위에 떠 있는 꽃들처럼 모두가 서로에게서 단절된 것처럼 들렸고, 마치 아무도 말한 적이 없는데 저절로 생겨난 것처럼 들렸다.

우리가 여태껏 살아온 삶과 앞으로 살아갈 삶도
온통 나무들과 변해 가는 이파리들로 가득 차 있소.

그녀는 그 말들이 무엇을 의미하는지 알지는 못했지만, 음악이 그러하듯 그 말들은 그녀 자신의 외부에서 그녀 자신의 목소리로 말해지는 것처럼 느껴졌고, 저녁 내내 딴 이야기를 하면서도 마음속으로 줄곧 생각하던 것들을 아주 쉽고도 자연스럽게 말하고 있다는 기분이 들었다. 그녀는 굳이 둘러보지 않고도 식탁의 모든 사람들이 시를 낭송하는 목소리에 귀를 기울이고 있음을 알았다.

---

* 인용된 시는 영국의 변호사이자 골동품 애호가이자 정치가였던 찰스 아이작 엘튼(Charles Isaac Elton, 1839~1900)의 「루리아나, 루릴리」이다. 정작 이 시가 정식으로 출판된 것은 1945년이었다.

그대도 그렇게 느끼는지 나는 궁금하오.
루리아나, 루릴리.

이것이 결국 해야 할 가장 자연스러운 말인 것처럼, 이것이야말로 본인들이 스스로 하고 싶었던 말인 것처럼, 그들에게도 그녀가 느낀 것과 같은 종류의 안도와 기쁨이 어렸다.

그러나 그 목소리가 멈췄다. 그녀는 주위를 둘러보았다. 그리고 자리에서 일어났다. 어거스터스 카마이클이 어느새 자리에서 일어나, 식탁 냅킨을 길고 하얀 겉옷처럼 보이게 쥔 채 그 자리에 서서 시를 낭송했다.

종려나무 잎과 삼나무 가지를 든 왕들이
잔디밭과 데이지 핀 초원 너머로
말을 타고 지나가는 것을 본다오.
루리아나, 루릴리,

그리고 그녀가 그의 옆을 지나갈 때 그가 그녀 쪽으로 몸을 살짝 틀고는 마지막 행을 반복했다.

루리아나, 루릴리,

그런 다음 마치 그녀에게 경의를 표하듯이 그녀에게 고개 숙여 절했다. 이유는 모르겠으나, 그녀는 그가 과거의 그 어느 때보다 더 그녀에게 호감을 갖고 있다고 느꼈다. 그래서 그녀는 안도하고 감사하는 기분으로 그에게 고개 숙여 답례한 뒤, 그가 그녀를 위해 열어 준 문을 통해 지나갔다.

이제 모든 것을 한 단계 더 나아가게 할 필요가 있었다. 문지방에 한 발을 디딘 채 그녀는 하나의 풍경 안에서 잠시 더 기다렸고, 그녀가 바라보는 그 순간에도 그것은 이미 사라지고 있었다. 그러다 그녀가 몸을 움직여 민타의 팔을 잡고 그 방을 나서자, 그것은 변하여 다른 형태가 되었고, 그녀는 어깨 너머 마지막 일별을 통해 그것이 이미 과거가 되었음을 알았다.

18

늘 그랬듯이, 하고 릴리는 생각했다. 정확히 바로 그 순간에 행해져야만 하는 무언가가, 램지 부인이 그녀만의 이유로 즉시 실행하기로 결정해 놓은 일들이 항상 있었다. 지금처럼 모두 흡연실로 가야 할지, 응접실로 가야 할지, 아니면 다락방으로 올라가야 할지 결정하지 못해, 그냥 우두커니 서서 농담이나 하고 있는 때가 바로 그런 순간일 수도 있었다. 이 떠들썩한 와중에 저기에서 민타와 팔짱을 끼고 서 있던 램지 부인이, '그래, 바로 지금이 그걸 할 때야'라고 마음먹고는 혼자서 무언가를 행하기 위해 비밀스러운 분위기를 풍기며 즉시 자리를 뜨는 모습이 보였다. 그녀가 자리를 뜨자마자 한데 모여 있던 사람들 사이에 일종의 붕

괴가 시작되었고, 사람들은 갈팡질팡하다 각자 다른 길을 갔다. 뱅크스 씨는 찰스 탠슬리의 팔을 잡고 저녁 식사 때 운을 뗀 정치에 관한 토론을 마무리하기 위해 테라스로 나갔고, 이렇게 그날 저녁에 나눈 대화의 전체적인 균형에 변화를 주어 다른 방향에 무게를 실었는데, 릴리가 그들이 나가는 모습을 보고 노동당 정책에 관해 그들이 나누는 말을 한두 마디 듣고 생각건대, 그들은 이미 배의 나아갈 방향을 가늠하기 위해 선교(船橋) 위로 올라가 형세를 살피는 중이었다. 시에서 정치로의 화제 전환이 릴리에게는 그렇게 느껴졌다. 그렇게 뱅크스 씨와 찰스 탠슬리가 자리를 떴고, 그러는 동안 다른 사람들은 램지 부인이 홀로 램프 불빛을 받으며 위층으로 올라가는 모습을 지켜보았다. 릴리는 그녀가 어디로 저렇게 급히 가는지 궁금했다.

사실 그녀는 달린다거나 서두른다거나 하지 않았고, 정말이지 천천히 올라가고 있었다. 그녀는 사람들과 쉼 없이 이야기를 나눈 뒤라 오히려 잠시라도 혼자 가만히 서 있고 싶었다. 한 가지 특별한 것을, 중요한 것 하나를 골라내어 그것을 분리하고 떼어 내고 그것으로부터 모든 감정과 잡다한 것들을 깨끗이 씻어내고 싶었고, 그렇게 해서 그녀 앞에 놓인 그것을 들고 그녀가 선임한 판사들이 앉아 있는 비밀 법정에 가져가, 이러한 것들을 결정하고 싶었다. 이것이 좋은가요, 나쁜가요? 이것이 옳은 건가요, 아니면 잘못된 건가요? 우리는 어디로 가고 있는 걸까요? 등등. 그렇게 그녀는 그 사건의 충격 이후 다시 몸을 가눴고, 자못 무의식적으로 그리고 어울리지 않게도 바깥의 느릅나무 가지의 도움을 받아 그녀의 자세를 안정시켰다. 그녀의 세계는 변하고 있었지만, 느릅나무 가지는 고요했다. 그 사건은 그녀에게 움직임의 감각을 부여했다. 모든 것이 상황에 적절해야 했다. 그녀는 그것을 제대로 이해해야 했다. 그리고 그것이 옳다고 생각하면서, 그녀는 나무의 고요함이 가진 권위를 무의식적으로 인정했고, 이젠 다시 바람이 느릅나무 가지를 들어 올릴 때 그것이 (파도를 타는 뱃머리처럼) 멋들어지게 솟아오르는 것도 괜찮다고 여겼다. 정말로 바람이 불었기 때문이다. (그녀는 잠시 서서 바깥을 내다보았다.) 바람이 불어, 나뭇잎 사이로 이따금 스치듯 별이 보였고, 별들 스스로가 명멸하듯 빛을 던지며 잎의 가장자리 사이로 반짝이는 모습을 드러내려 애를 쓰는 듯 보였다. 그랬다. 그렇다면 그것은 완결되었고, 성취되었으며, 완결된 것들이 모두 그러하듯 엄숙해졌다. 이제 그녀가 시끄럽게 떠들어 댔던 말과 감정의 찌꺼기를 깨끗이 씻어 내고 그것에 대해 생각하자니, 그것은 오직 지금에서야 드러났을 뿐 항상 존재했고, 그래서 결국에는 모든 것을 안정시키는 것처럼 보였다. 그들이 살아 있는 한 모두가 오늘 밤을 계속해서 회상하게 될 거라고 그녀는 생각했다. 오늘 밤의 저 달과 이 바람과 이 집, 그리고 그녀 자신도 그들의 마음속에 계속해서 되살아날 것이었다. 그들이 얼마를 살든 그녀의 모습과 말과 행동이 그들의 마음속 깊이 직조되어 절대 풀리지 않을 거라고 생각하자, 그런 종류의 아부에 가장 약한 성격인 그녀는 기분이 우쭐해졌다. 그리고 계단을 올라가면서도 층계참에 놓인 (그녀의 어머니가 쓰던) 소파와 (그녀의 아버지가 쓰던) 흔들의자와 헤브리디스제도의 지도를 애정 어린 웃음을 띠고 바라보면서, 이것도, 이것도, 그리고 이것도 그들의 기억 속에 영원히 남으리라고 생각했다. 모든 것이 폴과 민타의 삶에서도 되살아날 것이다. '레일리 부부'—그녀는 그 새로운 이름을 마음속으로 몇 번이고 불러 보았다. 아이들 방문에 손을 대고 서서, 그녀는 다른 사람들과 감정을 공유한다는 느낌을 받았는데, 그것은 마치 방을 가르는 격벽이 너무도 얇아져서 사실상 (그것은 일종의 안도와 행복의 감정이었다) 그것이 모두 연결된 하나의 방이 되고, 의자와 탁자와 지도가 그녀의 것이자 그들의 것이어서 그것이 누구의 것이든 상관이 없으며, 그녀가 죽은 뒤에도 폴과 민타가 그것을 계속 이어 갈 것 같다는 느낌이었다.

그녀는 끽 하는 소리가 나지 않도록 방문의 손잡이를 꽉 잡고 돌린 뒤, 큰 소리로 말하면 안 된다고 스스로를 단속하듯 입술을 살짝 오므린 채 안으로 들어갔다. 하지만 방 안으로 들어서자마자 그렇게까지 미리 조심할 필요가 없었다는 걸 알고 몹시 언짢아졌다. 아이들이 자지 않고 있었다. 그게 가장 언짢았다. 밀드레드가 좀 더 신경을 썼어야 했다. 제임스는 눈에 잠기운이 전혀 없이 말똥말똥했고, 캠은 침대에 꼿꼿하게 앉아 있었으며, 밀드레드는 침대 밖에서 맨발로 서 있었다. 열한 시가 다 되어 가는 데도 그들은 모두 이야기를 나누고 있었다. 무슨 일이니? 또 저 진저리 나는 해골 때문에요. 그녀가 밀드레드에게 해골을 치우라고 일러두었지만, 물론, 밀드레드는 그것을 잊어버렸다. 그래서 몇 시간 전에 잠이 들었어야 할 캠과 제임스가 지금 잠기운 하나 없는 말짱한 얼굴로 서로 말다툼을 하고 있었던 것이다. 도대체 에드워드는 무슨 생각으로 이 아이들에게 저 끔찍한 해골을 보낸 거지? 벽에 못을 박아 걸어 두는 걸 허용하다니, 내가 너무 어리석었지 뭐야. 단단히 걸려 있어요. 밀드레드가 말했다. 캠은 방 안에 해골을 걸어 두면 잠을 잘 수가 없다고 주장했고, 제임스는 그녀가 그것을 건드릴라치면 화를 내며 악을 썼다.

캠 이제 자야지. (저 해골엔 큰 뿔이 나 있어요. 캠이 말했다.) 잠을 자야 꿈나라에서 아름다운 궁전을 구경할 수 있지 않겠니. 침대 위의 캠 옆에 다가앉으며, 램지 부인이 말했다. 사방에서 뿔이 보인단 말예요. 캠이 말했다. 그것은 사실이었다. 방 안 어디에 등불을 내려놓든 간에 (그리고 제임스는 등불을 켜 두지 않으면 잠을 자지 못했다) 해골 그림자가 어디에든 꼭 생겼다.

"하지만 생각해 보렴, 캠. 그건 그저 늙은 돼지일 뿐이야." 램지 부인이 말했다. "농장의 돼지들처럼 그냥 잘생긴 흑돼지란다." 하지만 캠은 그것이 온 사방에서 자기를 향해 가지처럼 뻗어 오는 무시무시한 것이라고 생각했다.

"그러면 그걸 뭔가로 덮어 놓자." 램지 부인이 말했다. 그리고 모두가 지켜보는 가운데 서랍장으로 걸어간 그녀가 작은 서랍을 서둘러 차례로 열어 보았지만 마땅한 것이 보이지 않자, 자신이 두르고 있던 숄을 재빨리 벗어 해골을 둘둘, 둘둘 감고는 캠에게 돌아와, 캠 옆의 베개를 베고 거의 반듯이 드러누워 말했다. 이젠 저게 정말 예쁘게 보이는구나. 요정들도 정말 좋아할 것 같아. 꼭 새 둥지 같지 않니? 엄마가 외국에서 본 적 있는 아름다운 산처럼 생겼어. 그 산에는 계곡도 있고 꽃도 있고 종이 울리고 새가 노래하고 새끼 염소와 영양도… 그녀가 박자를 맞추며 하는 말들이 캠의 마음속에서 메아리치는 게 느껴졌고, 캠은 그녀의 말을 따라, 그것은 산처럼 생겼고요, 새 둥지 같고요, 정원으로도 보이고요, 새끼 영양들도 있고요,라고 따라 말하며 어느새 졸음 겨운 눈을 느리게 떴다 감았다 하고 있었다. 그래서 램지 부인은 아무런 의미 없는 말들을 좀 더 박자를 타며 훨씬 더 단조롭게 계속해서 소곤거렸다. 자, 이제 눈을 감고 잠을 자야 해. 그래야 꿈나라로 가서 산과 계곡과 떨어지는 별과 앵무새와 영양과 정원과 온갖 아름다운 것들을 만날 수 있단다. 베개에서 아주 천천히 머리를 들어 올리면서 그녀가 더욱더 기계적으로 소곤댔고, 얼마 후 캠이 잠든 것을 확인하고는 똑바로 몸을 세워 앉았다.

자, 이제 너도 잠을 자야지. 제임스의 침대로 건너간 램지 부인이 그에게 속삭였다. 수퇘지 해골이 여전히 저기 있으니까 말이야. 아무도 그걸 건들지 않았어. 꼭 네가 원하는 대로 했을 뿐이야. 상한 데 없이 저기 온전히 잘 있단다. 제임스는 저기 숄 아래 해골이 여전히 있음을 확인했다. 하지만 그는 그녀에게 묻고 싶은 게 더 있었다. 우리 내일 등대에 갈 건가요?

아니, 내일은 못 가. 그녀가 말했다. 하지만 곧 갈 거야. 약속하마. 다음에 날씨가 좋으면 꼭. 기분이 매우 좋아진 그가 침대에 누웠다. 그녀가 그에게 이불을 덮어 주었다. 하지만 그가 결코 이 일을 잊지 않으리라는 걸 그녀는 알았고, 그래서 찰스 탠슬리와 남편에게 화가 났고, 자신에게도 화가 났는데, 제임스가 그런 희망을 품도록 자신이 부추겼기 때문이다. 어깨에 걸쳤던 숄을 더듬어 찾다가 자신이 그것으로 수퇘지 해골을 둘둘 감아 둔 사실을 기억한 그녀는 자리에서 일어나 창문을 삼사 센티미터 정도 더 끌어 내리고 바람 소리를 들으며 완벽히 무심하게 쌀쌀한 밤공기를 한 모금 들이마셨고, 밀드레드에게 밤 인사를 중얼거린 뒤 방을 나와 문손잡이를 꽉 잡아 돌려 조용히 문을 꼭 닫고는 손잡이를 천천히 놓았다.

그녀는 찰스 탠슬리가 얼마나 짜증스럽게 굴었는지를 새삼 떠올리면서, 그가 제발 책들을 아이들 머리 위 방바닥에 쿵 하고 떨어뜨리지 말았으면 하고 바랐다. 캠과 제임스 모두 잠을 잘 자지 못한 데다 소리에 예민한 아이들이었고, 등대에 관해 그런 말들을 한 것으로 보아 탠슬리는 밤늦도록 책을 파다가, 아이들이 막 깊은 잠에 빠지려는 참에 탁자 위에 쌓인 책 무더기를 부주의하게 팔꿈치로 밀어내어 방바닥에 떨어뜨릴 것 같았기 때문이었다. 그가 이미 위층으로 올라가서 공부하고 있다고 짐작했기에 든 생각이었다. 하지만 그는 너무도 고독해 보였고, 그러면서도 그가 떠나고 나면 그녀는 꽤 후련할 터였지만, 그럼에도 내일은 그가 좀 더 나은 대우를 받도록 신경 써야겠다고 마음을 먹었는데, 그래도 그는 남편을 숭배하는 젊은이였고, 그의 태도에는 분명 개선되어야 할 점이 많았으나, 그의 웃는 모습이 좋았기 때문이다. 계단을 내려오면서 이런 생각을 하던 그녀는 이제 계단 창을 통해 보이는 달—노란 보름달—을 내다보다가 몸을 돌렸고, 그러자 아래에 있던 사람들이 모두 그들 위 계단에 서 있는 그녀를 올려다보았다.

"저분이 바로 우리 어머니야." 프루가 생각했다. 그래. 민타도 그녀를 바라보아야 하고, 폴 레일리도 그녀를 바라보아야 해. 마치 세상에 그런 사람은 오직 한 명, 자신의 어머니뿐인 것처럼, 저분이야말로 본질 그 자체*라고 프루는 생각했다. 다른 사람들과 이야기를 나누던 조금 전까지만 해도 꽤 어른스러워 보였던 프루가 다시 아이로 돌아왔고, 그들이 하고 있던 것은 일종의 게임인데, 어머니가 그들의 게임을 승인할지, 아니면 비난할지 궁금했다. 민타와 폴과 릴리가 그녀의 어머니를 알게 되었다니 정말로 운이 좋다고 생각하는 한편, 그런 어머니의 딸로 태어난 것을 유다른 행운이라 느끼며, 자신은 절대로 어른이 되지도 집을 떠나지도 않으리라 다짐하고는, 프루가 아이처럼 말했다. "파도를 구경하려 해변으로 내려가려던 참이었어요."

그 말을 들은 즉시, 램지 부인은 아무 이유 없이 마치 스무 살 아가씨라도 된 듯 기분이 한껏 유쾌해졌다. 느닷없이 그녀도 흥겨운 분위기에 휩싸였다. 물론 가야지. 당연히 가야 하고말고. 그녀가 크게 웃으며 외쳤다. 그러고는 마지막 서너 계단을 빠르게 뛰어내려 와 그들을 차례로 쳐다보았고, 민타의 랩†을 제대로

* 원문은 "the thing itself". 물 자체.

† 장식이나 보온을 위해 어깨에 두르는 것을 통칭한다.

둘러 주면서 말했다. 나도 갈 수만 있다면 얼마나 좋을까요. 늦게 돌아올 건가요? 시계 가진 사람 있나요?

"네, 폴이 가지고 있어요." 민타가 대답했다. 폴이 섀미 가죽으로 된 작은 주머니에서 아름다운 금시계를 꺼내어 부인에게 보여 주었다. 손바닥 위에 금시계를 올려놓고 그녀 앞으로 내밀면서, 그는 '부인은 그 일에 관해 모두 알고 있구나. 내가 따로 어떤 말도 얹을 필요가 없겠구나,'라고 생각했다. 그는 그녀에게 시계를 보여 주면서 속으로 이렇게 말하고 있었다. '제가 해냈습니다, 램지 부인. 모두 부인 덕분이에요.' 민타가 보기 드문 행운을 거머쥐었어! 금시계를 섀미 가죽 주머니에 넣고 다니는 남자와 결혼하다니!라는 것이 램지 부인의 감상이었다.

"나도 함께 갈 수 있다면 얼마나 좋을까요!" 그녀가 외쳤다. 하지만 너무도 강력해서 차마 그것이 무엇인지 스스로 의문을 가질 생각조차 한 적 없는 무언가가 그녀를 만류하고 있었다. 물론 난 함께 갈 수 없어요. 하지만 다른 일만 없다면, 정말 가고 싶을 거예요. 그리고는 (시계를 섀미 가죽 주머니에 넣고 다니는 남자와 결혼하다니 얼마나 행운인가 하던) 자신의 엉뚱한 생각이 떠올라 입술에 미소를 띤 채, 그녀는 남편이 앉아서 책을 읽고 있는 다른 방으로 들어갔다.

19

물론 뭔가 필요한 걸 가지러 여기 들어오긴 했는데. 방으로 들어가며 그녀가 혼잣말했다. 우선 그녀는 특정한 등불 아래 특정한 의자에 앉고 싶었다. 하지만 자기가 원한 게 무엇인지 알지도 못하고 생각도 나지 않았음에도, 그녀는 그 이상의 무언가를 원했다. 그녀는 (양말을 집어 들고 뜨개질을 시작하면서) 남편을 쳐다보았고, 방해받고 싶지 않은 그의 기분을 눈치챘다. 그것은 분명했다. 그는 무척이나 감동한 표정으로 무언가를 열심히 읽고 있었다. 그는 모호한 미소를 띠고 있었는데, 그것으로 그녀는 그가 자신의 감정을 억누르고 있음을 알았다. 그는 책장을 아무렇게나 휙휙 넘기고 있었다. 그는 그것을 연기하고 있었다. 어쩌면 그는 자신을 그 책 속의 인물이라고 생각하는 것일지도 몰랐다. 그녀는 그것이 무슨 책인지 궁금했다. 아, 스콧 경의 책이구나. 불빛이 뜨개질감 위를 비추도록 램프 갓을 조정하다가 그녀가 알게 되었다. 찰스 탠슬리는 (마치 위층 바닥 위로 금방이라도 책이 떨어질 걸 예상하듯, 그녀가 천장을 올려다보았다) 사람들이 이젠 스콧의 책을 읽지 않는다고 말한 바 있었다. 그러자 남편은 '사람들이 내 책에 대해서도 그런 말을 하지 않을까'라고 생각했고, 그래서 그는 서재로 와서 스콧의 책을 한 권 꺼내 든 것이었다. 읽어 보고 찰스 탠슬리의 말이 사실이라는 결론에 이르면, 스콧에 대한 탠슬리의 말을 받아들일 요량일 터였다. (남편이 책을 읽으며 이것과 저것을 비교하고 검토하고 평가하는 모습이 눈에 선했다.) 하지만 그 자신에 대해서는 아니었다. 그는 항상 자신에 관해서는 불안해했다. 그것이 그녀를 괴롭혔다. 그는 자신이 쓴 책들에 관해 늘 걱정이 많았다. 사람들이 내 책을 읽을까? 내용은 괜찮나? 더 잘 쓸 순 없었을까? 사람들이 나에 대해 어떻게 생각할까? 남편에 대해 그런 식으로 생각하는 게 싫고, 또한 저녁 식사 때 명성과 책의 수명에 관한 이야기가 나왔을 때 남편이 갑자기 짜증이 난 이유를 사람들이 눈치챈 건 아닌지, 그리고 아이들이 그것을 보고 웃어 댄 건 아닌지 신경이 쓰인 그녀는 양말을 성마르게 홱 잡아당겼고, 그녀의 입가와 이마에 강철 연장으로 그어 놓은 것처럼 잔주름이 생겨났는데, 이리저리 부대끼며 흔들리다 이윽고 바람이 잦아들자 한 잎 두 잎 안정을 찾아 고요해지는 나무처럼, 그녀는 이내 차분해졌다.

그건 중요하지 않다고, 어느 것 하나 중요하지 않다고 그녀는 생각했다. 위대한 인물, 훌륭한 책, 명성 — 누가 판별할 수 있을까? 그녀는 그런 것에 대해선 아무것도 몰랐다. 하지만 진실성, 그것이 그가 지닌 그의 방식이었다. 예컨대 저녁 식사 때 그녀는 상당히 본능적으로 그가 무슨 말이라도 해 주었으면 좋겠다고 생각했다! 그녀는 그를 완벽하게 신뢰했다. 그리고 물속으로 뛰어들어 가 이번엔 잡초를, 이번엔 지푸라기를, 이번엔 거품을 지나치듯 이 모든 것들을 떨쳐 잊으며, 그녀는 아까 현관에서 다른 사람들이 이야기하고 있을 때도 느꼈듯이 내가 원하는 무언가가 있다고, 내가 그 무언가를 가지러 여기 왔다고 다시금 느끼며 더 깊이 가라앉았는데, 그것이 딱히 무엇인지 알지도 못한 채 눈을 감고 더욱더 깊이 침잠했다. 그리고는 한편으론 뜨개질 하며 다른 한편으론 그것이 무엇일까 궁금해하면서 잠시 기다리자, 저녁 식사 때 그들이 했던 그 말들이, "월계화가 만발하고, 노란 꿀벌이 윙윙거린다오"라는 시구가, 천천히 박자를 타며 그녀의 마음 구석구석에 파도처럼 밀려오기 시작했는데, 그러할 때 낱말들은 각각 갓을 씌운 작은 등불처럼 그녀의 어두운 마음 속에서 하나는 빨간색으로 하나는 파란색으로 하나는 노란색으로 환하게 빛을 발했고, 그러다가 그들이 자리 잡은 저 높은 곳의 횃대를 떠나 가로지르고 또 가로지르며 날아가거나 목 놓아 외치고 또 메아리로 되울리는 것 같았다. 그래서 그녀는 몸을 돌려 옆에 있던 탁자를 더듬어 책을 한 권 찾았다.

우리가 여태껏 살아온 삶과
앞으로 살아갈 삶도
온통 나무들과 변해 가는 이파리들로 가득 차 있다네.

그녀는 코바늘로 양말을 뜨면서 중얼거렸다. 그리고 그녀는 책을 펼쳐 마구잡이로 여기저기를 읽기 시작했고, 그렇게 하면서 그녀는 자신을 덮듯이 휘어진 꽃잎을 밀어 올리며, 뒤로 밀려났다, 위로 올라갔다 하며 자신이 나아가고 있다고 느꼈고, 그러다 보니 그녀는 고작 이 꽃은 하얗다거나 혹은 이 꽃은 빨갛다거나 하는 것밖에는 알지 못한다는 생각이 들었다. 그녀는 처음에는 그 낱말들이 무엇을 의미하는지 전혀 알지 못했다.

노를 저어라, 그대들의 소나무 노를 날듯이 저어 이리로 오라, 지친 선원들이여*

이 구절을 읽은 후 그녀는 책장을 넘겼고 몸을 좌우로 흔들면서, 한 나뭇가지에서 다른 나뭇가지로, 빨갛고 하얀 꽃에서 다른 꽃으로 시선을 옮기듯, 눈길 가는 대로 이쪽저쪽을 읽었는데, 그러다 문득 들려온 작은 소리 때문에 몰입에서 깨어났다. 남편이 무릎을 치는 소리였다. 두 사람의 눈이 잠시 마주쳤지만, 그들은 서로에게 말을 걸고 싶지 않았다. 그들에겐 아무런 할 말이 없었다. 하지만 그럼에도 무언가가 그에게서 그녀에게로 전달되는 것처럼 보였다. 그가 무릎을 치게 만든 것은 바로 삶이고, 삶의 힘이고, 굉장한 유머임을 그녀는 알았다. 날 방해하지 마. 그는 그렇게 말하는 것 같았다. 아무 말도 하지 마. 그저 거기 앉아 있어. 그러고는 계속 책을 읽었다. 그의 입술이 씰룩거렸다. 그것이 그를 채웠다. 그것이 그의 기운을 돋웠다. 그는 그날 저녁에 있었던 소소하게 불쾌하고 거슬렸던 것, 사람들이 쉼 없이 먹고 마시는 동안 가만히 앉아 말로 표현할 수 없을 만큼 지루한 시간을 보내야 했던 것, 그리고 아내에게 심하게 짜증을 냈던 일과 사람들이 마치 그의 책은 전혀 존재하지 않는 것처럼 언급도

---

* 영국 태비스톡 출신의 전원시인 윌리엄 브라운(William Browne, 1590~1645)의 시, 「사이렌의 노래」 중에서.

없이 넘어갈 때 지나치게 신경을 쓰고 민감하게 반응한 일 들을 모두 깨끗이 잊었다. 이제는 (사유라는 것이 알파벳처럼 A에서 Z까지의 단계가 있다면) 누가 Z에 도달하든 조금도 상관없다는 기분이 들었다. 누군가는 Z에 도달하겠지 — 내가 아니더라도, 다른 누군가가. 이 남자*의 건전한 정신과 힘, 솔직하고 단순한 것들에 대한 애정, 이 어부들, 머클배킷의 오두막에 사는 미쳐 버린 그 불쌍한 늙은 존재† 덕에 그는 너무도 많은 힘을 얻고 마음이 놓인 나머지 고무되고 승리감에 차서 북받치는 눈물을 억누를 수가 없었다. 그는 책을 약간 들어 올려 얼굴을 가린 뒤엔 흘러내리는 눈물을 막지 않았고, 고개를 좌우로 저으며 불쌍한 스티니‡의 익사와 그로 인한 머클배킷의 슬픔(이 부분이 스콧 소설 최고 백미이다)과 이 대목이 그에게 불어넣어 준 놀라운 기쁨과 활력에 몰입하다 보니 완전한 몰아(沒我)의 지경에 이르러서 (하지만 도덕성, 프랑스 소설과 영국 소설, 그리고 스콧의 펜은 검열에서 자유롭지 못하나 그의 견해는 어쩌면 다른 견해만큼 진실일지도 모른다는 것에 대한 한두 가지 고찰은 잊지 않았다) 그 자신의 근심과 실패는 완전히 잊어버린 상태였다.

---

* 월터 스콧을 가리킨다.

† 손더스 머클배킷은 월터 스콧의 세 번째 웨이벌리 소설 『골동품 애호가』(*The Antiquary*)에 등장하는 인물로, 아들을 잃은 늙은 어부이자 밀수업자이다.

‡ 손더스 머클배킷의 아들.

글쎄, 이보다 더 잘 쓸 수 있다면 써 보라지. 그 장을 마치면서 그가 생각했다. 그는 자신이 누군가와 논쟁을 하고 있었는데 결국 그 사람을 이긴 기분이었다. 누가 무슨 말을 하든 이보다 더 잘 쓰기는 힘들 것이다. 그리고 그의 입장은 더욱 안전해졌다. 연인들 이야기는 시시하군. 읽은 내용을 모두 머릿속에 다시 불러 모으며 그가 생각했다. 이것저것을 견주어 보며 이건 엉터리고, 저건 최상급이네,라고 평가했다. 하지만 아무래도 다시 읽어야겠어. 전체적인 형태가 생각나지 않아. 그는 판단을 잠시 보류해야 했다. 그래서 그는 다른 방향으로 생각을 이었다. 젊은이들이 이 책을 좋아하지 않는다면, 당연히 내 책도 좋아하지 않을 테지. 불평하면 안 되겠구나. 젊은이들이 자신을 숭배하지 않는다고 아내에게 하소연하고 싶은 욕망을 애써 억누르며 램지 씨가 생각했다. 하지만 그는 단단히 결심했다. 아내를 다시는 괴롭히지 않을 것이다. 여기서 그는 아내가 책을 읽는 모습으로 눈길을 돌렸다. 책을 읽는 아내의 모습이 무척 평온해 보였다. 그는 다른 사람들은 모두 떠나 버리고 자신과 아내 단 두 사람만 남아 있는 상황을 즐겨 생각했다. 인생 전체를 볼 때 여자와 잠자리에 드는 것이 주된 부분을 차지하는 것은 아니지. 스콧과 발자크를, 영국 소설과 프랑스 소설을 다시 떠올리며 그가 생각했다.

램지 부인이 고개를 들어 올렸고, 마치 겉잠에 든 사람처럼 이렇게 말하는 것 같았다. 내가 잠에서 깨길 원한다면, 깨어날게요. 정말 그럴 거예요. 하지만 그게 아니라면, 조금만 더 자도 될까요? 조금만 더요. 그녀는 이 꽃과 저 꽃을 붙잡으면서, 나뭇가지 위로 이리저리 오르고 있었다.

장미의 진홍색도 찬탄하지 않았으며,*

그녀가 읽었고, 그렇게 읽다 보니 꼭대기로, 정상으로 올라가고 있다는 느낌이 들었다. 얼마나 만족스러운지! 얼마나 마음이 편안한지! 그날의 모든 자질구레한 일들이 이 자석에 달라붙어서, 그녀의 마음이 깨끗하게 일소된 기분이었다. 그리고 그때 갑자기 삶에서 뽑아낸, 아름답고 사리에 맞으며 명확하고 완벽한 정수가 그녀의 손에서 온전히 형태를 이루었고, 그녀는 그것을—그 소네트를—처음부터 끝까지 모두 읽었다.

하지만 그녀는 자신을 바라보는 남편이 점차 의식되었다. 그는 공공연하게 잠이 든 것을 가볍게 놀리기라도 하는 것처럼, 그러면서도 동시에 계속 읽으라고 하는 것처럼 그녀를 보며 묘한 표정으로 웃고 있었다. 이젠 당신이 슬퍼 보이지 않는군. 그가 생각했다. 그리고 그녀가 무엇을 읽고 있는지 궁금해하며, 그녀의 무지와 그녀의 단순함을 부풀렸다. 그녀가 똑똑하지 않고 책으로 학습한 적이 전혀 없는 여자라고 생각하기를 좋아했기 때문이다. 자기가 읽는 책을 이해하기는 하는 건지 궁금했다. 아마도 아닐 거라고 그는 생각했다. 그녀는 놀랍도록 아름다웠다. 그

* 셰익스피어 소네트 98번 「봄에 당신과 헤어져 있었네」 중에서.

가 보기에 그녀의 아름다움은, 그런 게 가능하다면, 세월이 지날수록 더해 가는 것 같았다.

그러나 당신이 없기에, 여전히 겨울 같아서,
당신의 그림자와 놀듯, 나는 이 꽃들과 놀았다네.*

그녀가 읽기를 끝마쳤다.

"왜요?" 책을 보던 눈을 들어 꿈꾸듯 남편의 웃음을 그대로 되돌리며 그녀가 말했다.

당신의 그림자와 놀듯, 나는 이 꽃들과 놀았다네.

그녀가 책을 탁자 위에 내려놓으며 중얼거렸다.

뜨개질감을 집어 들면서, 그녀는 마지막으로 남편이 홀로 있는 것을 본 이래로 무슨 일이 일어났는지 궁금했다. 그녀는 만찬을 위해 옷을 차려입은 것을 기억했고, 달을 본 것, 식사 때 앤드루가 그의 접시를 너무 높이 들었던 것, 윌리엄이 한 말에 우울해졌던 것, 나무에 앉은 새들, 층계참 위의 소파, 아이들이 깨어 있던 것, 찰스 탠슬리가 책을 바닥에 떨어뜨려 아이들을 깨운 것—아, 아냐, 그건 내가 지어낸 얘기지, 그리고 폴이 시계를 넣

* 앞의 소네트.

어 두는 섀미 가죽 주머니를 가지고 있던 것을 기억했다. 남편에게 무슨 이야기를 해 주어야 할까?

"그들이 약혼했어요." 뜨개질을 시작하면서 그녀가 말했다. "폴과 민타 말이에요."

"그랬을 거라 짐작했지." 그가 말했다. 그 일에 관해선 별로 할 말이 없었다. 그녀의 마음은 여전히 시와 함께 오르락내리락, 오르락내리락하고 있었다. 그는 스티니의 장례를 치르는 대목을 읽은 이후로 여전히 매우 활기차고, 매우 솔직한 기분이었다. 그래서 그들은 말없이 조용히 앉아 있었다. 그러다 그녀는 자신이 그가 무슨 말이라도 해 주기를 바란다는 것을 알게 되었다.

어떤 말이든, 무슨 말이든 괜찮아요. 그녀는 뜨개질을 계속하며 생각했다. 아무 말이라도 상관없어요.

"시계를 섀미 가죽 주머니에 넣고 다니는 남자와 결혼하다니 얼마나 멋진 일이에요." 그녀가 말했다. 둘이 있는 때 그들은 그런 종류의 농담을 주고받았기 때문이다.

그가 코웃음을 쳤다. 누군가 약혼을 할 때마다 그는 늘 아가씨가 상대 젊은이에게 너무 과분하다고 느꼈는데, 이번 약혼에 대해서도 마찬가지인 것 같았다. 그렇다면 왜 그녀는 사람들이 결혼하기를 원하는가,라는 생각이 천천히 그녀의 머릿속을 침범했다. 결혼의 가치는 무엇이고, 의미는 무엇일까? (오늘날 사람들이 하는 말은 모두 진실일 것이다.) 무슨 말이라도 좀 해 봐요. 그저 남편의 목소리가 듣고 싶어진 그녀가 생각했다. 그들을 가둔 그림자가 다시 그녀 주위를 에워싸기 시작하는 느낌이 들었기 때문이다. 마치 도움이라도 청하듯, 무슨 말이든 해 달라고 애원하는 심정으로 그녀가 그를 바라보았다.

그는 말없이 시곗줄에 달린 나침반을 앞뒤로 흔들면서 스콧과 발자크의 소설 들을 생각하고 있었다. 하지만 두 사람은 부지불식간에 감정을 공유하고 상당히 가까워졌기에, 어스레한 친밀의 벽을 이용해 손을 들어 그녀의 마음을 그림자로 표현하듯 그의 마음도 느낄 수 있었는데, 그녀의 생각이 그가 싫어하는 방향으로—그가 '비관주의'라고 부르는 것 쪽으로—바뀔 기미가 보이자 그는 비록 아무 말도 하지 않았지만 손을 이마로 들어 올려 손가락으로 머리카락을 꼬았다가 다시 내려놓으며 조바심을 드러내기 시작했다.

"그 양말 오늘 밤 안으론 못 끝낼 것 같은데?" 그녀의 손에 들린 양말을 가리키며 그가 말했다. 신랄한 목소리로 그녀를 나무라는 것—그게 바로 그녀가 원한 것이었다. 그가 비관하는 건 잘못이라고 말한다면, 아마 그의 말대로 잘못일 거라고 그녀는 생각했다. 두 사람은 결혼해서 잘 살 것이다.

"그러게요." 무릎 위에 양말을 편평하게 펴면서 그녀가 말했다. "다 못 짤 것 같네요."

그리고 또 뭐죠? 여전히 자신을 쳐다보던 그의 표정이 바뀐 게 느껴져 그녀가 마음속으로 물었다. 그는 무언가를 원했다. 그녀가 항상 그에게 주기 힘들다고 느끼는 것을 그는 원했다. 그녀가 자기에게 사랑한다고 말해 주기를 원했다. 그런데, 아니, 그녀는 그 말을 할 수 없었다. 그녀에 비해 그는 그 말을 하는 데 전혀 어려움을 느끼지 않았다. 그는 그녀가 결코 할 수 없는 말들을 할 수 있었다. 그래서 당연하게도 그런 말들을 하는 사람은 언제나 그였다. 그러다 어떤 이유에선지 그는 느닷없이 이것이 거슬렸고, 그녀를 책망하곤 했다. 그녀를 무정한 여자라고 불렀고, 자기에게 사랑한다는 말을 결코 하지 않는다고 원망했다. 하지만 그렇지 않았다. 그건 사실이 아니었다. 그녀는 그녀 자신이 느끼는 바를 말로 표현할 수 없었을 뿐이었다. 당신 외투에 뭐가 묻어 있진 않았나요? 제가 당신을 위해 할 수 있는 일은 없을까요? 한편으로는 남편에게서 몸을 돌리기 위해, 한편으로는 남편이 지켜보는 가운데 등대를 바라보는 게 이제는 신경 쓰이지 않아서, 그녀는 적갈색 양말을 손에 든 채로 일어서서 창가로 다가섰다. 그녀가 고개를 돌리자 남편도 고개를 돌려 그녀를 지긋이 쳐다보는 게 느껴졌다. 당신은 그 어느 때보다 아름답군. 그는 지금 이렇게 생각하고 있을 터였다. 그리고 그녀도 자신이 매우 아름답다고 느꼈다. 단 한 번만이라도 날 사랑한다고 말해 줄 수 없겠어? 그가 그런 생각을 하고 있었던 것은 민타와 그의 책, 하루가 끝나 간다는 것과 등대에 가는 문제로 그들이 말다툼을 벌였던 일 때문에 예민해진 탓이었다. 하지만 그녀는 그것을 할 수 없었다. 그 말을 할 수 없었다. 그러다, 그가 자신을 지켜보고 있음을 인식하고, 무언가 말을 하는 대신 그녀는 고개를 돌려 손에 양말을 쥔 채 그를 쳐다보았다. 그리고 그녀가 그를 보고 웃기 시작했을 때, 그녀가 아무 말도 하지 않았지만, 그는 그녀가 자신을 사랑한다는 것을 알았다. 당연히 알 수밖에 없었다. 그는 그것을 부인할 수 없었다. 그리고 웃음을 지으면서 그녀는 창밖을 내다보며 말했다. (세상에 이런 행복과 견줄 것은 아무것도 없다고 혼자 생각하며) —

"그래요. 당신 말이 맞아요. 내일은 날씨가 궂을 것 같네요." 그녀가 그것을 입 밖에 내어 말하지는 않았지만, 그는 그것을 알았다. 그래서 그녀는 그를 바라보며 미소를 지었다. 그녀가 또 다시 승리를 거두었기 때문이다.

II. 시간이 흐르다

1

"글쎄, 기다려 보면 알게 되겠지." 테라스에서 안으로 들어오면서 뱅크스 씨가 말했다.

"너무 어두워서 잘 안 보여요." 해변에서 올라오며 앤드루가 말했다.

"바다랑 육지가 분간이 잘 안 될 정도예요." 프루가 말했다.

"저 불은 그냥 저렇게 켜 둘 건가요?" 각자 안에서 외투를 벗을 때 릴리가 말했다.

"아뇨." 프루가 말했다. "모두 다 들어오면 꺼야죠."

"앤드루, 현관 불 좀 꺼 줄래?" 프루가 다시 소리쳤다.

등불이 하나하나 차례로 꺼졌다. 오직 잠자리에 누워 얼마간

베르길리우스의 시를 읽는 것을 즐기는 카마이클 씨의 촛불만 이 다른 불보다 더 오래 켜져 있을 뿐이었다.

2

그렇게 모든 등불이 꺼지고, 달이 이울고, 가랑비가 지붕 위를 두드리는 가운데, 짙은 어둠이 어마어마하게 쏟아져 내리기 시작했다. 홍수처럼 밀려드는 어둠이 열쇠 구멍과 갈라진 틈 사이로 은밀히 침입하여 창 블라인드를 살며시 우회하며 이동하다, 침실 안으로 들어와서는 여기서는 주전자와 대야를, 저기서는 빨갛고 노란 달리아를 품은 우묵한 그릇을, 또 저기서는 서랍장의 단단한 몸체와 날카로운 모서리들을 거침없이 집어삼켰는데, 그 어느 것도 이 넘쳐 나는 어둠에 잠식되지 않을 도리가 없어 보였다. 가구만 어둠에 굴복한 게 아니라, 몸과 마음 또한 어느 것 하나 제대로 남지 않아 그것이 남자인지 여자인지도 분간할 수가 없었다. 이따금 무언가를 움켜쥐거나 막으려는 듯 손이 올라오거나, 누군가가 괴로운 신음을 흘리거나, 혹은 누군가가 허공에 대고 농담이라도 하는 듯 큰 소리로 웃을 뿐이었다.

응접실이나 식당이나 계단에서는 어떠한 움직임도 감지되지 않았다. 오직 녹슨 경첩과 문짝이나 계단처럼 습기로 부풀어 오른 목조 부분을 통해, 바람의 몸통에서 떨어져 나온 특정한 공기 무리가 (집은 어쨌든 금방이라도 주저앉을 것 같은 형국이었다) 슬그머니 구석을 돌아다니다 조심스레 실내로 진입할 뿐이었다. 상상력을 발휘해 보자면, 그렇게 응접실로 들어온 공기 무리는 가까스로 벽에 매달린 채 너덜대는 벽지를 호기심 넘치는 질문으로 희롱하며, '얼마나 오래 거기 붙어 있을 것 같아? 언제쯤 떨어질 건데?'라고 묻는 것 같았다. 그러고는 부드럽게 벽을 쓰다듬으며 사색에 잠겨 지나갔는데, 마치 벽지의 빨갛고 노란 장미에게는 자취를 감출 것인지를 묻고, 활짝 열어젖힌 쓰레기통 안의 찢어진 편지와 꽃과 책 모두에게는 '너희는 아군인가? 적군인가? 얼마나 오래 버틸 예정인가?'라고 (마음대로 할 수 있는 시간적 여유는 충분하기에 부드럽게) 질문을 던지는 것 같았다.

그리하여 그 소소한 공기 무리는, 모습을 드러낸 별빛이나 유랑하는 배에서 흘러나온 불빛, 혹은 심지어 등대가 쏘아 보내는 불빛이 인도하는 대로, 현관 매트와 계단 위에 희미한 발자국을 남기며 층계를 올라가 침실 문 주위를 얼쩡거렸다. 하지만 여기서는 그들도 확실히 멈춰야 했다. 다른 것들이 모두 소멸하고 사라진다 해도, 여기 누워 있는 것은 변함없이 확고했다. 이때 누군가가 저 미끄러지듯 움직이는 불빛에게, 숨을 내쉬며 침대 위로 몸을 구부린 채 서툴게 더듬어 대는 저 공기 무리에게, 여기서는 아무것도 만지거나 파괴할 수 없다고 말했을지도 모른다. 그러자 그들은 마치 깃털처럼 가벼운 손가락과 깃털의 가벼운 영속성을 지닌 것처럼, 감은 두 눈과 느슨하게 깍지 낀 손가락에 유령처럼 권태롭게 눈길을 한 번 주고는, 피곤한 듯 옷을 여미고 사라졌다. 그리고 그렇게 침실을 빠져나간 공기 무리는 조심스레 주둥이를 들이밀고 이곳저곳에 몸을 비비면서, 계단 창이며 하인들의 침실이며 다락방의 상자들을 기웃대다가, 아래로 내려가 식탁 위 사과를 탈색시키고 장미 꽃잎을 만지작거리고 이젤 위 그림을 건드려 보고는 매트를 쓸고 지나가다가 바닥 위에 모래를 약간 흩뿌렸다. 그러다 마침내 단념하여, 모두 함께 멈춰서 한데 모여 한숨을 내쉬었고, 모두가 목적 없이 한바탕 탄식을 내뿜자, 주방의 문 하나가 그것에 화답하듯 활짝 열렸지만, 아무것도 들이지 않은 채 문만 쾅 하고 다시 닫혔다.

[바로 이때 베르길리우스의 시를 읽던 카마이클 씨가 촛불을 불어 껐다. 자정이 지난 시간이었다.]

3

그런데 하룻밤이라는 건 결국 무엇일까? 짧은 시간인데, 특히 머지않아 어둠이 수그러들고 금방이라도 곧 새들이 노래하고 수탉이 울부짖으며, 혹은 파도의 골에서 뒹구는 나뭇잎처럼 연녹색이 되살아날 것 같은 짧은 시간이다. 하지만 밤이 가면 또 밤이 온다. 겨울은 밤을 꾸러미로 비축해 두고는, 지칠 줄 모르는 손가락으로 똑같이 균등하게 나눠 준다. 겨울의 밤은 길어지고 어두워진다. 어떤 밤은 둥근 광휘를, 빛나는 행성을, 하늘 높이 치켜든다. 비록 황폐해진 모습임에도, 가을의 나무들은 전장에서 군인들이 어떻게 죽었는지, 저 멀리 인도의 사막에서 백골

들이 어떻게 태양에 그을리었는지를 황금 글자로 대리석에 새겨 놓은 서늘한 대성당 동굴의 어둠 속에서 활활 타오르는 너덜너덜한 깃발들처럼 눈부신 불꽃을 둘렀다. 가을의 나무들은 노란 달빛을 받아, 수확기의 달빛을 받아, 노동의 기운을 무르익게 하고 그루터기를 매끈하게 하며 파랗게 철썩이는 파도를 해안으로 데려오는 그런 달빛을 받아, 희미하게 빛났다.

이제는 마치 인간의 참회와 온갖 노고에 감동한 선한 신이 커튼을 열어젖히고 그 뒤에 숨은 유일하고 분명한 것을 보여 주는 것 같았다. 귀를 쫑긋 세운 토끼도, 떨어지는 파도도, 흔들리는 배도, 우리가 가질 자격이 있다면 언제든 우리의 소유가 될 수 있는 것들이었다. 그러나 안타깝게도, 기분이 나빠진 선한 신이 끈을 확 당겨 커튼을 치고 우박을 퍼부어 자신의 보물들을 파묻고 부수고 뒤섞어 놓아, 원래의 평온이 되돌아오는 것도, 우리가 그 파편들을 모아 완전한 전체로 조립하거나 산산이 흩어진 조각들에서 명확한 진리의 말을 읽어 내는 것도 불가능해 보인다. 우리가 참회로 얻을 수 있는 건 그저 신이 건네는 찰나의 눈길 한 번뿐이요, 우리의 노고로 얻을 수 있는 건 그저 잠깐의 휴식뿐이기 때문이다.

이제 파괴의 바람이 밤을 온통 점령하여 나무들을 휘어 거꾸러뜨리는 한편 나뭇잎들을 마구잡이로 날려 버리는 터라, 그렇게 날려간 잎들이 잔디밭을 빼곡히 뒤덮고 배수로를 꽉 채우고 홈통을 틀어막고 축축해진 길을 어지럽힌다. 바다 역시 몸을 이리저리 뒤치다 몸소 높은 파도가 되어 스스로를 때려 부수곤 하는데, 잠자리에 들어 이런저런 공상을 하다 자신의 의문에 대한 해답과 자신의 고독을 공유할 이를 해변에서 찾을 수 있으리라 생각한 어떤 사람이 이불을 걷어치우고 홀로 해변으로 내려가 모래 위를 거닌다 한들, 신속하게 도움 주는 신과 닮은 어떤 형상도 쉽사리 만날 수 없어, 밤에 질서가 생기지도 세상이 영혼의 나침반을 비추지도 않는다. 움켜쥔 주먹손은 손 안에서 까부라지는데, 목소리는 귓가에서 노호한다. 그런 혼돈 속에서 밤에다 대고 왜, 무엇 때문에, 무슨 이유로 잠든 사람을 침대에서 꾀어내어 해답을 구하게 만들었는지 물어보았자 부질없는 일이다.

[어느 어슴푸레한 새벽에 복도를 비틀거리며 걷던 램지 씨가 양팔을 쭉 뻗었지만, 램지 부인이 간밤에 갑작스럽게 사망한 까닭에, 뻗어 나온 그의 팔 안은 텅 비어 있었다.]

4

그래서 집은 텅 비고 문은 잠기고 매트리스는 둘둘 말렸는데, 거대한 바람 군대의 전위부대 격인 저 방황하는 공기 무리가 거세게 몰아쳐 들어와, 칠이 벗겨진 마루를 쓸고 부채꼴로 흩어져 야금야금 진격하여 침실과 응접실까지 쳐들어갔으나, 그저 펄럭이는 벽지와 삐걱거리는 마룻바닥과 문짝, 칠이 벗겨진 탁자 다리와 이미 물때가 끼고 색이 바래고 금이 간 냄비와 도자기를 맞닥뜨렸을 뿐이었고, 그 어느 것도 그들에게 전력으로 저항하지 않았다. 구두 한 켤레와 사냥 모자, 옷장 안의 빛바랜 치마와 외투 등, 사람들이 흘리고 남겨 둔 것들만이 인간의 형태를 유지하고 있을 뿐이었고, 그것들은 또한 이 텅 빈 집에서 한때는 사람들이 북적이고 활기가 넘쳤다는 것과 한때는 호크를 채우고 단추를 잠그느라 손이 바쁘게 움직였다는 것과 한때는 거울에 비치는 얼굴이 있었다는 것을, 또한 그 거울은 움푹 파내어진 하나의 세상을 담았는데, 그 세상에서는 누군가 몸을 돌리기도, 손 하나가 비쳤다가 순식간에 사라지기도, 아이들이 몰려들어 와 한데 엉켜 장난치다 다시 나가기도 했음을 보여 주었다. 이제 매일같이, 햇빛이 물에 반사된 꽃처럼 맞은편 벽에 자신의 선명한 형상을 비추었다. 바람에 무성한 가지를 흐느적거리는 나무들의 그림자만이 벽 위에서 고개 숙여 공경을 표했고, 그럴 때마다 햇빛이 제 모습을 비추는 물웅덩이가 잠시 검게 물들거나, 그게 아니면 날아가는 새들이 침실 바닥을 가로질러, 천천히 퍼덕이며 움직이는 작고 희미한 얼룩을 만들어 낼 뿐이었다.

그리하여 아름다움과 고요함이 군림했고, 그들이 함께 어우러져 아름다운 형태 그 자체를 만들어 냈으니, 그것은 생기가 떨어져 나가서, 누군가가 저녁 무렵 저 멀리서 기차를 타고 지나갈 때 창 너머로 언뜻 본 웅덩이처럼 고독한 형태였는데, 기차가 너무도 빠르게 지나쳐 가 버린 터라, 저녁이 되어 어슴푸레해진 그 웅덩이는 누군가의 시선을 한 번 받았음에도 고독함이 조금도 덜해지지 않았다. 그 침실에서는 아름다움과 고요함이 굳게 손을 잡은 까닭에, 덮개로 싸인 물병과 흰 천이 덮인 의자 사이로 바람이 성가시게 파고들고, 끈끈한 해풍이 부드러운 주둥이를 들이 비비고 킁킁대며 '너희는 사라질까? 너희는 소멸할까?'라는 질문을 수없이 되풀이해도, 그 평온은, 그 무관심은, 그 순수하고 무결한 분위기는, 도무지 깨지지 않았으니, 마치 그런 질문에 '우린 남을 거야'라는 대답조차 굳이 할 필요가 없다는 식이었다.

그 어느 것도 이 형상을 부수거나 순수함을 오염시키거나, 혹은 나부끼는 침묵의 망토를 헤집을 수 없을 것 같았다. 여러 주에 걸쳐 그 빈방에서는 점점 낮아지는 새 울음소리, 뱃고동 소리, 들에서 들려오는 윙윙거리는 소리, 개 짖는 소리, 누군가 고함치는 소리 등도 종래에는 침묵이라는 직물 속으로 짜여 들어갔고, 또한 침묵은 그 직물로 집 전체를 조용히 둘렀다. 한 번은 층계참의 널이 툭 튀어 오르기도 했고, 한 번은 한밤중에 수 세기의 정적을 깨고 엄청난 파열음과 함께 바위 하나가 산에서 떨어져 나와 계곡 속으로 요란하게 추락하자, 숄의 접힌 부분이 펼쳐지면서 앞뒤로 천천히 흔들리기도 했다. 그러다 다시 평화가 내려앉았고, 그림자가 너울거렸다. 빛이 침실 벽 위에 비친 자신의 형상 쪽으로 경배하듯 몸을 구부렸다. 그때 맥냅 할멈이 빨래하던 손으로 침묵의 장막을 찢어 내어, 조약돌 위에서 장화 신은 발로 그것을 우지직 밟아 잘게 부수고는, 들어와서 지시받은 대로 창을 모두 열고 침실마다 먼지를 털어 냈다.

5

그녀가 휘청거리는 걸음으로 (그녀의 몸이 바다에 떠 있는 배처럼 흔들렸다) 곁눈질을 하면서(그녀는 무엇이든 똑바로 보지 않았고, 비낀 시선으로 세상의 경멸과 분노를 비난했다. 그녀는 어리석었고, 자신도 그것을 알고 있었다), 난간을 꽉 붙잡고 어렵사리 몸을 움직여 2층으로 올라가, 방에서 방으로 뒤뚝뒤뚝 이동하면서 노래를 불렀다. 기다란 거울의 유리면을 닦으면서, 그리고 거울에 비친 자신의 흔들리는 몸을 곁눈으로 흘끗대며 입으로는 어떤 소리를 흘려 내보냈는데, 이십 년 전에 아마도 무대 위에서 누군가가 흥겹게 노래하면 사람들이 따라서 흥얼거리고 춤도 추었을 어떤 곡조가 이제 보닛을 쓴 채 청소하는 이가 빠진 늙은 여자의 입에서 흘러나오자, 본래의 의미를 빼앗긴 채 우둔함과 유머와 짓밟혔다가도 다시 벌떡 일어나는 끈질김 그 자체의 목소리처럼 들려서, 불안한 걸음걸이로 먼지를 털고 걸레질할 때 그녀는 자신이 얼마나 긴 세월을 슬픔과 근심으로 보냈는지, 아침에 일어나 다시 잠자리에 들 때까지 어떤 하루를 보내고, 물건을 꺼내어 다시 정리할 때마다 무슨 생각을 하는지를 넋두리하는 것 같았다. 칠십 년 가까운 세월을 살아온 터라, 그녀는 세상이 안락하지도 세상살이가 수월하지도 않음을 알고 있었다. 삶에 지치고 힘들어 허리도 굽었다. 얼마나 오래, 그녀는 삐걱거리는 무릎을 꿇은 채 괴로운 신음성과 함께 침대 밑 마루널의 먼지를 닦아 내며 자문했다. 얼마나 오래 버틸 수 있을까? 하지만 그녀는 절뚝이며 다시 일어나 몸을 펴고는, 자신의 얼굴과 자신의 슬픔에서조차 비낀 시선으로 입을 딱 벌리고 서서 목적 없는 미소를 짓는 그녀의 거울 속 모습을 곁눈질하다, 다시 천천히 절뚝이며 걸어가 매트도 걷어 올리고 도자기도 닦아서 자리에 내려놓았고, 마치 자신이 결국에는 위안을 얻게 되리라는 듯, 마치 정말로 자신이 부르는 비가에는 어떤 뿌리 깊은 희망이 얽혀 있기라도 한 듯, 거울 속 자신의 모습을 또 곁눈질했다. 그녀가 빨래를 할 때도, 자식들을 생각할 때도(하지만 두 아이 모두 사생아로, 한 녀석은 그녀를 버리고 떠났다), 주점에서 술을 마실 때도, 서랍장 안의 잡동사니들을 뒤적일 때도, 기쁨의 환상들은 분명 존재했을 것이다. 암흑 같은 시간 속에도 분명 숨 쉴 틈이 존재했을 것이고, 깊이를 모르는 어둠 속에도 분명 어떤 통로가 있어, 거울 속 그녀가 얼굴을 일그러뜨려 히죽 웃고는 다시 손을 바삐 놀리며 옛 음악당에서 흘러나오던 노래를 흥얼거리게 할 만큼의 빛을 들였을 것이다. 한편 신비주의자와 몽상가들은 해변을 걷다가 물웅덩이를 휘젓고 돌멩이 하나를 쳐다보고는 '나는 무엇이지?' '이것은 무엇일까?'라고 자문했는데, 갑자기 그들은 응답을 받았고(그게 무엇인지 그들은 말할 수 없었다), 그래서 그들은 찬 서리 속에서도 온기를 느꼈고 사막에서도 편안함을 얻었다. 하지만 맥냅 할멈은 늘 하던 대로 술을 마시고 수다를 떨었다.

6

바람 한 점 없어 이파리 하나 흔들리지 않는 봄이, 깨끗해서 거만하고 순결해서 사나운 처녀처럼 눈부신 알몸을 환하게 드러낸 봄이, 눈을 크게 뜨고 지켜보면서도 구경꾼들이 무슨 짓을 하든 무슨 생각을 하든 전혀 아랑곳없이 들판에 누워 있었다. [그해 5월, 프루 램지가 아버지의 팔짱을 끼고 입장하여 결혼식을 올렸다. 저렇게 잘 어울리기도 힘들지! 신부가 어쩜 저리 아름다울까! 사람들이 저마다의 감상을 말했다.]

여름이 가까워지자, 저녁이 길어져서 잠 못 이루는 사람들, 희망을 품은 사람들이 해변에 와 거닐면서 웅덩이를 휘젓기도 하고, 더없이 이상한 종류의 상상력을 발휘하여 육체가 원자로 변해 바람에 흩날리는 상상, 별들이 그들의 심장에서 번쩍이는 상상, 절벽과 바다와 구름과 하늘이 특별히 함께 모여 내부의 뿔뿔이 흩어진 환상의 조각들을 겉으로 조립하는 상상을 했다. 그런 거울들 속에서도, 사람들의 마음속에서도, 쉴 새 없이 모양을 바꾸는 구름과 그 그림자를 비추는 불안정한 물웅덩이에서도 꿈은 끈질기게 지속되었고, 따라서 갈매기, 꽃, 나무, 남자와 여자, 그리고 하얀 땅 자체가 모두 선이 승리하고 행복이 압도하며 질서가 지배할 거라고 선언하는 것 같은 (하지만 누군가 의문을 제기하면 즉시 철회하는) 기묘한 암시를 거부하거나, 혹은 누구나 아는 쾌락이나 익숙한 미덕과는 거리가 먼 수정 같은 강렬함을, 어떤 절대적인 선을, 일상적인 가정생활과는 이질적이며 주인이 안심할 수 있게 모래 속에 묻은 다이아몬드처럼 단 하나의 단단하고 밝게 빛나는 무언가를 찾아서 사방팔방 헤매고 싶은 기이한 충동을 억제하기란, 도저히 불가능한 일이었다. 더욱이, 누그러지고 고분고분해진 봄은 윙윙거리는 벌과 어지러이 춤을 추는 각다귀가 성가셔 급히 망토를 두르고 눈을 가린 채 외면하듯 고개를 돌렸지만, 스쳐 지나가는 그림자와 후드득 떨어지는 빗줄기 속에서도 인간의 슬픔을 이해하는 표정을 짓는 것 같았다.

[프루 램지는 그해 여름에 출산과 관련된 모종의 질병으로 죽었다. 정말이지 너무 비극적인 일이야. 사람들이 탄식했다. 누구보다 행복해야 할 사람이었는데.]

그리고 이제 여름의 열기 속에서, 바람이 다시 그 집 주변에 밀정들을 보냈다. 햇빛 드는 방에서는 날벌레들이 거미줄에 걸리고, 밤에는 창유리 가까이 자라난 잡초들이 규칙적으로 창을 두드렸다. 날이 어둑해지자, 어둠 속 카펫 위를 그렇듯 위엄 있게 비추어 카펫의 무늬를 드러냈던 등대 불빛이, 이제는 부드럽게 활공하는 달빛과 섞여 한층 부드러워진 봄빛으로 왔는데, 마치 그것이 다정히 어루만지고 은밀히 머물며 바라보다가 다시 사랑스럽게 손을 뻗어 오는 것 같았다. 하지만 이렇듯 다정히 쓰다듬는 고요한 시간 속에서도, 길게 지속되는 빛이 침대 위를 비스듬히 비췄을 때, 바위가 떨어져 산산조각이 났고, 숄의 다른 쪽 접힌 부분이 풀어져 거기 매달린 채 천천히 흔들렸다. 여름철의 짧은 밤과 긴 낮 내내, 들판의 메아리와 파리 떼의 윙윙거리는 소리가 비어 있는 방들을 울리며 수런댔고, 긴 색 테이프가 부드럽게 나부끼고 방향 없이 흔들렸다. 그러는 동안에도 태양이 가로세로로 너무도 촘촘히 방을 점령하여 노란 아지랑이를 가득 피워 올리는 바람에, 맥냅 할멈이 침입하여 먼지를 털고 바닥을 쓸면서 불안정한 걸음으로 이리저리 돌아다닐 때, 그녀는 마치 노란 햇빛 작살이 촘촘히 박힌 바닷속을 유영하는 열대어처럼 보였다.

하지만 잠과 무기력에 빠져든 집에도, 늦여름에 접어들면서 양모 펠트로 감싼 망치로 무언가를 규칙적으로 내리치는 것 같은 불길한 소리가 들려왔는데,* 반복적인 충격으로 인해 숄은 더 느슨하게 풀렸고, 찻잔도 갈라지고 부서졌다. 이따금 찬장 안의 유리잔들이 쨍그랑 소리를 내는 것이, 마치 어떤 거인이 고통을 못 이겨 날카롭게 내지르는 엄청난 비명에 찬장 안에 세워진 바닥이 납작한 큰 잔들도 같이 요동하며 비명을 지르는 듯했다. 그러다 다시 침묵이 내려앉았고, 그런 다음 밤마다, 그리고 때로는 장미가 활짝 피어나고 햇빛이 벽 위에 자신의 형태를 선명히 비추는 평범한 한낮에도, 무언가가 쿵 하고 떨어지는 소리가 이런 고요함과 이런 무관심과 이런 온전함 속에 던져지는 것 같았다.

[포탄이 폭발했다. 프랑스에서 이삼십 명의 젊은이들이 포탄에 날아갔다. 그 가운데에 앤드루 램지도 있었고, 다행히, 그는 즉사했다.]

그 계절에, 해변으로 내려가 바다와 하늘에게 그들이 어떤 메

---

* 전쟁(제1차 세계대전)을 암시한다.

시지를 전했는지, 혹은 어떤 환상을 승인했는지를 물은 사람들은 바다 위의 석양, 동틀 녘 희미하게 밝아 오는 빛, 떠오르는 달, 달빛을 배경으로 물 위에 떠 있는 고깃배, 손 안 가득 풀잎을 쥐어 서로에게 뿌려 대는 아이들 등, 신의 자비를 암시하는 일상적인 징표들 가운데서 이런 명랑함이나 이런 고요함과 조화되지 않는 것이 무엇인지를 숙고해야 했다. 예를 들면, 어떤 잿빛의 배가 유령처럼 조용히 나타났다가 사라졌다든가, 마치 눈에 보이지 않는 수면 밑에서 무언가가 끓어오르거나 피를 토하기라도 한 듯 고요한 바다 표면에 자주색 얼룩이 번졌다든가 하는 일들 말이다. 가장 숭고한 성찰을 자극하고는 가장 마음 편한 결론을 유도하도록 계산된 이런 장면 속으로 들어서면 걸음을 멈출 수밖에 없었다. 그것을 감정 없이 무시하거나, 풍경 속 그것의 의미를 폐기하거나, 계속 해변을 걸으며 외부의 아름다움이 내면의 아름다움을 반영하는 것에 경탄하기란 어려운 일이었다.

인간이 진척시킨 것을 자연이 보완해 주었던가? 인간이 시작한 것을 자연이 완성해 주었던가? 똑같은 자기만족에 빠진 자연은 인간의 불행을 그저 보고, 인간의 비열함을 묵과하고, 인간의 고통을 묵인했다. 그렇다면 해변에서 홀로 해답을 찾아 공유하고 완성코자 하는 그 꿈은 거울에 반영된 상에 불과하고, 그 거울 자체도 더 고귀한 힘들이 그 밑에 잠들어 있을 때 휴면 상태에서 형성된 유리질의 표면에 불과했던가? 조급해지고 절망스러우면서도 (아름다움은 매혹적이면서도 위안을 주기 때문에) 떠나기는 싫으나, 해변을 거니는 것도 불가능했고, 사색도 견디기 힘들었다. 거울이 깨진 탓이었다.

[그해 봄, 카마이클 씨는 시집 한 권을 출간하여 예상치 못한 성공을 거두었다. 사람들은 전쟁 때문에 시에 대한 관심이 되살아났다고들 말했다.]

7

밤이면 밤마다, 여름과 겨울에, 무자비한 폭풍과 화살처럼 고요한 맑은 날씨가 아무런 방해 없이 이 집의 안뜰을 점유했다. 텅 빈 집의 위층 방에서 나는 소리에 귀를 기울이면 (그런 사람이 있기라도 한다면) 오직 번갯불에 사선으로 갈라진 거대한 혼돈이 넘어지고 뒤척이는 소리만 들릴 것인데, 그때 바람과 파도가 머릿속에 이성의 빛이라곤 조금도 들어 있지 않은 무정형의 거대한 바다 괴물처럼 어두울 때나 밝을 때나 서로의 몸에 겹겹이 올라타기도 하고 대차게 달려들었다가 보기 좋게 거꾸러지는 등 흥겹게 바보 놀이를 즐기는 바람에, 종국에는 마치 우주가 저절로 목적 없이 야만적인 혼란과 방자한 욕망에 빠져 전쟁을 벌이고 나락에 떨어지는 것처럼 보일 지경에 이르렀다.

봄에 정원의 화분들은 우연히 바람을 타고 날아와 뿌리를 내린 식물로 가득했고, 언제나처럼 화사했다. 제비꽃도 피었고 수선화도 피었다. 하지만 낮의 고요와 광휘는 밤의 혼돈과 소란만큼이나 기이했다. 저기에 서 있는 나무들과 저기에 핀 꽃들이 앞을 바라보고 위를 쳐다봐도, 눈이 없어 아무것도 보지 못했고, 그래서 너무도 무서웠기 때문이다.

8

램지 가족은 오지 않을 거라고, 결코 다시는 오지 않을 거라고, 아마 성 미카엘 축일* 즈음에는 이 집이 팔릴지도 모른다고 누가 말해 준 터라, 맥냅 할멈은 딱히 해가 되진 않겠지 생각하며 자기 집에 가져가려고 허리를 굽혀 꽃을 한 다발 꺾었다. 그녀는 꽃을 탁자 위에 올려놓고 청소했다. 그녀는 꽃을 무척 좋아했다. 그냥 시들게 놔두긴 아까웠다. 이 집이 팔린다면 (그녀는 거울 앞에 서서 양손으로 허리를 짚었다) 손을 볼 필요가 있었다. 정말 그랬다. 이 집은 안에 사는 사람 없이 수년이나 방치되었다. 책이고 물건이고 모두 곰팡내가 났고, 전쟁 때문에 일손 구하기도 힘들어 그녀가 원하는 만큼 이 집을 깨끗하게 관리할 수가 없었다. 이제 와 바로잡는 건 혼자 힘으로 감당할 수 있는 일이 아니었다. 그녀는 너무 늙었다. 다리도 아팠다. 책들을 모두 꺼내 잔디밭에 널어놓고 햇볕에 말릴 필요가 있었다. 현관 벽의 회반죽도 군데군데 떨어져 나갔고, 서재 창문 위 홈통도 막혀 버려 비가

---

* 9월 29일.

오면 물이 안으로 샜고, 카펫도 상당히 해진 상태였다. 직접 좀 와 볼 것이지. 아니면 사람을 보내서 좀 들여다보게 하든가. 벽장에도 옷이 있었고, 침실마다 남겨진 옷들이 있었다. 그 옷들은 모두 어떻게 처리한담? 램지 부인의 옷에 좀이 슬었던데. 불쌍한 부인! 그녀가 그 옷들을 다시 필요로 할 일은 없겠지. 사람들 말로는 그녀가 몇 해 전에 런던에서 죽었다고 하니까. 부인이 정원을 가꿀 때 입던 낡은 회색 망토가 있었다. (맥냅 할멈이 망토를 손가락으로 만져 보았다.) 그녀가 빨랫감을 들고 진입로를 올라올 때 보았던, 꽃 위로 몸을 굽히던 부인의 모습이 눈에 선했고 (정원은 이제 엉망이 되어 보기 딱할 정도였고, 화단을 헤집고 놀던 토끼들이 할멈을 보고 허둥지둥 뛰쳐나오기도 했다) 그 회색 망토를 걸친 부인 곁에 부인의 아이 한 명이 함께 있었던 것도 기억에 생생했다. 장화와 구두도 그대로 남아 있었고, 마치 무슨 일이 있어도 내일은 그녀가 꼭 돌아올 거라고 기대하듯, 참빗과 솔빗도 화장대 위에 그대로 놓인 채였다. (그녀는 마지막에 매우 갑작스럽게 죽었다고 한다.) 그들은 언젠가 이곳에 오려고 했지만, 전쟁 때문에, 그리고 요즘은 여행하기가 여간 힘든 게 아니라서, 방문을 미루고 미루다가 결국 이 오랜 세월 동안 단 한 번도 오지 않았다. 그저 돈만 툭 보내 놓고는, 편지를 쓰지도 내려와 보지도 않으면서 모든 게 자기들이 마지막으로 떠났을 때 그대로의 모습이길 바라다니, 나 원, 기가 막혀서! 봐봐, 화장대 서랍에도 (그녀는 서랍을 죄다 열어 보았다) 손수건이니, 리본 조각이니, 물건들이 한가득이잖아. 그래, 내가 빨랫감을 들고 진입로를 따라 올라올 때 보았던 램지 부인의 모습이 지금도 눈에 선해.

"안녕하세요, 맥냅 부인?" 그녀는 이렇게 저녁 인사를 건네곤 했었지.

램지 부인은 늘 그녀에게 살갑게 대했다. 부인의 딸들도 모두 그녀를 좋아했다. 하지만 안타깝게도 그때 이래로 많은 게 변했고(그녀가 서랍을 닫았다), 많은 사람들이 사랑하는 가족을 잃었다. 그렇게 부인도 죽었고, 앤드루 씨는 전사했으며, 전해지는 말로는 프루 양도 첫 아이를 낳다가 사망했다 한다. 하지만 요 몇 년 동안에는 모두가 누군가를 잃었다. 물가가 말도 안 되게 폭등해서는 도통 내려올 줄을 몰랐다. 회색 망토를 걸친 부인의 모습이 그녀의 기억에 생생했다.

"안녕하세요, 맥냅 부인?" 램지 부인이 인사했고, 요리사에게 할멈이 먹을 우유 수프 한 접시를 준비하도록 일렀다. 무거운 빨래 바구니를 들고 읍내에서부터 집까지 내내 걸어 올라온 그녀가 출출할 거라고 생각했을 터였다. 허리를 굽혀 꽃을 살피던 부인의 모습이 지금도 눈에 선했다. (그리고 그녀가 절뚝거리는 걸음으로 천천히 이동하며 먼지를 털고 물건을 정리하는 동안, 회색 망토를 걸친 한 부인이, 망원경 끝의 동그라미나 노란 빛줄기처럼 희미하게 명멸하며, 허리를 숙여 꽃을 살펴보다가, 침실 벽 너머로, 화장대 위로, 세면대를 가로질러 떠돌아다녔다.)

한데 그 요리사 이름이 뭐였더라? 밀드레드였던가? 아니면, 마리안? 그 비슷한 이름이었던 것 같은데. 아, 다 잊어버렸군. 요즘은 뭐든 잘 잊어버린다니까. 빨간 머리 여자들이 으레 그렇듯 그 여자도 성미가 불같았는데. 함께 웃기도 많이 웃었어. 부엌에 가면 모두 날 반겨 주었고. 내가 그들을 꽤나 웃겨 줬거든. 여러모로 그때가 지금보다 형편이 더 좋았지.

그녀가 한숨을 쉬었다. 여자 혼자 하기에는 일이 너무 많았다. 그녀가 고개를 절레절레 저었다. 이곳은 아이들 방이었다. 방은 온통 습기 때문에 눅눅했고, 벽에 바른 회반죽도 벗겨지고 있었다. 도대체 뭘 하고 싶어서 짐승의 해골을 저기에 걸어 놨을까? 해골에도 곰팡이가 피었다. 그리고 다락방마다 쥐가 돌아다녔다. 비도 새어 들어왔다. 하지만 그들은 사람을 보내지도, 직접 오지도 않았다. 자물쇠 몇 개는 고장이 나서 바람에 문이 쾅 하고 닫혔다. 그녀도 땅거미가 질 무렵에는 이곳에 홀로 있고 싶지 않았다. 여자 혼자가 하기에는 일이 너무, 너무 많이 버거웠다. 다리가 아파서 무릎이 삐걱거렸고, 앓는 소리가 절로 나왔다. 그녀가 자물쇠 안의 열쇠를 돌리고 집을 떠나자, 집은 폐쇄되어 잠긴 채 홀로 남았다.

9

사람들은 모두 그 집을 떠났다. 그 집은 버려져 이제 사람이 살지 않았다. 사람들의 활기가 사라진 그 집은 마른 소금 알갱이로 채워질 모래 언덕 위 조개껍데기처럼 변했다. 긴 밤이 시작되어 들어앉는 듯했고, 빈 공간을 서서히 잠식해 가는 경박한 바람과 서툴게 더듬어 대는 차고 습한 기운이 승리한 것처럼 보였다. 냄비도 녹이 슬고 매트도 썩었다. 두꺼비가 주둥이로 길을 내어 집안에 난입했다. 늘어뜨려진 숄이 방향을 잃고 하릴없이 이리저리 나풀거렸다. 엉겅퀴가 식품 저장실의 타일 틈새를 뚫고 올라왔다. 제비가 응접실에 둥지를 트는 바람에 바닥에 지푸라기가 어지러이 흩어졌고, 벽에 바른 회반죽이 뚝뚝 떨어져 나갔으며, 서까래가 맨몸을 드러내고 여기저기 쑤석이는 쥐들이 징두리널 뒤를 갉아먹었다. 들신선나비가 번데기에서 변태하여, 창유리 위에 톡톡 날갯짓하는 것으로 성체로서 삶을 시작했다. 양귀비가 달리아 사이에 제 씨를 뿌렸고, 잔디밭에 길게 자란 풀들이 파도처럼 넘실댔고, 거대한 아티초크가 장미 사이에서 탑처럼 우뚝 솟았으며, 양배추 사이에서 꽃잎 가장자리가 톱니처럼 갈라진 카네이션 한 송이가 꽃을 피웠는데, 그러는 동안에도 창가에 서식하는 잡초가 부드럽게 창을 톡톡 두드리던 소리가 겨울밤이면 여름 내 방을 온통 초록으로 물들이던 건장한 나무들과 가시 돋친 찔레 덤불이 자아내는 거친 북소리로 변했다.

이제 어떤 힘이 이 번식력을, 자연의 이 무신경함을 막을 수 있을까? 부인에 대한, 부인 곁에 있던 아이에 대한, 우유 한 접시에 대한 맥냅 할멈의 꿈 같은 기억이? 그런 기억은 벽 위에 고인 햇빛 한 점처럼 너울대다가 이내 사라졌다. 그녀는 문을 잠그고 집을 떠났다. 여자 혼자로는 역부족이야. 그녀가 말했다. 그들은 단 한 번도 사람을 보낸 적이 없었다. 편지 한 장도 쓰지 않았다. 서랍마다 물건들이 썩어 갔다. 그렇게 손 놓고 있는 것은 창피한 일이라면서 그녀는 혀를 찼다. 집은 파괴되어 폐허가 될 터였다. 등대의 빛줄기만이 방 안으로 잠시 들어와, 겨울철 어둠에 잠긴 침대와 벽 위로 갑작스레 시선을 던졌다가 엉겅퀴와 제비와 쥐와 지푸라기를 차분히 바라보았다. 이제 아무것도 그것들을 버텨 내지 못했고, 아무것도 그것들을 저지하지 못했다. 바람이 불든, 양귀비가 제 맘대로 씨를 흩뿌리든, 카네이션이 양배추와 짝을 이루든 내버려두라지. 제비가 응접실에 둥지를 틀든, 엉겅퀴가 타일 틈새로 꽃을 피우든, 나비가 안락의자에 덮인 빛바랜 사라사 무명 천 위에 내려앉아 햇볕을 쬐든 내버려두라지. 깨진 유리잔과 도자기가 잔디밭에 나앉아 풀과 산딸기 위로 뒤엉켜 뒹굴도록 내버려두라지.

이제 새벽이 부르르 떨며 시동을 걸고 밤이 운동을 멈추는 그런 순간이, 깃털 하나만 내려앉아도, 그 무게로 저울이 내려앉는 그런 순간이, 그런 변화를 목전에 둔 망설임의 순간이 왔기 때문이다. 깃털 하나로도 집은 가라앉고 무너져, 저 깊은 어둠 속으로 곤두박질칠 터였다. 폐허가 된 방에서, 소풍객들이 주전자에 불을 붙이고, 연인들이 그곳을 은신처 삼아 헐벗은 판자 위에 몸을 누이고, 양치기는 벽돌 위에 저녁거리를 저장하고, 떠돌이는 추위를 막으려고 외투를 둘러 덮은 채 잠을 청할 터였다. 그러다가 지붕도 폭삭 내려앉고, 찔레 덤불과 독미나리가 길과 계단과 창도 숨기고, 고르지는 않지만 힘껏 자라고 자라 폐허가 된 집터 전체를 뒤덮는 바람에, 어느 날 누군가가 길을 잃고 무단으로 침입한다 해도, 그는 쐐기풀 사이에 핀 레드핫포커나 독미나리 사이의 도자기 조각을 보고서야 여기에 한때 집이 있었고, 한때 사람이 살았음을 알게 될 터였다.

그런 깃털이 하나라도 떨어졌다면, 그 깃털로 인해 조금이라도 저울이 내려앉았다면, 이 집은 완전히 저 깊은 어둠 속으로 거꾸러져, 망각의 사막에 파묻혔을 것이다. 그러나 어떤 노동의 힘이 발휘되고 있었고, 크게 별 생각이 없는 무언가가, 곁눈질하는 무언가가, 절뚝거리는 무언가가, 위엄 있는 의식이나 엄숙한 구호로 고무되지 않아도 자신의 일을 시작하는 무언가가 움직이고 있었다. 맥냅 할멈이 앓는 소리를 냈고, 바스트 할멈의 뼈마디에서 삐걱거리는 소리가 났다. 그들은 나이를 많이 먹어, 몸이 뻣뻣하게 굳었으며, 다리가 아팠다. 그들이 마침내 빗자루와 양동이를 들고 이곳에 일을 하러 왔다. 램지가의 젊은 숙녀 하나가 난데없이 편지를 보내왔다. 맥냅 부인, 집이 쓸 만한 상태인지 봐 주시겠어요? 가능한 한 빨리 집을 사용할 수 있도록 만들어 줄 수 있을까요? 마지막까지 모든 걸 미루다가, 올 여름엔 이 집으로 올지도 모르는데, 모든 것들이 자기들이 떠날 때의 그 모습이었으면 좋겠다는 내용의 편지였다. 천천히 그리고 힘겹게, 빗자루와 양동이를 들고 다니면서 대걸레로 밀어 구석구석 깨끗이 청소하여, 맥냅 할멈과 바스트 할멈은 변질과 부패의 진격을 멈추게 했다. 어느 때는 세면대를, 또 어느 때는 찬장을, 그들을 빠르게 뒤덮어 가던 **시간***의 웅덩이에서 구출해 냈고, 어느 날 아침에는 웨이벌리 소설 전권과 다기 세트를 망각의 늪에서 건져 올렸으며, 오후에는 놋쇠 난로가리개와 난로용 철물 일습을 햇빛과 공기를 쐬어 부활시켰다. 바스트 할멈의 아들 조지가 쥐를 잡고 잔디를 깎았다. 목수들도 투입되었다. 두 여자들이 허리를 굽혔다가 똑바로 펴고, 힘겨운 신음성을 내면서도 노래를 부르고, 물건을 털썩 내려놓기도 하고 문을 쾅 닫기도 하면서 2층과 지하 저장실을 오르내릴 때, 경첩이 삐걱거리는 소리와 나사가 끼익하는 소리, 습기로 부풀어 오른 나무 문짝이 쾅 하고 닫히는 소리와 더불어, 오랜 세월 동안 겪지 않아 더욱 힘겨운 산고를 통해 새로운 삶이 곧 세상 밖으로 나오려는 듯했다. 아이고, 뭔 놈의 일이 끝이 없냐! 두 사람이 구시렁댔다.

그들은 한낮에는 먼지투성이 얼굴로 일을 중단하고는, 때로는 침실에서 혹은 서재에서 차를 마셨고, 그런 와중에도 그들의 주름진 손은 빗자루를 꼭 움켜쥐고 있었다. 의자에 털썩 주저앉아, 그들은 성공적으로 훌륭하게 윤을 내 놓은 세면대와 욕조를 흐뭇하게 감상했고, 때로는 좀 더 품이 들고 고되어 아직 완전히 정리하지 못한 빽빽이 늘어선 책들을 가늠하듯 눈여겨보았다. 한때는 까마귀처럼 새카맸던 책들이 이제는 흰 얼룩을 달고 허연 버섯의 온상이자 거미들의 음습한 은신처 노릇을 하고 있었다. 따뜻한 차로 속이 데워지는 것을 느끼며, 맥냅 할멈은 다시 한 번 망원경이 자신의 눈에 맞춰지는 것을 감지했고, 빛의 동그란 테두리 안에서 그녀가 빨랫감을 들고 길을 따라 올라

* 원문에 소문자가 아니라 대문자로 시작하는 'Time'으로 표기되어 있다.

올 때 갈퀴처럼 비쩍 마른 노신사*가 그녀의 짐작으로는 잔디밭 위에서 고개를 저으며 혼자 중얼거리는 모습을 보았다. 그는 단 한 번도 그녀에게 알은체를 한 적이 없었다. 누군가는 그가 죽었다고 말했고, 누군가는 그녀†가 죽었다고 말했다. 어느 말이 맞는 걸까? 바스트 할멈도 확실히 알지 못했다. 그 젊은 신사‡는 죽었다. 그건 그녀가 확실히 알았다. 신문에서 그의 이름을 읽었기 때문이다.

요리사가 있었어요. 밀드레드던가, 마리안이던가, 아무튼 그런 이름의 빨강머리 여자였는데, 빨강머리 여자들이 으레 그렇듯 성깔이 보통 아니었지요. 하지만 성미를 잘 맞춰 주기만 하면 착하고 좋은 여자이기도 했어요. 함께 참 많이도 웃었죠. 매기를 위해 수프 한 접시를 따로 남겨 주고, 때론 햄 한 조각을 남겨 주고, 그 밖에도 남은 음식은 뭐든 챙겨 주었어요. 그들은 그 당시 아주 잘살았거든요. 원하는 건 모두 다 가진 사람들이었지요. (아이들 방 난로가리개 옆의 고리버들 안락의자에 앉아 차로 따뜻하게 속을 데워 기분이 좋아진 그녀가 추억 한 보따리를 구변 좋게 풀어놓았다.) 집엔 늘 사람들이 북적여서 일거리가 넘쳐 났어요. 때로는 스무 명이나 머물러서 자정을 넘기고도 한참 동안 설

---

* 램지 씨를 가리킨다.

† 램지 부인을 가리킨다.

‡ 앤드루 램지를 가리킨다.

거지를 하곤 했죠.

바스트 할멈이 (그녀는 당시 글래스고에 살았기 때문에 그들을 알지 못했다) 컵을 내려놓으며 궁금해하던 것을 물었다. 도대체 뭘 하려고 짐승 해골을 저기에 걸어 놓은 걸까요? 분명 외국에서 사냥한 것 같은데.

아마 그럴지도 모르겠군요. 기억 속을 분방하게 헤집던 맥냅 할멈이 맞장구쳤다. 그들에겐 동쪽 나라에 사는 친구들도 있었거든요. 이 집에 머물던 신사들과 이브닝드레스 차림의 숙녀들이 기억나네요. 언젠가 저녁 식사를 하려고 모두 식탁에 앉은 모습을 식당 문을 통해 본 적이 있어요. 감히 말하건대 스무 명 정도 되는 사람들이 모두 보석으로 치장했더라고요. 부인이 가지 말고 기다렸다가 설거지를 도와 달라고 부탁했어요. 자정이 지나야 끝날 것 같다고 말하더군요.

아, 그들이 와서 보면 이곳이 변했다는 걸 알게 되겠군요. 바스트 할멈이 말했다. 그녀가 창밖으로 몸을 내밀고는 아들 조지가 큰 낫으로 풀을 베는 걸 지켜보았다. 정원이 대체 어떻게 된 거냐고 물을 만하죠. 정원을 돌보기로 되어 있던 케네디가 짐수레에서 떨어져 다리를 심하게 다치는 바람에 일 년, 혹은 거의 일 년 동안 정원이 그냥 방치되다시피 했으니 말이에요. 그러고 나서 데이비 맥도널드가 정원을 관리하게 되었는데, 런던에서 씨앗을 보내왔다지만, 그 사람이 씨앗을 심었는지 안 심었는지 누가 알겠어요? 그들이 오면 이곳이 변했다는 걸 당연히 알게 되겠지요.

그녀는 자신의 아들이 낫질하는 모습을 지켜보았다. 그는 일에 아주 적합한 사람이었다. 묵묵히 제 할 일을 하는 사람. 자, 우리 이제 찬장을 청소해야죠. 그녀가 말했다. 그들이 몸을 일으켰다.

집 안에서 닦고 쓸고, 집 밖에서 풀을 베고 땅을 파는 며칠 간의 노동 끝에, 마침내 창에서 먼지떨이가 거두어지고 창문이 잠기고 집안 곳곳의 열쇠가 돌아가고, 현관문이 쾅 하고 닫혔다. 일이 모두 끝났다.

그리고 마치 쓸고 닦고 낫질하고 풀 베는 소리에 압도되어 지금껏 숨죽이고 있었다는 듯이, 귀에 어설프게 들리다 말다 하던 간헐적인 음악이, 절반쯤 들리던 곡조가, 이제야 다시금 존재감을 드러냈다. 개가 짖는 소리, 염소가 메에 우는 소리, 불규칙적이고 간헐적이지만 어떤 식으로든 근접한 소리, 날벌레가 붕붕거리는 소리, 이미 밑동과 분리되었지만 어떤 식으로든 속해 있는 잘려진 풀이 서걱거리며 전율하는 소리, 곤충이 성가시게 울어 대는 소리, 때로는 시끄럽고 때로는 나직하지만 기이하게도 서로 비슷한 수레바퀴의 삐걱대는 소리, 귀가 한데 모아 들으려 안간힘을 쓰는 이 모든 소리들은 언제나 화음을 이루는가 싶다가도 완벽한 화음을 이루지도, 결코 완전히 들리지도 않고, 그러다 마침내 저녁이 되어 소리들이 하나둘 자취를 감추면, 화음은 머뭇머뭇 잦아들고, 고요함이 드리워진다. 해가 지면서 사물들의 윤곽이 선명함을 잃었고, 피어오르는 안개처럼 조용히 일어나 말없이 퍼지던 바람도 잠잠해졌다. 세상이 나른하게 몸을 뒤척이다 서서히 잠이 들었고, 여기 이곳에도 이파리마다 가득한 초록과 창 옆 하얀 꽃들이 머금은 창백한 빛을 제외하고는 불빛 한 점 없는 어둠이 내려앉았다.

[9월의 어느 늦은 저녁에, 릴리 브리스코가 사람을 시켜 자신의 짐 가방을 이 집으로 옮겼다. 같은 기차를 타고 카마이클 씨도 왔다.]

10

그러자 정말로 평화가 찾아왔다. 평화의 메시지가 바다에서 해안으로 불어왔다. 더는 세상의 잠을 깨우지 말고, 차라리 더 깊이 잠들어 쉬도록 달랠 것이며, 몽상가들이 꾼 거룩하고 지혜로운 꿈을 승인하고—또 뭐라고 중얼거리는 거지?—릴리 브리스코가 깨끗하고 고요한 방에서 베개에 머리를 대고 누워, 바다에서 들려오는 소리에 귀를 기울였다. 열린 창을 통해 이 세상 아름다움의 목소리가 넘어와, 잠을 자는 사람들에게 (집은 다시 사람들로 가득 찼다. 벡위스 부인도 거기 머물렀고, 카마이클 씨도 머물렀다) 해변으로 직접 내려가 볼 생각이 없다면 적어도 블라인드만이라도 들어 올려 창밖을 내다보라고 애원했는데, 너무나도 부드럽게 속삭이는 탓에 분명하게 알아듣는 사람은—하긴 의미가 분명한들 무슨 소용이 있겠냐마는—아무도 없었다. 만약 제대로 들었다면 그들은 밤이 머리에는 왕관을 쓰고 손에는 보석 박힌 홀을 쥔 채 보랏빛 망토를 치렁치렁 내려뜨린 모습을 보았을 것이다. 그런데도 그들이 여전히 머뭇거리거나(여행으로 몹시 지친 릴리는 거의 눕자마자 잠이 들었지만, 카마이클 씨는 촛불에 의지하여 책을 읽었다), 밤의 이런 장관은 한낱 수증기에 불과하고 이슬이 밤보다 더 많은 힘을 갖고 있기에 우리는 차라리 잠이나 더 자고 싶다면서 거부한다 해도, 그 목소리는 아무런 불평이나 언쟁 없이 조용히 밤을 노래할 것이다. 파도가 부드럽게 부서지고(릴리는 잠결에 파도가 부서지는 소리를 들었다), 불빛이 살며시 내려앉았다(불빛이 눈꺼풀 사이로 느껴졌다). 그리고 카마이클 씨는 책을 덮고 잠에 빠져들면서 그 모든 게 몇 년 전 모습 그대로라고 생각했다.

어둠의 장막이 집과 벡위스 부인과 카마이클 씨와 릴리 브리스코를 둘러싸서, 그들이 눈 위에 여러 겹의 어둠을 얹은 채 누워 있을 때, 정말로 그 목소리가 다시 속삭이기 시작했다. 이걸 받아들이는 게 어때? 그냥 이대로 만족하고 묵인하고 포기하는 게 어때?

섬을 둘러싼 바다가 해안에 규칙적으로 부딪쳐 오며 내쉬는 한숨 소리가 그들을 달래 주었고, 밤이 그들을 감싸 안았다. 새가 노래를 시작하고, 새벽이 가느다란 목소리들을 엮어 흰 천을 짜고, 짐수레가 덜거덕거리면서 지나가고, 개가 어디선가 짖고, 태양이 어둠의 휘장을 걷어 내고 그들의 눈에 덮인 베일을 찢어 없앨 때까지, 그 어느 것도 그들의 잠을 방해하지 않았다. 벼랑에서 떨어지는 사람이 벼랑 끝 풀이라도 움켜쥐듯, 릴리 브리스코가 잠결에 몸을 뒤척이다 담요를 움켜쥐었다. 그녀의 눈이 크게 뜨였다. 내가 여기에 다시 왔구나. 침대에서 몸을 일으켜 똑바로 앉으면서 그녀가 생각했다. 잠에서 깨었다.

III. 등대

1

그렇다면 그건 무슨 의미일까? 그게 모두 뭘 의미할 수 있을까? 홀로 남겨진 터라, 릴리 브리스코는 직접 부엌으로 가서 커피 한 잔을 더 가져와야 할지 아니면 여기서 기다려야 할지를 가늠하며 자신에게 물어보았다. 그것은 무슨 의미일까?—이것은 어떤 책에서 눈길을 끈 문구로, 지금 그녀의 생각에 막연히 들어맞는 문장이었다. 그녀는 램지 가족과 함께 보내는 첫날인 오늘 아침에 든 기분을 어떤 말로든 간략히 표현할 수 없었고, 그저 이 우울감이 잦아들 때까지 공허한 마음을 메우려고 한 구절을 계속 되뇔 뿐이었다. 수년의 세월이 흐르고 램지 부인도 죽고 없는 지금 그녀가 이곳으로 돌아와 느낀 건 정말 무엇이었을까? 아무것도, 아무것도 없었다. 그녀가 말로 표현할 수 있는 건 정말이지 아무것도 없었다.

그녀는 어젯밤 늦게 사위가 불가사의한 어둠에 둘러싸여 있을 때 이곳에 도착했다. 이제 잠에서 깬 그녀는 옛날에 늘 앉던 자리에 앉아서 아침 식사를 했지만, 식탁엔 그녀 혼자뿐이었다. 너무 일러 여덟 시도 채 안 된 시각이었다. 오늘 여행을 떠난다고 했다. 램지 씨와 캠과 제임스가 등대로 갈 예정이었다. 그들이 이미 떠나고 없어야 할 시간이었다. 조류를 탄다든가 어쩌든가 해야 했으니까. 그런데 캠도 준비가 되어 있지 않고 제임스도 준비가 되어 있지 않은 데다 낸시까지 샌드위치 주문하는 걸 잊어버리는 바람에, 램지 씨는 벌컥 화를 내며 문을 쾅 닫고 방 밖으로 나가 버렸다.

"지금 가 봤자 무슨 소용이야?" 램지 씨가 호통을 쳤다.

낸시는 사라져 버렸다. 화가 난 그가 씩씩대고 발을 구르며 테라스를 오르락내리락했다. 문이 쾅 닫히는 소리와 서로를 불러대는 목소리가 온 집안에서 들려오는 것 같았다. 그러다 낸시가 급히 안으로 들어와 방을 둘러보면서, 마치 자신이 결코 감당할 수 없는 일을 억지로 하려는 듯 반쯤은 얼이 나가고 반쯤은 필사적인 이상한 어조로 물었다. "등대에 뭘 보내야 될까요?"

정말로, 등대에 뭘 보내야 하나! 다른 때 같으면 릴리도 차나 담배나 신문을 보내는 게 어떻겠냐며 타당한 조언을 했을 것이다. 하지만 오늘 아침은 모든 게 유달리 이상하게 느껴져서, 등대엔 뭘 보내면 되느냐는 낸시의 질문을 받는 순간 마음속의 문들이 쾅 소리와 함께 열리면서 앞뒤로 마구 흔들렸고, 그 서슬에 그녀는 얼이 빠져 입을 딱 벌린 채 잇따라 질문들을 쏟아 냈다. 난 뭘 보내야 하지? 난 뭘 하는 거지? 애초에 난 왜 여기 앉아 있는 거지?

깨끗한 컵들이 놓인 기다란 식탁에 (낸시가 다시 밖으로 나간 까닭에) 홀로 앉은 그녀는 다른 사람들과는 단절된 채, 다만 그저 계속 지켜보고, 물어보고, 궁금해할 수 있을 뿐이라는 느낌이 들었다. 이 집과, 이 자리와, 오늘 아침이 온통 그녀에게 낯설었다. 그녀는 이 집에 애착을 느끼는 것도, 이 집과 무슨 친척 관계가 있는 것도 아니었지만, 무슨 일이든 일어날 수도 있다는 생각이 들었고, 그리고 실제로 무슨 일이 벌어지든 밖에서 나는 발소리든 누군가 큰 소리로 외치는 소리든("그거 찬장 안에 없어. 층계참 위에 있어." 누군가가 소리쳤다), 마치 평소 사물들을 한데 묶어 주던 연결 고리가 끊어지자 어느 것은 여기 위에서 떠돌고 어느 것은 저기 아래로 가라앉고 모두가 어떤 식으로든 떨어져 나가는 것 같다는 하나의 문제로 귀결되었다. 얼마나 목적 없고, 얼마나 혼돈스럽고, 얼마나 비현실적인가. 그녀는 텅 빈 커피 잔을 바라보며 그런 생각을 했다. 램지 부인이 죽고, 앤드루가 전사하고, 프루도 죽었지. 이 말을 아무리 되뇌도, 마음속에 아무런 감정도 생기지가 않았다. 그래도 우리는 이 집에서 이런 아침에 이렇게 모두 모여 있지 않은가. 그녀가 창밖을 내다보며 중얼거렸다. 날이 참 아름답고 고요하구나.

그녀를 지나쳐 가던 램지 씨가 갑자기 고개를 들어 마치 그녀를 한순간 처음이자 영원히 보는 것처럼 심란하고 거친 눈빛으로 뚫을 듯이 똑바로 응시했고, 그런 그의 시선을 눈치챈 그녀는 그를 피하기 위해 — 그의 요구를 피하고 그 긴급한 필요성을 잠시 더 제쳐 놓기 위해, 빈 잔을 들어 커피를 마시는 척했다. 그러자 그는 그녀를 보며 고개를 저은 후 큰 걸음으로 가던 길을 가 버렸고(그녀는 그가 "홀로"라고 말하는 걸 들었다. "죽었다"라는 말도 들렸다), 뭔가 이상했던 오늘 아침의 다른 모든 것들처럼 그 말들은 상징이 되어 회녹색 벽 곳곳에 새겨졌다. 만약 저 말들을 한데 짜 맞추어 문장을 만들어 낼 수만 있다면 사물의 진실에 가닿을 수 있을 것 같았다. 카마이클 노인이 조용히 안으로 들어와서, 커피가 담긴 컵을 챙겨 들고는 햇볕이 잘 드는 곳을 찾아 다시 밖으로 나갔다. 모든 것이 기이하리만큼 현실감이 없다는 게 두려우면서도, 한편으론 짜릿하기도 했다. 등대로 가는구나. 그런데 등대로 무엇을 보내지? 죽었다. 홀로. 맞은편 벽을 비추는 회녹색 불빛. 텅 빈 자리들. 이런 조각조각의 말들을 어떻게 한데 모아 그럴듯한 문장으로 엮을 수 있을까? 그녀가 자문했다. 마치 그녀가 식탁 위에 축조하는 연약한 형태를 누군가 방해하여 부수기라도 할 것처럼, 그녀는 램지 씨가 자신을 보지 못하도록 몸을 돌려 창을 등졌다. 어떻게든 달아나서 어딘가에 홀로 있어야 했다. 문득 기억이 났다. 십 년 전 그녀가 마지막으로 거기 앉았을 때, 식탁보에 작은 나뭇가지 무늬던가 아니면 나뭇잎 무늬던가가 있었는데, 그것을 본 순간 그녀는 마치 계시라도 받은 느낌이 들었었다. 그림의 전경에 문제가 있었다. 나무를 중앙으로 옮겨야겠다고 생각했었다. 하지만 결국 그녀는 그 그림을 완성하지 못했다. 그것이 이 모든 세월 동안 그녀의 마음속에서 맴돌고 있었다. 이제 그 그림을 그려야겠다고 생각했다. 내 화구가 어디 있더라? 그래, 내 화구 말이야. 어젯밤 그것을 현관에 놔둔 기억이 났다. 그녀는 지체 없이 시작할 작정이었다. 램지 씨가 몸을 돌리기 전에, 그녀는 재빨리 일어섰다.

그녀는 의자를 하나 들고 밖으로 나왔다. 그리고 노처녀 특유의 정밀한 동작으로 잔디밭 가장자리에 이젤을 단단히 고정시켰는데, 카마이클 씨와 지나치게 가깝지 않으면서도 그의 보호를 충분히 받을 수 있는 거리였다. 그랬다. 십 년 전 그녀가 서 있던 곳도 정확히 여기쯤이었다. 벽과 산울타리와 나무가 그대로 있었다. 문제는 저 형체들 사이의 어떤 관계였다. 십 년의 세월 동안 그녀는 그것을 마음속에 늘 품고 있었다. 마치 해결책이라도 떠오른 듯, 그녀는 이제 자신이 원하는 게 무엇인지를 알게 되었다.

하지만 램지 씨가 그녀를 압박하듯 다가오면, 그녀는 아무것도 할 수 없었다. 그가 가까워질 때마다 — 그는 여전히 테라스를 이리저리 오르내리고 있었다 — 파멸이 다가왔고, 혼란이 엄습했다. 그래서 그림을 그릴 수가 없었다. 그녀는 허리도 굽혀 보고, 몸도 돌려 보고, 헝겊 조각도 집어 보고, 저기 있는 물감도 짜 보았다. 하지만 그것은 모두 잠깐이라도 그를 피하기 위한 행동에 불과했다. 그의 존재로 인해 그녀는 어떤 것도 할 수가 없었다. 그녀가 그에게 최소한의 기회라도 주거나, 잠시라도 한가

한 모습을 보이거나, 한순간이라도 그가 있는 쪽을 쳐다보기라도 하면, 그는 그 즉시 그녀에게 다가와 지난밤에 그랬듯이 "당신이 보기엔 우리가 많이 변했지요"라고 말을 건넬 게 분명했다. 지난밤 그는 자리에서 벌떡 일어나 그녀에게 다가와서는 그렇게 말했다. 모두 할 말을 잊은 채 서로를 뚫어지게 응시하며 앉아 있었지만, 영국의 왕과 여왕의 별칭 — 붉은 여왕, 아름다운 여왕, 심술궂은 여왕, 무자비한 왕 — 을 따서 불리던 여섯 아이들이 속으로 무척 분개하고 있다는 게 느껴졌다. 사려 깊은 벡위스 노부인이 뭔가 재치 있는 말을 했다. 하지만 이 집은 설명되지 않은 격정으로 가득 차 있었다. 어제 저녁 내내 그녀는 그런 느낌을 받았다. 이런 혼돈에 더해 램지 씨가 자리에서 일어섰고, 그녀의 손을 꼭 붙잡고는 "우리가 많이 변했음을 알게 될 거요" 라고 말했으며, 마치 그가 그 말을 하게 내버려두라는 명령이라도 받은 것처럼, 아이들은 입을 열지도 몸을 움직이지도 않은 채 거기 그대로 앉아 있었다. 오직 (확실히 침울한 왕이라 불릴 만한) 제임스만이 못마땅한 얼굴로 등불을 노려보았고, 캠은 손수건을 손가락에 감아 비비 꼬아 댔다. 그때 그가 내일 등대에 갈 예정임을 아이들에게 상기시켰다. 아이들은 일곱 시 반까지 모든 준비를 마치고 현관에 모여야 했다. 말을 마친 그가 문손잡이를 잡고 나가려다 말고 멈춰 서서 뒤돌아보았다. 너희들, 가기 싫은 거니? 그가 물었다. 혹시라도 아이들이 싫다고 대답한다면 (어떤 이유에서인지 그는 그런 반응을 원했다) 그는 뒷걸음질 쳐 쓰디쓴 절망의 바닷속으로 비장하게 몸을 내던질 터였다. 그에게는 그

렁듯 자신의 의사를 극적으로 표현하는 재능이 있었다. 그는 추방당한 왕처럼 보였다. 제임스가 가겠다는 의사를 확고히 전했다. 캠은 보다 군색하게 더듬거렸다. 아, 아뇨, 물론 가야죠. 저희 모두 준비할게요. 아이들이 말했다. 그러자 이런 게 바로 비극임을 릴리는 깨달았다. 관이나 유해나 수의가 비극이 아니라, 어떤 식으로든 아이들에게 복종을 강요하고 아이들의 기를 죽이는 이런 것이 진짜 비극이었다. 제임스는 열여섯 살이고, 캠은 아마 열일곱 살일 터였다. 그녀는 거기에 없는 누군가를―아마도 램지 부인을―찾아 고개를 두리번거렸다. 하지만 보이는 건 등불 아래서 그녀의 스케치를 들춰 보는 상냥한 벡위스 노부인뿐이었다. 여전히 그녀의 마음은 자신이 오랫동안 부재했던 장소의 풍미와 내음, 그리고 출렁이는 바닷물을 따라 오르내리고 있었지만, 너무도 피곤해진 데다 촛불까지 눈에 아른거리자, 그녀는 멍하니 침잠하고 말았다. 별이 빛나는 아름다운 밤이었다. 그들이 2층으로 올라갈 때 파도 소리가 들렸고, 계단 창을 지나면서 본 창백한 달은 놀라울 정도로 커다랬다. 그녀는 곧바로 잠이 들었다.

그녀는 이젤 위에 깨끗한 캔버스 천을 단단히 고정시켰고, 그것이 장벽으로는 약해도 램지 씨와 그의 까다로운 요구를 막아내기로는 충분하기를 바랐다. 그가 등을 돌릴 때마다, 그녀는 자신의 그림을, 저기 저 선과 아직 형체를 갖추지 못한 저 덩어리를 집중해서 보기 위해 안간힘을 썼다. 하지만 불가능한 일이었다. 아무리 그로부터 십오 미터쯤 떨어져서, 말을 붙이거나 쳐다보는 것조차 허락하지 않아도, 그는 슬그머니 다가와 말을 붙이고 위세를 떨고 주제넘게 참견했다. 그의 존재가 모든 것을 바꾸어 놓았다. 그녀는 색깔을 볼 수도 선을 볼 수도 없었고, 심지어 그가 그녀를 등지고 있을 때조차 머릿속에 떠오르는 거라곤, 하지만 그는 이내 내게 덤벼들어 내가 그에게 줄 수 없다고 생각하는 무언가를 요구하겠지,라는 생각뿐이었다. 그녀는 쥐고 있던 붓을 내려놓고 다른 것을 골라 쥐었다. 아이들이 언제쯤 올까? 언제쯤 등대로 떠날 생각인 거지? 그녀는 초조하게 움직거렸다. 저 남자는 절대 주는 법 없이 받기만 하지,라고 생각하니 속에서 화가 끓어올랐다. 반면 그녀는 어쩔 수 없이 주게 될 것이다. 램지 부인도 주기만 했다. 주고, 주고, 주다가 그녀는 죽었다. 이 모든 것을 남기고 떠나 버렸다. 정말로 그녀는 램지 부인에게 화가 났다. 울타리와 계단과 벽을 바라보는 그녀의 손에 쥐어진 붓이 조금 떨렸다. 이 모든 게 램지 부인이 한 짓이었다. 부인은 죽었다. 그리고 여기 있는 릴리는 마흔네 살의 나이에, 아무것도 할 수 없는 탓에 거기 서서, 그녀가 그저 가볍게 재미 삼아 하지 못하는 유일한 한 가지를 재미 삼아 하면서, 그저 재미 삼아 그림을 그리면서, 자신의 시간을 낭비하고 있었다. 그리고 그것은 모두 램지 부인의 탓이었다. 부인은 죽었다. 부인이 즐겨 앉던 계단도 텅 비어 있었다. 부인은 죽었다.

하지만 왜 자꾸 이 말을 되풀이하는 것일까? 어째서 그녀에게 없는 감정을 불러일으키려고 줄곧 애를 쓰는 것일까? 그것에는 일종의 불경스러운 면이 있었다. 모든 게 메말라 버렸고, 시들어

버렸고, 소진되어 버렸다. 그들은 자신을 초청하지 말았어야 했고, 자기도 오지 말았어야 했다. 마흔네 살이나 먹고도 시간을 낭비할 순 없다고 그녀는 생각했다. 그녀는 재미 삼아 그림을 그리는 게 싫었다. 분쟁과 파멸과 혼란으로 점철된 세상에서 붓은 의지할 수 있는 유일한 한 가지였다. 그것을 가지고 장난쳐서는, 심지어 다 알고도 그렇게 해서는 안 될 일이었다. 그녀는 그것이 몹시 싫었다. 하지만 그가 그녀를 그렇게 하도록 만들었다. 내가 원하는 걸 내어 주기 전엔, 캔버스를 건드리지도 못하게 만들 거요. 그가 그녀에게 다가와 그렇게 말하는 것 같았다. 이때 그가 무언가를 간절히 갈망하여 심란한 표정으로 다시 그녀에게 가까이 다가왔다. 자포자기 상태로 오른손을 옆으로 내리면서, 릴리는 그렇다면 차라리 결판을 내는 것이 더 간단하겠다고 생각했다. 확실히 그녀는 너무도 많은 여자들의 얼굴에서 (이를 테면 램지 부인의 얼굴에서) 그녀가 보아 왔던 홍조와 열광과 자기 포기를 기억하여 흉내 낼 수 있을 터였다. 이런 비슷한 경우에 그들이 갑작스레 확 타올라 — 그녀는 램지 부인의 얼굴 표정을 기억해 냈다 — 동정심을 발휘함으로써 느끼는 환희에, 그로 인한 보상에서 얻는 기쁨에 빠져들 때 말이다. 그런 환희나 기쁨의 이유까지는 그녀가 알지 못하나, 그것이 인간 본성이 가져다줄 수 있는 최상의 축복을 그들에게 부여했음은 분명했다. 그가 여기, 그녀 옆에 멈추어 섰다. 그녀는 자신이 줄 수 있는 것을 그에게 내어 줄 작정이었다.

2

잔주름이 조금 늘었군. 그가 생각했다. 몸매가 빈약하고 머리숱도 줄은 듯하지만, 매력이 아예 없진 않아. 그는 그녀가 마음에 들었다. 한때 윌리엄 뱅크스와 결혼한다는 풍문이 돌기도 했지만, 말 그대로 풍문에 그쳤을 뿐이었다. 아내도 그녀를 무척 좋아했었지. 그는 아침 식사 때 다소 성질을 부렸다. 그런데 그러고 나서, 그러고 나서 — 말하자면 그땐 그게 무엇인지는 자각하지 못하면서도, 어떤 거대한 욕구가 아무 여자에게라도 다가가 수단과 방법을 가리지 않고 그녀로부터 원하는 것을 얻어 내라고 그를 충동질하는 그런 순간들 중 하나였다. 여성에게서 동정심을 얻어 내려는 그의 욕구는 그만큼이나 강렬했다.

돌봐 주는 사람이라도 있소? 그가 물었다. 달리 필요한 건 없는 거요?

"아, 고맙습니다. 필요한 건 다 있어요." 릴리가 어색한 표정으로 대꾸했다. 아니, 그녀는 그가 원하는 것을 줄 수 없었다. 그가 말을 거는 즉시 확장된 동정심의 물결에 휩쓸려 떠내려가야 했건만, 그래야 한다는 압박감이 실로 엄청났건만, 그녀는 꼼짝 않고 그 자리에서 버티고 있었다. 불안한 침묵이 내려앉았다. 두 사람은 모두 바다를 바라보았다. 내가 지금 여기 있는데, 그녀는 왜 바다를 쳐다보는 것일까? 램지 씨가 생각했다. 등대에 가신다고 하니, 등대에 무사히 상륙할 수 있도록 물결이 잔잔했으면 좋겠군요. 그녀가 말했다. 등대라니! 등대라니! 도대체 등대가 무슨 상관인 거지? 조바심치며 그가 생각했다. 그 즉시 어떤 태곳적 돌풍의 위력으로(그는 정말이지 자신을 더는 억제할 수 없었기 때문이다), 그의 입에서 이 세상의 어떤 여자라도 어떤 행동이나 어떤 말을 할 수밖에 없게 만드는 그런 괴로운 신음 소리가 새어 나왔다. 날 제외한 모든 여자들이 그렇겠지. 릴리가 자신을 통렬히 비웃으며 생각했다. 아마도 난 여자가 아니라, 고집불통에 성미도 까다롭고 나이 들어 쭈글쭈글한 노처녀일 테니까.

램지 씨가 한숨을 푹 내쉬었다. 그리고 기다렸다. 그녀는 정말 아무 말도 하지 않을 작정인가? 내가 그녀에게서 원하는 게 뭔지 눈치채지 못한 건가? 그래서 그는 등대에 가고 싶은 특별한 이유가 있다고 말을 꺼냈다. 아내가 등대지기들에게 물건을 보내곤 했지요. 등대지기의 아들이 가엾게도 결핵성고관절염을 앓아요. 그가 한숨을 깊이 내쉬었다. 자못 의미심장하게 한숨을 내쉬었다. 릴리는 오직 이런 거대한 비탄의 홍수와, 동정에 대한 채울 수 없는 갈망과, 그녀가 그에게 자신을 완전히 내주어야 한다는 요구와, 그럼에도 그가 끝없이 슬픔을 토로하며 언제까지고 그녀의 동정심을 요구하는 상황에서 자신이 벗어날 수 있기를, 자신이 그런 흐름에 휩쓸리기 전에 (누가 와서 방해라도 해주길 바라며, 그녀는 계속 집 쪽을 주시했다) 그 모든 것들을 피해 갈 수 있기를, 하고 바랄 뿐이었다.

"이런 여행은," 발끝으로 땅을 긁으면서 램지 씨가 말했다. "무척이나 힘이 들지요." 릴리는 여전히 아무 말도 하지 않았다. (나무토막이나 다름없군. 완전 돌이야 돌. 램지 씨가 혼잣속으로 중얼거렸다.) "아주 진을 빼거든요." 그가 말했다, 그가 잔뜩 약한 척을 하며 (그가 연기를 하고 있다고, 이 위대한 남자가 본인을 연극무대에 세워 놓았다고 그녀는 느꼈다) 자신의 고운 손을 내려다보는데, 그녀는 욕지기가 날 것 같았다. 지긋지긋하고 꼴사나웠다. 아이들이 안 나올 모양이지요? 그녀가 물었다. 이런 슬픔의 무게를 지탱하고 이렇듯 무거운 비탄의 휘장을 떠받치는 일을 (그가 극도로 노쇠한 척 가장했다. 심지어 거기 서 있을 때 조금 비틀거리기까지 했다) 한순간도 더는 할 수가 없었기 때문이다.

그녀는 여전히 아무런 말도 할 수가 없었다. 누군가가 시야 내의 이야깃거리란 이야깃거리는 남김없이 죄다 쓸어 내어 버린 것 같았다. 램지 씨가 거기 서 있는 동안 그녀는 그저 램지 씨의 서글픈 시선이 닿는 것만으로도 햇볕을 받아 반짝이던 풀이 시들어 빛을 잃어버리는 광경을, 마치 비애로 가득 찬 세상에서 자신의 행운을 과시하는 그런 존재는 가장 암울한 생각을 불러 일으키기에 충분하다는 것처럼 접이의자 위에서 완전히 만족한 표정으로 프랑스 소설을 읽는 카마이클 씨의 졸음에 겨운 혈색 좋은 얼굴 위로 장례식의 검은 베일이 덮이는 광경을, 경악한 표정으로 바라볼 뿐이었다. 저 사람을 봐요. 그는 이렇게 말하는 것 같았다. 그리고 날 봐요. 그리고 정말로, 그는 항상 이렇게 느끼는 것 같았다. 날 생각해 줘요. 날 생각해 달란 말이오. 아, 저 남자를 아이들 있는 데로 치워 버렸으면. 릴리는 소망했다. 이젤을 카마이클 씨에게 일이 미터 정도 더 가까이 세울걸 그랬어. 남자가 있었다면, 어떤 남자라도 옆에 있었다면, 그가 이렇게 감정을 토로하는 일도, 이렇게 탄식하며 우는소리를 해 대는 일도 없었을 거야. 그녀가 여자라서 이런 지긋지긋한 상황을 불러왔고, 여자이기 때문에 그녀는 이런 상황을 다룰 줄 알아야 마땅했다. 말도 제대로 하지 못하고 멍청히 서 있기만 하다니, 여자로서 망신도 이런 망신이 없었다. 누군가가 말했다. 뭐라고 했더라? 오, 램지 씨! 친애하는 램지 씨! 그것은 상황을 대략적으로 개괄한 친절한 벡위스 노부인이 즉시, 그리고 상황에 맞게 했을 법한 말이었다. 하지만 아니었다. 두 사람은 세상의 나머지 사람들과 격리되어 거기 서 있었다. 그의 엄청난 자기 연민과 동정심에 대한 요구가 마구 쏟아져 내려 그녀의 발치에 웅덩이를 이루며 퍼졌고, 비참한 죄인이 된 그녀는 옷이 젖을까 봐 치맛자락을 발목 주위로 약간 걷어 올릴 뿐이었다. 그림붓을 손에 쥔 채, 그녀는 완벽한 침묵 속에서 거기 서 있었다.

이렇게 다행스러울 데가! 집안에서 무슨 소리가 들렸다. 제임스와 캠이 나오는 모양이었다. 하지만 램지 씨는 마치 자신에게 남은 시간이 부족하다는 걸 안다는 듯이 자신의 나이, 자신의 나약함, 자신의 고독감 등, 자신의 농축된 슬픔으로 그녀의 외로운 형상에 엄청난 압박을 가했고, 그러다 느닷없이 짜증이 나서—왜냐하면, 대체 어떤 여자가 그에게 저항할 수 있단 말인가?—초조하게 머리를 뒤흔들었고, 자신의 장화 끈이 풀린 것을 발견했다. 참으로 눈길을 끄는구나. 릴리가 그의 장화를 내려다보며 생각했다. 조각같이 잘 다듬어진 거대한 장화. 닳고 해진 넥타이부터 단추를 반만 잠근 조끼까지, 그가 입은 모든 것처럼 장화도 부인할 수 없이 그만의 개성을 풍겼다. 그가 자리를 비운 사이에 그의 장화가 자진해서 그의 비애와 무뚝뚝함과 고약한 성미와 매력을 표현하며 그의 방으로 걸어 들어가는 모습이 눈앞에 보이는 것 같았다.

"참 멋진 장화네요!" 그녀가 감탄하여 외쳤다. 그녀는 부끄러웠다. 영혼을 달래 주길 청하는데 장화를 칭찬하고, 피가 흐르는 손과 갈가리 찢긴 심장을 보여 주며 측은히 여겨 주길 원하는데, 거기다 대고 쾌활하게, "아, 정말 멋진 장화를 신으셨어요!"라고 감탄이나 하다니, 그래서 그녀는 그가 갑자기 고약한 성미를 드러내며 화를 터뜨릴 줄 알았고, 그녀에게 완전한 절멸이 선고될 것을 예상하며 그를 올려다보았다.

예상과 달리, 램지 씨는 웃고 있었다. 그를 덮은 검은 장막과 휘장과 연약함이 모두 떨어져 나갔다. 아, 맞소. 그녀가 잘 볼 수 있도록 발을 치켜올리면서 그가 말했다. 최고급 장화지요. 이런 장화를 만들 수 있는 사람은 영국에 단 한 명밖에 없다오. 장화는 인류의 주요 저주들 가운데 하나지요. 그가 말했다. "제화공들은 인간의 발을 고문하여 못쓰게 만드는 걸 자기들의 업으로 삼으니 말입니다." 그가 목소리를 높였다. 그들은 또한 가장 완고하고 괴팍한 인간들이라오. 청춘의 가장 빛나는 시기를 다 바쳐야 제대로 된 장화를 만들 수 있거든. 이전에 그런 형태로 만들어진 장화를 한 번도 본 적 없을 그녀가 제대로 관찰할 수 있게 해 주어야겠다고 (오른발을 들었다가 다시 왼발을 들어 올리며) 그는 생각했다. 세계에서 가장 좋은 가죽으로 만든 겁니다.

이것에 비하면 대부분의 가죽은 그저 갈색 종이나 판지에 불과하지요. 그가 여전히 공중에 들어 올린 자신의 발을 만족스럽게 내려다보았다. 릴리는 마침내 그들이 평화가 거주하고 이지(理智)가 지배하고 태양이 영원히 빛나는 햇빛 찬란한 섬에, 축복 가득한 훌륭한 장화의 섬에 도착했다고 느꼈다. 그를 향한 그녀의 마음이 훈훈해졌다. "자, 이제 당신이 장화 끈을 잘 맬 수 있는지 한번 봅시다." 그가 말했다. 그는 그녀가 어설프게 끈을 매는 걸 보고 코웃음을 쳤다. 그러고는 자신이 고안한 구두끈 매는 방식을 그녀에게 전수해 주었다. 이렇게 한 번 묶어 놓으면 절대 풀리지 않아요. 그렇게 그는 그녀의 구두끈을 세 번 묶어 보였고, 또 세 번 풀었다.

그가 그녀의 구두 위로 허리를 굽힌 이 완전히 부적절한 순간에, 어째서 그녀는 이제야 그에 대한 동정심으로 그토록 괴로워하는가? 그를 따라 그녀도 허리를 굽힐 때, 피가 몰린 그녀의 얼굴이 화끈거렸고, 그를 무심하고 냉담하게 대했던 것을 기억하며 (그를 연극배우라고 부르며 조롱하지 않았는가) 눈물이 차올라 부어오른 눈시울이 따끔거리는 걸 느꼈다. 그래서 구두끈 매는 일에 열중한 그의 모습이 무한한 비애의 인물상으로 보였다. 그가 구두끈을 매듭지었다. 그가 장화를 샀다. 그가 가기로 예정된 여행에서 그녀가 램지 씨를 도울 만한 게 없었다. 하지만 이제야 그녀가 무언가 말이 하고 싶어지고, 어쩌면 무언가 말을 할 수도 있을 것 같은 바로 그 순간에, 아이들이 — 캠과 제임스가 — 밖으로 나왔다. 그들이 테라스 위로 모습을 드러냈다. 그들이 심각하고 우울한 표정으로 나란히 발을 끌며 천천히 걸어왔다.

그런데 왜 **저런** 모습으로 걸어오는 것일까? 그런 아이들의 모습에 짜증이 나지 않을 수 없었다. 좀 더 생기 있는 모습으로 나올 수도 있잖아. 이제 그들이 먼 길을 떠날 거니까, 그녀가 기회를 놓쳐 그에게 주지 못한 무언가를 아이들이 그에게 줄 수도 있지 않은가. 그녀는 느닷없이 허전함을 느꼈고, 좌절감에 빠졌다. 그녀의 감정이 너무 늦게 찾아와, 그녀는 이제야 동정할 준비가 되었건만, 그는 더 이상 그녀의 동정이 필요치 않았다. 그는 아주 위엄 있는 노신사로 변해, 그녀에게서 원하는 건 아무것도 없었다. 그녀는 무시당하는 기분이었다. 그가 어깨에 배낭을 둘러맸다. 그가 꾸러미들을 분배했다. 갈색 종이로 어설프게 묶인 꾸러미가 여러 개 있었다. 그가 캠을 시켜 망토를 가져오게 했다. 그는 탐험을 준비하는 지도자의 모습을 모두 갖추고 있었다. 그런 다음 그 멋진 장화를 신고 갈색 종이로 싼 꾸러미들을 손에 든 그가 홱 돌아서더니 확고한 군대식 걸음걸이로 선두에서 이끌며 길을 내려갔고, 아이들도 그의 뒤를 따랐다. 그녀에게 아이들은 마치 운명으로부터 어떤 엄중한 사업에 헌신하라는 명령을 받고 그것을 실행에 옮기는 사람들처럼 보였고, 여전히 어린 탓에 아버지가 이끄는 대로 묵묵히 따라가는 것 같았지만, 아이들의 흐릿한 눈을 보면 굳이 구구절절 사연을 듣지 않아도 그들이 살아온 세월에 비해 많은 고통을 겪었으리라는 것이 느껴졌다. 그렇게 그들은 잔디밭 가장자리를 지나갔고, 그것을 지켜보는 릴리에게는 그들이 어떤 공통된 감정의 압박이 이끌어 낸 행렬처럼 보였는데, 비록 그 행렬이 맥없이 비틀거리긴 해도, 그 공통의 감정 덕에 그들은 한데 묶인 묘하게 인상적인 작은 일행이 되는 듯했다. 그들이 그녀를 지나쳐 갈 때, 램지 씨가 손을 들어 정중하지만 매우 거리감 있는 태도로 그녀에게 인사했다.

하지만 그가 지나가자마자 그녀는 상대방이 바라지도 않은 동정심을 표출하고 싶은 충동에 괴로워져서는, 그의 안색이 왜 저럴까,라는 생각을 했다. 무엇 때문에 얼굴이 저렇게 되었을까? 매일 밤 생각을 하느라 그런 모양이라고 그녀는 추측했다. 부엌 식탁의 실체에 대해 생각하는 거겠지. 그녀가 부언했다. 램지 씨가 무엇에 관해 생각하는 건지 잘 모르겠다는 그녀의 말에 앤드루가 그녀에게 상징 삼아 식탁을 떠올려 보라고 조언했던 일이 기억났기 때문이다. (그가 포탄 파편을 맞아 즉사했다는 사실이 생각났다.) 식탁은 환상의 검박한 무엇이었고, 있는 그대로의 단단하고 장식적이지 않은 무엇이었다. 그것은 색깔도 없이 온통 각진 모서리로만 이루어져 있었으며, 타협 없이 명명백백했다. 하지만 램지 씨는 늘 그것에만 시선을 고정하고는 주의를 딴 데로 돌리거나 미혹되지 않았으며, 그 결과 그의 얼굴도 수척하고 금욕적이 되었고 장식이나 꾸밈이 없는 아름다움을 띠게 되었기에, 그녀는 그의 이런 아름다움에 그토록 깊은 인상을 받았던 것이다. 그러다 그녀는 (손에 붓을 쥔 채 그를 떠나보낸 그 자리에 서서) 근심 걱정 때문에 초조해진 그의 얼굴을 떠올렸다. 그리 고상해 보이지는 않았다. 그가 그 식탁에 대해 의문을 품은 게 분명하다고, 그 식탁이 과연 진짜 식탁인지, 그것에 자신의 시간을 투자할 가치가 있는지, 자신이 결국 그것을 찾을 수가 있기는 한 건지 의심한 것이 틀림없다고 그녀는 추측했다. 그녀는 그가 그런 의문을 품었다고 느꼈고, 그렇지 않았다면 사람들에게 그렇게 많이 물어보지 않았을 거라고 생각했다. 때때로 밤늦게까지 그들이 나눈 대화가 바로 그런 내용이 아닐까 하고 그녀는 생각했다. 그러고 난 다음 날이면 램지 부인은 여지없이 지쳐 보였고, 그 모습을 본 릴리는 어떤 말도 안 되는 사소한 일로도 그에게 화가 북받쳐 오르곤 했었다. 하지만 이제 그에게는 식탁이나 장화나 장화 끈에 대해 이야기할 상대가 없었고, 그리하여 그는 게걸스레 집어삼킬 누군가를 찾아다니는 사자처럼 보였으며, 그의 얼굴에는 절박함과 과장의 기미가 들어차, 그것을 본 그녀가 깜짝 놀라 치맛자락을 끌어올렸던 것이다. 그러더니 다음 순간 느닷없이 생기가 되살아났고, (그녀가 그의 장화를 칭찬하자) 조명이라도 받은 듯 돌연 얼굴이 환해지더니, 갑자기 활력을 되찾아 평범하고 인간적인 것에 관심을 보였다. 그런데 그것 역시 지나가고 바뀌어 (왜냐하면 그는 언제나 변하고 있었고, 아무것도 숨기지 않았기 때문이다) 그녀에게는 새롭고 낯선 다른 마지막 단계로 들어섰는데, 마치 그가 근심 걱정과 야망, 그리고 동정에 대한 희망과 칭찬에 대한 갈망을 모두 떨쳐 버리고, 어떤 다른 영역에 들어서기라도 한 것처럼, 그가 그 작은 행렬의 선두에서 자기 자신에게든 혹은 다른 이에게든 무언의 대화를 건네면서 마치 호기심에 이끌린 듯 걸어가 그녀의 시야 밖으로 사라졌을 때, 고백건대 그녀는 자신이 너무 성마르게 반응했던 게 부끄러워졌다. 참으로 비범한 얼굴이구나! 대문이 쾅 하고 닫혔다.

3

결국 가 버렸네. 안도와 실망이 뒤섞인 한숨을 내쉬면서 그녀가 생각했다. 마치 되튕겨 오는 검은딸기나무 가지처럼, 그녀의 얼굴 표면으로 드러나려던 동정이 도로 안으로 급히 숨어 버리는 것 같았다. 신기하게도 그녀가 두 부분으로 나뉘어져, 마치 한쪽은 저기 밖으로 그들을 쫓아가는 것처럼 느껴졌다. 안개가 낀 고요한 날씨였다. 오늘 아침의 등대는 한없이 멀어 보였다. 한편 다른 한쪽은 여기 잔디밭에 고집스레 단단히 붙박혀 있었다. 그녀는 캔버스를 바라보았다. 마치 그것이 공중으로 떠올라 그녀의 바로 앞에서 하얗고 타협 없는 얼굴을 들이미는 것 같았다. 그러고는 이렇게 허둥지둥하며 동요하는 것에 대해, 이런 어리석음과 감정의 낭비에 대해, 그녀를 차갑게 노려보며 힐책하는 듯했다. 그녀의 혼란한 감각들이 (그가 결국 가 버렸어. 참 딱하지 뭐야. 그런데도 난 아무런 말도 건네지 않았다니) 무리 지어 들판으로 떠나자, 그것*이 그녀를 과감히 다시 불러들여, 그녀의 마

* 그녀의 캔버스를 가리킨다.

음속에 처음엔 평온함을 퍼뜨리더니, 다음 순간 텅 빈 공간을 의식하게 만들었다. 그녀는 타협할 줄 모르는 하얀 얼굴로 자신을 노려보는 캔버스를 멍하니 바라보다가, 시선을 돌려 정원을 바라보았다. 거기 무언가가, (주름진 조그만 얼굴의 그녀가 그곳에 서서 중국인의 눈매를 닮은 작은 눈을 가늘게 떴다) 가로질러 그어지고 세로로 내리그어진 선들의 관계에서, 그리고 파란색과 갈색이 뒤섞인 녹색의 빈 공간을 지닌 울타리 덩어리에서, 그녀가 기억하는 무언가가 있었는데, 그 무엇이 그녀의 마음속에 머무르면서 어떤 매듭을 묶어 놓은 터라, 브롬튼가를 걸을 때이든 머리를 빗을 때이든 아무 때나 틈틈이 그녀는 그 그림을 그리고 그것을 대강 훑어보며 상상 속 매듭을 푸는 자신의 모습을 자기도 모르게 머릿속으로 떠올렸던 것이다. 하지만 캔버스 없이 이렇게 허공에다 그림을 구상하는 것과 실제로 붓을 쥐고 캔버스에 직접 첫 붓질을 하는 것 사이에는 큰 차이가 있는 법이다.

램지 씨의 존재가 의식되어 마음이 어수선해졌던 탓에 그녀는 붓을 잘못 골라 잡았었고, 또 너무 긴장한 나머지 이젤도 땅속에 아무렇게나 박아 넣어 각도도 잘못되어 있었다. 이제 그녀는 그것을 바로잡았고, 그렇게 함으로써 자신의 주의를 확 잡아채어 자신이 이러저러한 사람이고 사람들과 이러저러한 관계를 맺고 있음을 상기하게 만든 엉뚱함과 무관함을 진압했기 때문에, 그녀는 손을 뻗어 붓을 들어 올렸다. 허공에 잠시 멈춘 손이 고통스럽지만 짜릿한 희열로 전율했다. 어디서부터 시작해야 하지? 그것이 문제였다. 어느 지점에다 최초의 붓질을 해야 할까? 캔버스에 선 하나 긋는 것도 그녀에게는 무수한 위험과 돌이킬 수 없는 결단을 거듭해서 요구하는 일이었다. 머릿속으로는 그렇듯 간단해 보이던 것들이, 실제로 구현하려는 즉시 복잡해졌다. 절벽 꼭대기에서 내려다보면 물결 모양이 균형 있고 조화로워 보이지만, 그 안에서 수영을 하는 사람에겐 가파른 골과 거품 이는 물마루로 나뉘어져 있는 것과 마찬가지 형상이었다. 그래도 모험을 강행해야 했다. 붓을 놀려야 했다.

마치 앞으로 나가도록 다그치는 동시에 자신을 억제해야 한다는 모순된 충동에 지배받는 것 같은 기이한 육체적 감각으로, 그녀는 재빨리 단호하게 첫 획을 그었다. 붓이 내려갔다. 하얀 캔버스 위에 갈색이 어른거리더니 하나로 연결된 선이 남았다. 두 번째, 세 번째의 붓놀림이 이어졌다. 그리고는 마치 붓을 잠깐 멈추는 것도 붓을 놀리는 것도 리듬의 한 부분이고 그 모든 것은 다 관계가 있다는 것처럼, 그렇게 멈췄다가 또 그렇게 붓을 놀렸다 하면서, 춤을 추듯 리듬을 타며 움직임을 이어 갔다. 그리고 그렇게, 그녀가 가볍고 재빠르게 붓을 멈췄다 놀리는 일이 반복되자, 캔버스 위에 불안하게 흐르는 갈색 선들이 생겨났고, 그 선들이 그곳에 자리 잡자마자 가운데에 빈 공간이 (그녀는 그 공간이 자신에게 불쑥 다가오는 것을 느꼈다) 나타났다. 한 파도의 저 아래 빈 공간에서 다음 파도가 그녀의 위로 점점 더 높이 치솟아 오르는 것이 보였다. 저런 공간보다 더 무서운 것이 있을까? 이쯤에서 다시 뒤로 한 발 물러나 그것을 살펴보면서, 그녀는 자신이 뒷소문과 일상생활과 사람들과 함께 하는 공동체에서 끌려 나와 자신의 이 무시무시하고 해묵은 적 앞으로 인도되었다고 생각했다. 이 다른 것, 이 진실, 이 현실이 갑자기 그녀에게 쇄도하면서 겉모습 뒤의 진면목을 적나라하게 드러내어 그녀의 주의를 끌었다. 그녀는 반쯤은 꺼리고 주저했다. 왜 항상 끌어당기고 끌어내는 걸까? 어째서 그냥 잔디밭에서 평화롭게 카마이클 씨와 이야기나 나누도록 내버려두지 않는 걸까? 그것은 어쨌든 가혹한 교류 형식이다. 다른 숭배 대상들은 숭배만으로 만족했고, 남자든 여자든 신이든 모두 숭배자가 무릎 꿇고 엎드리면 그만이었다. 하지만 이 형식은, 그것이 고작 고리버들 탁자 위에 어렴풋이 보이는 하얀 전등갓 모양을 하고 있더라도, 영원한 전투에 임하도록 부추기고 패배할 것이 뻔한 싸움에 휩쓸리게 만들었다. 가변적인 일상의 삶에서 벗어나 집중해서 그림을 그리기 전에 (그것이 그녀의 본성 때문인지 혹은 성별 때문인지는 알 수 없으나) 그녀는 항상 벌거벗은 듯한 기분이 잠시 들곤 했는데, 자신이 마치 온갖 의심의 광풍에 무방비로 노출된 채 바람 부는 산 정상에서 머뭇거리는 아직 태어나지 못한 영혼이거나 이미 육체를 떠난 영혼처럼 느껴졌기 때문이었다. 그렇다면 나는 왜 그림을 그리는 걸까? 그녀는 선들이 가볍게 그어진 캔버스를 바라보았다. 하인들의 침실에나 걸리려나? 아니면 둘둘 말려 소파 밑에 처박힐지도 몰라. 그런데 뭐 좋은 게 있다고 이걸 하는 거지? 그때, 넌 그림을 그릴 수 없어, 넌 창작할 수 없어, 라고 누군가가 말하는 소리가 들렸는데, 마치 일정한 시간이 지나간 후 경험이 머릿속에 형성한 그런 타성에 휩쓸리는 바람에,

최초에 누가 말했는지는 더 이상 기억나지 않는 말이 자꾸만 그녀의 귀에 들려오는 것 같았다.

그림을 그릴 수 없다니. 글을 쓰지도 못한다니. 어떻게 반격해야 할지 열심히 고민하며 그녀가 단조롭게 중얼거렸다. 그녀 앞에 그 덩어리가 어렴풋이 모습을 드러내더니 불쑥 튀어나왔기 때문이었다. 그것이 그녀의 안구를 압박하는 느낌이었다. 그러자 마치 안구를 윤활하기 위해 필요한 눈물이 저절로 분출되는 것처럼, 그녀는 파란색과 호박색 물감에 아무렇게나 붓을 담갔다가 이리저리 놀리기 시작했다. 그러나 마치 그녀가 보는 풍경이 정해 주는 (그녀는 산울타리와 캔버스를 계속 번갈아 바라보았다) 어떤 리듬에 맞추듯 붓놀림이 더욱 무거워지고 느려졌는데, 그래서 붓을 쥔 손이 일상의 잡념으로 불안히 떨리는 동안에도 그녀는 이 강력한 리듬 덕에 스스로를 지탱하며 그것의 흐름을 따라 집중할 수 있었다. 확실히 그녀는 외부 사물에 대한 의식을 잃어 가고 있었다. 그리고 그녀가 외부 사물들에 대한 의식을 잃는 것을 넘어, 자신의 이름과 성격과 외모, 그리고 카마이클 씨의 존재조차 의식하지 않게 되자, 그녀가 녹색과 파란색들로 산울타리의 형체를 그려 가는 동안 마치 사납게 노려보는 무섭도록 까다로운 하얀 공간 위로 분수가 솟구치듯, 장면과 이름과 발화된 말과 기억과 발상 들이 그녀의 마음 깊은 곳에서부터 줄기차게 솟아올랐다.

찰스 탠슬리가 여자는 그림도 그리지 못하고 글도 쓰지 못한다고 말하곤 했었지. 그녀가 기억을 떠올렸다. 여기 바로 이 지점에서 그녀가 그림을 그릴 때, 그가 뒤로 다가와 그녀 옆에 바투 섰고, 그녀는 그것을 아주 싫어했다. "섀그 살담배랍니다. 일 온스*에 오 펜스짜리지요." 그가 자신의 가난과 원칙을 과시하며 말했다. (하지만 전쟁이 그녀의 여성성에서 가시를 뽑아냈고, 그녀는 좀 더 너그러워졌다. 불쌍한 사람들, 남녀를 막론하고 그런 엉망진창의 곤경에 빠지다니, 우리 모두 가여운 사람들이었다.) 그는 항상 겨드랑이에 책을 한 권 끼고 다녔다. 보라색 표지의 책. 그는 늘 "연구했다". 그가 태양이 작열하는 속에서도 연구를 하던 모습이 기억났다. 저녁 식사 때 그는 바깥이 내다보이는 창의 정중앙 위치에 앉곤 했다. 그러다 그녀는 해변에서의 한 장면을 반추했다. 잊을 수 없는 장면이었다. 바람이 많이 부는 아침이었다. 그들은 모두 해변으로 갔다. 램지 부인이 바위 옆에 앉아서 편지를 썼다. 그녀는 편지를 쓰고 또 썼다. "어?" 부인이 마침내 고개를 들어 바다에 떠다니는 무언가를 바라보면서 물었다. "저거 혹시 바닷가재 잡는 통발인가요? 아니면 뒤집힌 배인가요?" 근시가 심한 부인에겐 잘 보이지가 않았다. 그러자 찰스 탠슬리가 자신이 할 수 있는 한 최선을 다해 친절하게 대답했다. 그러다 그가 물수제비뜨기 놀이를 시작했다. 그들은 작고 편평한 검은 돌을 골라 던져 파도 위를 깡충깡충 뛰게 만들었다. 때때로 램지 부인도 안경 너머로 그들을 쳐다보며 소리 내어 웃었다. 서로 무

* 약 28그램.

슨 이야기를 나눴는지는 기억나지 않지만, 오직 자신과 찰스만 돌을 던지다 갑자기 사이가 좋아졌고 그런 두 사람을 램지 부인이 지켜보고 있었다는 것이 기억났다. 그녀는 그것을 무척 의식했다. 램지 부인, 그녀가 속으로 한번 불러 보고는 뒤로 한 발 물러나 눈을 가늘게 떴다. (부인이 제임스와 함께 계단에 앉아 있었다면 구도가 아주 많이 달라졌겠어. 그림자가 생겼을 테니.) 램지 부인. 그녀가 찰스와 함께 물수제비를 뜨던 것과 해변에서의 모든 장면들이 바위 아래 앉아서 무릎 위에 받침을 얹어 놓고 편지를 쓰던 램지 부인이 존재해야만 어떤 식으로든 완성이 되는 것 같았다. (부인은 편지를 수도 없이 썼다. 그러다 이따금 바람에 편지지가 흩날렸고, 자신과 찰스가 바다로 뛰어가 겨우 한 장을 구출해 오기도 했다.) 그런데 인간의 영혼에는 얼마나 큰 힘이 있는지! 그녀는 생각했다. 바위 아래 앉아서 편지를 쓰는 저 여성의 존재가 모든 복잡한 어려움을 단순하게 풀어내고 이런 분노와 짜증을 헌 누더기처럼 떨어냈으며, 이것과 저것과 또 이것을 모두 한데 모아서 그 딱한 어리석음과 악의로부터 (하찮은 일로 티격태격 옥신각신하던 그녀와 탠슬리는 돌이켜 생각하니 어리석고 악의에 차 있었다) 무언가를 만들어 내었는데, 그 무언가는 이를테면 해변에서의 이런 장면이라든지 우정과 호감이 싹트는 이런 순간이었고, 그것은 이렇듯 세월이 흐른 뒤에도 완벽하게 살아남아서, 그녀가 그것을 소환하여 탠슬리에 대한 기억을 새롭게 바꾸자, 그 해변에서의 장면들이 그녀의 마음속에서 거의 예술작품처럼 머물렀던 것이다.

"예술작품처럼." 그녀가 캔버스를 바라보다 시선을 응접실 계단으로 옮겼다가 다시 캔버스로 회수하면서 되뇌었다. 그녀에겐 잠시 휴식이 필요했다. 그렇게 쉬면서, 이것저것을 막연히 바라볼 때, 영혼의 하늘을 끝없이 가로지르던 해묵은 질문이, 그녀가 한껏 긴장했던 신체 기능들을 이완시키는 이런 순간들에 구체화되기 쉬운 광범위하고 보편적인 질문이, 그녀 위에 멈춰 서서 머뭇거리며 어두운 그림자를 드리웠다. 삶의 의미란 무엇인가? 그게 다였다. 간단하지만, 세월이 흐를수록 그녀를 더욱 옥죄어 오는 질문이었다. 위대한 계시는 결코 나타난 적이 없었다. 위대한 계시는 아마 결코 나타나지 않을 터였다. 대신 매일매일 일어나는 사소한 기적과 번뜩이는 깨달음과 어둠 속에서 예기치 않게 켜진 성냥불 같은 그런 순간들이 있었고, 여기도 그런 하나가 있었다. 이것도 저것도, 그리고 다른 것도, 그녀 자신과 찰스 탠슬리와 부서지는 파도도, 램지 부인이 탠슬리와 그녀를 화해시킨 것도, 램지 부인이 "삶은 여기에 가만히 있어요"라고 말한 것도, (다른 영역에서 릴리 자신이 어떤 순간을 영원한 무언가로 만들려고 노력했듯) 램지 부인이 어떤 순간을 영원한 무언가로 만든 것도 — 이런 것들이 모두 계시의 본질이었다. 혼돈의 한가운데서도 형태가 존재했고, 이 끊임없는 이동과 흐름도 (그녀가 흘러가는 구름과 바람에 흔들리는 나뭇잎을 바라보았다) 결국엔 안정을 얻었다. 삶은 여기 가만히 있다고 램지 부인이 말했다. "램지 부인! 램지 부인!" 그녀가 반복해서 불렀다. 그녀는 부인 덕에 이러한 계시를, 이러한 깨달음을 얻었다.

사위가 고요했다. 집안에 있는 사람들 중 아직 아무도 일어나지 않은 듯했다. 그녀는 이파리가 비쳐서 녹색과 파란색으로 물든 창을 통해 이른 아침 햇빛을 받으며 잠들어 있는 집을 바라보았다. 램지 부인을 어렴풋이 추억하자니, 이 조용한 집과 이 안개와 이 화창한 이른 아침의 공기에 잘 어울리는 것 같았다. 어렴풋하고 비현실적이지만, 부인에 대한 추억은 놀랍도록 순수하고 흥미로웠다. 그녀는 아무도 창을 열지도 집 밖으로 나오지도 않기를 바랐고, 누구의 방해도 없이 홀로 계속 생각을 이어가며 그림을 그릴 수 있기를 소망했다. 그녀는 고개를 돌리고 캔버스를 마주했다. 하지만 모종의 호기심과 털어 내지 못한 불편한 동정심에 떠밀려, 혹여 저 아래 해변에서 그 작은 무리가 출항하는 모습을 볼 수 있지 않을까 하는 생각에, 그녀는 몇 걸음을 옮겨 잔디밭 끝에 섰다. 저 아래 물 위에 떠 있는 배들 가운데, 몇몇은 돛을 접은 채였고 몇몇은 파도가 매우 잔잔한 터라 천천히 멀어지고 있었다. 그리고 그들과 다소 동떨어져 있는 배 한 척이 있었다. 돛이 한창 펼쳐지는 중이었다. 그녀는 저 멀리 완전한 침묵이 감도는 바로 그 작은 배 안에 램지 씨와 캠과 제임스가 앉아 있다고 여기기로 마음먹었다. 이제 완전히 펼쳐진 돛이 잠시 축 늘어져 머뭇거리는가 싶더니 이내 바람을 가득 품었고, 그녀는 깊은 침묵에 감싸인 채 그 배가 다른 배들을 지나 신중히 길을 고르며 바다로 나아가는 모습을 지켜보았다.

4

돛이 그들의 머리 위에서 펄럭였다. 바닷물이 키득키득 웃음을 흘리며 햇볕 속에서 가만히 졸고 있는 배의 양 옆구리를 철썩 때렸다. 이따금 약하나마 바람을 품에 안은 돛에 잔물결이 일었지만, 한 번 돛을 훑고 지나간 잔물결은 이내 다시 잠잠해졌다. 배가 꼼짝도 하지 않았다. 램지 씨는 배의 중앙에 앉아 있었다. 제임스도 캠도, 두 사람의 중간 위치에서 (제임스는 뱃고물에 위치한 키를 잡았고, 캠은 뱃머리에 홀로 앉아 있었다) 다리를 바짝 꼬고 앉은 아버지를 바라보며, 그가 금방이라도 짜증을 낼 것 같다고 각자 생각했다. 아버지는 꾸물거리는 걸 못 견디는 성격이었다. 아니나 다를까, 잠시 안절부절못하는 것 같더니, 매칼리스터의 아들에게 무언가를 날카롭게 지시했고, 그러자 그가 노를 꺼내어 배를 젓기 시작했다. 하지만 자신들의 아버지는 배가 한껏 속도를 내며 나아가기 전에는 만족을 모르리라는 걸 아이들은 알았다. 그는 바람이 불길 바라면서 끝없이 안절부절못하고 작은 소리로 구시렁댈 게 뻔했고, 그런 그의 불평이 매칼리스터와 그의 아들 귀에도 들릴 것이고, 그러면 두 사람은 지독히도 불편해질 터였다. 아이들은 아버지 때문에 오게 된 것이었다. 아버지의 강요에 어쩔 수 없이 왔다. 원하지도 않는 자기들을 억지로 오게 만든 탓에 화가 난 아이들은 바람이 절대로 불지 않아서 아버지의 계획이 어떻게든 좌절되면 좋겠다고 생각했다.

해변으로 내려가는 내내, 그가 입 밖에 내어 말하지는 않아도

'빨리 가자, 서둘러',라는 식으로 그들을 다그쳤지만, 그들은 함께 뒤에 처져 굼뜨게 움직였다. 그들은 고개를 숙였다. 사실 무자비한 강풍에 고개가 눌린 것이나 마찬가지였다. 가고 싶지 않다는 말을 아버지에게는 할 수가 없었다. 그들은 반드시 가야 했고, 반드시 따라야 했다. 갈색 종이 꾸러미를 들고 아버지의 뒤를 따라 걸어야 했다. 하지만 그들은 걸어가면서도 서로를 도와 사력을 다해 독재에 저항한다는 위대한 협약을 수행하기로 말없이 맹세했다. 그래서 그들은 하나는 배의 고물에 하나는 그 반대편인 이물에 앉아서 입을 꾹 다물고 있었던 것이다. 그들은 찌푸린 얼굴로 다리를 꼬고 앉아 조바심하고 혀를 차고 코웃음을 치고 무언가를 혼자 중얼거리면서 바람이 불기만을 초조하게 기다리는 아버지를 가끔 쳐다볼 뿐, 아무 말도 하지 않을 작정이었다. 그리고 그들은 날씨가 잔잔하기를 바랐다. 아버지의 바람이 좌절되기를 바랐다. 이 여행이 완전히 실패해서 꾸러미들을 가지고 도로 해변으로 돌아가야 되기만을 바랐다.

하지만 매칼리스터의 아들이 노를 저어 배를 바다로 조금 끌고 나온 뒤 천천히 빙 돌려 방향을 바꾸자, 이제껏 꾸벅꾸벅 졸던 배가 정신을 차린 듯 몸을 한껏 낮추었다가 이내 쏜살같이 내달리기 시작했다. 그 즉시 마치 어떤 커다란 긴장이 해소되기라도 한 듯 램지 씨가 꼬았던 다리를 풀더니, 담배쌈지를 꺼내어 작게 끙 앓는 소리를 내며 매칼리스터에게 건넸고, 아이들은 비록 속이 썩어 갔지만 아버지가 지금 무척이나 만족스러워한다는 건 알 수 있었다. 이제 그들은 이런 식으로 몇 시간 동안 항해를 할 터였고, 램지 씨가 매칼리스터 노인에게 (아마도 지난겨울에 발생한 심한 폭풍우에 관해) 질문을 던지면 매칼리스터 노인이 답변하며 그렇게 그들은 함께 파이프를 뻐끔거릴 것이고, 매칼리스터가 타르를 바른 밧줄을 손에 쥐고 매듭을 묶거나 푸는 동안 그의 아들은 낚시를 하면서 아무에게도 말 한마디 건네지 않을 것이었다. 제임스는 어쩔 수 없이 내내 돛을 주시해야 했다. 잠시 한눈을 파는 사이 주름 잡힌 돛이 펄럭여서 배의 속도가 느려지기라도 하면, 램지 씨가 날카롭게 "조심해! 잘 좀 지켜봐!" 하며 잔소리를 할 테고, 그러면 매칼리스터 노인이 앉은 자리에서 천천히 뒤돌아볼 것이기 때문이었다. 그래서 그들은 램지 씨가 크리스마스 때 발생한 심한 폭풍에 대해 몇 가지 질문하는 것을 들었다. "폭풍이 곶 주위로 휘몰아쳤지요." 지난 크리스마스 때 불어닥친 거대한 폭풍을 묘사하면서 매칼리스터 노인이 말했다. 그때 배 열 척이 만 안쪽으로 들어와 폭풍을 피했어요. 그는 "한 척은 저기에, 한 척은 저기에, 또 한 척은 저기에" 있는 것을 보았다. (그가 손가락으로 만 주위를 천천히 가리켰다. 램지 씨가 고개를 돌려 그가 가리키는 곳을 눈으로 좇았다.) 그는 선원 셋이 돛대에 꼭 붙어 매달려 있는 것도 보았다. 그런데 다음 순간 배가 시야에서 사라져 버렸다. "그래서 우린 결국 구조선을 보냈지요." 매칼리스터의 이야기는 계속되었다. (하지만 목숨을 걸고 독재에 저항하기로 한 협약으로 결속되어, 배의 양 끝단에서 분노와 침묵 속에 앉아 있던 아이들은 겨우 이야기 여기저기에서 단어 하나씩 포착하는 정도였다.) 마침내 우린 구조선을 보냈고, 구명정을 띄웠고, 곶을 지난 지점에서 그 배를 구출할 수 있었지요. 매칼리스터가 이야기를 들려주었다. 그리고 비록 들리는 건 여기저기 단어 몇 개뿐이었지만, 아이들은 내내 그들의 아버지를 의식했다. 그가 상체를 앞으로 기울이는 것도, 그가 매칼리스터의 목소리에 맞추어 목소리를 내는 것도, 그리고 파이프를 빼끔대고 매칼리스터가 가리키는 이곳저곳을 바라보며 폭풍과 캄캄한 밤과 거기서 고군분투하는 어부들의 모습을 흐뭇하게 떠올리며 음미하는 것도 다 의식이 되었다. 그는 남자들이 밤중에 바람 부는 해변에서 근육과 두뇌를 사용하여 파도와 바람에 맞서고 땀을 흘리며 노동해야 한다는 것을 좋아했다. 남자들이 그런 식으로 일하는 것, 그리고 남자들이 저 바깥의 폭풍우 속에서 물에 빠져 죽는 동안 여자들은 안에서 집을 지키며 잠자는 아이들의 곁에 앉아 있는 것, 아버지는 그런 것을 좋아했다. 그가 폭풍 속에서 만 안으로 들어온 열한 척의 배에 관해 매칼리스터에게 질문할 때 느껴지는 그의 동요와 경계하는 태도와 목소리의 울림에서, 제임스는 그걸 알아챘고, 캠 역시 알아챘다. (그들이 아버지를 쳐다보다, 서로를 쳐다보았다.) 아버지는 심지어 본인이 시골뜨기처럼 보이도록 스코틀랜드 억양을 살짝 가미한 말투로 말하고 있었다. 세 척이 가라앉았답니다.

그는 매칼리스터가 가리키는 곳을 자랑스럽게 바라보았다. 캠은 딱히 이유는 알 수 없지만 아버지가 자랑스럽다는 생각이 들었고, 아버지가 그곳에 계셨더라면 구명정을 띄웠을 거고, 그 난파선에 도달했을 거라고 생각했다. 아버지는 매우 용감하고 모험심도 무척 강하니까. 캠이 생각했다. 하지만 그녀는 사력을 다해 독재에 저항하기로 협약을 맺었음을 기억했다. 아이들의 불만이 아이들을 무겁게 짓눌렀다. 아이들은 아버지가 시켜서 원치 않는 일을 억지로 해야 했다. 그는 자신의 우울과 아버지로서 권위를 앞세워 아이들을 한 번 더 압박해서는 자기가 시키는 대로 따르게 만들었고, 자신이 원한다는 이유로 이 화창한 아침에 꾸러미를 바리바리 들고 등대로 가게 만들었으며, 자신이 위안 삼아 치르는 추모 의식에 참여하게 만들었는데, 아이들은 이 모든 게 다 싫었던 까닭에 일부러 아버지의 뒤에 처져 꾸물거렸고, 더불어 하루의 즐거움을 모두 망쳤던 것이다.

그래, 바람이 점점 더 세지는구나. 배가 기울었고, 물이 날카롭게 갈라져 녹색의 크고 작은 폭포를 이루다가 거품을 내며 멀어졌다. 캠은 거품 속을, 그 모든 보물을 품은 바닷속을 들여다보았다. 빠르게 지나가는 바닷물의 속도가 그녀에게 최면을 걸었다. 그녀와 제임스를 묶어 놓은 끈이 약간 헐거워졌다. 연대감이 느슨해졌다. 정말 빠르게 가는구나. 우린 어디로 가는 거지? 빠른 움직임에 홀려 캠이 그런 생각에 빠지기 시작하는 동안, 제임스는 돛과 수평선에 시선을 고정한 채 음울한 표정으로 키를 잡고 있었다. 하지만 그는 키를 잡은 상태에서도 도망칠 수 있을 거라고 생각하기 시작했다. 이 모든 것에서 벗어날 수 있지 않을까? 어디에든 뭍에 닿을 테니 그때 자유로워지는 거야. 두 사람은 잠시 서로를 바라보며, 속도와 변화가 야기한 탈출 의욕과 행복감을 맛보았다. 하지만 바람 때문에 신이 난 건 램지 씨도 마찬가지여서, 매칼리스터 노인이 몸을 돌려 배 밖으로 낚싯줄을 던질 때, 램지 씨가 크게 외쳤다.

"우리는 죽었다네," 뒤이어 다시 "저마다 홀로,"라고 외쳤다.* 그러고 나서는 평소처럼 느닷없이 후회하거나 겸연쩍어 하면서, 몸을 바로 펴고 해안 쪽을 향해 손을 흔들었다.

"저 작은 집을 보렴." 캠이 쳐다보길 바라면서 그가 가리켰다. 그녀는 마지못해 몸을 일으켜 그쪽을 바라보았다. 그런데 그게 어디 있는데요? 그들의 집이 있는 저 언덕 비탈 위의 그곳을 더는 알아볼 수가 없었다. 모든 게 멀고 평화롭고 낯설어 보였다. 멀리 떨어져 가지런히 정제된 해안은 비현실적으로 보였다. 그들이 항해해 온 그 얼마 안 되는 거리로 인해, 그들은 이미 해안에서 멀리 떨어져 나와 있었고, 이제 그들과 완전히 분리된 채 아련히 멀어져 가는 해안은 어쩐지 달라 보이고 정돈되어 보였다. 어느 게 우리 집이에요? 안 보여요.

"하지만 나는 더 거친 바다 밑에서,"† 램지 씨가 중얼거렸다. 그는 이미 집을 찾아내 그것을 보고 있었고, 또한 그곳에 있는 자신을 보았으며, 자신이 홀로 테라스를 거니는 모습을 보았다. 그는 구부정한 자세로 화분들 사이를 왔다 갔다 거닐었고, 그런

---

* 영국의 시인 윌리엄 쿠퍼(William Cowper, 1731~1800)의 시 「표류자」(The Castaway)의 마지막 연 중 한 구절.

† 「표류자」의 마지막 연 중 한 구절.

그의 모습이 무척이나 늙어 보였다. 배 안에 앉아서 몸을 구부정하게 웅크린 그는 이내 그의 역할을 연기했다. 아내를 잃고 상실감에 빠진 고독한 남자의 역할이었다. 그래서 그를 동정하는 많은 사람들을 자기 앞으로 불러내어, 배 안에 앉아서 자신을 위해 작은 연극을 상연했다. 이 연극에서 그는 노쇠함과 극도의 피로감과 슬픔을 연기해야 했는데(그가 자신의 두 손을 들어 비썩 마른 모습을 보고는 자신의 몽상임을 확인했다), 그러면 여자들이 그에게 동정심을 아낌없이 베풀었다. 그리고 그는 그 여자들이 어떻게 자신의 마음을 달래 주고 자신을 동정해 주는지를 상상했고, 그렇게 여자들의 동정이 자신에게 주는 강렬한 쾌감 비슷한 것을 몽상을 통해서나마 맛본 그는 장탄식하며 나직하고 애달프게 읊조렸다.

하지만 나는 더 거친 바다 밑에서
그가 겪은 것보다 더 깊은 심연에 삼켜졌다네.*

하여 그들 모두는 그가 읊은 애달픈 시구를 꽤 똑똑히 들었다. 캠이 자리에서 반쯤 몸을 일으켰다. 그녀는 아버지가 읊은 시구에 충격을 받았다. 화가 치밀어 올랐다. 캠이 움직인 탓에 몰입에서 깨어난 그녀의 아버지가 몸을 부르르 떨더니 시 암송을 멈

* 「표류자」의 마지막 연 중 한 구절.

추고는 "봐! 저길 봐!" 하며 아주 다급히 외치는 서슬에 제임스도 고개를 돌려 어깨 너머로 섬을 바라보았다. 그들 모두 보았다. 모두 섬을 바라보았다.

하지만 캠은 아무것도 볼 수 없었다. 그녀는 그들이 그곳에서 살았던 삶의 복잡한 흔적으로 가득하던 그 모든 길들과 잔디밭이 어떻게 사라졌는지, 어떻게 닳아서 없어졌는지, 어떻게 지나간 과거가 되었는지, 얼마나 비현실적인지를 생각하고 있었다. 이제는 이것이 현실이었다. 배와 덧댄 부분이 있는 돛, 귀걸이를 한 매칼리스터, 파도가 자아내는 소음—이 모든 것이 현실이었다. 이런 생각을 하면서, 그녀는 "우리는 죽었다네, 저마다 홀로"라고 혼자 중얼거렸다. 정확한 위치를 찾지 못하고 그저 막연히 어딘가를 응시하는 그녀를 보고 놀리기 시작하며 그녀의 아버지가 했던 말이 그녀의 마음속에 난입하고 또 난입했기 때문이었다. 나침반의 방위도 몰라? 그가 물었다. 북쪽이랑 남쪽이랑 구분할 줄 몰라? 우리가 정말 바로 저기에 살고 있다고 생각하는 거니? 그리고 그는 다시 손가락으로 가리켜 그들의 집이 어디에 있는지 보여 주었다. 저기, 저 나무들 옆에 있잖니. 그는 그녀가 좀 더 정확하게 대답해 보기를 바라는 마음에, "말해 보렴—어디가 동쪽이고, 어디가 서쪽인지?"라고 반은 놀리듯 그리고 반은 꾸짖듯 말했는데, 완전히 바보도 아니면서 나침반의 방위도 모르는 사람의 마음 상태를 도저히 이해할 수 없기 때문이었다. 하지만 그녀는 알지 못했다. 이제는 약간 겁을 집어먹기까지 한 표정으로 그녀가 집도 없는 곳에 멍하니 시선을 고정하자, 램지 씨는 자신의 몽상을 잊었다. 테라스의 화분들 사이를 왔다 갔다 거니는 것이며, 자신을 동정하여 자신에게로 뻗어 오는 팔들이며, 그런 것들을 다 잊었다. 그는 생각했다. 여자들은 늘 저런 식이야. 구제 불능일 정도로 머릿속이 흐리멍덩해. 그건 내 머리로도 도저히 이해할 수 없단 말이야. 하지만 어쩌겠어. 사실이 그런 걸. 그녀도 — 내 아내도 그랬으니까. 여자들은 무언가를 머릿속에 명확히 붙박아 두지를 못해. 하지만 저 아이에게 화를 낸 건 내 잘못이야. 게다가 나는 여자들의 이런 흐리멍덩함을 오히려 좋아하는 편 아닌가? 그것도 그들의 특별한 매력이니까 말이야. 저 애가 날 보고 웃게 만들어야겠어. 그가 생각했다. 아무래도 겁먹은 것 같아. 딸아이가 너무 말이 없었다. 그는 주먹을 불끈 쥐고는, 이 모든 세월 동안 제 맘대로 사람들의 연민과 찬사를 끌어냈던 자신의 목소리와 얼굴과 민활하고 자기현시적인 몸짓들을 억누르기로 마음먹었다. 딸아이가 자기를 보고 웃게 만들 작정이었다. 그녀에게 말을 걸 만한 어떤 간단하고 쉬운 얘깃거리를 찾고 싶었다. 하지만 무슨 말을 하지? 늘 일에만 빠져 사느라, 사람들이 평소 어떤 말을 주고받는지를 잊어버렸기 때문이었다. 그래, 강아지가 있었지. 그들은 강아지를 키웠다. 오늘은 누가 강아지를 돌보기로 했니? 그가 물었다. 그래, 누난 이제 굴복할지 몰라. 돛을 배경으로 앉은 누나를 바라보며 제임스가 내심 냉혹한 예측을 내놓았다. 나 혼자 남아 폭군과 싸우게 되겠군. 협약을 수행하는 건 이제 그의 몫이 되었다. 캠은 결코 목숨 걸고 독재에 저항하지 못할 거야. 슬펐다가 부루퉁하다가 고분고분히 순종하는 그녀의 얼굴을 음울한 표정으로 주시하며, 그가 생각했다. 때때로 녹색의 언덕 비탈 위로 구름이 드리워져 심각한 분위기가 내려앉고 주위 모든 언덕 사이에 우울과 슬픔이 자리하면, 언덕이 구름에 덮이고 어둠에 휩싸인 것들의 운명을 곰곰이 생각하며 낙담한 그들을 가엾게 여기거나 심술궂게 고소해하는 것처럼, 캠도 조용하고 의지 굳은 사람들 사이에 앉아서, 강아지에 대해 묻는 아버지에게 어떻게 대답할까, 그리고 자기를 용서해 달라는, 자기를 좋아해 달라는 아버지의 애원에 어떻게 저항할까를 고민할 때, 자신의 머리 위에도 구름이 드리우는 것 같은 느낌이 들었다. 그러는 동안 입법자인 제임스는 무릎 위에 영원한 지혜의 서판을 펼쳐 놓고 (키 손잡이에 얹힌 그의 손이 그녀에게는 어떤 상징으로 보였다) 아버지에게 저항하라고, 아버지에게 맞서 싸우라고 종용했다. 제임스의 말이 아주 옳고 정당했다. 그들이 목숨을 걸고 독재와 싸워야 한다고 그녀는 생각했다. 인간의 모든 자질들 가운데 그녀가 가장 깊이 존중하는 것이 정의였다. 남동생은 가장 존엄한 신과 같았고, 아버지는 가장 간절한 탄원자였다. 그래서 그녀는 그들 사이에 앉아, 그녀에겐 사뭇 낯선 곳이 자리한 해안을 응시하며 잔디밭과 테라스와 집이 매끄럽게 지워진 자리에 평화가 깃들었다는 생각을 하면서, 어느 쪽에 투항할 것인지를 고민했다.

"재스퍼예요." 그녀가 부루퉁하게 대답했다. 재스퍼가 강아지를 돌보기로 했어요.

그런데 녀석을 뭐라고 부를 거니? 그녀의 아버지가 집요하게 말을 걸었다. 나도 어렸을 때 강아지를 한 마리 키웠었는데, 이름이 프리스크였단다. 누나의 얼굴에 떠오르는 표정을 지켜보던 제임스는 누나가 결국 굴복할 거라고 생각했다. 그것은 언젠가 본 기억이 있는 표정이었다. 그들이 뜨개질감인가 뭔가를 내려다본다고 그는 생각했다. 그러다 갑자기 그들이 고개를 들어 올려다본다. 섬광처럼 파란색이 보였던 게 기억났다. 그런 다음 그와 함께 앉아 있던 누군가가 웃으면서 항복했고, 그래서 그는 화가 났다. 그 사람은 분명 어머니였을 거라고 그는 생각했다. 어머니는 낮은 의자에 앉아 있었고, 아버지가 그녀를 내려다보며 서 있었다. 그는 시간이 흐르면서 이파리 위에 이파리가 내려앉듯 주름에 주름이 얹히듯 자신의 뇌리에 부드럽게 끊임없이 쌓여 온 무한한 일련의 인상들 사이를 탐색하기 시작했다. 냄새들과 소리들과 거칠거나 희미하거나 감미로운 목소리들 사이를 헤집었고, 스쳐 지나가는 불빛과 바닥을 툭툭 두드리는 빗자루와 철썩하고 우렁차게 밀려왔다가 조용히 물러가는 바다를 떠올렸으며, 오르락내리락 행진하듯 걷다가 완전히 멈춰 서서 몸을 꼿꼿이 세운 채 자기들을 내려다보던 남자를 기억했다. 그러는 동안 그는 캠이 물속에 손을 담가 찰박거리면서 아무런 말도 없이 해안 쪽을 응시하는 것을 눈여겨보았다. 아냐, 누나는 굴복하지 않을 거야,라고 그는 생각했다. 누나는 다르다고 그는 생각했다. 음, 캠이 대답하지 않겠다면, 굳이 귀찮게 하지 말아야겠군. 램지 씨가 주머니 속을 더듬어 책을 찾으면서 결심했다. 하지만 그녀는 아버지에게 대답할 작정이었다. 자신의 혀 위에 얹힌 어떤 방해물을 치워 버리고 말을 내뱉을 수 있기를 열렬히 바랐다. 오, 맞아요, 프리스크. 저도 그 녀석을 프리스크라고 부를까 봐요. 그녀는 심지어 이 말도 하고 싶었다. 그 개가 혹시 혼자서 황야 지대를 건너갔다는 바로 그 개인가요? 하지만 아무리 애를 써 봐도, 그녀는 그런 말을 할 엄두가 나지 않았다. 협약에 맹렬히 충성하면서도 제임스에게 의심받지 않고 아버지에 대해 느끼는 애정의 비밀스러운 증표를 아버지에게 전달한다는 건 불가능했다. 그녀는 손으로 물장난을 치면서(방금 전 매칼리스터의 아들이 잡아 뱃바닥에 던져 놓은 고등어 한 마리가 아가미에서 피를 흘리며 펄떡거렸다), 무감한 표정으로 돛에 시선을 고정하다 이따금 잠시 수평선을 힐끗 보는 제임스를 바라보았다. 그리고 생각했다. 넌 이걸 안 겪어 봐서 모르겠지. 이런 정신적인 압박과 감정의 분열도, 이런 기묘한 유혹도 너는 모를 거야. 그녀는 그렇게 생각했다. 아버지가 호주머니 속을 더듬었다. 곧 그의 책을 찾아낼 터였다. 그녀의 눈에 아버지보다 더 매력적인 사람은 없었기 때문에, 그의 손과 발과 목소리가, 그의 말이, 그의 조급하고 강퍅한 성미가, 그의 괴벽과 열정이, 그가 모두의 앞에서 직설적으로 우리는 저마다 홀로 죽는다고 말하는 것이, 그리고 그의 무관심한 태도가, 모두 아름답게 느껴졌다. (그가 책을 펼쳤다.) 하지만 여전히 참을 수 없는 것은 아버지의 지독한 맹목성과 독재였다. 또 한 마리의 물고기를 잡은 매칼리스터의 아들이 아가미에서 낚싯바늘을 잡아 빼는 것을 꼿꼿이 앉아 지켜보면서, 그녀가 생각했다. 아버지의 그런 맹목성과 독재가 그녀의 어린 시절을 훼손하고 쓰라린 파란을 일으켜, 지금까지도 그녀는 밤중에 아버지의 이러저런 명령들과 "이걸 해라" 혹은 "저걸 해라" 지시하던 오만함과 "내게 복종해"라는 식으로 군림하던 태도가 생각 나 분노에 떨며 잠을 이루지 못하는 것이었다.

그래서 그녀는 아무 대꾸 없이 서글픈 표정으로 평화의 망토에 싸인 해안을 집요하게 바라보았고, 그녀는 그곳에 사는 사람들은 이미 잠이 들어서 연기처럼 자유롭고, 유령처럼 구속 없이 오갈 것 같다는 생각이 들었다. 그곳에서 그들은 아무런 고통도 없을 거라고 그녀는 생각했다.

5

맞아, 저게 그들이 탄 배야. 잔디밭 가장자리에 선 릴리 브리스코가 단정했다. 그것은 회갈색 돛을 단 배였고, 그녀는 그것이 이제 물 위에서 몸을 납작 엎드리고 만을 가로질러 쏜살같이 달려 나가는 모습을 지켜보았다. 그곳에 그가 앉아 있고, 아이들은 여전히 입을 꼭 다물고 있을 거라고 그녀는 생각했다. 그녀도 그에게 말을 건넬 수가 없었다. 그에게 동정심을 표현하지 못했다는 것이 그녀의 마음을 무겁게 짓눌렀다. 그래서 그림 그리는 일도 손에 잡히지가 않았다.

그녀는 그가 늘 어려웠다. 그녀가 기억하기로, 그의 면전에서 그를 칭찬하는 일은 결코 해 본 적이 없었다. 그런 까닭에 그들의 관계는 성적 요소가 빠진, 뭔가 이도저도 아닌 중성적인 것이 되었다. 민타를 대할 때, 그가 신사로서 숙녀를 대하듯 정중하고 쾌활한 태도를 보여 주었던 것과는 사뭇 달랐다. 그는 민타에게 꽃을 꺾어 주고 책도 빌려주었다. 하지만 그녀가 그 책을 읽을 거라고 그가 과연 믿었을까? 민타는 정원을 거닐 때마다 굳이 책을 들고 다녔고, 읽던 곳을 표시하기 위해 나뭇잎을 끼워 놓았었지.

"기억하시나요, 카마이클 씨?" 노신사를 바라보면서 그녀는 묻고 싶어졌다. 하지만 그가 모자를 잡아당겨 이마를 반쯤 가려 놓은 터라, 그가 잠을 자거나 몽상을 하거나, 아니면 거기 누워 시구를 구상하는 중일 거라고 그녀는 추측했다.

"기억하시나요?" 그의 옆을 지나갈 때, 해변에 있던 램지 부인과 위아래로 꺼덕이던 나무통과 바람에 흩날리던 편지지들이 다시 생각나서, 그녀는 그에게 물어보고 싶은 마음이 들었다. 그 이전에 있었던 수많은 일들에 대한 기억도, 그 이후에 벌어진 수많은 일들에 대한 기억도 텅텅 비어 없는데, 어째서 그날의 기억만은 이 모든 세월이 흐른 뒤에도 뇌리에 남아 마치 불을 밝힌 듯 구석구석 세세한 부분까지 눈에 생생하고 귀에 쟁쟁할까요?

"저게 배인가요? 아니면 낚시찌인가요?" 그녀가 물었지. 릴리가 마지못해 다시 몸을 돌려 캔버스로 돌아가면서 되뇌었다. 붓을 다시 집어 들면서, 그녀는 아직 공간 문제가 남아 있어서 다행이라고 생각했다. 캔버스의 흰 공간이 그녀를 노려보았다. 그림의 덩어리진 양감 전체가 공간의 무게 위에서 균형을 잡고 있었다. 그것은 아름답고 선명하면서도, 표면에서는 가볍고 희미하여 나비의 날개 위 색깔들처럼 하나의 색이 다른 색 속으로 녹아들어 가야 하되, 밑바탕의 짜임새는 철제 나사못으로 죄듯 꽉 맞물려 있어야 했다. 그것은 입김만으로도 물결 모양으로 주름져 날릴 만큼 가벼운 것이면서도 말 여러 필로도 치워 버릴 수 없을 만큼 무거운 것이 될 터였다. 그래서 그녀는 빨간색과 회색을 칠하기 시작했고, 거기 빈 공간에 입체감을 주기 시작했다. 동시에 그녀는 해변 위 램지 부인 옆에서 앉아 있는 기분이 들었다.

"저게 배인가요? 아니면 나무통인가요?" 램지 부인이 말했다. 그러고는 안경을 찾아 주위를 수색하기 시작했다. 안경을 찾은 다음에는 앉아서, 말없이 바다를 조망했다. 그리고 꾸준히 그림을 그리던 릴리는 마치 문 하나가 열리는 것 같은 느낌이 들었고, 그녀는 그 문을 통해 안으로 들어가 천장이 높은 대성당처럼 아주 어둡고 아주 엄숙한 곳에 서서 조용히 두리번거렸다. 저 멀리 떨어진 세상에서 고함 소리가 들려왔다. 수평선 위의 기선들이 여러 줄기의 연기를 길게 뿜으며 사라졌다. 탠슬리가 물수제비를 떴다.

램지 부인이 말없이 앉아 있었다. 부인은 누구와도 대화하지 않고, 사람들과의 관계에서 완전히 잊힌 채 조용히 휴식을 취하는 걸 기뻐한다고 릴리는 생각했다. 우리가 어떤 사람인지, 우리가 무엇을 느끼는지 누가 알겠어요? 친밀한 순간에조차, 이것이 지식인지 누가 알겠어요? 말로 내뱉음으로써 오히려 그것들을 망치게 되는 게 아닐까요? 램지 부인은 이렇게 물었을지도 모른다. (그녀가 옆에 있을 때 이렇게 침묵이 내려앉는 일이 종종 있었던 것 같았다.) 침묵으로 더 많이 표현할 수 있지 않을까요? 적어도 그 순간은 보기 드물게 풍부한 결실이 맺어지는 것 같았다. 그녀는 모래에 작은 구멍을 팠고 그 안에 완벽한 순간을 묻고는 그것을 메웠다. 그 완벽한 순간은 한 방울의 은(銀)과 같으니, 누군가 그 안에 몸을 담그면 과거의 어둠이 환히 밝혀질 것이었다.

릴리는 그림을 전체적으로 조망하기 위해 뒤로 몇 걸음 물러섰다. 그림을 그리는 이 일은 참으로 걷기 이상한 길이었다. 그 길을 따라 멀리 더 멀리 나아가다 보면, 결국 저 바다의 좁은 판자 위에 완벽히 홀로 있게 될 것 같은 느낌이 들었다. 그녀가 파란색 물감에 붓을 살짝 담갔다 뺐을 때, 거기서 과거도 묻어왔다. 이때쯤 램지 부인이 일어섰지. 그녀가 기억했다. 집으로 돌아갈 시간이에요. 점심 먹어야죠. 그래서 그들은 모두 함께 해변을 떠나 걸어 올라갔다. 그녀는 윌리엄 뱅크스와 뒤에서 걷고 있었는데, 그들 앞에 구멍 난 스타킹을 신은 민타가 있었다. 분홍색 발뒤꿈치에 난 동그란 작은 구멍을 그들 앞에서 자랑스레 과시하는 꼴이라니! 그녀가 기억하는 한 그것을 보고 윌리엄이 뭐라 입 밖에 내어 말하지는 않았지만, 얼마나 못마땅해하던지! 그에게 그런 꼴은 여성성의 절멸을 의미했다. 더럽고 무질서하고 하인이 떠난 뒤 한낮이 다되도록 침대가 정돈되어 있지 않은 것, 이 모든 것들을 그는 몹시 혐오했다. 그는 볼꼴 사나운 대상을 보면 진저리를 치며 손가락을 활짝 펴 얼굴을 가리는 버릇을 가지고 있었고, 그런 행동을 그때도 어김없이 했다. 그가 손을 눈 앞에 들고 있었다. 그리고 민타는 앞에서 계속 걸어갔고, 아마도 도중에 폴을 만나 정원에서 함께 어디론가 사라졌을 것이다.

녹색 물감 튜브를 짜면서, 릴리 브리스코는 레일리 부부를 생각했다. 레일리 부부에 대한 기억들을 머릿속에 불러 모았다. 그들의 삶이 그녀 앞에 일련의 장면들로 나타났고, 그 하나는 새벽 계단 위의 장면이었다. 폴은 이미 귀가하여 일찌감치 잠자리에 들었고, 민타는 아주 늦어서야 들어왔다. 새벽 세 시쯤 되는 시간에 민타는 머리에 물을 들이고 꽃 장식을 하고 화려하게 치장한 모습으로 계단 위에 있었다. 밤도둑이 들었나 싶어 부지깽이를 손에 쥔 채, 폴이 잠옷 바람으로 방문을 나섰다. 민타는 계단 중간쯤 창문 옆에 서서 시체처럼 창백한 새벽빛 속에서 샌드위치를 먹고 있었고, 발 딛고 선 카펫에는 구멍이 나 있었다. 그런데 그들이 무슨 말을 했더라? 마치 눈앞에 펼쳐진 장면을 보면 그들의 말이 들리기라도 하는 것처럼 릴리가 자신에게 물었다. 뭔가 거친 말이 오갔다. 폴이 말을 하는 동안에도 민타는 그의 짜증을 부추기듯 계속 샌드위치를 먹고 있었다. 그는 자고 있는 어린 두 아들이 깨지 않도록 소리를 바짝 낮춰서 그녀에게 화를 내고 질투의 말을 던지고 욕설을 퍼부었다. 그는 생기를 잃고 핼쑥한 얼굴이었고, 민타는 화려하고 무분별했다. 결혼한 지 일 년 정도가 지나면서 이미 두 사람은 삐걱거리기 시작했고, 결혼은 실패임이 판명되었다.

그리고 이것이, 그녀가 그들에 관해 지어낸 이런 장면이, 소위 사람들을 '아는 것'이고 그들에 대해 '생각하는 것'이며 그들을 '좋아하는 것'이라니! 붓에 초록색 물감을 묻히면서 릴리는 생각했다. 그 장면의 어느 것 하나도 사실이 아니었다. 그녀가 다 지어낸 것이었다. 하지만 여전히 그녀는 그런 장면을 통해 그들의 삶이 어떤지를 알았다. 그녀는 계속해서 그녀의 그림 속으로, 과거 속으로, 굴을 뚫어 들어갔다.

다른 어느 땐가, 폴이 "나는 커피하우스에서 체스를 둬요"라고 말했다. 릴리는 또한 그 말을 토대로도 상상력을 발휘하여 하나의 완벽한 이야기 구조를 만들어 냈었다. 그녀는 자신이 폴의 그 말을 들었을 때 어떤 장면을 떠올렸는지를 기억했다. 폴이 집에 전화를 거는데 전화를 받은 하녀가 "레일리 부인은 외출하셨습니다"라고 말하자, 그 역시 집에 들어가지 않기로 결심한다는 그런 장면이었다. 그녀의 눈앞에 어느 음울한 곳의 한구석에 앉아 있는 폴의 모습이 보였다. 의자에 빨간 플러시 천이 씌워져 있고 담배 냄새가 짙게 배어 있었다. 자주 드나드는지 여종업원들과도 친숙해 보이는 그는 어떤 체구가 작은 남자와 체스를 두었는데, 폴이 그 남자에 관해 알고 있는 정보라곤 차(茶) 무역에 종사하고 서비튼에 산다는 것뿐이었다. 그런 뒤 그가 집에 돌아왔을 때 민타는 여전히 외출 중이었고, 그러고 나서 계단 위에서의 장면이 벌어졌는데, 밤도둑이 들었을까 봐 부지깽이를 들고 나온 폴이 (물론 민타를 겁주려는 의도도 있었다) 그녀 때문에 자신의 인생이 망했다는 식의 독한 말을 퍼부었다. 어쨌든 릴리가 릭맨즈워스 근처에 사는 그들을 만나러 갔을 때, 두 사람 사이에는 숨 막힐 정도의 긴장감이 흘렀다. 자신이 기르는 벨기에 종 토끼를 구경시켜 준다면서 폴이 릴리를 정원으로 데려가자, 그가 릴리에게 무슨 말이라도 할까 봐 민타가 노래를 부르며 그들을 따라와서는 그의 어깨 위에 맨팔을 올렸다.

민타가 토끼를 구경하는 게 지루한 모양이라고 릴리는 생각했다. 하지만 민타는 자신의 속내를 결코 드러내지 않았다. 그녀는 커피하우스에서 체스를 둔다든가 하는 말도 절대로 흘리는 법이 없었다. 그녀는 지나치게 의식했고 지나치게 경계했다. 하지만 그들의 이야기를 계속하자면—그들은 이제 위험한 고비를 넘겼다. 릴리는 지난여름에 그들과 함께 얼마간 머물렀고, 그때 차가 고장이 나서 민타가 그에게 공구를 건네주어야 했다. 그가 도로 위에 앉아서 차를 수리할 때 그녀가 그에게 공구를 건네는 방식이 사무적이고 솔직하고 친절했던 것으로 보아, 이제는 상황이 괜찮아졌음을 알 수 있었다. 그들은 더 이상 '사랑하는' 사이가 아니었다. 그랬다. 폴은 이미 다른 여자와 사귀고 있었다. 땋은 머리에 손에는 가방을 들고(민타는 그녀를 기꺼이, 거의 감탄하듯 설명했다), 토지가치세*와 자본과세에 관해 폴과 견해가 같으며 (그것은 더욱더 확연해졌다) 모임에도 다니는 진지한 여자였다. 폴과 그 여자의 관계는 그들의 결혼을 파탄 내기는 커녕 바로잡아 주었다. 그가 도로 위에 앉아 있고 그녀가 그에게

* 토지의 가치에 비례하여 토지소유자에게 부과하는 세금을 말한다.

공구를 건넬 때, 그들은 누가 봐도 절친한 친구였다.

자, 여기까지가 레일리 부부에 관한 이야기예요. 릴리가 소리 없이 웃었다. 그녀는 레일리 부부가 어떻게 되었는지 무척이나 궁금해할 램지 부인에게 그 이야기를 들려주는 자신을 상상했다. 그녀는 램지 부인에게 그들의 결혼이 그리 성공적이지 못했다고 말하면서 약간의 승리감을 맛볼 작정이었다.

그림을 구상하다 장애에 부딪히자 잠시 중단하고 생각에 잠긴 그녀는, 하지만 죽은 사람들은, 하고 생각했고, 한두 걸음 뒤로 물러서서 다시, 아, 죽은 사람들은! 하고 중얼거렸다. 우리는 그들을 연민하고 도외시하고 심지어 약간은 경멸하기까지 하지. 우리는 그들을 우리 마음대로 할 수 있어. 램지 부인은 희미해지다가 완전히 사라졌다고 그녀는 생각했다. 우리는 그녀의 소망을 거부하고 그녀의 편협하고 구시대적인 발상을 더 나은 것을 위해 치워 버릴 수 있다. 그녀는 우리에게서 점점 더 멀어진다. 얼굴에 비웃음을 띤 릴리의 눈에 저기 저 세월의 복도 끝에서 (새들이 막 지저귀기 시작한 이른 아침에 정원에 나가 아주 꼿꼿한 자세로 앉아서) 자신이 입에 달고 살던 많은 부조리한 말들 가운데 "결혼하세요, 결혼하세요!"라고 강권하는 부인의 모습이 보이는 것 같았다. 그리고 그녀는 부인에게 이렇게 말해야 할 것이었다. 모든 것이 부인의 소망과는 반대로 되었군요. 그들은 그런 식으로 행복하고 나는 이런 식으로 행복해요. 삶이 완전히 변해 버렸다. 게다가 부인의 모든 존재가, 심지어 부인의 미모도, 한순간에 세월의 더께가 끼고 구식이 되었다. 잠시 햇볕이 등 위로 뜨겁게 내려앉는 그곳에 서서 레일리 부부의 결혼 생활을 개괄하면서, 릴리는 램지 부인에게 승리감을 느꼈다. 부인은 폴이 커피하우스를 드나들고 따로 애인을 둔 것도, 도로에 앉아 있는 폴에게 민타가 그의 공구를 건넨 일도, 그녀가 누구와도, 심지어 윌리엄 뱅크스와도 결혼하지 않았으며 이곳에 서서 그림을 그린다는 사실도 결코 알지 못할 것이기 때문이다.

램지 부인은 릴리의 결혼을 계획했었다. 아마 부인이 죽지 않고 살아 있다면, 어떻게든 결혼을 시키고야 말았을 것이다. 이미 그 여름에, 윌리엄은 "가장 친절한 남자"였다. 그는 부인의 "남편 말로는 당대 최고의 과학자"였다. 또한 그는 부인의 입에서 "불쌍한 윌리엄. 그를 만나러 갔을 때 보니 그의 집에 예쁜 물건 하나 없고 꽃을 예쁘게 꽂아 줄 사람도 없더군요. 정말 마음이 아팠어요"라는 말이 나오게 만드는 가여운 사람이었다. 그래서 램지 부인은 두 사람을 함께 산책하도록 내보냈고, 희미하게 빈정대는 기미를 미처 숨기지 못한 채 릴리에게 당신은 과학적인 사고방식을 가졌고 꽃을 좋아하며 아주 꼼꼼한 성격이라는 말을 했던 것이다. 결혼에 대한 그녀의 광적인 집착은 대체 무엇이었을까? 이젤에 다가갔다 멀어졌다 하면서 릴리는 궁금해했다.

(갑자기, 하늘에서 별똥별이 떨어지듯 느닷없이, 폴 레일리에게서 나온 불그스름한 빛이 그를 뒤덮더니 그녀의 마음속에서 타올랐다. 그것은 머나먼 해변에서 야만인들이 어떤 축제를 기념하여 쏘아 올리는 불길처럼 솟아올랐다. 그녀는 커다란 함성과 불꽃이 딱딱 튀는 소리를 들었다. 몇 킬로미터에 걸친 바다 전체가 빨간색과

황금색으로 물들었다. 그 불길과 뒤섞인 포도주 냄새에 취해 버렸는지, 그녀는 절벽 아래로 몸을 던져 바닷속으로 들어가 해변에서 잃어버린 진주를 찾고 싶다는 분별없는 욕망을 다시금 느꼈다. 야만인들의 함성과 불꽃의 딱딱 튀는 소리가 두려움과 혐오를 불러일으켜, 그녀는 거부감이 들었다. 마치 그 불길의 광휘와 위력을 보고 있으면 그것이 보물 같은 집을 역겹도록 게걸스럽게 먹어 치우는 광경 또한 보이기라도하는 것처럼, 그녀는 그것이 몹시도 싫었다. 하지만 하나의 구경거리로서, 하나의 아름다운 장관으로서, 그것은 그녀가 지금껏 경험한 그 어떤 것보다 더 뛰어났고, 마치 먼 바다 외딴 곳에 위치한 어떤 무인도의 봉화처럼 해마다 활활 불타올랐고, 누군가 '사랑에 빠졌다'는 말만 해도, 지금 그러는 것처럼 곧장 폴의 불길은 다시 치솟았다. 그러다 그것은 가라앉았고, 그녀는 "레일리 부부" 하고 혼잣말을 하며 슬며시 웃었다. 폴이 커피하우스를 드나들며 체스를 두었지.)

그녀는 아주 간신히 탈출했다고 생각했다. 식탁보를 바라보다가 나무를 중앙으로 옮겨야겠다는 생각과 더불어, 누구와도 결혼할 필요가 없다는 생각이 섬광처럼 떠올랐고, 가슴이 벅차도록 커다란 희열을 느껴다. 그녀는 이제야 램지 부인에게 저항할 수 있고, 램지 부인이 다른 사람들에게 휘둘렀던 그 놀라운 힘에 대해 더 이상은 경의를 표하지 않아도 된다고 느꼈다. 부인이 어떤 것을 하라고 말하면 누구든 그것을 했다. 심지어 제임스와 함께 창에 비친 부인의 그림자에도 위엄이 가득했다. 그녀가 어머니와 아들의 의미를 무시한다고 윌리엄 뱅크스가 충격을 받았던 일이 기억났다. 당신은 그들의 아름다움에 찬탄하지 않나요? 그가 물었다. 하지만 그녀가 기억하기에, 윌리엄 뱅크스는 그것이 어떻게 불경이 아니며, 저기의 빛이 어떻게 저기의 그림자를 필요로 하는지 등등에 관한 그녀의 설명에 똑똑한 아이의 눈빛으로 귀를 기울였다. 그녀는 두 사람 다 동의하다시피 라파엘로가 신성하게 다룬 그 주제*를 폄하할 의도는 아니었다. 그녀는 냉소적이지 않았다. 오히려 그 반대였다. 과학적인 사고방식을 가진 덕에 그는 그것을 이해했다. 이것은 그가 사심 없는 지성의 소유자라는 증거였고, 그 사실이 그녀에게 기쁨이자 엄청난 위로가 되었다. 그런 남자와는 그림에 대해 진지하게 이야기할 수 있었다. 정말로 그와의 우정은 그녀에게 삶의 즐거움 중 하나였다. 그녀는 윌리엄 뱅크스를 사랑했다.

두 사람은 햄프턴 궁전에 놀러갔고, 그때마다 그는 완벽한 신사답게 그녀에게 시간을 주듯 일부러 강가를 한가로이 거닐었다. 그녀는 그동안 느긋하게 화장실을 다녀올 수 있었다. 그것이 그들 관계의 전형적인 모습이었다. 그들은 많은 것들을 굳이 드러내어 말하지 않았다. 그들은 매해 여름마다 궁전의 안뜰을 거닐면서 건축물의 균형미와 꽃들에 찬탄했는데, 그렇게 걸을 때 그는 그녀에게 원근법에 대해, 건축에 대해 여러 가지 이야기를 들려주었고, 그러다 멈춰 서서 나무를 바라보거나 호수 너머의

---

* 성 모자상(聖母子像)을 가리킨다.

경치를 구경했으며, 실험실에서 너무 오랜 시간을 틀어박혀 있었던 탓에 밖으로 나왔을 때 세상이 온통 눈부셔 보이는 사람에게 자연스러운 멍하고 무심한 태도로 지나가던 아이를 (그에게 딸이 없다는 것, 그것이 그의 가장 큰 슬픔이었다) 황홀히 바라보았다. 그래서 그는 손을 들어 부신 눈을 가린 채 천천히 걸었고, 순전히 공기를 호흡하기 위해 잠시 멈춰 서서 고개를 뒤로 젖혔다. 그러더니 그녀에게 하녀가 휴가 중인데 계단에 깔 새 카펫을 사야 한다고 말했고, 혹시 자기와 함께 새 카펫을 사러 가지 않겠느냐고 물었다. 한번은 그가 무슨 말을 하다가 램지 부부에 대한 얘기가 나왔다. 램지 부인을 처음 보았을 때 그녀는 회색 모자를 쓰고 있었고 열아홉이나 스무 살을 넘지 않은 나이였다고 했다. 그녀는 정말이지 놀랄 만큼 아름다웠지요. 마치 그곳 분수들 사이에 부인의 모습이 보이기라도 하는 것처럼, 그가 햄프턴 궁전의 큰길을 내려다보며 서 있었다.

릴리는 이제 응접실 계단을 바라보았다. 윌리엄의 눈을 통해, 그녀는 눈을 내리깐 채 평온하게 조용히 앉아 있는 어떤 여인의 형태를 보았다. 그녀는 골똘히 상념에 잠겨 있었다. (부인은 그 날 회색 옷을 입고 있었다고 릴리는 생각했다.) 열중한 눈빛이었다. 그녀는 절대 시선을 들어 올리지 않으려 했다. 그래, 저런 모습의 부인을 본 적이 있어. 하지만 그땐 부인이 회색 옷을 입지도 않았고, 저렇게 고요하지도 저렇게 젊지도 저렇게 평온하지도 않았지. 유심히 바라보며 릴리가 생각했다. 꽤 쉽사리 떠오르는 모습이었다. 그녀는 놀랄 만큼 아름다웠다고 윌리엄이 말했으니까. 하지만 아름다움이 전부는 아니었다. 아름다움에는 이런 벌칙이 있었다. 그것은 너무도 쉽게, 너무도 완벽하게 다가왔다. 그것은 삶을 정지시켰다. 삶을 얼어붙게 만들었다. 사람들은 빨갛게 달아오르거나 창백해지거나 이상하게 일그러지거나 밝아지거나 어두워지거나 하는 등, 얼굴에 나타난 사소한 동요들은 잊어버렸다. 하지만 그런 것들 때문에 잠시 그 얼굴을 알아볼 수 없다 해도 바로 그런 것들이 더해 준 자질은 그 후로도 영원히 사람들의 기억에 남았다. 이 모든 것들을 아름다움이라는 포장 아래 매끄럽게 지워 버리는 것이 더 간단했다. 하지만 사냥모자를 머리 위에 아무렇게나 얹을 때나 풀밭을 가로질러 뛰어갈 때나 정원사 케네디를 나무랄 때 부인이 지었던 표정은 무엇이었을까? 릴리는 궁금했다. 누가 그녀에게 말해 줄 수 있을까? 누가 그녀를 도와줄 수 있을까?

자신의 의지에 반해 현실의 수면 위로 떠오른 그녀는, 상념에 잠겨 집중하던 그림에서 반쯤 빠져나와 마치 비현실적인 것을 목도하듯 약간은 멍한 표정으로 카마이클 씨를 바라보는 자신을 인지했다. 그는 불룩한 배 위로 두 손을 깍지 껴 얹은 채 의자에 앉아서, 책을 읽지도 잠을 자지도 않고, 현존을 포식(飽食)한 생명체처럼 햇볕을 쬐고 있었다. 그의 책이 풀밭 위에 떨어져 있었다.

그녀는 그에게 곧장 다다가 "카마이클 씨!" 하고 부르고 싶었다. 그러면 녹색 눈을 흐릿하고 멍하게 뜨고 있던 그가 늘 그렇듯 자애로운 표정으로 위를 올려다보겠지. 하지만 자는 사람을 깨우려면 그 사람에게 하고 싶은 말이 무엇인지 정도는 확실히 알고 있어야 한다. 그런데 그녀는 한 가지가 아니라 모든 걸 말하고 싶었다. 겨우 몇 마디 말을 해 봤자 생각을 허물고 조각낼 뿐 아무것도 말하지 못한 셈이 될 터였다. "삶에 대해, 죽음에 대해, 램지 부인에 대해." 아니, 누구에게든 어떤 말도 할 수 없다고 그녀는 생각했다. 순간의 긴박함은 항상 과녁을 벗어났다. 말들이 퍼덕이며 비스듬히 날아가 목표에서 몇 센티미터 아래에 부딪혔다. 그러면 말을 포기하게 되고, 말을 포기하면 다시 생각이 주저앉고, 그러다 대부분의 중년들처럼 미간 주름과 근심하는 표정을 늘 달고 사는 조심스럽고 은밀한 사람들이 되었다. 왜냐하면, 몸이 느끼는 이런 감정들을 어떻게 말로 표현할 수 있겠는가? 저곳의 텅 빈 느낌을 어떻게 표현할 수 있겠는가? (그녀는 응접실 계단을 바라보았고, 그것은 유달리 텅 비어 보였다.) 그것은 몸이 느끼는 것이지 마음이 느끼는 것이 아니었다. 계단의 횅댕그렁한 모습과 동반하는 신체적 감각이 갑자기 극도로 불쾌해졌다. 원하지만 가지지 못한다는 것이 그녀의 온몸을 경직시키고 공허하게 만들고 긴장시켰다. 그런데 원하지만 가지지 못한다는 것이 — 원하고 또 원한다는 것이 — 얼마나 가슴을 아프게 쥐어짜는지, 얼마나 쥐어짜고 또 쥐어짜는지! 아, 램지 부인! 릴리는 배 옆에 앉은 저 영적 본질, 램지 부인으로 이루어진 관념적 정수, 회색 옷을 입은 저 여자를, 마치 부인이 가 버린 것과 갔다가 다시 돌아온 것에 대해 욕이라도 하는 것처럼 조용히 불러 보았다. 그녀를 생각하는 것은 안전해 보였었다. 부인은 낮이나 밤 그 어느 때라도 쉽고 안전하게 함께 놀 수 있는 것, 유령이나 공기나 무(無)와 같은 그런 존재였었다. 그랬는데, 그런 부인이 느닷없이 손을 뻗어 그녀의 가슴을 아프게 쥐어짰다. 갑자기 텅 빈 응접실 계단, 안에 놓인 의자의 주름 장식, 테라스에서 공중제비를 넘는 강아지, 정원의 식물들이 물결치며 속삭이는 소리가 완벽히 텅 빈 중심을 둘러싸면서, 화려하게 덩굴처럼 퍼져 나가는 곡선으로 이루어진 당초무늬*처럼 변했다.

"그게 무슨 뜻이죠? 이 모든 걸 어떻게 다 설명하실 건가요?" 다시 카마이클 씨에게로 고개를 돌리며, 그녀는 묻고 싶었다. 온 세상이 이 이른 아침 시간에 상념의 웅덩이 속에, 현실의 깊은 저수지 속에 용해되어 버린 것 같아서, 카마이클 씨가 뭐라고 한 마디만 해도 작은 틈이 그 웅덩이의 표면을 찢어 갈랐을 거라는 상상이 들 정도였다. 그렇다면 그런 다음엔? 무언가가 모습을 드러낼 것이다. 손 하나가 불쑥 튀어나오든지, 칼날이 번득이든지. 물론 다 허튼소리였다.

그녀는 자신이 말로 꺼내 놓지 못한 것들을 그가 어떻게든 다 알아들을 것 같다는 묘한 기분이 들었다. 그는 턱수염에 노란 얼룩을 묻히고 다니는 속을 알 수 없는 노인이었고, 시를 짓거나 퍼즐을 풀면서 자신의 모든 욕구를 충족시키는 세상을 평화롭게 항해했기에, 그가 잔디밭에 누워 그저 손을 내리기만 하면

---

* 여러 가지 덩굴이 꼬이며 뻗어 나가는 모양의 무늬.

그가 원하는 어떤 것이라도 낚아 올릴 수 있다고 그녀는 생각했다. 그녀는 자신의 그림을 바라보았다. 그것이 어쩌면 그의 대답일지도 몰랐다. "당신"도 "나"도 "그녀"도* 모두 지나가고 사라지지요. 아무것도 영원히 머물 순 없어요. 모든 것은 변하기 마련이거든. 하지만 글과 그림은 아니지요. 하지만 제 그림은 다락방에나 걸릴걸요. 그녀가 생각했다. 돌돌 말려 소파 밑에 처박힐지도 모르고요. 하지만 그렇다 하더라도, 심지어 그런 그림에 대해서도, 변하지 않는다는 그 말은 사실이었다. 심지어 이 허접한 그림에 대해서조차도, 아마 실제 그림 자체에 대해서가 아니라 그것이 시도한 무언가에 대해서는, 그것이 '영원히 남아 있다'고 누구든 생각할 거라고 그녀는 말할 작정이었으나, 그런 말을 입 밖에 내자니 자신이 생각하기에도 지나치게 자랑하는 느낌이라, 그저 말없이 암시하기로 했다. 그녀가 자신의 그림을 바라보고 있는데, 어느 순간 놀랍게도 그림이 보이지가 않았다. 그녀의 두 눈 가득 차오른 뜨거운 액체가 (그녀는 처음엔 아예 눈물이라는 생각을 하지 못했다) 공기를 탁하게 만들면서 변함없이 입술을 굳게 다문 그녀의 뺨을 타고 흘러내렸다. 그녀는 그 눈물을 제외한 다른 모든 면에서는 자신을 완벽히 통제했다. 암, 그렇고 말고! 그렇다면 그녀는 어떤 불행을 인식해서가 아니라 램지 부인을 위해서 눈물을 흘린 것일까? 그녀는 다시 카마이클 노인에

* 순서대로 릴리, 카마이클 씨, 램지 부인을 가리킨다.

게 말을 건네고 싶었다. 그렇다면 그건 뭐죠? 무엇을 의미할까요? 이런저런 것들이 손을 쭉 뻗어 올리면 뭐 하나라도 쥘 수 있나요? 칼날이 뭐라도 벨 수 있나요? 주먹이 뭐라도 움켜잡을 수 있나요? 안전을 보장할 수 없다고요? 세상 돌아가는 이치를 머릿속에 철저히 새길 수도 없다고요? 길잡이도 피난처도 없고, 만사가 다 기적이며, 뾰족탑 꼭대기에서 공중으로 뛰어내리는 것과 같다고요? 나이 든 사람들에게조차, 삶이란 이런 소스라치게 놀랍고 예측 불가능한 미지의 것인가요? 잠시 그녀는 그들 두 사람이 지금 여기 잔디밭에서 몸을 일으켜, 삶이 왜 그토록 짧고 왜 그토록 불가해한지 설명을 요구한다면, 모든 것을 숨김없이 알아야 하고 충분한 능력을 갖춘 두 사람이 말할 법한 사나운 어조로 그렇게 요구한다면, 그러면 아름다움이 태평스레 모습을 드러내고 공간이 충만해지고 그 텅 빈 당초무늬의 장식 곡선들이 형태를 갖출 것이고, 또한 그들이 큰 소리로 외치면 램지 부인도 되돌아올 것 같은 느낌이 들었다. “램지 부인!” 그녀가 크게 소리쳐 불렀다. “램지 부인!” 눈물이 그녀의 뺨 위로 흘러내렸다.

6

[매칼리스터의 아들이 잡은 물고기들 중 한 마리를 집어 들어 그것의 옆구리에서 살점을 네모지게 잘라 내 낚싯바늘에 미끼 삼아 끼

워 넣었다. 그리고 그 살점 잘린 물고기를 (그것은 여전히 살아 있었다) 바닷속으로 내던졌다.]

7

"램지 부인!" 릴리가 소리쳤다. "램지 부인!" 하지만 아무 일도 일어나지 않았다. 고통만 커질 뿐이었다. 마음속 번민이 이토록 사람을 어리석게 만드는 구나! 그녀는 생각했다. 어쨌든 저 노인은 내 고함 소리를 듣지 못했어. 그는 여전히 인자하고 차분한 모습이었다. 누군가는 숭고해 보인다고 생각할 수도 있었다. 천만다행으로, 그녀가 고통아 멈추어라, 멈추어다오,라고 울부짖는 수치스러운 소리는 아무도 듣지 못했다. 겉으로 보기에 그녀는 아주 멀쩡해 보였다. 그녀가 발 딛고 있던 좁은 판자 조각에서 절멸의 바다로 뛰어드는 광경을 누구도 보지 못했다. 그녀는 여전히 잔디밭 위에서 그림 붓을 들고 서 있는 깡마른 노처녀였다.

그리고 이제 결핍의 고통과 쓰라린 분노는 (결코 다시는 램지 부인 때문에 슬퍼하지 않겠노라 다짐하고도 다시 불려 간 것에 대한 분노. 그녀가 아침 식사 때 커피 잔들을 보면서 부인을 그리워했던가? 천만에) 서서히 줄어들었고, 그 자체로 진통제인 위안이 고통과 분노가 야기한 번뇌에 대한 해독제로서 남겨졌는데, 그리고 또한, 하지만 좀 더 신비롭게도, 거기에 누군가 있다는 느낌이, 저세상에 갈 때 가져간 하얀 꽃으로 만들어진 화환을 이마에 둘러쓴 (이것이 가장 아름다운 모습의 램지 부인이었기 때문이다) 램지 부인이 그녀의 곁에 잠시 머물러 있다는 느낌이, 세상이 그녀에게 부과한 무거운 짐을 덜어 내어 주는 것 같았다. 릴리는 물감 튜브를 다시 꽉 짰다. 그녀는 산울타리 문제의 해결에 돌입했다. 릴리는 램지 부인이 예의 그 빠른 걸음걸이로 부드러운 들판을 가로질러, 자줏빛 고랑 사이로 히아신스나 백합꽃들 사이로 걸어가다 사라지는 모습이 자기 눈에 또렷이 보였다는 게 너무도 신기했다. 그것은 화가의 눈이 만들어 낸 모종의 환각이었다. 램지 부인이 죽었다는 소식을 들은 후 며칠 동안, 릴리는 램지 부인의 이런 모습을, 머리에 화환을 쓴 부인이 아무런 의심 없이 그녀의 동행인 그림자와 함께 들판을 가로질러 가는 모습을 보았다. 그 광경에는, 그 문구에는, 위로하는 힘이 있었다. 그녀가 어디에 있든, 여기 시골에서 그림을 그리든 아니면 런던에 있든, 그 환상은 그녀 앞에 나타났고, 반쯤 감긴 그녀의 눈이 그 환상의 토대가 될 무언가를 찾으려 애썼다. 그녀는 기차와 버스를 내려다보았고, 어깨나 뺨에서 선을 따왔고, 맞은편 창문들을 쳐다보았고, 저녁에는 전등 불빛이 길게 이어지는 피커딜리 광장을 바라보았다. 이 모든 것이 죽음의 들판*을 이루는 한 부분이었다. 하지만 얼굴이든 목소리든 아니면 '스탠더드,

* 앞서(1부 5장) 윌리엄 뱅크스가 램지 부인의 미모를 상찬할 때 아스포델 초원을 언급한 바 있다.

뉴스'를 외치는 신문팔이 소년이든, 항상 무언가가 불쑥 나타나 그녀를 밀치거나 타박하거나 깨우면서 그녀의 관심을 요구하고 결국은 얻어 내는 바람에 그녀는 환상을 끊임없이 다시 만들어야만 했다. 이제 다시 거리감과 파란색이 필요하다는 것이 본능적으로 느껴진 까닭에, 그녀는 몇 걸음을 움직여 발아래의 만을 내려다보면서, 파란 줄무늬 모양의 파도를 작은 언덕으로, 짙은 자줏빛의 공간을 돌이 많은 들판으로 상상했다. 그러다 다시금 그녀는 뭔가 어울리지 않은 사물로 인해 여느 때처럼 상상에서 깨어났다. 만의 한가운데 갈색 얼룩 하나가 있었다. 배였다. 그랬다. 단번에는 아니었지만 그녀는 그것을 알아보았다. 하지만 누구의 배지? 램지 씨가 탄 배야. 그녀가 자답했다. 아름다운 장화를 신고 행렬의 선두에서 무관심한 표정으로 한 손을 들어 올려 인사한 뒤 그녀를 지나쳐 행군하듯 가 버린 남자, 그녀에게 동정을 구했다가 거절당한 남자인 램지 씨. 배는 이제 만을 절반쯤 가로지른 곳에 있었다.

여기저기서 한 줄기씩 불어오는 실바람만 아니라면 너무도 화창한 아침이어서, 마치 돛이 하늘 높이 걸린 듯, 혹은 구름이 바닷속에 빠진 듯, 바다와 하늘이 모두 하나로 이어진 직물처럼 보였다. 바다 저 멀리 떠 있는 기선이 거대한 소용돌이 모양으로 뿜어낸 연기가 곡선과 원을 그리며 하늘을 장식했는데, 마치 공기가 질 좋은 비단 천인 양 연기를 담아 그 그물코 안에 살며시 보관하다가 그것을 그저 부드럽게 이쪽저쪽으로 흔드는 것 같았다. 그리고 날씨가 아주 화창하면 가끔 일어나는 일로, 마치 해안 절벽이 배들을 의식하고 배들이 해안 절벽을 의식하면서 자기들끼리 아는 어떤 비밀스러운 메시지를 서로에게 신호로 알리는 것처럼 보였다. 가끔은 해안과 꽤 가까이 있는 것처럼 보이던 등대가 오늘 아침의 안개 속에서는 굉장히 멀게 느껴졌다.

"그들은 지금 어디에 있을까?" 바다를 내다보면서 릴리가 생각했다. 겨드랑이에 갈색 종이 꾸러미를 끼운 채 조용히 내 옆을 지나간 그 늙은 남자는 어디 있을까? 배는 만 한가운데 있었다.

8

저기 있는 사람들은 아무것도 느끼지 못할 거야. 물결을 타는 배의 움직임에 따라 오르내리며 꾸준히 점점 더 멀어지고 점점 더 평화로워 보이는 해안을 바라보면서, 캠이 생각했다. 그녀의 손이 물살을 가르며 바다에 긴 항적을 남기는 동안, 그녀의 마음은 녹색의 소용돌이와 기다란 흔적을 일정하게 반복되는 무늬로 만들었고, 또한 수의에 싸인 시신처럼 마비된 채 저 수중(水中)의 저승을 상상 속에서 배회했다. 그곳에서는 하얀 물보라에 진주들이 뭉키어 알알이 박혔고, 녹색 불빛을 받아 녹색 망토에 싸여 반쯤은 투명하게 빛나는 그녀의 몸과 마음 전체에 어떤 변화가 찾아왔다.

그러다가 그녀의 손 주위에 형성되는 소용돌이가 느슨해졌다. 급한 물살이 멈췄고 세상은 작게 삐걱대고 끽끽대는 소리들로 가득 채워졌다. 마치 항구에 정박한 것처럼 배의 옆구리에 파도가 부딪쳐 부서지는 소리가 들렸다. 모든 것이 매우 가까워졌다. 제임스의 입장에서는 내내 시선을 고정하고 있다 보니 나중에는 자신이 아는 사람처럼 보이기까지 했던 돛이 완전히 축 늘어졌다. 배가 멈추어 섰고, 뜨거운 햇빛 아래 해안에서 몇 킬로미터 떨어지고 등대에서도 몇 킬로미터 떨어진 그곳에서 불안한 기색으로 바람을 기다렸다. 세상의 모든 것이 고요하게 멈춰 선 듯했다. 등대도 더는 움직이지 않았고, 저 멀리 해안선도 고정되었다. 햇볕이 점점 더 뜨겁게 달아오르자, 모두에게 서로의 거리가 매우 가깝게 느껴지고 지금껏 거의 잊고 있던 서로의 존재가 감지되는 듯했다. 매칼리스터가 낚싯줄을 바닷물에 수직으로 늘어뜨렸다. 하지만 램지 씨는 다리를 꼬고 앉아 독서를 이어 갔다.

그는 물떼새의 알처럼 얼룩덜룩하고 손때로 반질반질한 표지의 조그만 책을 읽고 있었다. 다른 사람들이 저 무시무시한 고요 속에서 서성일 때도, 그는 이따금 책장을 넘길 뿐이었다. 그리고 제임스는 아버지가 자신을 겨냥하여 어떤 특유의 몸짓으로 책장을 넘긴다고 느꼈다. 때로는 단언하고 때로는 명령하고 때로는 사람들의 연민을 유도하는 몸짓으로 책장을 넘겼는데, 그렇게 그의 아버지가 그 조그만 책장을 한 장 또 한 장 넘기면서 읽는 내내, 제임스는 아버지가 금방이라도 그를 올려다보며 날카롭게 이런저런 지적을 할까 봐 줄곧 두려웠다. 왜 여기서 이렇게 꾸물대고 있는 거냐?라는 식으로 아주 억지스럽게 퉁을 놓을 것 같았다. 그리고 혹시라도 아버지가 그렇게 나온다면, 칼을 빼어 들어 그의 심장을 콱 찔러 버리겠노라고 제임스는 마음먹었다.

그는 칼을 들어 아버지의 심장을 찌른다는 이 오래된 상징을 항상 마음속에 품고 있었다. 나이를 어느 정도 먹고도 무력한 분노에 휩싸여 아버지를 노려보며 앉아 있는 지금에야, 그가 죽이고 싶은 대상은 아버지가 아니라, 책을 읽고 있는 저 늙은 남자가 아니라, 그게 뭔지는 몰라도 자신을 습격한 그 무엇이라는 생각이 들었다. 그것은 난데없이 달려들어 사납게 공격하는 검은 날개의 하피*였다. 온통 차갑고 단단한 그것의 발톱과 부리가 자신을 공격하고 또 공격하다가 (제임스는 어릴 때 자신의 맨다리를 쪼았던 그 부리의 감각이 아직도 생생하게 느껴졌다) 어느 순간 황급히 달아나는가 싶더니, 다시 저기에서 아주 서글픈 노인으로 변신하여 책을 읽고 있었다. 바로 그것을 그는 죽일 작정이었다. 심장에 칼을 꽂을 작정이었다. 자기가 무엇을 하든지, (그는 등대와 저 멀리 해안을 바라보면서 자신은 무엇이든 할 수 있다고 느꼈다) 장사를 하든지, 은행에서 일하든지, 변호사가 되든지, 어떤 사업을 이끌든지 간에, 그는 자신이 독재나 폭정이라고 부르는 것 — 사람들에게 원하지 않는 일을 억지로 강요하고 말할 권리를 묵살하는 것 — 에 대항해 싸울 작정이었고, 그것을 끝까

* 고대 그리스·로마 신화에 나오는, 여자의 머리와 몸에 새의 날개와 발을 가진 괴물을 말한다.

지 추적하여 밟아 없앨 생각이었다. 등대로 가자, 이걸 해라, 저걸 나한테 가져와라,라고 아버지가 말할 때, 하지만 난 싫어요, 라고 그 누가 말할 수 있겠는가? 검은 날개를 펼치더니 그 단단한 부리로 사납게 쪼아 댈 텐데 말이다. 그런데 다음 순간, 아버지는 거기에 앉아 책을 읽고 있었다. 그리고 누가 알겠는가? 그가 고개를 들어 올리는 이유가 꽤나 합당한 것일 수도 있었다. 매칼리스터 부자에게 말을 걸 수도 있고, 거리에 나앉아 추워 벌벌 떠는 어떤 노파의 손에 1파운드짜리 금화를 쥐어 주거나, 낚시꾼들이 게임하는 걸 보며 함성을 지르거나 신이 나서 허공에다 팔을 휘두를 수도 있을 터였다. 아니면 저녁 식사 내내 식탁 상석에서 아무 말 없이 조용히 앉아 있을 수도 있었다. 그래, 맞아. 뜨거운 햇볕 속에서 배가 철썩이며 빈둥거리는 동안, 제임스는 생각했다. 풀 한 포기 나무 한 그루 없이 쓸쓸하고 눈과 바위로만 뒤덮인 황야에서, 아버지가 다른 사람들이 들으면 놀랄 만한 말을 하는데, 그곳엔 오직 두 쌍의 발자국만, 자신의 발자국과 아버지의 발자국만 남아 있다는 느낌을 제임스는 요즘 들어 상당히 자주 받았다. 그들만이 서로를 알았다. 그렇다면 이 두려움과 증오는 무엇이란 말인가? 살아오면서 자신의 안에 겹겹이 쌓인 과거를 낱낱이 되돌아보고, 빛과 그늘이 서로에게 촘촘한 얼룩을 남기는 바람에 모든 형태가 왜곡되어 보이는 한편 누구든 때로는 햇빛에 눈이 부셔서 때로는 그늘진 어둠 때문에 실수를 저지르게 되는 숲속 한가운데를 자세히 들여다보면서, 그는 자신의 격해진 감정을 식히고 분리하여 구체적인 형태로 다

들어 낸 하나의 심상을 찾으려고 애썼다. 그렇다면 유모차나 누군가의 무릎 위에 무방비하게 앉아 있던 한 어린아이가, 짐마차 한 대가 악의 없이 그저 모른 채 누군가의 발을 짓밟고 지나가는 광경을 목격했다고 가정해 보면 어떨까? 그가 풀밭에서 온전하고 매끄럽던 그 발을 먼저 보고 나서, 그 다음에 바퀴를 보고, 그러고 나서 똑같은 발인데 으깨지고 보라색으로 변한 모습을 보았다면? 하지만 바퀴는 죄가 없었다. 마찬가지로, 그의 아버지가 이른 아침에 큰 걸음으로 복도를 내려와 등대에 가자면서 문을 두드려 그들을 깨웠을 때, 그 바퀴가 그의 발과 캠의 발을, 혹은 어느 누구의 발이든 짓밟고 지나간 셈이었다. 그리고 누군가가 앉아서 그런 장면을 지켜보았다.

하지만 그는 지금 누구의 발에 대해 생각하고 있는 것일까? 그리고 이 모든 건 어느 정원에서 일어난 일일까? 이 장면들이 벌어진 배경과 상황이 있었기 때문에 묻는 말이다. 그곳에서 자라던 나무와 꽃이 있었고, 특정한 빛과 몇몇 인물들이 있었다. 모든 것이 이런 우울함도 이런 싸움도 전혀 없는 어떤 정원을 배경으로 일어나는 일 같았고, 사람들은 일상적인 어조로 말했다. 그들은 하루 종일 들락거렸다. 부엌에서는 어떤 노파가 수다를 떨었고, 부드럽게 부는 바람이 블라인드를 빨아들였다 내뱉었다 했다. 모든 것이 꽃을 피웠고 모든 것이 생장하고 있었다. 밤이면 그 모든 접시와 그릇과 늘씬한 몸매로 아름다움을 과시하는 빨갛고 노란 꽃들 위로, 포도나무 잎처럼 아주 얇고 노란 베일이 드리워졌다. 밤에는 사물들이 더욱 고요해지고 어두워졌다. 하지만 그 나뭇잎 같은 베일은 너무 얇아서 빛에 쉽게 걷히고, 목소리에 쉽게 구겨졌다. 그래서 그는 그것에 구애받지 않고 누군가가 허리를 굽히는 모습을 볼 수 있었고, 가까이 다가왔다가 가 버리는 소리와 옷자락이 바스락대는 소리와 목걸이가 짤랑이는 소리를 모두 들을 수 있었다.

바퀴가 그 사람의 발을 짓밟고 지나간 곳이 바로 이런 세계였다. 무언가가 머물면서 그의 위로 그림자를 드리우더니 다른 곳으로 움직일 생각을 하지 않았고, 무언가가 허공에 대고 과장된 몸짓으로 떠들어 댔으며, 심지어 칼날처럼, 언월도처럼, 메마르고 날카로운 무언가가 공중에서 내려와 그 행복한 세계의 이파리와 꽃들마저 세게 내리쳐 그것들이 시들어 떨어지게 만들었던 것을 그는 기억했다.

"비가 올 거다." 아버지가 이렇게 말했던 것을 그는 기억했다. "등대에는 못 갈 거야."

그때의 등대는 저녁에 갑자기 그리고 부드럽게 뜨는 노란 눈을 가진 안개 자욱한 은빛의 탑이었다. 지금의 등대는 —

제임스가 등대를 바라보았다. 하얀 포말에 씻긴 바위들과 삭막하게 위로 쭉 뻗은 탑이 보였다. 검정색과 흰색이 번갈아 칠해진 탑의 줄무늬도 보였다. 탑에 난 창문들도 보였고, 심지어 햇볕에 말리려고 바위 위에 널어놓은 빨래도 보였다. 그러니까 저것이 등대였다. 그렇지 않은가?

아니다. 예전에 본 다른 것도 등대였다. 어떤 것도 그저 단순히 한 가지일 수는 없기 때문이다. 다른 것 또한 등대였다. 만을 가로질러 저쪽에 있는 등대는 가끔 보이지 않을 때도 있었다. 저녁에 고개를 들면 등대가 눈을 씀벅이는 것이 보였고, 등대 불빛이 그들이 앉아 있던 바람 잘 통하고 햇볕 잘 드는 정원의 그들한테까지 닿을 것 같았다.

하지만 그는 생각을 멈췄다. 그가 '그들'이나 '어떤 사람'이라고 말할 때마다, 누군가가 바스락거리며 다가오는 소리와 누군가가 짤랑거리며 멀어지는 소리가 들리기 시작했고, 그는 방 안에 누가 있든 간에 그 존재에 대해 극도로 예민해졌다. 지금 그 존재는 바로 아버지였다. 긴장이 격심해졌다. 금방이라도 바람이 불지 않으면 아버지가 책을 탁 덮고 "대체 무슨 일이야? 왜 여기서 빈둥대는 거지, 응?"이라고 말할 것이 빤했다. 예전에도 언젠가 테라스에서 아버지가 창 안에 앉아 있는 자신과 어머니 앞에서 칼날을 휘두르자 어머니의 온몸이 완전히 경직되어 버린 적이 있는데, 그때 만약 손 닿는 곳에 도끼나 칼, 혹은 끝이 뾰족한 것이 뭐라도 있었다면, 그는 그것을 손에 움켜쥐고 아버지의 심장을 꿰뚫었을 터였다. 어머니의 온몸이 뻣뻣해지는가 싶더니 자신을 안고 있던 팔이 느슨해졌고, 그녀는 이제 더 이상 자신의 말에 귀 기울이지 않았다. 어쩐지 어머니가 이미 자리에서 일어나 그곳에 자신을 남겨 둔 채, 손에 가위를 쥐고 바닥에 앉아 있는 무력하고 우스꽝스러운 모습의 자신을 떠나 어디론가 가 버린 것 같은 기분이 들었다.

바람 한 점 불지 않았다. 물이 뱃바닥에서 낄낄 콸콸 소리를 냈다. 거기 고인 물웅덩이에서 고등어 서너 마리가 꼬리로 바닥을 치며 펄떡거렸다. 웅덩이가 야트막해서 물고기들이 채 다 잠기지도 않았다. 언제라도 램지 씨가 (제임스는 차마 아버지를 쳐다볼 용기가 없었다) 집중해서 읽던 책을 탁 덮고는 무언가 뾰족한 말을 내뱉을 것 같았지만, 당장은 그가 계속 책을 읽기에, 제임스는 마치 나무 삐걱거리는 소리가 났다가는 집 지키는 개가 깰까 봐 두려워 맨발로 살금살금 아래층으로 내려가듯이 아주 은밀하게 생각을 이어 갔다. 어머니는 어떤 사람이었지? 그날은 어디로 가신 거지? 그는 어머니를 따라서 이 방 저 방을 돌아다니다가 마침내 마치 수많은 도자기 접시에서 빛이 반사된 것처럼 파란빛이 감도는 방에 도착했는데, 그 파란빛 속에서 그녀가 누군가에게 말을 걸었고, 그는 그녀가 하는 말에 귀를 기울였다. 그녀가 하인에게 뭐든 그저 머릿속에 떠오르는 대로 단순하게 말했다. "오늘 밤에 커다란 접시가 필요해. 그게 어디 있지? 그 파란 접시 말이야." 어머니만이 진실을 말했다. 그도 어머니에게만 진실을 얘기했다. 그것이 아마도 그가 어머니에게 영원히 마음이 끌리는 근본적인 이유였을 것이다. 어머니에게는 머릿속에 그저 떠오르는 말을 아무렇게나 할 수 있었다. 그녀는 그런 사람이었다. 하지만 어머니를 생각할 때마다 그는 늘 아버지를 의식했다. 아버지는 그의 생각을 그림자처럼 쫓아다니며 그늘지게 하고 불안과 두려움으로 떨게 만들었다.

마침내 생각하기를 멈춘 그는 키에 손을 얹고 내리쬐는 태양 아래 등대를 응시하면서, 움직일 수도, 자신의 마음속에 차례로 자리 잡은 불행의 알갱이들을 털어 내 버릴 수도 없어서, 그저 거기 그렇게 앉아 있었다. 밧줄 하나가 거기에 그를 묶어 둔 것 같았다. 아버지가 그것을 매듭지어 놓은 터라, 칼을 집어 밧줄을 내리치지 않고는 도무지 탈출할 수가 없는 상태였다… 하지만 바로 그 순간 돛이 천천히 빙글 돌더니 느리게 부풀어 올랐고, 배가 몸을 몇 번 부르르 떤 뒤 잠에서 반쯤 깬 몽롱한 상태로 움직이기 시작했다. 그런 다음엔 이내 완전히 깨어 파도를 헤치며 빠르게 나아갔다. 그때의 안도감은 엄청난 것이었다. 그들은 모두 다시금 서로에게서 멀리 떨어져 편안해 보였고, 물속에 드리워진 낚싯줄이 배의 측면을 가로질러 팽팽한 사선을 그렸다. 그러나 그의 아버지는 아직 몽롱함에서 깨어나지 않았는지, 마치 어떤 비밀 교향곡을 지휘하기라도 하듯 오른손을 기이하게 허공에 높이 들어 올렸다가는 다시 무릎에 떨어뜨렸다.

9

[바다 위에 얼룩 한 점 없네. 여전히 서서 만을 내려다보며, 릴리 브리스코가 생각했다. 바다가 만을 가로질러 비단처럼 펼쳐졌다. 거리라는 것은 비범한 힘을 가지고 있었다. 저 거리에 삼켜진 그들은 영원히 사라져 사물의 본질 속 한 부분이 되어 버렸다고 그녀는 생각했다. 너무도 고요하고 너무도 조용했다. 기선 자체는 이미 사라져 보이지 않았지만, 여전히 공중에 걸린 거대한 소용돌이 모양의 연기가 이별을 고하는 깃발처럼 슬픔에 잠겨 늘어져 있었다.]

10

섬이 저렇게 생겼구나. 손가락으로 한 번 더 물살을 가르며, 캠이 생각했다. 이렇게 바다로 멀리 나와 섬을 바라보는 건 이번이 처음이었다. 바다 위에 그렇게 놓인 그 섬은 두 개의 뾰족한 바위산 사이로 가운데가 움푹 팬 형태였는데, 바다가 그곳으로 밀려들어 갔다가 섬의 양쪽으로 몇 킬로미터씩 퍼져 나갔다. 섬은 아주 작았다. 마치 나뭇잎이 똑바로 서 있는 것 같은 생김새였다. 그녀는 침몰하는 선박에서 탈출하는 모험담을 머릿속으로 상상하기 시작했고, 그래서 우리는 작은 배를 탔어요,라고 생각했다. 하지만 바닷물이 손가락 사이로 흘러가고, 해초가 그 뒤로 물안개처럼 퍼지며 사라지자, 그녀는 스스로에게 어떤 이야기를 진지하게 들려주고 싶지가 않았다. 그녀가 원한 것은 모험과 탈출의 느낌이었다. 배가 항해를 계속할 때, 그녀는 나침반의 방위도 모른다고 아버지가 화를 낸 일이나 협약에 대한 제임스의 고집이나 그녀 자신의 번민이 모두 어떻게 사라지고 지나가고 흘러가 버렸는지를 생각하고 있었기 때문이다. 그러면 다음엔 무슨 일이 벌어질까? 바닷물에 깊이 담가 얼음처럼 차가워진 손에서 변화와 탈출과 (그녀가 살아남아 그곳에 도달해야 하는) 모험에 대한 기쁨이 분수처럼 솟구쳤다. 그리고 이 갑작스럽고 생각지도 못한 기쁨의 분수에서 떨어진 물방울들이 그녀의 마음속에서 잠자던 어두운 형체들 위 여기저기에 떨어졌다. 아직 구현되지는 않았으나 어둠 속에서 변화하며 여기저기서 섬

광 같은 불꽃을 일으키는 어떤 세계의 형체들이었다. 그것은 그리스일 수도 로마일 수도 콘스탄티노플일 수도 있었다. 비록 크기도 조그맣고 그 안과 주위에 황금빛 물이 흐르는 똑바로 선 나뭇잎 형태의 것이라도, 우주 안에 그것의 자리가 있을 거라고 그녀는 생각했다. 정말 저 작은 섬조차도 그럴까? 서재에 있던 노신사들이라면 자신에게 대답해 줄 수 있을 텐데,라고 그녀는 생각했다. 가끔 그녀는 그런 기회를 노리고 일부러 정원에서 길을 잘못 들어선 것처럼 서재로 들어가곤 했다. 그곳에서 그들이 (아마도 매우 나이 들고 매우 경직된 표정의 카마이클 씨이거나 뱅크스 씨일 텐데) 서로 마주보는 위치의 다리가 짧은 안락의자에 각각 앉아 있었는데, 그녀가 정원에서 안으로 들어갔을 때, 그들은 그들 앞에 완전히 뒤죽박죽으로 놓인 『더 타임스』의 지면들을 바스락대며 뒤적이고 있었다. 누군가가 예수에 관해 했던 말에 대한 기사도 있었고, 런던의 한 거리에서 발굴된 매머드 잔해에 관한 기사도 있었고, 위대한 나폴레옹의 성격에 관한 기사도 있었다. 이윽고 그들은 다리를 꼬고 앉은 채 이 모든 것을 깨끗한 손으로 집어 들었고 (그들은 회색 옷을 입고 있었고 헤더 꽃향기가 났다) 남은 것도 한데 쓸어 모아서 지면들을 주르륵 넘겨 보다가 이따금 매우 짧게 뭐라고 논평했다. 일종의 몽환 상태에서, 그녀는 선반에서 책을 하나 꺼내 들고 거기 서서, 그녀의 아버지가 이따금 가볍게 기침을 하면서 지면의 한쪽 끝에서 다른 쪽 끝까지 아주 균일한 글씨체로 아주 깔끔하게 무언가를 쓰거나 맞은편에 앉은 다른 노신사에게 간단하게 뭐라고 말하는 것을 지켜보았다. 그리고 그녀는 책을 펼친 채 거기 서서, 여기서는 무엇을 생각하든 그것을 물 위의 나뭇잎처럼 확장시킬 수 있다고 생각했다. 노신사들이 담배를 피우고 『더 타임스』가 바스락거리는 이곳에서 그것이 성공적으로 이루어진다면, 그렇다면 아무 문제도 없을 터였다. 그래서 서재에서 글을 쓰는 아버지를 지켜보면서, 그녀는 (지금 배에 앉아 있는) 아버지가 가장 사랑스럽고 가장 지혜롭다고 생각했다. 그는 자만심이 강하지도, 독재자도 아니었다. 정말로, 만약 그녀가 거기서 책을 읽고 있는 걸 아버지가 봤다면, 아버지는 그녀에게 누구 못지않게 다정한 목소리로 물었을 것이다. 혹시 뭐 필요한 거라도 있니?

이런 상상이 틀린 것이 되지 않도록, 그녀는 물떼새의 알처럼 얼룩덜룩하고 손때로 반질반질한 표지의 조그만 책을 읽는 아버지를 바라보았다. 그래, 내 생각이 옳았어. 지금 그의 모습을 좀 봐. 그녀는 제임스에게 큰 소리로 말하고 싶었다. (하지만 제임스의 시선은 돛에 붙박여 있었다.) 아버지는 빈정대기 좋아하는 야만인이야. 제임스는 반박할 터였다. 늘 자기 얘기 아니면 자기 책 얘기밖에 할 줄 몰라,라고 제임스는 말할 터였다. 견딜 수 없을 정도로 이기적이지. 제일 나쁜 건, 그가 독재자라는 거야. 하지만 봐봐! 아버지를 바라보며 그녀가 말했다. 지금 그의 모습을 좀 보라고. 그녀가 다리를 꼬고 앉아 조그만 책을 읽는 아버지를 바라보았다. 책의 내용은 모르지만 책장이 모두 누르스름하게 변했다는 걸 그녀는 알고 있었다. 활자가 빽빽하게 인쇄된 아주 조그만 책이었다. 그녀는 아버지가 그 책의 면지에다 정찬에 십오 프랑을 썼고 포도주를 너무 많이 시켰고 웨이터에게 팁을 너무 많이 주었다고 쓰고는, 그 지면의 하단에 깔끔하게 합산까지 해 놓은 것을 알고 있었다. 하지만 아버지의 호주머니 속에서 내내 모서리가 닳아 둥글어진 그 책에 어떤 내용이 들어 있는지는 알지 못했다. 그가 무슨 생각을 하는지는 그들 중 아무도 알지 못했다. 하지만 그는 책에 열중하고 있었기 때문에, 방금 전 잠시 그랬던 것처럼 그가 고개를 들어 올릴 때, 그것은 뭔가를 보기 위해서가 아니라 어떤 생각을 좀 더 명확하게 정리하기 위해서였다. 그것을 해결하고 나면, 그의 마음은 다시 본래 있던 곳으로 되돌아갔고, 그는 다시 책 속에 빠져들었다. 그녀는 아버지가 마치 무언가를 인도하는 안내자나 수많은 양 떼를 구슬려 몰고 가는 목동이나 비좁은 외길을 기어이 오르고 또 오르는 탐험가처럼 책을 읽는다고 생각했다. 그는 때로는 덤불 사이를 헤치며 빠르게 곧장 나아갔고, 때때로 나뭇가지가 부딪쳐오거나 가시덤불이 눈을 찌르러 달려들어도 결코 그저 손 놓고 얻어맞지는 않겠다는 각오로 한 장 한 장 넘기며 계속 읽어 나갔다. 그래서 그녀는 침몰하는 배에서 탈출하는 것에 관한 이야기를 계속 자신에게 들려주었다. 아버지가 거기에 앉아 있는 동안은 자신도 안전하다고 믿었기 때문이다. 그녀가 정원에서 서재 안으로 몰래 들어가 책장에서 책 한 권을 빼어 들었을 때, 그리고 그 노신사가 들고 있던 신문을 갑자기 내리더니 그 너머로 나폴레옹이라는 인물에 대해 매우 짧게 무슨 말인가를 했을 때 자신은 안전하다고 그녀가 느꼈던 것처럼, 지금도 그렇게 느꼈다.

그녀는 고개를 돌려 저 바다 위의 그 섬을 응시했다. 그런데 뾰족했던 그 나뭇잎 모양이 그녀의 시야에서 점차 뭉툭하게 변했다. 사방에서 파도가 출렁거렸다. 통나무 하나가 파도 위를 뒹굴며 굼실거렸다. 갈매기 한 마리가 다른 곳에 내려앉아 파도를 탔다. 손가락을 물에 담가 첨벙이며, 그녀는 여기쯤에서도 어떤 배가 침몰했을 거라고 상상했고, 반쯤 잠이 든 몽롱한 상태로 중얼거렸다. 이렇게 우리는 죽는구나, 저마다 홀로.

11

정말 많은 것이 거리(距離)에 좌우되는구나. 얼룩 한 점 찾아보기 힘들 만큼 아주 매끄러워서 배와 구름들이 그 파란 물에 맞춤으로 끼워진 듯 보이는 바다를 바라보면서, 릴리 브리스코가 생각했다. 정말 많은 것들이 거리에, 다시 말해 사람들이 우리들 가까이 있는가, 멀리 떨어져 있는가에 달려 있다고 그녀는 생각했다. 왜냐하면 램지 씨가 만을 가로질러 점점 더 멀리 항해할수록 그에 대한 그녀의 감정도 변했기 때문이다. 거리가 더 길어지고 늘어날수록 그가 점점 더 멀어지는 기분이었다. 그와 그의 아이들이 그 파란색에, 그 거리에, 삼켜진 듯 보였다. 하지만 여기 잔디밭에서는, 손 내밀면 닿을 듯 가까운 거리에서, 카마이클 씨가 느닷없이 툴툴거리는 소리가 났다. 그녀가 소리 내어 웃었다. 그가 손을 뻗어 잔디밭에 떨어진 책을 낚아채듯 주워 올리더니, 어느 바다 괴물처럼 씩씩대고 헐떡대면서 도로 의자에 제대로 앉았다. 그것은 완전히 다른 모습이었다. 그는 아주 가까이 있기 때문이었다. 그리고 다시 모든 것이 고요해졌다. 집 쪽을 바라보면서, 지금쯤 모두가 잠자리에서 일어나지 않았을까 하는 생각이 들었지만, 바깥에서 보기엔 전혀 그런 기색이 보이지 않았다. 그런데 그때 사람들이 보통 식사를 마치고 나면 모두 각자 볼일을 보러 곧장 자리를 떴다는 사실이 생각났다. 그것은 모두 이른 아침 시간의 이런 고요함, 이런 텅 빈 느낌, 이런 비현실적인 감각과 잘 어울렸다. 거기 잠시 머물러 햇빛에 반짝이는 기다란 창들과 파란색으로 피어오르는 연기 기둥을 바라보면서, 그녀는 비현실적인 모습을 띠는 것도 때때로 사물이 취하는 한 방식일 거라고 생각했다. 그래서 사람들은 여행에서 돌아오거나 오랜 투병 생활 끝에 회복된 후, 평소 습관들이 원래대로 돌아오기 전까지는 모든 게 바로 그렇게 비현실적으로 느껴지고, 무슨 일이라도 벌어질 것만 같이 느껴져서, 깜짝 놀라게 되는 것이다. 그럴 때 삶은 가장 생생했다. 그녀의 마음도 편안했다. 앉을 만한 곳을 찾아 밖으로 나온 벡위스 노부인을 맞이하기 위해 잔디밭을 가로질러 가서, "오, 안녕하세요, 벡위스 부인! 날씨가 참 좋네요! 햇볕이 이렇게 내리쬐는데 밖에 나와 앉으셔도 괜찮으시겠어요? 재스퍼가 의자들을 다 치워 버렸지 뭐예요. 제가 하나 찾아드릴게요"라고 아주 활기차게 말을 거는 것을 시작으로 그 밖에 일상적인 한담을 이어 가지 않아도 되어서 정말 다행이었다. 아무 말도 할 필요가 없었다. 미끄러지듯 나아가다가도, (만에서 많은 움직임이 보이더니, 배들이 하나둘 출발하기 시작했다) 중간 중간 만사 제치고 뱃머리를 바람 부는 쪽으로 돌려 돛을 퍼덕이게도 했다. 만은 비어 있지 않고 넘치도록 가득 차 있었다. 그녀는 어떤 물질 속에 입술 높이까지 잠긴 채 서서, 움직이고 표류하다 가라앉는 느낌이 들었다. 그랬다. 왜냐하면 이런 물은 측량할 수 없을 만큼 깊기 때문이었다. 수많은 삶들이 넘쳐흘러 이 물속에 빠졌다. 램지 부부와 아이들의 삶도, 그 외에 온갖 종류의 잡동사니들도. 빨래 바구니를 든 세탁부, 까마귀, 레드핫 포커 꽃, 보라색과 회녹색의 꽃들도. 그리고 이 모든 것들을 하나로 묶는 어떤 공통의 느낌이 있었다.

어쩌면 바로 그런 완전함의 느낌이 십 년 전에 그녀가 지금 서 있는 곳 가까이 서서 자신이 이 장소를 사랑하는 게 분명하다는 말을 하게 만든 것인지도 모른다. 사랑은 수많은 형태를 지녔다. 사랑을 하는 사람들 중에는 사물의 요소들을 취사선택하고, 그것들을 잘 조합하여, 살면서 가져 본 적 없는 전체성을 자신들에게 부여하고, 어떤 장면이나 (이젠 모두 세상을 떠났거나 헤어진) 사람들과의 만남을 생각이 머물고 사랑이 노니는 그런 응축된 공 같은 것으로 만드는 재능을 타고난 사람들이 있을지도 모른다.

그녀의 시선이 갈색 반점으로 보이는 램지 씨의 돛단배 위에 머물렀다. 점심 먹을 때나 되어서야 등대에 도착하겠거니 싶었다. 하지만 어느덧 바람이 세게 불었고, 그래서 하늘이 약간 변하고 바다도 약간 변하고 배의 위치도 변해서, 조금 전까지만 해도 기적에 가까울 정도로 안정적이던 풍경이 이젠 영 마뜩지가 않았다. 바람 때문에 길게 늘어진 연기 자국도 이리저리 흩어져 버렸고, 배들의 위치도 뭔가 못마땅했다.

그런 불균형으로 인해 그녀 자신의 맘속 조화도 어긋나는 듯했다. 그녀는 막연히 극심한 불안감을 느꼈다. 그림 쪽으로 고개를 돌렸을 때에야, 그녀는 그 불안감이 무엇인지 확인할 수 있었다. 그녀가 여태 아침 시간을 허비하고 있었던 것이었다. 무슨 이유에서인지 그녀는 램지 씨와 그림이라는 두 개의 상반된 힘 사이의 면도날 같은 균형을 성취하지 못했다. 하지만 그것은 반드시 필요했다. 혹시 그림의 구도에 뭔가 잘못이 있는 걸까? 그녀는 고민했다. 벽의 선에 단절이 없는 게 문제인가? 나무를 너무 빽빽하게 그려 넣은 게 문제인가? 그녀는 자조하듯 웃었다. 이 그림을 시작할 때, 그녀는 자신의 문제를 이미 해결했다고 생각했었기 때문이다.

그렇다면 문제가 뭘까? 자신이 놓친 게 무엇인지 포착해 내야 했다. 램지 부인에 대해 생각할 때도 그것을 놓쳤고, 방금 자신의 그림에 대해 생각할 때도 놓쳤다. 만들어진 문구들이 떠올랐다. 환상들이 나타났다. 아름다운 풍경들. 아름다운 시구들. 하지만 그녀가 정말로 포착하고 싶은 것은 신경에 거슬릴 만큼 어긋나고 충돌하는 바로 그것, 무엇인가로 만들어지고 다듬어지기 전의 사물 자체*였다. 그것을 포착하여 새롭게 시작하자. 그것을 포착하여 새롭게 시작해야 해. 그녀는 다시 이젤 앞에 자신을 단단히 고정시키고 서서 필사적으로 되뇌었다. 인간은 그림을 그리거나 감정을 느끼기엔 참으로 비참하고 비효율적인 기계라고 그녀는 생각했다. 인간이라는 기계 장치는 중대한 순간엔 늘 고장이 나서, 영웅적인 용기를 불러 모아 억지로 작동시켜야 했다. 그녀는 이맛살을 찌푸리며 그림을 응시했다. 과연 산울타리가 있었다. 하지만 절박하게 간청하는 것으로 얻을 수 있는 건 없었다. 벽의 선을 열심히 응시하거나, 혹은 부인이 회색 모자를 썼지,라고 골똘히 생각해 봤자 눈만 시릴 뿐이었다. 램지 부인은 놀라우리만큼 아름다웠다. 떠오르면 떠오르는 대로 두자, 하고 그녀는 생각했다. 어차피 생각하지도 느끼지도 못하는 순간들이 있으니까. 그런데 내가 생각하지도 느끼지도 못한다면, 나는 어디에 있는 걸까? 그녀가 생각했다.

여기, 풀밭에, 땅바닥에 있지. 풀밭에 주저앉아서 붓으로 조그만 질경이 군락을 헤치고 살피며, 그녀가 생각했다. 잔디가 제대로 관리되지 않아 잡초가 많았다. 여기, 세상 위에 앉아 있다고 그녀는 생각했다. 기차의 창 너머로 보이는 저 읍내나 노새가 끄는 저 마차나 들판에서 일하는 저 여자를 지금이 아니고서는 두 번 다시 볼 수 없으리라는 것을 아는 여행자가 반쯤은 잠에 취한 채로도 기어이 바깥 풍경을 내다보는 것처럼, 그녀는 오늘 아침에 일어난 모든 일들이 처음이자, 어쩌면 마지막이라는 감각

---

* "the thing itself". 1부 마지막 장(18장)에도 등장한다. 1부에서는 프루가 램지 부인을 지칭하면서 사용한 표현이다.

을 도무지 떨쳐 낼 수가 없었기 때문이다. 잔디밭이 바로 그 세상이었다. 그녀와 (비록 그들은 내내 한마디도 주고받진 않았지만) 생각을 공유하는 것처럼 보이는 카마이클 씨를 바라보며, 그들은 여기 그런 여행자로서 이 높은 곳에 함께 올라와 있다고 그녀는 생각했다. 그리고 그녀는 그를 다시는 보지 못할지도 모른다고 생각했다. 그는 점점 늙어 가고 있었다. 그의 발에 대롱대롱 매달린 슬리퍼를 보고 웃으며, 그녀는 또한 그가 갈수록 유명해진다는 사실도 상기했다. 사람들은 그의 시가 '너무 아름답다'고 말했다. 그가 사십 년 전에 썼던 것들을 가져다 출판하기도 했다. 이제 카마이클이라고 불리는 유명한 남자가 있구나. 한 사람이 얼마나 많은 모양을 입을 수 있는지. 신문에서는 저런 모양인데, 여기서는 예전부터 늘 보아 왔던 모양 그대로잖아. 이런 생각을 하며 그녀는 옅게 웃었다. 그는 머리가 조금 더 셌을 뿐 예전 그대로의 모습이었다. 그랬다. 그는 여전해 보였다. 그런데 앤드루 램지의 전사 소식을 (그는 포탄에 맞아 즉사했다. 죽지 않았다면 분명 위대한 수학자가 되었을 것이다) 전해 들은 카마이클 씨가 "인생에 모든 흥미를 잃었다"더라고 누군가 말해 준 기억이 났다. 그 말은 — 무슨 뜻일까? 그녀는 궁금했다. 커다란 지팡이를 쥐고 트라팔가르 광장을 쏘다녔다는 말인가? 아니며 세인트존스우드의 자기 방에 혼자 틀어박혀서는 읽지도 않으면서 그저 책장을 넘기기만 했다는 말인가? 앤드루의 사망 소식을 들었을 때 그가 어떤 행동을 했는지는 그녀가 알 수 없지만, 그럼에도 그의 심정을 충분히 알 것 같았다. 그들은 계단을 오르내리다 마주치면 서로 인사말을 우물거리거나, 하늘을 올려다보면서 날씨가 좋거나 좋지 않겠다는 정도의 말만 주고받았다. 하지만 이것도 사람을 알아 가는 하나의 방법이라고 그녀는 생각했다. 정원에 앉아서 저 멀리 보랏빛 헤더로 뒤덮인 산비탈을 바라보듯, 그저 대략적인 처지만 인지할 뿐 자세한 사정 같은 건 모르는 것. 그녀는 그런 식으로 그를 알았다. 어쩐지 그가 변했다는 건 인지했다. 그녀는 그가 쓴 시를 한 줄도 읽어 본 적이 없었다. 그래도 그의 시는 소리 내어 읊어 가며 천천히 음미할 만한 것임은 안다고 생각했다. 그의 시는 감미롭고 부드러웠다. 사막과 낙타를 노래했고, 야자나무와 일몰도 묘사했다. 그의 시는 극도로 비개인적이었다. 죽음에 대해서는 얼마간 거론했지만, 사랑에 대해서는 거의 언급하지 않았다. 그는 어딘지 냉담한 데가 있었다. 그는 다른 사람들한테서 원하는 것이 별로 없었다. 그는 응접실 창 옆을 지나갈 때마다 자신이 어떤 이유로 별로 좋아하지 않는 램지 부인을 피하려고 애를 쓰면서, 겨드랑이에 신문을 끼운 채 어색하게 다소 휘청거리는 걸음으로 지나치지 않았던가? 그 때문에 물론 램지 부인은 언제나 그에게 말을 걸어 멈추게 했다. 그러면 그는 그녀에게 허리 굽혀 절하곤 했다. 마지못해 멈춰 서서 허리를 깊이 숙였다. 그가 자신에게 아무것도 원하지 않는다는 사실에 부아가 나서, 램지 부인은 그에게 (릴리는 부인의 목소리가 귀에 생생했다) 외투가 필요하지 않은지, 무릎덮개나 신문이 필요하지는 않은지를 묻곤 했던 것이다. 아니, 괜찮아요. 아무것도 필요 없어요. (이쯤에서 그는 또 절을 했다.) 그녀에게는 그가 별로 좋아하지 않는 어떤 자질이 있었다. 아마 그녀가 가진 권위적인 태도나 확신에 찬 적극성, 혹은 그녀 내면의 사무적인 성격 때문이었는지도 몰랐다. 그녀는 너무도 단도직입적이었다.

(응접실 창 쪽에서 나는 소리에 릴리의 주의가 그쪽으로 향했다. 경첩이 삐거덕대는 소리였다. 남실바람이 창을 희롱하고 있었다.)

램지 부인을 몹시 싫어하는 사람들도 분명히 있었을 거라고 릴리는 생각했다. (그래. 그녀는 응접실 계단이 비어 있다는 걸 깨달았지만, 그것이 그녀에게 어떤 영향도 주지 않았다. 그녀는 이제 램지 부인을 원하지 않았다.) 램지 부인이 너무 독단적이고 과격하다고 생각하는 사람들이었다. 어쩌면 그녀의 미모가 마음에 들지 않았을 수도 있다. 너무 단조로워! 항상 똑같아! 그런 사람들은 그렇게 말하곤 했다. 그들은 햇볕에 그을리고 활기가 넘치는 유형을 선호했다. 그리고 그녀는 자기 남편에게 너무 약했다. 까탈을 부리는 남편을 다 받아 주었다. 게다가 그녀는 자기 속마음은 잘 드러내지 않았다. 그녀에게 정확히 무슨 일이 생겼는지 아무도 몰랐다. 그리고 (다시 카마이클 씨, 그리고 램지 부인에 대한 그의 반감으로 돌아와) 아침 내내 잔디밭에 서서 그림을 그리거나 드러누워서 책을 읽는 램지 부인의 모습은 그 누구도 상상할 수가 없었다. 그것은 생각조차 할 수 없는 일이었다. 그저 팔에 걸쳐진 바구니를 보고 그녀가 볼일을 보러 가는구나, 하고 사람들이 짐작할 뿐, 정작 그녀는 한마디 말도 없이 읍내로 나가서 가난한 사람들을 방문했고, 환기가 안 되어 답답한 작은 침실에서 앉았다 오곤 했다. 릴리는 어떤 게임이나 토론 중간에 부인이 바구니를 팔에 걸친 채 아주 꼿꼿한 자세로 말없이 밖으로 나가는 모습을 본 적이 있었다. 부인이 귀가하는 모습도 눈여겨보았었다. 그때 그녀는 (부인이 찻잔을 다룰 때조차도 대단히 체계적인 것을 보고) 반쯤은 웃고 (부인의 아름다움에 숨이 막혀) 반쯤은 감동하며 생각했었다. 고통으로 감겨 드는 눈이 당신을 바라보았네요. 당신은 그곳에서 병자들과 함께 있었군요.

그러다가도 램지 부인은 누군가가 예정된 시간에 늦거나 버터가 신선하지 않거나 찻주전자의 이가 빠져 있기라도 하면 화를 내곤 했다. 그래서 부인이 버터가 신선하지 않다며 잔소리를 하는 내내, 릴리는 고대 그리스의 신전을 떠올렸고 미인은 여기가 아닌 그곳에서 그들과 함께 있었구나, 하는 생각을 했다. 부인은 자신이 가난한 사람들을 돕는다는 사실을 말로 떠벌리지 않았다. 그녀는 그저 정해진 시간마다 직접 그곳으로 갈 뿐이었다. 제비가 남쪽으로 날아가고 아티초크가 해를 향해 피어나는 것이 그들의 본능인 것처럼, 그렇게 가서 자신의 신과 같은 무오류성을 인류를 위해 사용하고 인류의 마음속에 자신의 둥지를 틀고자 하는 것이 그녀의 본능이었다. 그리고 모든 본능이 그러하듯, 그녀의 이런 본능은 그것을 공유하지 않은 사람들을 다소 고통스럽게 만들었는데, 아마도 카마이클 씨에게도 그러했을 것이고, 릴리 자신에게는 확실히 그랬다. 카마이클 씨와 릴리 모두 행위의 무익성과 사유의 우월성에 관한 어떤 의지를 갖고 있는 사람들이었다. 부인이 가난한 사람들을 찾아가는 행위는 자신들에겐 일종의 책망이었고 세상에 대한 전환적인 인식을 강요하는 것이었기 때문에, 그것의 영향하에서 자신들이 지닌 선입관들이 사라지는 것을 보면서 그것들이 완전히 없어지지 않도록 붙잡아 두기 위해 부인에게 그토록 저항했던 것이다. 찰스 탠슬리도 그런 면을 가지고 있었다. 그녀가 그를 싫어한 데는 그런 이유도 있었다. 탠슬리는 그녀의 균형 잡힌 세계를 망쳐 놓았다. 멍하니 붓으로 질경이를 휘저으면서, 그에겐 무슨 일이 있었더라,라고 생각했다. 그는 대학의 특별 연구원의 지위를 따냈다. 그는 결혼해서 골더스그린에 살았다.

전쟁 중에 릴리는 언젠가 어느 강연회에 참석해서 그가 연설하는 것을 들은 적이 있었다. 그는 무언가를 맹렬히 고발했고 누군가를 격렬히 규탄했다. 형제애를 설교하기도 했다. 그의 강연을 들으면서 그녀가 느낀 것이라곤, 이 그림과 저 그림도 구분하지 못하는 데다 그녀의 뒤에 서서 섀그 담배를 피우면서 ("일 온스에 오펜스짜리랍니다, 브리스코 양") 그녀에게 여자는 글을 쓸 수도 없고 그림을 그릴 수도 없다는 말이나 일삼아 지껄이던, 그것도 자기가 딱히 그렇게 믿어서가 아니라 어떤 이상한 이유로 그것을 바랐기 때문에 그런 말을 지껄이던 그런 작자가 어떻게 동족을 사랑할 수 있겠는가, 하는 것이었다. 마른 몸매에 벌겋게 달아오른 얼굴로 연단에 선 그가 귀에 거슬리는 쉰 목소리로 사랑을 설파하고 있었다. (그녀가 붓으로 건드리는 질경이 사이로 개미들이 빨빨거리며 돌아다녔다. 빨갛고 활기 넘치는 개미들이 어쩐지 찰스 탠슬리처럼 보였다.) 그녀는 좌석이 절반쯤 비어 있는 강당의 자기 자리에 앉아서 그 싸늘한 공간 속으로 사랑을 퍼 올리는 그를 빈정대듯 바라보았는데, 어느 순간 낡은 통인지 뭔지가 파도 속에서 위아래로 까닥이는 장면과 램지 부인이 자신의 안경집을 찾아 자갈들 사이를 뒤지는 장면이 난데없이 눈앞에 펼쳐졌다. "아, 이런! 성가셔 죽겠네. 또 잃어버렸어. 신경 쓰지 마요, 탠슬리 씨. 매 여름마다 몇 천 개를 잃어버리니까요." 부인의 이 말에 그는 마치 그런 과장을 용인하게 될까 봐 스스로를 억제하려는 듯 턱을 바짝 뒤로 당기면서도, 부인을 좋아하기에 참아 준다는 식으로 아주 멋진 미소를 지었다. 식사 후 사람들이 모두 흩어진 뒤 부인과 둘이서 읍내에 다녀왔을 때, 탠슬리가 부인에게 속엣얘기를 털어놓은 게 틀림없었다. 그가 여동생의 학비를 대고 있다는 말을 램지 부인에게 들은 적이 있었다. 그 말에, 그를 상당히 높이 평가했던 기억이 있었다. 붓으로 질경이를 이리저리 건드리면서, 그에 대한 자신의 견해는 어떤지를 생각했다. 자신이 그를 괴짜로 생각한다는 걸 릴리는 잘 알고 있었다. 타인에 대해 어떤 견해를 가지든, 결국 그 절반은 괴상하다는 것으로 귀결된다. 그리고 그런 견해를 자신의 개인적인 목적을 위해 이용하기도 한다. 그녀에게 탠슬리는 화풀이 인형* 대용이었다. 그녀는 화가 나면 머릿속에서 그의 마른 옆구리

* 원문은 "a whipping boy". 원래 어린 왕자나 다른 왕족과 함께 교육을 받고 대신 처벌을 받는 소년을 의미한다. 넓게 '희생양'의 의미로 쓰인다.

에 마구 채찍질을 하는 상상을 했다. 그에 대해 진지하고 싶을 때는, 램지 부인이 그에 관해 했던 말들을 양껏 가져다가, 부인의 눈을 통해 그를 바라봐야만 했다.

그녀가 흙을 두둑이 쌓아 개미들이 등반해 넘어야 하는 작은 산을 만들었다. 그녀가 개미들의 세계에 이렇듯 간섭하자, 개미들은 어찌할 바를 몰라 미친 듯이 우왕좌왕했다. 일부는 이쪽으로 다른 개미들은 저쪽으로 달아났다.

눈이 오십 쌍 정도는 필요하다고 릴리는 생각했다. 오십 쌍의 눈으로도 그 한 여자를 제대로 포착하기엔 충분치 않다고 그녀는 생각했다. 그 가운데 부인의 아름다움을 전혀 인식하지 못하는 눈이 한 쌍쯤은 있을 게 분명했다. 그녀가 가장 원하는 것은 열쇠 구멍을 통해 몰래 숨어들어 가서, 앉아서 뜨개질을 하거나 말을 하거나 창 안에 홀로 말없이 앉아 있는 부인을 에워쌀, 공기처럼 미세한 어떤 비밀스러운 감각이었다. 부인의 생각과 상상과 욕망을 포획하여 마치 공기가 기선의 연기를 조심스레 보듬듯 그렇게 그것들을 소중히 간직할 그런 감각을 원했다. 저 울타리는 부인에게 어떤 의미일까? 저 정원은 부인에게 어떤 의미이며, 부서지는 파도에는 또 어떤 의미가 있을까? (릴리가 흉내라도 내듯 램지 부인과 똑같은 방식으로 고개를 들어 올렸다. 그녀의 귀에도 파도가 해안에 부딪쳐 오는 소리가 들렸다.) 그렇다면 아이들이 크리켓 게임을 하며 "이건 어때? 어떠냐고?"라고 소리쳤을 때, 부인의 마음속에서 요동쳤던 건 무엇이었을까? 부인은 잠시 뜨개질을 멈추기도 했었다. 뭔가에 골똘히 집중한 듯 보였다. 그러다 부인은 아무 생각 없는 표정으로 다시 뜨개질을 시작했는데, 이리저리 거닐던 램지 씨가 그녀 앞에서 갑자기 걸음을 뚝 멈추고는, 거기 그녀 앞에 선 채 그녀를 내려다볼 때, 이상한 충격이 그녀를 관통해서 그녀를 가슴 깊은 동요로 뒤흔드는 것 같았다. 릴리의 눈에 그가 보였다.

그가 손을 뻗어 의자에 앉아 있던 부인을 일으켜 세웠다. 어쩐지 예전에도 그가 그런 적이 있었던 것 같았다. 언젠가 섬에서 바로 몇 센티미터 떨어진 곳에 배가 닿았을 때, 숙녀가 뭍에 올라서는 걸 이렇게 돕는 것이 신사의 당연한 도리라는 듯, 그는 이때와 똑같은 방식으로 허리를 굽혀 그녀를 일으켜 세웠다. 그것은 아주 고풍스러운 장면이었다. 그런 장면에서 숙녀는 크리놀린* 스커트를, 신사는 페그톱† 바지를 아주 멋들어지게 차려입는 것이 필수였다. 그의 도움을 받으면서, 램지 부인은 (릴리가 추측건대) 이제 때가 되었다고 생각했다. 그래, 이제 그 말을 해야겠어. 그래, 그와 결혼할 거야. 그리고 부인은 천천히, 조용히 걸음을 내딛어 해안으로 올라섰다. 아마 부인은 여전히 그의 손에 자신의 손을 내맡긴 채 딱 한마디 말만 했을 것이다. 당신과 결혼하겠어요. 그녀는 그에게 손을 잡힌 채 그렇게 말했을 테지만, 그 이상은 아무 말도 하지 않았다. 그래서 세월이 흘러도 그

---

* 스커트를 부풀어 보이게 하기 위한 버팀대로, 종 모양이나 닭장 모양이다.

† 위쪽은 여유롭고 아래쪽으로 가면서 좁아지는 팽이 모양의 바지.

들 사이에는 늘 똑같은 긴장감과 설렘이 존재하는 거라고, 분명히 그렇다고, 자신의 개미들을 위해 길을 매끄럽게 다듬으면서 릴리는 생각했다. 그녀는 지어내는 것이 아니었다. 수년 전에 겹겹이 접힌 채로 그녀에게 주어졌던 무언가를, 과거 그녀가 본 적이 있는 무언가를, 그저 매끄럽게 펼치려고 애쓰는 중이었다. 주변에서 늘 이것저것 요구하는 아이들과 항상 북적이는 손님들로 점철된 험난하고 어수선한 일상을 살다 보면, 끊임없이 무언가가 반복되고 있다는 느낌을 받게 마련이었다. 하나를 해결하면 또 다른 일이 생겼고, 그래서 그 울림과 진동이 계속해서 되풀이되는 메아리가 공기 중에 가득 차는 그런 느낌이었다.

하지만 릴리는, 녹색 숄을 어깨에 걸친 부인과 바람에 넥타이가 날리는 램지 씨가 다정히 팔짱을 끼고 산책을 나섰다가 온실 옆을 지나가던 모습을 떠올리면서, 두 사람의 관계를 단순화한다면 그건 실수하는 거라고 생각했다. 부인은 충동적이고 급한 성미인데, 남편은 까탈을 부리고 쉽게 우울해지는 성격인지라, 행복한 모습만 단조롭게 이어지는 건 결코 아니었다. 오, 아니고말고. 이른 아침에 침실 문이 쾅 하고 세게 닫히기도 했고, 그가 창밖으로 접시를 냅다 던져 버리기도 했다. 그러면 마치 돌풍이 불 때 선원들이 사방으로 허둥지둥 뛰어다니면서 갑판 문을 단단히 잠그고 물건들을 정돈하느라 야단법석을 떨듯이, 문이 쾅쾅 닫히고 블라인드가 시끄럽게 펄럭이는 것 같은 분위기가 온 집 안에 요동칠 터였다. 그런 분위기의 어느 날 릴리가 계단에서 폴 레일리를 만났다. 그들은 아이들처럼 큰 소리로 웃고 또 웃었는데, 그날 아침 식사 때 램지 씨가 자신의 우유에서 집게벌레를 발견하고는 그 접시를 통째로 바깥 테라스에 휙 던져버렸기 때문이었다. 놀라 겁을 집어먹은 프루가 "하필 아버지 우유에,"라고 중얼거렸다. 다른 사람들의 우유라면 지네가 발견된들 무슨 대수겠는가. 하지만 그는 자신의 주위에 신성한 울타리를 둘러쌓고는 엄청난 위엄을 과시하며 그 공간을 점유했기 때문에, 그런 그의 우유 속에서 집게벌레가 발견된 것은 괴물이 나타난 것만큼이나 요란을 떨 일이었던 것이다.

그런데 접시를 홱 집어던진다든지 문을 쾅 닫는다든지 하는 일들은 램지 부인을 지치게 하고 위축시켰다. 그래서 가끔은 두 사람 사이에 길고도 딱딱한 침묵이 내려앉았고, 그럴 때면 부인은 릴리가 짜증스러워하는 부인의 태도인, 반은 하소연하고 반은 분개하는 마음 상태로, 그 소동을 침착하게 극복하지도 다른 사람들이 그러는 것처럼 웃어넘기지도 못하는 것 같았고, 피곤한 표정 뒤에 무언가를 감춰 두는 듯 보였다. 그녀는 곰곰이 생각에 잠긴 표정으로 말없이 앉아 있었다. 얼마간의 시간이 지나면, 램지 씨 쪽에서 슬그머니 그녀의 주변을 어슬렁거리곤 했다. 그녀가 앉아서 편지를 쓰거나 이야기를 나누는 창 아래를 하릴없이 배회했는데, 그가 그렇게 지나갈 때마다 그녀가 부러 바쁜 척하거나 그를 피하거나 아예 못 본 척했기 때문이다. 그러면 그는 비단처럼 부드럽고 상냥하고 세련된 태도를 보이며 부인의 환심을 사려고 애를 썼다. 그래도 여전히 부인은 그에게 다가올 틈을 주지 않았고, 두 사람이 다투는 짧은 기간 동안 보통 때는 전혀 없는 듯이 지내던 아름다움에 대한 당연한 권리를 주장하며 거드름을 피우고 뽐을 내듯 그에게서 고개를 돌렸고, 언제나 민타나 폴이나 윌리엄 뱅크스를 자신의 옆에 둔 채, 어깨 너머로 그렇듯 거만하게 그를 힐끗 쳐다볼 뿐이었다. 마침내 무리에서 이탈해 지독히 굶주린 울프하운드의 모습 그 자체가 된 그가 (릴리가 잔디에서 일어나, 부인이 그를 보았을 계단과 창을 바라보며 섰다) 눈 덮인 벌판에서 홀로 울부짖는 늑대와 아주 똑같은 표정으로 부인의 이름을 딱 한 번 불렀는데, 그래도 그녀가 여전히 돌아봐 주지 않자, 그는 그녀의 이름을 다시 한 번 불렀고, 이번에는 그 어조에 담긴 무언가가 그녀에게 어떤 감정을 불러일으켰는지, 그녀는 돌연 모든 것을 내버려둔 채 그에게로 다가갔고, 얼마 후 두 사람이 함께 산책을 나서는가 싶더니 어느덧 배나무와 양배추와 나무딸기 화단 사이를 거닐고 있었다. 그러는 동안 그들은 함께 결판을 내고 매듭을 지을 터였다. 하지만 어떤 태도로 무슨 말을 했을까? 하지만 이 관계에서 그런 건 그들의 위신에 관한 문제라, 릴리와 폴과 민타는 관심 없는 척 고개를 돌리며 호기심과 불안을 숨겼고, 이내 꽃을 꺾거나 공놀이를 하거나 수다를 떨기 시작했는데, 저녁 시간이 되어 식당으로 갔더니 거기 두 사람이 있었고, 평소와 다름없이 그는 식탁의 한쪽 끝에, 부인은 다른 쪽 끝에 앉아 있었다.

"너희 중 누가 식물학을 공부해 보는 건 어떨까? …모두 튼튼한 팔다리를 가졌으니 너희 중 하나는…?" 이런 식으로 그들은 여느 때처럼 아이들과 어울려 이야기도 나누고 함께 웃기도 했다. 마치 각자 수프 접시를 앞에 놓고 둘러앉은 아이들의 평소와 같은 모습이 배나무와 양배추 밭으로 산책을 다녀온 후 그들의 눈에는 새삼 새로워 보이기라도 하듯이, 공중에서 그들 사이를 오가는 칼날의 어떤 떨림 같은 것을 제외하고는, 모든 것이 평소와 같았다. 특히 램지 부인의 시선이 자꾸 프루 쪽을 향한다고 릴리는 생각했다. 형제자매들 사이에서 중간에 앉은 프루는 항상 뭔가 잘못되는 것은 아닌지 살피는 데만 집중해서 본인은 말 한 번 제대로 하지를 못했다. 우유 속의 집게벌레 때문에 프루가 얼마나 자책했을까! 램지 씨가 창밖으로 자신의 우유 접시를 내던졌을 때 그녀의 얼굴이 얼마나 창백해지던지! 그들 사이에 긴 침묵이 흐르는 동안, 그녀가 얼마나 풀 죽어 있던지! 어쨌든 그녀의 어머니는 이제 그녀의 맘고생을 보상해 주려는 듯 모든 것이 다 잘되었다면서 그녀의 마음을 다독이고, 그녀도 조만간 이와 같은 행복을 누리게 될 거라고 약속하는 것 같았다. 그러나 프루는 그런 행복을 채 일 년도 누리지 못했다.

그녀*가 자신의 바구니에 든 꽃을 쏟았었지. 마치 자신의 그림을 살펴보기 위해서인 듯 뒤로 물러나 눈을 가늘게 뜨면서, 릴리는 생각했다. 하지만 그녀의 모든 기능이 의식 수면 아래서는 엄청난 속도로 움직이면서도 겉으로는 온통 얼어붙는 몽환 상태였던 탓에, 릴리는 사실 그림에 전혀 손을 대지 못하고 있었다.

---

* 프루를 가리킨다.

그녀[*]가 그녀의 바구니에 담긴 그녀의 꽃을 쏟았다. 풀 위에 흩뿌리고 내던졌다. 그리고는 꺼리고 주저하는 태도로, 하지만 아무런 질문이나 불평도 없이 — 그녀는 완벽하게 순종적이지 않았던가? — 그녀 또한 가 버렸다. 꽃들이 하얗게 흩뿌려진 들을 지나고 계곡을 가로질러 — 자신이라면 그것을 이런 식으로 그렸을 거다. 언덕은 황량했다. 바위 투성이였고 가팔랐다. 파도가 언덕 기슭의 돌 위에 부딪쳐 오며 쉰 목소리를 냈다. 그들[†]이 갔다. 그들 세 명이 함께 갔다. 램지 부인이 마치 길모퉁이만 돌면 곧 누군가를 만나리라 기대하는 사람처럼 선두에서 다소 빠르게 걸어갔다.

그녀가 바라보던 창이 갑자기 그 뒤에 나타난 뭔가 가벼운 물체 때문에 부예졌다. 그리고 마침내 누군가가 응접실 쪽으로 들어와 있었다. 누군가가 의자에 앉아 있었다. 아무쪼록 그들이 거기 그대로 앉아 있기를, 괜히 허청거리며 나와서는 나한테 말 걸지 않기를, 그녀는 기도했다. 다행히도 누군지는 모르겠으나 그것이 안에 가만히 머물러 있었고, 자리를 잡고 나자 운 좋게도 계단 위로 이상한 삼각형 모양의 그림자가 드리워졌다. 그것이 그림의 구성을 약간 바꾸어 놓았다. 흥미로웠다. 그게 어쩌면 도움이 될 수도 있었다. 그녀의 기분이 되살아나고 있었다. 감정의

* 프루를 가리킨다.

† 램지 부인과 앤드루와 프루를 가리킨다.

강도를 잠시도 늦추지 않고, 의욕을 꺾지도 속아 넘어가지도 않겠다는 결심을 잠시도 내려놓지 않고, 계속 바라봐야 했다. 저 장면을 — 그렇게 — 바이스로 꽉 고정시키고, 그 무엇도 그 안으로 비집고 들어와 그것을 망치지 못하도록 해야 했다. 평범한 경험 수준에 있기를, 단순히 이건 책상이고 저건 탁자라는 식으로 느끼기를 원하면서도, 이건 기적이야, 이건 황홀경이야,라고 외치고 싶은 욕구가 동시에 들었다. 붓에 물감을 신중히 묻히면서 그녀가 생각했다. 마침내 문제가 해결될지도 모르는 상황이었다. 아, 그런데 무슨 일이 벌어진 거지? 어떤 희끄무레한 물결이 창유리를 넘어갔다. 공기가 방 안에 다소 격렬한 진동을 일으킨 게 분명했다. 그녀의 심장이 미친 듯이 뛰고 쥐어짜이듯 고통스러워졌다.

"램지 부인! 램지 부인!" 원하고 원하지만 가지지 못한다는 해묵은 공포가 되돌아오는 걸 느끼며, 그녀가 소리쳤다. 부인이 내게 여전히 그런 고통을 줄 수 있을까? 그러자 조용히, 마치 부인이 자제하기라도 한 것처럼, 그것 또한 의자나 탁자와 같은 수준인, 평범한 경험의 일부가 되었다. 램지 부인이 거기 놓인 의자에 그저 단순히 앉아서 뜨개바늘을 앞뒤로 놀려 적갈색 양말을 짰고 — 릴리에게 이것은 부인이 보여 주는 완벽한 선함의 일부였다 — 그런 부인의 그림자가 계단 위에 드리워졌다. 거기에 부인이 앉아 있었다.

그리고 자신의 마음이 자신이 생각하고 있는 것과 자신이 보고 있는 것으로 가득 차서, 마치 무언가를 나누고 싶지만 좀처럼 이젤 앞을 떠날 수가 없는 사람처럼, 릴리는 손에 붓을 쥔 채로 카마이클 씨를 지나 잔디밭 가장자리로 걸어갔다. 그 배는 지금쯤 어디 있을까? 램지 씨는? 그녀는 그를 원했다.

12

램지 씨가 읽는 책이 거의 다 끝나 가고 있었다. 꼭 읽기를 마치면 바로 책장을 넘길 준비를 하는 것처럼 다른 한 손이 읽고 있는 책장 위를 맴돌았다. 그는 모자를 쓰지 않아 머리가 바람에 이리저리 날렸고, 기이할 정도로 무방비한 상태로 앉아 있었다. 그는 매우 늙어 보였다. 배의 움직임에 따라 때로는 등대에 머리를 기대는 것처럼 보이고, 때로는 한없이 펼쳐지는 망망대해에 기대는 것처럼 보이는 아버지가 흡사 모래사장 위에 놓인 오래된 돌 같다고 제임스는 생각했다. 마치 아버지가 그들 두 사람의 마음 뒤편에 항상 자리 잡고 있는 것—고독—을 몸으로 체현하는 듯 보였다. 두 사람에게 고독은 만물에 관한 진실이었다.

그는 한시바삐 결말에 도달하기를 열망하는 사람처럼 매우 빠르게 읽어 나갔다. 이제 그들은 정말로 등대에 매우 가까워져 있었다. 그곳에 단단하고 꼿꼿하게 서서 흑백으로 빛나는 등대의 모습이 불쑥 모습을 드러냈고, 바위에 부딪쳐 들어간 파도가 산산조각 난 유리처럼 하얗게 부서지는 모습이 보였다. 바위에 깊게 새겨진 주름들도 보였다. 등대의 창들도 또렷하게 보였는데, 그중 하나에는 흰색 페인트가 살짝 묻어 있었다. 바위에 녹색 이끼가 끼어 있는 것도 보였다. 등대에서 한 남자가 밖으로 나오더니 망원경으로 그들을 살핀 후 다시 들어갔다. 지금껏만 건너편에서만 보아 왔던 등대가 이렇게 생겼구나, 하고 제임스는 생각했다. 그것은 헐벗은 바위 위에 세워진 삭막한 탑이었다. 등대의 그런 모습이 만족스러웠다. 그것은 그가 자신의 성격에 대해 느끼는 모호한 감정을 확인시켜 주었다. 집의 정원을 떠올리면서, 제임스는 그 노부인들이 잔디 위에서 의자를 이리저리 끌고 다니겠구나 하고 생각했다. 예를 들어 벡위스 노부인은 언제나 그에게 네가 이리 멋지고 다정하니 네 부모는 분명 너무도 자랑스럽고 행복하겠구나,라고 말하지만, 알고 보면 사실 자기는 바로 저런 모습인 것 같다고, 저기 바위 위에 서 있는 등대를 바라보며 제임스는 생각했다. 그는 다리를 단단히 꼬고 앉아서 맹렬히 책을 읽는 자신의 아버지를 바라보았다. 아버지와 자신은 그 인식을 공유했다. "우리는 돌풍 앞에서 질주한다네— 우리는 분명 가라앉겠지." 아버지가 그랬던 것처럼 그 역시 반쯤 소리 내어 혼자 읊조리기 시작했다.

한참 동안 아무도 입을 열지 않았다. 캠은 바다를 바라보는 것이 지겨웠다. 검정색 코르크로 만든 작은 낚시찌 조각들이 물에 둥둥 떠다녔다. 뱃바닥의 물고기들이 죽어 있었다. 그녀의 아버지는 여전히 책을 읽었다. 제임스가 그를 바라보았고 그녀도 그를 바라보았다. 아이들은 죽을 때까지 독재와 싸울 것을 맹세했고, 아버지는 아이들의 그런 생각을 전혀 알지 못한 채 계속 책을 읽었다. 아버지가 그런 식으로 회피한다고 캠은 생각했다. 그래, 얼룩덜룩한 표지의 작은 책을 눈앞에 단단히 들고 훤칠한 이마와 커다란 코를 거기에 박은 채, 아버진 우릴 피하고 계신 거야. 손대려 하면 새처럼 날개를 펼치고 훌쩍 날아올라, 우리 손이 닿지 않는 저 멀리 어딘가로 가서 쓸쓸한 나무 그루터기 위에 자릴 잡겠지. 그녀는 아득히 넓은 바다를 응시했다. 섬이 너무 작아져서 이제 더는 나뭇잎으로도 보이지 않았다. 그것은 마치 커다란 파도라도 덮치면 금세 가려져 버릴 바위 꼭대기처럼 보였다. 하지만 저런 취약함 속에도 그 모든 길들이 있고, 테라스들이 있고, 침실들이 있었다. 셀 수 없이 많은 것들이 있었다. 하지만 막 잠들기 직전에는 사물들이 단순해져서 무수히 많은 자잘한 것들 가운데 오직 한 가지만 두드러지는지라, 졸린 눈으로 섬을 바라보는 동안 그녀는 그 모든 길과 테라스와 침실들이 흐릿해지다 사라지고 오직 담청색 향로만이 남아 그녀의 마음을 가로질러 박자를 타며 이리저리 흔들리고 있다고 느꼈다. 그것은 공중정원이었다. 그것은 새가 날아다니고 영양이 뛰놀고 꽃으로 뒤덮인 계곡이었다…. 그녀는 서서히 잠에 빠져들고 있었다.

"이제 가자." 램지 씨가 갑자기 책을 탁 덮으며 말했다.

어디로 가자는 거지? 어떤 기이한 모험을 하러 가자는 걸까? 그녀가 깜짝 놀라 잠을 깼다. 어디에 상륙해서 어디로 넘어가자는 거지? 우리를 어디로 이끌려는 거지? 한참 동안 침묵이 이어지다 갑자기 말이 들려오자 모두가 깜짝 놀랐다. 하지만 어처구니없게도 그는 그저 배가 고팠던 거였다. 점심 먹을 시간이야. 그가 말했다. 게다가 저기 좀 보렴. 그가 말을 이었다. 저기 등대 보이지? "이제 거의 다 왔어."

"아드님이 아주 잘하고 있네요." 매칼리스터가 제임스를 칭찬했다. "배를 아주 안정적으로 몰고 있어요."

하지만 아버진 결코 날 칭찬할 줄 모르지. 제임스가 음울한 표정으로 생각했다.

램지 씨가 꾸러미를 펼치고 모두에게 샌드위치를 나누어 주었다. 어부들과 함께 빵과 치즈를 먹으면서, 그는 이제야 행복한 표정을 지었다. 주머니칼로 노란 치즈를 종이처럼 얇게 써는 아버지를 지켜보면서, 제임스는 아버지가 작은 시골집에 살면서 다른 노인들과 어울려 침도 뱉고 항구도 어슬렁거리는 그런 삶도 좋아했을 거라고 생각했다.

푹 삶은 달걀의 껍데기를 벗기면서 캠은 계속 이게 맞아, 바로 이거야,라고 느끼는 중이었다. 그녀는 그 노신사들이 『더 타임스』를 읽던 서재에서 자신이 느꼈던 기분을 이제야 느낄 수 있었다. 자기를 계속 지켜봐 줄 아버지가 곁에 있으니까, 이제 자기는 뭐든 좋아하는 걸 계속 생각할 수 있고, 절벽 아래로 떨어지거나 물에 빠져 죽지도 않을 거라고 그녀는 생각했다.

그러는 동안에도 배가 바위 옆을 아주 빠르게 항해하고 있었기 때문에 그들은 모두 무척 신이 나 있었다. 마치 그들이 한 번에 두 가지 일을 하는 것 같았다. 태양 아래서 점심을 먹으면서 동시에 배가 난파된 뒤 폭풍 속에서 안전한 곳을 향해 나아가고 있는 기분이었다. 식수가 떨어지지는 않을까? 식량이 바닥나지는 않을까? 진실이 어떤지 빤히 알면서도 지어낸 이야기를 스스로에게 들려주며 그녀는 자문했다.

우리야 세상 살 만큼 살았지요. 램지 씨가 매칼리스터 노인에게 말하고 있었다. 하지만 아이들은 여기 남아 신기한 것들을 많이 봐야지요. 매칼리스터가 자기는 지난 삼월에 일흔다섯이 되었다고 말했다. 램지 씨는 일흔 한 살이었다. 나는 평생 의사를 만날 일이 없었다오. 이도 하나 안 빠졌지요. 매칼리스터가 말했다. 우리 아이들도 부디 그렇게 살았으면 좋겠군요. 캠은 자기 아버지가 그렇게 생각할 거라 확신했다. 그녀가 샌드위치를 바다에 던지려는 걸 그가 말리면서, 마치 자기가 어부들과 그들이 꾸려 가는 삶의 방식에 대해 생각하고 있었다는 듯이, 그녀에게 샌드위치를 먹고 싶지 않으면 도로 꾸러미에 안에 넣으라고 일렀기 때문이다. 음식을 낭비하면 안 돼. 꼭 세상에서 벌어지는 모든 일들을 훤히 꿰뚫고 있는 사람처럼, 그가 그 말을 통달한 어조로 말해서, 그녀는 즉시 샌드위치를 꾸러미에 도로 집어넣었다. 그러자 그가 자기 꾸러미에서 생강 비스킷을 하나 꺼내더니, 그녀가 생각하기에 마치 창가의 숙녀에게 꽃을 건네는 훌륭한 스페인 신사처럼 (그의 태도는 그토록 정중했다) 그녀에게 건넸다. 그러나 그는 초라했고, 빵과 치즈를 먹는 모습은 소박했다. 그럼에도 그는 위대한 탐험에서 그들을 이끌고 있었고, 아마도 우리는 거기서 익사하게 될 거라고 그녀는 생각했다.

"바로 저기서 배가 가라앉았어요." 갑자기 매칼리스터의 아들이 말했다.

“지금 우리가 있는 곳에서 세 명이 익사했지요.” 노인이 말했다. 그는 그들이 돛대에 매달려 있는 모습을 직접 목격했었다. 그러자 램지 씨가 그 지점을 한번 슥 살펴보았고, 제임스와 캠은 그가 금방이라도

하지만 나는 더 거친 바다 밑에서,

라고 목청껏 읊어 댈까 봐 두려웠다. 그리고 만약 그가 그랬다면, 그들은 참지 못하고 크게 비명을 질렀을 것이다. 아버지가 자기 안의 끓어오르는 열정을 또 그런 식으로 폭발시키는 걸 그들은 더는 참을 수가 없었다. 하지만 놀랍게도, 그의 반응은 “아아”라고 말하는 게 전부였다. 그렇게 야단법석을 떨 이유가 있나? 폭풍으로 사람들이 물에 빠져 죽는 건 자연스러운 일이고, 복잡할 것 전혀 없는 사건인 데다, 바다 깊은 곳도 (그가 샌드위치를 싼 꾸러미에 남아 있던 빵 부스러기를 바다에 흩뿌렸다) 결국 똑같은 물일뿐인데, 라고 생각하는 것 같은 태도였다. 그러고는 파이프 담배에 불을 붙인 뒤 시계를 꺼내 들고는 유심히 들여다보았다. 아마도 무슨 수학 계산을 하는 듯했다. 마침내 그가 의기양양하게 소리쳤다.

“잘했어!” 제임스가 타고난 뱃사람처럼 배를 아주 잘 몰았다는 말이었다.

그것 봐! 캠이 속으로 제임스에게 말했다. 결국 해냈구나. 이

것이 제임스가 아버지에게서 그토록 듣고 싶었던 말임을 그녀는 알고 있었다. 또한 내내 원하던 아버지의 칭찬을 드디어 받게 된 그가 너무 기쁜 나머지 오히려 그녀든 아버지든 어느 누구도 똑바로 쳐다보지를 못한다는 것도 그녀는 알았다. 거기 그 자리에서 그는 키를 잡고 꼿꼿이 앉아서, 약간은 부루퉁한 표정으로 얼굴을 살짝 찡그렸다. 기분이 너무 좋아서 자기가 느끼는 기쁨의 아주 작은 부스러기라도 남과 나누기가 싫었던 것이다. 그의 아버지가 그를 칭찬했다. 다른 사람들은 분명 그가 아버지의 칭찬에 완벽히 무관심하다고 생각할 터였다. 하지만 캠은 제임스가 이제야 원하던 걸 얻어 냈다고 생각했다.

바람을 안고 지그재그로 항해하던 배가 이제 길게 요동치는 파도를 타며 암초 옆을 빠르고 경쾌하게 지나가자, 파도가 야기하는 유다른 리듬과 짜릿한 쾌감이 모두에게 차례로 전달되는 것 같았다. 왼쪽에 늘어선 바위들이 한층 얕아져 더 짙은 녹색을 띠는 물속에서 갈색으로 보였고, 높이 치솟은 바위 위로 끊임없이 부서지는 파도가 작은 물방울 기둥을 이루며 솟구쳤다가 소나기처럼 쏴 하고 쏟아져 내렸다. 물이 철썩 때리는 소리와 물방울이 후두두 떨어지는 소리, 그리고 흡사 완벽하게 자유로운 야생동물들이 이리 뒹굴고 저리 뒤치며 영원히 뛰어놀듯, 파도가 데굴데굴 구르고 깡충깡충 뛰어가다 바위에 쉿 하며 서슴없이 몸을 부딪는 소리가 들렸다.

이제 그들의 시야에 등대 위 두 남자가 그들을 지켜보면서 맞이할 준비를 하는 모습이 들어왔다.

램지 씨가 외투의 단추를 채우고 바지를 걷어 올렸다. 그러고는 낸시가 준비해 준, 갈색 종이로 어설프게 포장된 커다란 꾸러미를 무릎 위에 올리고 앉았다. 이렇게 하선할 준비를 모두 마친 그는 앉은 채로 섬을 뒤돌아보았다. 원시(遠視)인 그의 눈엔 아마도 황금 접시 한쪽 끝에 세워진 나뭇잎처럼 생긴 섬의 작아진 모습이 꽤나 선명하게 보일 것이다. 아버지 눈엔 뭐가 보일까? 캠은 궁금했다. 그녀의 눈에는 섬이 그저 흐릿한 얼룩 정도로 보일 뿐이었다. 아버지는 지금 무슨 생각을 하고 계실까? 그녀는 궁금했다. 아버지가 저렇게 아무 말 없이 시선을 고정한 채 열중해서 찾는 것이 무엇일까? 두 아이들은 꾸러미를 무릎에 올려놓은 채 모자도 쓰지 않고 앉아서 불에 타 버린 무언가의 증기처럼 보이는 연푸른색 형체를 골똘히 응시하는 아버지를 지켜보았다. 뭘 원하세요? 아이들은 묻고 싶었다. 뭐든 요구하세요. 그러면 저희가 그걸 드릴게요. 아이들은 모두 그렇게 말하고 싶었다. 하지만 그는 그들에게 아무것도 요구하지 않았다. 그는 그저 앉아서 섬을 바라보았다. 어쩌면 그는 '우리는 죽었다네, 저마다 홀로'라는 생각을 하든지, 아니면 '나는 결국 그것에 도달했고, 그것을 발견했어'라는 생각을 했을지도 모르지만, 결국 아무 말도 하지 않았다.

이윽고 그가 모자를 썼다.

"저 꾸러미들을 가져오렴." 낸시가 등대에 가져가라고 준비해 준 물건들을 고갯짓하며 그가 말했다. "등대지기들에게 줄 꾸러미 말이다." 그가 말했다. 그가 일어나 뱃머리로 가서 똑바로 우뚝 섰다. 제임스는 아버지의 그 모습이 꼭 "신은 없다"고 선언하는 것처럼 느껴졌고, 캠은 아버지가 무한한 우주 속으로 뛰어드는 것 같다는 생각을 했다. 그리고 두 아이들은 모두 일어나 꾸러미를 들고 젊은이처럼 가볍게 바위 위로 뛰어오르는 아버지를 따라나섰다.

13

"그가 등대에 도착했나 봐요." 큰 소리로 말한 릴리 브리스코는 갑자기 모든 기력이 소진된 것 같은 느낌이 들었다. 그녀는 푸른 연무 속에 가려져 이젠 거의 보이지 않는 등대를 애써 바라보는 한편 그곳에 상륙하게 될 그를 생각했고, 두 가지지만 결국 동일한 한 가지 일인 그 일을 하느라 몸과 마음이 극도로 긴장한 탓이었다. 아, 하지만 그녀는 안심이 되었다. 오늘 아침 그가 떠날 때 자신이 그에게 주고 싶었던 것이 무엇이었든 간에, 그녀는 마침내 그것을 그에게 준 기분이었다.

"그가 배에서 내렸어요." 그녀가 크게 외쳤다. "이제 끝났어요." 그러자 카마이클 씨가 벌떡 일어나 살짝 숨을 헐떡이며 그녀 옆에 와서 섰다. 그는 해초가 다닥다닥 붙어 텁수룩한 머리칼에다 손에는 삼지창*을 (실은 프랑스 소설책일 뿐이었지만) 쥔 늙은 이교도 신처럼 보였다. 잔디밭 가장자리의 그녀 옆에 선 그가 손차양을 하고는 커다란 몸집을 살짝 흔들며 말했다. "그들이 도착했겠군요.” 그 말에 그녀는 자신이 옳았음을 느꼈다. 카마이클 씨와 그녀는 굳이 말을 나눌 필요가 없었다. 그들은 같은 생각을 했고, 그녀가 그에게 따로 질문하지 않아도 그는 그녀에게 답을 주었다. 그는 인간의 모든 나약함과 고통 위로 손바닥을 펼친 채 거기 서 있었다. 그녀는 그가 관대하고 연민 어린 시선으로 인간의 마지막 운명을 살펴본다고 생각했다. 그가 손을 이마에서 천천히 내렸을 때, 마치 신처럼 거대하게 우뚝 선 그가 제비꽃과 아스포델 꽃으로 만들어진 화환을 떨구는 것을, 그리고 그 화환이 팔랑이며 떨어져 마침내 땅 위에 내려앉는 모습을 목도하기라도 한 것처럼, 그녀는 그가 이 특별한 행사[†]에 영예의 화환을 씌워 주었다고 생각했다.

다급히, 마치 저기 있는 무언가가 자신을 소환하기라도 한 것처럼, 그녀가 캔버스로 고개를 돌렸다. 거기 그것이, 그녀의 그림이, 있었다. 그랬다. 초록과 파랑의 색채들로, 위아래 양옆으로 그은 선들로, 무언가를 시도한 그림이 있었다. 다락에나 걸릴지도 몰라. 그녀가 생각했다. 아예 갈기갈기 찢길지도 모르지. 하지만 그게 무슨 상관이야? 붓을 다시 잡으면서 그녀가 스스로에게 반문했다. 계단을 바라보았다. 텅 비어 있었다. 캔버스를 바라보았다. 흐릿했다. 그러다 마치 찰나의 순간 그것이 선명

---

* 그리스 신화 속 바다의 신 포세이돈의 상징적 무기로 알려져 있다.

† 등대로 가는 여행을 가리킨다.

하게 보이기라도 한 듯, 그녀가 거기 중앙에, 갑자기 있는 힘껏, 선 하나를 그었다. 그림이 완성되었다. 마침내 끝이 났다. 극도의 피로감에 붓을 내려놓으며, 그녀는 생각했다. 그래, 난 나만의 환상을 가졌어.

그린비 도슨트 세계문학 03

도슨트 최은주와 함께 읽는 『등대로』

나는 지금, 바로 이 순간에 한 번만 존재한다

그린비

차례

도슨트 최은주와 함께 읽는 『등대로』

우리 사회를 가리켜 경쟁을 부추기는 사회라고들 합니다. 서로 우열을 가리고 이겨야만 하는 구조가 전 분야에 고착되어, 개인은 일상에서조차 늘 시험대에 서야 하고 긴장 상태에 놓여 있습니다. 누구나 남들보다 우월해야 하고, 유명세를 쟁취해야 한다는 강박에 사로잡혀 있지요. 그러나 일견 사소한 것처럼 보이는 일상 세계가 뒷받침되지 않는다면, 우리는 결코 존재할 수조차 없습니다. 아무리 뛰어나고 성공한 사람이라고 해도 일상의 세계에서 무명인으로 더 오랜 시간을 살아 내야 하지요. 고독과 기다림, 비어 있음의 상태를 비롯해 하찮아 보이는 생활의 면면에 촘촘히 스며드는 것, 그리고 그 삶을 적극적으로 살아 내는 것, 그것이야말로 매일매일 일어나는 사소한 기적과 번뜩이는 깨달음의 '유일무이한 순간'에 이르는 길입니다. 『등대로』는 이렇듯 눈에 보이는 세계가 지닌 눈에 보이지 않는 '안감', 사소하지만 절대 다시 오지 않을 순간들에 둘러싸인 우리들의 깊숙한 삶을 통찰하는 소설입니다.

7

나는 지금, 바로 이 순간에 한 번만 존재한다

느릿하게 이어지는 일상의 상태

소설에는 적절한 소재란 것이 따로 존재할까요? 영국 작가 버지니아 울프는 "아니다"라고 했습니다. 오히려 온갖 느낌이나 온갖 생각 등 모든 것이 소설의 적절한 소재가 될 수 있다고 말했어요.*

버지니아 울프의 이런 생각이 고스란히 반영된 소설 중 하나인 『등대로』는 휘몰아치는 사건을 다루지 않습니다. 빠르고 느린

* Virginia Woolf, "Modern Fiction", ed. Andrew McNeille, *The Essays of Virginia Woolf, Volume 4: 1925~1928*, London: The Hogarth Press, 1984, p. 164.

변주로 독자의 기대와 호기심을 충족시키지는 않아요. 하지만 다음, 그 다음에 무엇이 있을까 찾게 만들지요. 그런데 『등대로』는 다음과 그다음이 아니라 지금 읽고 있는 부분에서 다음 장으로 서둘러 가려던 독자를 진정시켜 조용히 들여다보게 합니다.

줄거리를 요약하려고 시도하면, 할 수는 있지만 왠지 엉성한 것 같은 기분을 피할 수가 없습니다. 인생의 굵직한 사건들을 옆으로 밀어 놓고 무의미하다고 할 만한 일상 세계를 특별하게 취급하기 때문인데요. 그래서 큼직한 사건을 전면에서 다루지 않습니다. 물론 약혼, 결혼, 이혼, 죽음이 있지요. 이들 큰 사건은 사소하고 평범하지만 완강하게 지속되는 일상 속에 감싸여 있습니다. 보통 일상의 '상태'는 느릿하게 이어지며, 사람의 의식과 고독이 적지 않게 채우고 있어요. 알려진 수많은 사실, 사건들 외에 기록에 나타나지 않은 중요한 일들이 분명 존재하는 이유예요. 평범한 사람들이 살아가면서 포착한 인상과 깊은 고독, 감정은 아무것도 아닌 것이 아니라 기록되지 않아 누락되었을 뿐입니다.

버지니아 울프가 말한 것처럼, 인생은 대칭적으로 배열되는 일련의 등불로만 이루어진 것이 아니라 사소하거나 또는 환상적이며, 희미하거나 또는 예리한 온갖 인상을 받아들이는 일상적인 하루, 일상적인 마음으로 이루어져 있어요.* 마음은 따라서

---

* Woolf, "Modern Fiction", p.160

여러 겹의 인상과 외적인 것에 대한 생각들로 둘둘 말린 여러 뭉치로 되어 있지요. '마음이 복잡하다'고 하는 것은 사람의 외면에 나타나는 행동과는 다르게 내면의 생각이 다양하고 멈출 줄 모르고 흐르기 때문인데요. 이것이 우리가 한 가지에만 오롯이 집중하기 어려운 이유예요. 이 생각이 들다가도 다른 생각이 덮쳐 오고, 어느새 외부에서 발생하는 사건이나 현상이 내면을 휩쓸어 또 다른 생각의 뭉치를 만들어 냅니다. 그러다가 어느새 그 이전의 생각으로 다시 건너가기도 하지요. '보통의 날에 보통의 마음'이라고도 했던 이러한 마음 상태를 들여다보는 것은 어떤 일일까요? 보통의 우리가 소홀히 했던 여러 마음들, 스쳐 보냈던 인상들을 붙잡아 펼쳐 보이는 것입니다.

따라서 『등대로』를 읽고자 책을 펼치면, 뭔가 어마어마한 비밀은 나타나지 않고, 몇몇 인물들의 흘러가는 의식과 마주하게 돼요. 이념과 사상, 전쟁과 같은 시대적 사건이 세계를 휘청거리게 만드는 중에도 개인만은 자기 앞의 하루하루를 오롯이 살아내야 하니까요. 버지니아 울프는 『등대로』에서 교수, 철학자, 시인, 식물학자와 같은 지식인들을 등장시키면서도 정치와 사상을 논하는 장면을 생략하고 평범한 일상 세계를 속속들이 파헤치고 있습니다. 인간으로서 세계에 몸담고 있는 엇비슷한 풍경이 고스란히 드러나는 만큼 시대와 공간을 초월하는 공통의 인간을 보여 주지요. 인물들의 내면은 단지 사소한 독백에 그치지 않고 자신의 정체성과 세계를 구성한다는 것을, 나아가 보이는 사물 너머의 진리를 깨닫게 된다는 사실을 누구라도 발견할 수

있습니다. 램지 부인이 경제적 문제를 고심할 때나 남편 램지 씨에 대해 갖는 생각, 릴리 브리스코가 램지 부인에 대해 갖고 있는 생각 등은 독자만이 들을 수 있으며, 따라서 독자는 삶의 면면에 대해 즉답을 얻는 대신 독자만의 답을 찾게 될 거예요.

버지니아 울프는 1882년 영국에서 태어나 1941년에 사망했습니다. 『등대로』는 『출항』(*the Voyage Out*), 『댈러웨이 부인』(*Mrs. Dalloway*)에 이은 세 번째 장편으로, 1927년에 출간되었는데요. 영국 스코틀랜드 서쪽 대서양에 있는 헤브리디스제도의 500여 개 섬 중 하나인 스카이섬이 지리적 배경이에요. 램지 가족과 손님들이 이곳에서 머문 기간은 1910년부터 1920년입니다. 버지니아 울프 자신은 막상 생애 말년인 1938년이 되어서야 스카이섬을 방문했다고 전해져요.* 스카이섬의 완벽한 재현이 불가능했다는 증언들이 있는 이유예요. 『등대로』에 등장하는 등대는 스코틀랜드가 아닌, 잉글랜드 세인트 아이브스만(灣)의 동쪽 고드레비(Godrevy)에 있습니다.

---

* Jane Goldman, '*With You in the Hebride': Virginia Woolf and Scotland*, London: Cecil Woolf, 2013. p. 33.

여기 있다는 것과 저기 있다는 것: 공간에 대하여

3부로 이루어진 소설의 1부에는 사람들로 북적이는 집이 등장합니다. 이 공간은 램지 가족의 여름 별장으로, 램지 씨 부부와 여덟 명의 자녀들, 즉 앤드루, 재스퍼, 로즈, 프루, 로즈, 낸시, 캠, 제임스가 머물고 있으며 이 집의 손님들인 릴리 브리스코, 폴 레일리, 민타 도일, 찰스 탠슬리, 윌리엄 뱅크스, 오거스터스 카마이클, 그리고 하인들이 들거나 나는 생명력이 가득한 곳입니다. 방학을 맞아 램지 씨 부부와 아이들은 여름 별장에 머물고 있습니다. 등대에 간다는 계획 또한 이 소설의 대부분을 차지하는 이곳, 런던에서 멀리 떨어진 바닷가 별장에서 이루어지지요. 이 별장은 여행지에서 일어남 직한 허구적 판타지를 제공하는 대신, 초라하여 손댈 곳이 많다고 묘사됩니다. 집을 떠나 바닷가의 여름 별장에 간다는 것은 아주 특별한 여행일 텐데도 출발과 도착, 여정에 대해서는 이야기가 없어요. 이곳에서 생기는 일 또한 휘몰아치는 사건이 아니라 사뭇 평범해 보이는 것들입니다.

예를 들면, 여섯 살 어린 제임스의 마음에 꽂힌 등대는 지식인인 아버지와 찰스 탠슬리가 내뱉는 과학에 기초한 기상 예측 때문에, 즉 내일은 날씨가 좋지 않을 것이고, 따라서 등대에는 절대 갈 수 없을 것이라는 말 때문에 제임스를 좌절시키는 데 초점이 맞춰져 있어요. 등대지기 아들의 양말을 뜨고 있는 램지 부인은 이런 남편과 찰스 탠슬리에 대해 '배려가 결여된 진리를 추구하는 것은 무의미하다'고 속으로 비판하고 있습니다. 그녀는 뜨개질을 놓지 않으면서도 경제적 문제, 아이들의 미래, 민타 도

일과 폴 레일리의 약혼을 고대하는 등 인생을 설계하느라 머릿속이 분주해요.

본업에 임하는 동안에도 일상의 다른 일이 마음을 스쳐 갑니다. 생각을 지우려고 하지만 행동보다 강하게 마음에 그 일들이 담깁니다. 흘러넘치는 생각을 제어하지 못하는 스스로에 대해 패배감을 느끼기도 하지요. 생각을 벗어 버리거나 억누르려고 해 보는데요. 때론 성공적으로 생각이 잘려 나가기도 합니다. 그러나 어떻게든 끝까지 나아가 생각을 매듭지을 때도 있지요. 제임스에게 책을 읽어 주면서도 램지 부인은 민타 도일과 폴 레일리에 관한 생각을 멈출 수 없습니다. 민타와 폴은 각각 램지 가족의 지인들로, 여름 별장의 젊은 손님들입니다. 폴의 청혼을 민타가 수락할까, 거절할까? 두 사람은 단둘이 시골길을 걷기로 약속했지만 출발 전 낸시가 근처에 있었던 것으로 봐서 그 두 사람과 함께 간 것은 아닐까, 하고 램지 부인은 '마음 속의 눈'(her mind's eye)으로 그들의 행보를 살피는데요.

> 마음속의 눈으로 이쪽저쪽 살펴봤지만, 낸시가 거기에 있었는지는 확신할 수 없었다.(97쪽)

램지 부인은 힘 하나 안 들이고 읽고 생각하는 작업을 동시에 해내면서 궁금해하지요.

> 그런데 그들은 지금 어디 있지?(99쪽)

램지 부인의 생각은 두 사람의 결합을 필연적인 것처럼 다루는데요. 그러나 소설 후반에서 우리 삶이 어떤 희망이나 예측과는 다른 방향으로 흘러갈 수 있다는 것을 확인시켜 주지요. 청혼을 수락하고 서로가 이어지는 삶에서도, 또는 거절하고 혼자서 나아가는 삶에서도 예기치 않은 일들은 끼어드니까요.

그런 램지 부인에 대한 생각을 뒤로하고 이 집의 손님인 릴리 브리스코는 출항하는 배들을 바라다봅니다. 돛을 펼친 배들은 사물들 사이로, 사물들 너머로, 그저 미끄러져 갈 뿐이지요. 바닥을 알 수 없는 물속에 수많은 생명이 흘러들어 와 있다고 생각해요. 램지 씨 부부, 아이들, 그리고 그 밖에 온갖 잡다한 것들의 생명. 광주리를 든 세탁부, 떼까마귀, 레드핫포커, 보라색과 녹회색의 꽃들. 무엇인가 공통된 느낌이 그 전체를 떠받치고 있다고 말입니다(315쪽). 이렇듯 『등대로』는 사물의 인상에도 많은 시간을 할애하고 있으며, 외적 사건들로부터 발현된 기억으로 자주 빨려들어 갑니다. 나아가 시간을 시각적으로 포착하며, 모호하지만 유한성을 드러내 주지요.

보이는 세계는 엄밀한 의미에서 눈에 보이지 않는 안감을 가지고 있습니다. 보이는 세계가 눈에 보이지 않는 안감을 모종의 부재로 현존케 한다는 뜻인데요.* 눈에 보이지 않기 때문에 부재하는 것으로 인식되지만 그 안감은 존재합니다. 본다는 것은 무

* 모리스 메를로퐁티, 『눈과 마음』, 김정아 옮김, 마음산책, 2008, 99~100쪽.

엇일까요? 나무가, 지붕이, 거리가, 자동차들이 창밖으로 일렁거립니다. 이때의 반복되는 한가로움 또는 사소함은 안감을 숨기고 있지요. 사소하지만 그 순간은 절대 다시 오지 않을 유일무이한 것인데요. 안감에는 죽음이 싸여 있기 때문입니다. 사소한 일상 세계가 바로 오늘 하루에 집약되어 있으며, 그것은 전날 또는 그 전날과 엇비슷하지만, 그리고 다음 날과 그다음 날과 유사할 것이지만 그 순간과 그 하루는 예상할 수 없는 죽음 앞에서 유일무이한 하루로 남을 것입니다.

이 집에 대한 기억은 생명력이 빠져나간 뒤인 2부와 3부에서 각각 맥냅 부인과 릴리 브리스코에 의해 드러나지요. 맥냅 부인은 간간이 이 집을 관리해 주고 있었습니다. 여름 별장에는 램지 부인의 옷이며, 장화, 신발, 솔과 빗이 고스란히 남아 좀이 쓸고 먼지가 쌓였어요. 램지 부인은 완벽한 미래를 설계했으나 삶은 그녀의 계획대로 되진 않았습니다. 램지 부인의 죽음은 모든 것을 바꿔 놓았으며, 다른 사람들의 인생에도 깊은 영향을 주었지요. 그녀의 부재가 여기저기 삶의 빈 곳을 만들어 놓았음이 드러나는데요. 곳곳에 배치된 '사물의 핵심'은 가장 모호한 요소예요. 2부에서 램지 부인이 빠져나가고, 가족들, 지인들이 빠져나간 뒤의 사물들은 그 자체로 전혀 다른 의미를 생성하고 있어요.

> [···] 그저 펄럭이는 벽지와 삐걱거리는 마룻바닥과 문짝, 칠이 벗겨진 탁자 다리와 이미 물때가 끼고 색이 바래고 금이 간 냄비와

> 도자기를 맞닥뜨렸을 뿐이었고, 그 어느 것도 그들에게 전력으로 저항하지 않았다. 구두 한 켤레와 사냥 모자, 옷장 안의 빛바랜 치마와 외투 등, 사람들이 흘리고 남겨 둔 것들만이 인간의 형태를 유지하고 있을 뿐이었고, […](214~215쪽)

이 구절에서 사물들은 인간이 빠져나간 뒤에 목적과 용도를 잃고 방치되어 있습니다. 무엇보다 램지 부인의 숨결과 손길이 닿지 않아 앙상한 모습이에요. 소설의 핵심 인물인 램지 부인의 사망으로 가정은 깨지고 맙니다. 버려진 사물들이 자아내는 음습한 풍경은 세월의 흔적, 즉 모두가 떠난 뒤 상당 기간 동안 비어 있음이 지속되었다는 것을 표방하고 있지요. 사람이 없는 빈 집은 다른 것들이, 이를테면 기나긴 밤이, 지나가는 바람이, 두꺼비들이, 엉겅퀴가, 쥐들이 차지했어요. 과거에 이 집의 세탁을 맡아 했던 맥냅 부인이 간간이 먼지를 털거나 비질을 했지만, 제대로 관리되지 않아 습기가 차고 곰팡이가 슬었습니다. 현관의 회벽은 군데군데 벗겨졌고, 서재 창문 위쪽의 홈통은 막혀 물이 새어 들고 있었지요.

현상학자인 메를로퐁티는 "우리를 가로지르고 우리를 온통 둘러싸는 깊이란, 빛이란, 존재란 무엇인가? 몸에 두루 퍼져 있는 마음에게, 깊이란, 빛이란, 존재란 무엇인가?"*라고 묻습니다.

---

* 메를로퐁티, 『눈과 마음』, 141쪽.

시야를 가렸던 어둠 속의 사물들이 빛과 섞여 모습을 드러낼 때 그것들이 나의 생활 공간으로 촘촘히 스며들지요. 보통의 사물들은 원래의 용도와 기능이 있지만, 나의 공간에 들어서는 순간 특별한 '어떤' 것이 되고, 따라서 제각각의 운명을 갖고 존재하게 됩니다. 모양과 색, 질감이 나의 손에 닿아 변색되거나 닳기도 하지만 사물의 개별적 성질과 내 손의 상호 작용을 통해 다듬어지는데요. 말 그대로 나의 손에 익숙해지면서 나와 이어집니다. 나의 생활을 함께 하는 구성 요소 또는 구성원이 되는 것이지요. 연필을 사러 산책길에 나선 버지니아 울프를 떠올려 봅니다. 그녀의 손에 들어간 연필의 운명은 버지니아 울프의 인식과 기억을 포착하고 기록하는 데에 공헌하게 되지요. 독자 여러분의 공간에서 사물들은 여러분과 어떤 협업을 하고 있나요? 삶에 영향을 끼치는 여러 사물 중에서도 특별히 애정이 가는 것들이 있을 테지요. 독자가 던지는 시선은 사물에게도 생명력을 불어넣습니다.

집을 청소하고 있는 맥냅 부인의 눈에는 이 집과 떼려야 뗄 수 없는 램지 부인의 모습이 선합니다. 회색 망토를 걸친 램지 부인은 세탁물 바구니를 들고 읍내에서부터 언덕길을 올라온 그녀를 위해 우유 수프를 따로 준비시켜 두곤 했지요. 실제보다 그 가치를 부풀리는 것 같긴 하지만 맥냅 부인은 '그때가 지금보다 훨씬 더 좋았었다'고 생각합니다. 세월은 많은 것들을 변하게 했고, 그사이 많은 가족이 소중한 사람을 잃었어요. 램지 부인이 죽었으며, 램지 씨 부부의 큰아들 앤드루가 1차 세계대전에서

전사했고, 딸 프루가 첫 아이를 출산하다가 죽었습니다.

> 삶의 의미란 무엇인가? 그게 다였다. 간단하지만, 세월이 흐를수록 그녀를 더욱 옥죄어 오는 질문이었다. 위대한 계시는 결코 나타난 적이 없었다. 위대한 계시는 아마 결코 나타나지 않을 터였다. 대신 매일매일 일어나는 사소한 기적과 번뜩이는 깨달음과 어둠 속에서 예기치 않게 켜진 성냥불 같은 그런 순간들이 있었고, 여기도 그런 하나가 있었다.(266쪽)

램지 부인이 설계한 미래는 위대한 계시가 되지 못하고, 부서지고 망가졌습니다. 삶은 상처와 아픔을 그대로 간직한 채 이어졌을 뿐입니다.

맥냅 부인처럼 릴리 브리스코에게도 이 집은 램지 부인이나 다름없어요. 죽은 램지 부인은 살아 있는 여러 사람들의 구심점이 되며, 따라서 『등대로』는 죽은 램지 부인에 관한 이야기라고 할 수 있습니다. 램지 부인이 현재를 이루는 사물들과 사람들을 형성한 것이라 할 수 있지요. 소설은 램지 부인의 죽음을 사건·사고로 다루지 않고 '시간의 경과'로 다룹니다.

램지 부인이 어떤 사람일지 궁금해지지요? 맥냅 부인의 기억대로라면, 상당히 좋은 사람입니다. 친절하고 따뜻하며 사람들을 세심하게 보살피는 능력을 가졌어요. 아이들을 포함해서 대부분의 사람들이 그녀를 숭앙합니다. 그렇지만 그녀가 완벽하

다는 것은 아니에요. 언젠가 램지 부인은 결혼하지 않은 여인을 일컬어 '인생의 최상의 것을 놓친다'고 한 바 있어요. 그녀의 이런 가치관이 릴리 브리스코에게는 어떠한 숙고도 없는 일방적인 것으로만 보였지요. 미혼인 릴리 브리스코에게는 돌봐 드려야 하는 아버지가 있었습니다. 그리고 무명이지만 화가라는 직업도 있었지요. 그래선지 좀 억울해하는 것 같기도 한데요. 사실, 램지 부인의 삶에 대한 단정적인 태도나 누구든지 결혼시키려고 하는 열망도, 심지어 그녀가 지닌 아름다움도 어쩌면 시대에 뒤떨어진 것이 아닐는지요. 시간 앞에서 영원한 것은 없으며, 진리, 규범, 가치도 변화를 겪습니다.

한편, 남편과 깊은 유대감을 갖고 있는 램지 부인이지만 정작 속마음은 나누지 못하고 있다는 사실을 독자는 발견하게 됩니다. 물론 그녀는 그 속마음을 남편에게 드러내진 않아요. 들키지도 않지요. 따라서 램지 씨는 그녀의 마음을 영원히 알 수 없을 거예요.

3부에서는 1부에서 계획에만 그쳤던 등대행을 감행합니다. 아내의 뜻을 지키려는 듯 램지 씨가 아들 제임스와 딸 캠을 데리고 등대로 향하는데요. 1부에서 이행되지 않았던 업무가 마치 3부에서 완성되는 것처럼 보여요. 열여섯 살이 된 제임스는 아버지와의 동행이 썩 탐탁지 않은 것 같아요. 여섯 살의 제임스 눈에 비쳤던 아버지는 의기양양했고 숭고한 척했으며 거만한 얼굴을 하고 있었다고 해요. 그래서 그는 아버지를 미워했어요.

등대에 가기로 한 전날, 아버지와 찰스 탠슬리는 저주를 내리듯 정서풍이 분다고, 쉽게 말해 등대에 배를 대기에는 가장 나쁜 방향에서 바람이 불어온다고 말해 제임스의 등대행을 미리부터 좌절시키고 말았지요. 어린 제임스의 눈에 그것은 과학적이기보다는 자신에 대한 적대적인 태도로 보였어요. 그러나 아버지는 아이들이 어릴 때부터 '인생이란 힘든 것'이라는 사실을 알아야 한다고 생각했어요. 교육의 방법을 달리할 수도 있을 텐데 한껏 품은 희망을 뚝 잘라 버리는 건 램지 씨가 다정하고 섬세한 기질을 가지고 있지 못했기 때문일 겁니다. 램지 씨는 "등대로 가는 일은 없을 거야, 제임스"라고 단정적으로 말하고, 램지 부인은 '밉살맞은 인간 같으니'라고 생각했습니다. 램지 씨는 아내가 죽은 이후 한층 괴팍한 사람이 되었어요. 그런 아버지와 함께 한 배를 타고 등대까지 가는 것은 불편한 일임에 분명합니다.

램지 씨를 태운 증기선을 육지에 남은 릴리 브리스코가 바라보고 있습니다. 그녀의 시야에 있던 배는 점점 멀어지고, 마침내 사라졌어요. 커다란 연기 자락만이 공중에 남아 이별을 고하는 깃발처럼 구슬프게 드리우는데요. 이때 멀어진 증기선은 릴리 브리스코로부터 램지 씨와의 거리, 즉 간격을 만들어요. 램지 씨에 대한 릴리 브리스코의 감정은 그가 등대를 향해 만을 가로질러 멀어져 갈수록 달라집니다. 램지 씨가 점점 더 아득하게 느껴지면서 그와 그의 아이들도 그 푸른 물빛에, 그 거리만큼에 '삼켜지는 것 같다'고 말합니다. 또한 길게 빛나는 창문들과 푸른

연기 자락을 바라보는 순간 사물이 비현실적으로 다가왔지요. 내 곁의 존재는 나와 직접적으로 엮이지만 시야에서 멀어진 존재는 감각으로만 느껴집니다.

여행에서 돌아왔을 때나 오래 앓고 일어났을 때, 이전에 몸에 밴 습관들이 운동성을 되찾기까지는 비현실적인 느낌이 들지요. 다시 말해, 낯선 지역에 장기간 머물 때에는 떠나온 집이 아련해집니다. 가족은 평소에 얽힌 복잡하고 자잘한 감정들에 의해서가 아니라 아버지, 어머니, 형제라는 존재감으로 마음속에 자리매김하게 되지요. 시차와 거리는 내가 떠나온 곳을 하나의 점처럼 만들고, 지금 발 딛고 접촉하고 있는 곳을 현실로 만들지요. 여행에서 돌아왔을 때 내가 빠져나갔던 집 안의 사물들은 마치 나와는 상관없는 듯 시들해 보이는데요. 방과 주방, 거실의 방향 또한 어색합니다. 몸에 익숙해 있던 공간 인지가 바뀌어 있어선지 헛발질을 하는 기분이 들기도 해요. 발을 딛는 곳마다 떠다니는 것 같은 비현실적인 공간이 되는 것이지요. 따라서 여기 있다는 것과 저기 있다는 것, 그 사이에는 심연이 있습니다.

릴리 브리스코의 시선은 이제 갈색 점으로 램지 씨와 제임스, 캠이 탄 배를 알아볼 뿐이에요. 그리고 문득 자신이 발 딛고 선 풀밭 위 "여기, 세상 위에 앉아 있다"는 사실을 확연하게 마주하지요.

> 여기, 세상 위에 앉아 있다고 그녀는 생각했다. 기차의 창 너머로 보이는 저 읍내나 노새가 끄는 저 마차나 들판에서 일하는 저 여

자를 지금이 아니고서는 두 번 다시 볼 수 없으리라는 것을 아는 여행자가 반쯤은 잠에 취한 채로도 기어이 바깥 풍경을 내다보는 것처럼, 그녀는 오늘 아침에 일어난 모든 일들이 처음이자, 어쩌면 마지막이라는 감각을 도무지 떨쳐 낼 수가 없었기 때문이다.(317~318쪽)

어쩌면 핵심은 이것이 아닐까요? 먼 곳에 대한 환상, 사라져가는 것들을 붙잡고자 하는 간절함 또는 아쉬움과 함께 지금, 나는 바로 이 순간에 한 번만 존재한다는 사실 말입니다. 매일 똑같거나 엇비슷할 것만 같은 모습들, 몸짓들도 결국에는 사라질 것들이지요. 지금은 생생한 실재지만 언젠가는 빠져나갈 것들입니다.

릴리 브리스코는 멀어지는 배에서 눈길을 거두고, 이따금 의식했던 가까이의 카마이클 씨를 바라봅니다. 비로소 유명해지고 있는, 노쇠해 가는 시인이지요. 신문 지상에 오르내리지만 여기서는 예전과 다르지 않은 모습의 카마이클을 보며, 그녀는 '한 사람이 참으로 여러 가지 모습을 띨 수 있다'는 사실을 깨닫습니다. 어쩌다 계단에서 마주치면 우물우물 인사나 건넬 뿐이었고, 하늘을 쳐다보며 날씨가 좋겠다거나 좋지 않겠다거나 하는 말밖에 한 적이 없었다 해도 이 또한 사람들을 아는 한 가지 방식이라고 생각합니다.

결국 사물도, 사람도 하나의 단면으로만 존재하는 건 아니겠

지요.

우리, 순간의 존재들

『등대로』보다 앞서 출간된 『댈러웨이 부인』은 개인의 시간과 시계의 시간 사이에 긴장감을 부여합니다. 시계의 시간은 마치 융통성 없는 무거움을 나타내며, 이리저리 휘두르는 힘과 같지요. 프랑스 철학자 앙리 베르그송은 그런 시간을 질적, 주관적 경험으로 회복하고자 하였어요. 시간을 정확한 윤곽 없이 서로 녹아 스며드는 질적 변화의 연속으로 바라보는 '순수 지속'(pure duration)이라는 것을 개발했습니다. 시간이라는 것을 시간과 분(分)의 선적 연속으로 보지 않고 상호 침투하는 '순전히 이질적인 것'으로 보았던 것이죠. 그에게 크게 영향받은 모더니스트 작가들은 줄거리의 시간적 구조라는 전통을 제쳐 둘 수 있었습니다.* 현대 소설론을 다룬 에세이에서 버지니아 울프는 "우리의 마음 위로 원자들이 떨어질 때 차례대로 기록하고, 겉으로 볼 때 전혀 무관하고 일관성 없는 것처럼 보일지라도 그 패턴(원자들의 모습이나 그것이 나타날 때 의식에 생겨난 것)을 추적해 보자"†고 했

---

* Matthew Taunton, "Modernism, time and consciousness: the influence of Henri Bergson and Marcel Proust", The British Library, 2016.05.25.

† Woolf, "Modern Fiction", p. 161.

어요.

각자의 내면에는 발화되기 전의 기억의 파편과 이야기 조각들이 둥둥 떠다닙니다. 외부로부터 받아들인 사소하거나 환상적이거나 희미하거나 예리한 온갖 인상들이 흘러가고 있으며, 이렇게 흘러가는 의식을 포착한다고 해서 '의식의 흐름'이라는 문학 기법으로 불리기도 했어요. 하루라는 시간 역시 객관적 차원뿐만 아니라 사적이고 내밀한 감각으로 채워집니다.

『등대로』에는 1차 세계대전(1914~1918)이라는 거대 시간인 '한 시대'로 분류 가능한 그리고 기록 가능한 역사와, 순식간에 사라지고 마는 '찰나'라는 순간이 교차합니다. 인간적 삶은 가장 일상적인 모든 행위에서 시간에 따라 정해져 있는데요. 삶 자체에 하나의 시간적 규칙이 담겨 있는 것입니다. 주위 세계에서 일어나는 사건들과 자연의 진행은 말 그대로 '시간 속'에 있지요. 또 한 가지, 지나가도 내 안에 남아 있는 사물의 인상을 마치 현재하는 것처럼 재는 시간이 있습니다.* 1부가 끝나고 2부에서 시간이 지났다는 것을 보여 주는 몇 가지 큰 사건이 과거 사건으로 서술됩니다. 역사는 지나간 삶이며, 공적인 해석에 따라 중요하다고 평가받는 사건으로, 역사적이 되었다는 것은 본래 과거에 속해 있다는 것이지요. 이는 사람들이 우선성을 부여한 것들,

* 마르틴 하이데거, 『시간개념』, 김재철 옮김, 길, 2013, 29쪽.

크고 굵직하다고 하는 사건은 크고 굵직하다고 '인정하는' 것들이기 때문이며, 대부분의 사람들 또는 역사의 집필을 책임지는 사람들이 백과사전식으로 처리하는 것들입니다. 그러나 그 또한 얼마든지 편향적이 될 수 있어요.

한편, 측량의 성격을 갖는 시간이 있어요. '얼마나 오래', '언제', '언제부터 언제까지'를 제시하지요. 어제 무엇을 했고, 누구를 얼마 동안 만났으며, 몇 시에 귀가했는지 등을 말합니다. 이것은 시점에 더 가까운데, 기억 저장소에 어떻게 기록되는지에 따라 다르게 재현됩니다. 1분은 짧은 시간이지만 길게 느껴질 수도 있지요. 순간이 '길다'고 느끼는 것은 측량 가능한 시간의 동질성을 깨고 개인에게는 절대적인 무엇을 부여하기 때문이에요. 시간에 쫓길 때 1분은 빠르게 지나가기도 하지만 그만큼 특별한가 하면, 한가할 때 1분은 느리게 지나가는 한편, 특별하게 여겨지지는 않지요. 이때의 1분은 심지어 눈으로도 보이는 듯 흘러가는 데도 나중에 기억 속에 남아 있진 않아요. 눈에 보이는 시간은 마치 사물을 확대하고 잡아 늘이기까지 하는 것 같은데요. 기억은 사실을 온전히 재현하지는 않아요. 어떤 부분은 사소하지만 다른 부분은 과장되게 보관되어 있기 때문인데요. 내 생각을 지배하는 인상적인 것들이 따로 있지요.

버지니아 울프는 무의미하고 모호한 것들을 일으켜 세우고, 들락거리는 파편적인 생각 또는 기억을 전면에 부각시킵니다. 내면의 독백은 분절되어 상세하게 묘사하거나 한 가지를 집요하게 추적한 듯 기술하지요. 또한 형상화한 시간도 있습니다. 책

을 펼쳐 이야기를 따라간다는 것은 독서 행위를 통해 그 이야기를 현실화하는 것이에요. 소설 텍스트는 시간적으로 독자의 독서 행위에 앞선 시간에 쓰였지만 독자는 독서 시점에 비로소 텍스트와 공통의 작용을 일으키게 됩니다.

그럼, 시간적으로 현재는 어떨까요? 철학자 마르틴 하이데거는 내가 '지금'을 가졌는지, 내가 '지금'인지, 아니면 '지금'을 말하는 사람일 뿐인지 묻습니다. 시계를 가진 우리는 시간의 존재를 장악하고 있을까요? 우리 안에 시계를 만들어 내는 시간 자체가 있나요? 시간은 이미 현재로 해석되고 있으며, 과거는 더-이상-아닌-현재로서, 미래는 무규정적인 아직-아닌-현재로서 해석됩니다. 과거는 다시 가져올 수 없는 것이며, 장래는 무규정적이기 때문이에요.* 1분에 구멍을 내어 끼어드는 과거의 기억, 또는 미래에 대한 추측이 채워질 때 시간은 엉겨 붙습니다. 예를 들어, 하찮은 기억 나부랭이나 후회, 또는 집착하느라 생겨난 단상들인데요. 자신을 저만치 내려놓고 관찰해 보세요. 현재 특정한 일을 수행하고 있더라도 그 일에 오롯이 집중하는 것만은 아니지요. 게다가 문득 바라본 하늘, 옆 사람들이 하는 대화 속의 한 단어, 또는 어디선가 시작된 냄새가 개입되기도 합니다.

버지니아 울프는 직관에 반하는 시간을 선택해요. 순간을 지배하는 제멋대로 흘러가는 생각을 붙들거나 아로새기기까지 하

* 하이데거, 『시간개념』, 146쪽.

는데요. 1부에서 누군지 알 수 없는 화자는 램지 부인이 문턱을 넘어서면서 잠시 머뭇거렸다고 쓰고 있습니다. 바라보고 있는 동안에도 사라져 가는 그 장면에 조금 더 머물고 싶은 것처럼, 그리고는 민타의 팔을 잡고서 방을 나서자 모든 것이 달라졌는데요. 어깨 너머로 마지막으로 한 번 더 돌아보면서, 그것이 이미 과거가 되었음을 알 수 있었다고 해요. 이때의 시간은 램지 부인만이 포착할 수 있는 유일한 거기 있음의 '개별성' 속에 놓여요. 사라져 가는 한 장면을 램지 부인은 유일한 것으로 포착한 것인데요. 그렇다면, 그녀는 죽음을 인식하고 있었을까요? 반드시 그렇다고 할 수는 없지만 그 한순간이야말로 시간성이며, 곧 인간의 유한성일 겁니다. 죽음이 내포되어 있지요. 하이데거는 시간이 모든 사람을 죽음에 대면하게 한다고 했습니다. 이 죽음에 대해서는 누구도 타인보다 뛰어나다고 내세울 수가 없는데, 즉 시간은 모든 사람을 가장 본래적 의미에서 똑같이 만들지요.*

확실한 것은 지금, 이 순간만이 내가 존재하는 유일한 증거일 수 있다는 것입니다. 우리는 순간의 존재들일 뿐이며, 그 순간들만이 누벼지고 의미를 가질 수 있어요. 의미의 개념을 새롭게 설정하는 것이지요. 인생 전부인 듯 하루 또는 이틀에 걸쳐 과거, 현재, 미래를 넘나들 수 있어요. 반대로 하루나 이틀쯤을 돋보기

* 하이데거, 『시간개념』, 104쪽.

들여다보듯 상세하게 그리는 것이 가능합니다. 소설은 10년의 간격을 둔 각각의 하루, 즉 이틀만을 보여 줄 따름인데요. 10년 전의 하루와 10년 후의 하루에 국한되어 있지만, 현재를 다루며 궁극적으로는 인생 전체를 이야기합니다. 2부를 제외하고 1부에서 램지 부인을 중심으로 한 일상의 세계와 램지 씨의 관념의 세계가 충돌하거나 교차하는 내용을, 3부에서 램지 부인의 부재와 남아 있는 사람들의 삶이 어떻게 이어지는지를 담고 있어요. 1부 「창문」은 등대에 가기로 한 전날 하루 동안 일어난 일들을 말합니다. 눈에 띄는 동작이라면 램지 부인이 붉은색과 갈색이 감도는 긴 양말을 뜨고 있다는 것이에요. 막내아들 제임스의 다리에 길이를 맞춰 보면서 등대지기의 아들에게 주려고 뜨고 있는 양말이지요. 등대지기에 대해서는 그의 아들이 결핵성고관절염을 앓고 있다는 정도만 알려져 있을 뿐이에요.

손동작은 양말에 가 있지만, 그녀의 생각만큼은 이어짐과 끊어짐, 포개어짐의 연속입니다. 그렇듯 이어졌다가 끊어지고 다시금 포개어지는 그녀의 생각들을 놓치지 않고 따라가 보면, 램지 씨를 포함하여 다른 사람들이 그녀를 완전히 이해하지 못하고 있다는 것을 알 수 있어요. 그러나 다른 사람을 완전히 이해한다는 것이 가능하기나 할까요? 램지 부인을 포함한 여러 등장인물들은 선한 인간 또는 악한 인간으로 정형화된 것이 아니라 외부 세계와의 접촉, 마찰, 사유를 거쳐 변화하는 살아 있는 인간들입니다.

문턱을 넘으며 자신이 바라본 것이 결국에는 사라진다는 시간의 흐름에 대한 램지 부인의 날카로운 인식은 1부의 후반부를 강렬하게 만듭니다. 문턱을 넘기 전의 그녀는 분명히 과거 속에 있어요. 문턱을 넘어선 그녀는 동일한 사람일까요? 1초 전의 나는 과연 나일까요? 달라졌지만 다른 사람이라고 할 순 없지요. 나는 '되어 가는' 과정에 있지만 '나'임을 유지하기도 하니까요. 2부 「시간이 흐르다」는 끝내 등대에 가지 못한 10년 세월을 마치 3부 앞에 끼워 둔 메모처럼 짧고 간단하게 묘사하고 있습니다. 램지 부인의 죽음을 알리지만 그로부터 오랜 시간이 지났다는 사실을 알리지요. 또한 램지 부인이 예측한 미래가 어떤 10년의 결과를 남겼는지 보여 주기도 해요. 3부 「등대」는 램지 부인의 사망 이후 흩어졌던 사람들이 여름 별장에서 다시 모이고, 마침내 등대에 간다는 현재를 다룹니다.

『등대로』는 직접 퍼즐을 맞추도록 독자를 끌어들입니다. 독자를 끌어들인다고 했지만 독자의 독서 행위에 대해 버지니아 울프는 방관자적입니다. 2부에서 램지 부인은 '갑자기' 죽었다고만 되어 있어요. 이에 독자는 기존에 익숙한 독서 습관대로 이야기를 읽으려는 시도를 하게 될 겁니다. 소설에서 어떤 사건의 발생 원인을 집요하게 찾는 독서 습관을 가진 독자라면, 어째서 램지 부인이 사망하였는지 샅샅이 뒤질 것입니다. 그리고 독자는 줄거리를 기억하기 위해서라도 이야기를 시간 순으로 배열할 거예요. 그런데 『등대로』는 소설의 기본 구성인 기-승-전-결 또는 발단-전개-위기-절정-결말로 되어 있지 않습니다. 그런 『등대로』

의 플롯이 어떻든 독자는 연대기 순으로 스토리(이야기)를 '추려' 내려 할 것입니다.

이 소설이 연대기 순으로 스토리를 엮지 않은 이유는 시간에 대한 다른 시각을 제시하기 위함이에요. 긴 양말을 짜고 있는 램지 부인의 중층적인 내면이 이어지는가 하면, 주변인들의 내면이 줄지어 이어지지요. 램지 부인의 생각, 램지 부인에 대한 주변인들의 생각은 입 밖으로 발설되지 않고 내적 시간 속에서 단절을 겪습니다. 당연히 전통적인 시간의 순서와도 다릅니다. 다층적이며, 끊겼다가 다시 이어지기 위하여 중복이 사용되기도 해요. 『댈러웨이 부인』도 마찬가지지만 과거에 대한 회상, 이미 이야기된 대화의 시간까지 덧붙여져 시간의 길이를 엄밀히 비교하는 차원에서 벗어납니다.

1부에서 램지 부인의 시선은 오래된 의자에 멈춥니다. 그 순간 너무나 초라한 이 집의 물건들이 해마다 점점 더 초라해진다는 생각에 이르러요. 이어서 램지 씨는 테라스에서 돌아서 이 순간에조차 시든 노년의 모습을 자신에게 투영합니다. 두 사람은 전혀 다른 생각을 하는 것 같지만 사물이든 인간이든 결국은 쇠퇴할 것들임을 눈치챌 수 있어요. 해마다 초라해지는 의자며, 램지 씨의 명성이 설사 이천 년간 지속될지라도 그는 결국 죽어야 하니까요. 이때 그들이 생각하는 시간은 이야기되면서, 즉 서술되면서 비로소 핵심에 이르게 되지요.

사건의 개연성과 외적 시간의 견고함만으로 인간의 보편성을 기록할 수 있을까 하는 의문이 듭니다. 전쟁은 어떤 개연성도 가

지지 못하는 사건이었으며, 따라서 외부에서 발생하는 일들을 신뢰하는 것은 불가능해졌어요. 불변하는 진리, 견고함, 개연성과 같은 어휘들이 폭죽처럼 터져 버리고 말았지요. 시간은 개인이 살고 있는 시대의 전체성으로 기록될 것이며, '나'는 나와 다른 '타인'과 집합체로 기억될 것입니다. 『등대로』는 명성을 얻은 램지 씨가 아니라 여덟 자녀의 어머니이자 아내로서 남편의 성으로만 불리는 램지 부인을 주인공으로 삼는다는 점에서, 또한 그녀가 결코 남편과 공유하지 않는 내면을 비춘다는 점에서 획기적인 기획이 아닐 수 없습니다. 자신의 이름을 내려놓고 남편의 성으로 불리는 기혼 여성이 된다는 것은 당대의 보통 여성을 대표합니다. 음식을 하고, 바느질을 하는 등 살림을 꾸리는 평범한 주부로서 남편과 그의 친구들의 이야기에 끼지 못하지만, 다른 사람의 감정에 대한 배려를 결여한 채 진리를 추구하는 것에 의구심을 갖는 그녀의 내적 목소리를 독자는 들을 수 있어요. 램지 부인에 대한 평판과는 다른 면모를 독자만큼은 파악하게 됩니다.

결혼 이야기

버지니아 울프는 당대 영국의 전형대로 공교육을 받지 못했습니다. 일반적으로 여성들은 대학에 갈 수 없었어요. 그러나 아버지 밑에서 많은 독서를 했으며, 언니 바네사와 함께 오빠 토비가 케임브리지에서 알고 지내던 친구들과 결성한 블룸즈버리에서

깊은 사상적 교류를 하게 돼요. 그리고 그곳에서 레너드 울프를 만나 결혼합니다. 바다의 일렁이는 물결이 햇빛을 받아 반짝일 때와 같은 순간과 존재의 아름다운 이야기 『등대로』에서도 버지니아 울프는 삶과 죽음, 결혼의 불가사의함을 넌지시 전하고 있습니다.

결혼을 통한 결합에도 불구하고 서로의 언어가 다르고, 욕망이 다른, 그래서 사랑한다고 믿지만 서로에게 완전히 가닿지 못해 생겨나는 소외감은 현시대와도 동떨어져 있지 않아요. 이 소외감은 램지 부인뿐만 아니라 램지 씨도 겪고 있어요. 결혼은 교육받지 못한 여성의 사회적 역할을 축소시켰고, 램지 부인은 학식이 높은 남편으로부터 사랑은 받았으나 지적으로는 항상 소외당해야 했습니다. 철학적 사유와 고뇌에 찬 램지 씨는 자신만의 시간을 필요로 했으며, 아내의 독서에 대해서는 대단치 않게 생각했어요. 그는 그녀의 무지함, 그녀의 단순함을 과장되게 생각하는 버릇이 있었지요. 그녀가 영리하지도 않고 책도 많이 읽지 못했다고 생각하기를 좋아했으며, 그녀가 읽고 있는 것을 이해는 하는지 궁금해했어요(201쪽). 그렇지만 그로서도 범접하기 어려운 영혼이 그녀를 감싸고 있었습니다. 램지 씨에게 사랑은 자신의 감정에 국한된 것인 반면, 램지 부인에게 사랑은 집과 가족, 손님들을 넘어 이웃에게까지 퍼져 있는 이타심에 가깝습니다. 램지 씨 한 사람에게만 수렴되는 그런 모양의 사랑은 아니었어요. 그녀가 늘 가족에게, 또 이웃에게 몸소 행한 봉사는 램지 씨와 램지 씨의 친구들로부터 거리감을 불러일으켰지요. 그

렇다 해도 램지 부인이 일관된 관점만을 갖지 않는다는 것을 알 수 있는데요. 소박한 살림에 여름 별장의 뜯어진 의자들을 바꾸고 싶다가도 마음을 접는다거나 또다시 집수리가 필요하다는 생각을 통해 내닫는 현실 감각을 드러내고 있어요. 램지 부인은 램지 씨에게는 차마 돈 이야기를 꺼내지 못합니다. 형이상학적 문제에 몰두해 있는 철학 교수인 남편에게 현실적인 살림 경제에 대해 터놓고 이야기하는 것이 쉽지 않았을 거예요.

그런 현실 문제의 고민은 전부 램지 부인 차지임에도 정작 그녀는 램지 씨가 감히 다가서기 어려운 사유의 공간을 가지고 있었어요. 아이들이 자러 간 다음에야 한숨 돌리면서 그녀는 비로소 홀로 자기 자신이 되었다고 느끼는데요. 사색에 잠기거나 심지어 아무 생각도 하지 않는 상태에 있는 것, 말없이 혼자 있는 것이 절실하게 필요하다고 느낍니다. 모든 존재와 행위가, 팽창하고 번쩍이고 증발해서 오그라들어 다른 사람들에게는 보이지 않는 어떤 것이 되는 것, 말하자면, 쐐기 모양의 어둠의 핵심 같은 것 말이에요. 램지 부인은 이것이 자기 자신이 되는 것의 과정이라고 생각했어요. 그리하여 그녀는 뜨개질을 계속했지만 마침내 자기 자신을 느낄 수 있었어요(107쪽). 바쁜 일상에서 묻히기 쉽지만 자유를 느끼고, 평화로운 상태를 찾았지요. 자신의 밀봉된 내면은 램지 씨도 다른 누구도 근접할 수 없을 정도로 충만해 있었어요.

이렇게 버지니아 울프는 그녀의 소설을 통해 사회적, 가정적으로 여성에게 허용되지 않았던 자기만의 공간, 자기만의 시간,

자기만의 의식을 찾는 데 공헌합니다.

그림은 마침내 완성되었다

1부는 램지 부인이 막내아들 제임스와 다음 날 등대에 갈 계획을 알리는 것으로 시작되었었죠. 비가 오지 않는다면 말이에요. 그날 이후로도 램지 부인은 끝내 아들과 함께 등대에 가지 못합니다. 3부에서 마침내 등대가 나타났고, 제임스는 만족합니다. 인생은 바로 저 등대 같다는 생각에 이르러요. 여러 해 동안 맞은편 만에서 바라보았던 등대라는 것은 헐벗은 바위 위의 삭막한 탑일 뿐이었는데요. 인생은 좋지도 감미롭지도 않으며, 자랑스러워할 것도 행복해야 할 것도 아닌, 흑백으로 삭막하게 우뚝 서 있는 그런 등대와 같기 때문이에요. 이 소설에서 등대의 핵심은 무엇일까요? 저편 등대에는 특별한 것이 있는 걸까요? 등대는 소설의 모티프이며 도달해야 하는 목적지라는 점을 어렵지 않게 추측할 수 있는데요. 이때 등대의 의미와 등대라는 이미지의 의미작용은 달라요. 즉 사물은 우리의 시각에 의해 구성되며, 기억에 의해 다시 나타나는 과정에서 저장이 됩니다. 제임스가 바라봤던 등대는 은빛의, 안개 자욱한 탑이었고, 저녁이면 어스름 속에 부드럽게 그 노란 눈을 뜨곤 했어요. 그때로부터 10년이 지난 지금 제임스에게는 허여스름하게 씻긴 바위들과 삭막하게 우뚝 서 있는 탑이 보일 뿐인데요. 탑신(塔身)에 흑백의 줄이 쳐진 것도 보였고, 창문도 있었으며, 바위 위에 말리려고 널

어놓은 빨래까지 눈에 들어왔어요. 10년 전에 육지에서만 바라보았던 등대와 지금 배에서 내려 가까이 바라본 등대와의 차이, 그리고 10년 세월의 간격이 등대와 제임스를 둘러싸고 있는데요. 그는 '저것이 등대라는 것인가?'라고 의문을 갖지만 예전 것도 지금 것도, 어느 것도 진짜가 아니라고 말할 수는 없지요. 제임스는 어떤 사물도 오로지 한 가지일 수만은 없다는 사실을 '비로소' 깨닫게 됩니다.

릴리 브리스코가 느낀 것은 "아무것도, 없었다"는 어떤 무감각의 상태예요. 램지 부인의 부재는 릴리 브리스코에게 '결핍의 고통'이었지요. 그러나 동시에 세상이 짊어지운 짐에서 램지 부인이 잠시나마 풀려난 것이라는 생각에 이릅니다. 릴리 브리스코는 그녀 곁에 램지 부인이 가뿐히 머물렀고, 이마에 하얀 화환을 추어올리며 가 버렸다고 느꼈던 거예요. 램지 부인의 부음을 들은 후로 여러 날 동안이나 릴리 브리스코는 부인이 들판을 가로질러 가는 모습을 보았습니다. 어디에 있든 그 환영은 그녀를 찾아오곤 했어요. 그리고 마침내 "아무것도 할 수 없는" 마흔네 살의 릴리 브리스코는 이곳 바닷가 별장에 다시 오게 되었지요.

공간이 공간의 구멍들 속에 마치 시간을 압축하여 간직하고 있는 듯 릴리 브리스코는 거실 앞 층계에서 한 여인의 모습을, 눈을 내리깔고 말없이 평화롭게 앉아 있는 모습을 보게 돼요. 이상하게도 그 모습은 언젠가 윌리엄 뱅크스가 릴리 브리스코에게 묘사한 것과 꼭 같은데요. 현재의 시간에 더는 존재하지 않는 램지 부인을 바라본다는 것은 수학적인 시간과는 반하는 개인

의 시간을 통한 시간의 질적이고 주관적인 경험이라고 할 수 있어요. 이 경험을 통과하고 나서야 릴리 브리스코는 램지 부인의 부재에서 오는 결핍의 고통에서 마침내 벗어나게 되지요.

자전적 소설로 알려진 『등대로』는 버지니아 울프가 마흔네 살에 집필했다는 이유에서도 릴리 브리스코를 버지니아 울프라고 보는 데 이견이 없는데요. 버지니아 울프가 자신의 어머니를 램지 부인으로 재현했으며, 자신을 릴리 브리스코로 재현한 것에서 알 수 있듯이, 그녀는 여느 딸들이나 어머니에 대해 품고 있는 생각처럼 램지 부인을 사랑했으며 동시에 미워했어요. 릴리 브리스코는 "여자라서 결혼해야 한다"는 램지 부인의 주장에는 동의할 수 없었지만 그녀에 대한 복잡한 마음을 가지고 있었지요. 램지 부인에 대해 단순하게 정의 내리지 못하고, 온갖 마음을 가졌던 것인데요. 그렇다면, 그 사람을 안다는 것은 무엇일까요? 그 사람을 이해한다는 것은 어떤 것인가요? 아마도 그 사람을 향해 마음을 뻗어 그 사람의 마음에 닿기 위해 끝없이 노력하는 것일 테지요. 그 사람의 표정, 언어, 몸짓 그리고 그 사람이 존재하는 공간으로도 연결됩니다. 버지니아 울프는 주변 사람들은 물론 알지 못하는 사람들과의 이어짐을 늘 염두에 두었어요. 우리의 세계는 가깝거나 먼 사람들, 주위의 환경 그리고 역사로 구성되어 있기 때문이지요. 나는 그들에게 에워싸여 그들의 영향을 받고 있습니다.

작고 사소한 것 같은 표현들은 독자의 머릿속을 들락거립니

다. “그때가 지금보다 형편이 더 좋았”다는 맥냅 부인의 내적 목소리, 릴리 브리스코를 향한 ‘노처녀 특유의 정밀한 동작’이라는 표현은 우리를 어떤 보편성, 부정확할지라도 관습적인 맥락에 가닿게 하지요. 신기한 것은 인간이 최신 첨단 기술 세계의 한가운데 놓여 있지만, 여전히 주술적인 태도와 마음을 유지한다는 점이에요. 사람을 향한 고정관념 또한 마찬가지인데요. 사회적으로 퇴색하거나 공론화를 통해 마침내 죽은 언어가 된 것들도 있지만 오래된 관념은 언어보다 우위에 있기도 해요. 릴리 브리스코는 램지 부인이 자주 말하곤 하던 “결혼을 해요, 결혼을!”과 같은 편협한 구식 관념들을 뜯어고칠 수 있는 것이라고 말합니다. 모두가 숭앙한 램지 부인이라 해도 죽은 사람은 빛이 바래고 사라져 버린다고 생각했어요. 그런 생각 끝에 릴리 브리스코는 그리던 램지 부인을 완성합니다.

릴리 브리스코는 소설 처음부터 램지 부인을 그리는 일에 착수합니다. 램지 부인의 생각처럼 릴리 브리스코는 그림을 썩 잘 그리는 편이 아니어서 자신의 그림을 바라보는 램지 씨나 뱅크스 씨, 캠을 의식하느라 마음이 복잡했어요. 산울타리와 집들과 어머니들과 아이들을 헤치며 릴리 브리스코는 자신의 그림을 찾아야 했지요. 3부 끝에 이르러 그녀는 램지 부인이 갑자기 나타난 것 같은 망상에 사로잡혀 계단 위에 떨군 기묘한 세모꼴 그림자를 발견해요. 이는 램지 부인의 윤곽을 넘어선, 릴리 브리스코가 성찰한 본질에 가깝다고 할 수 있는데요. 메를로퐁티는 우리에게 시지각(visuality)이 있어 태양과 별들을 만지고, 모든

곳에 동시에 존재한다고 말합니다. 시지각이란 눈앞의 것에 대해 지각함이며, 그 대상은 반드시 지금 눈앞에 보이는 것만을 말하지 않아요. 내가 지금 다른 곳에 있다고 상상할 수 있는 능력과 현실적인 존재들을 그것이 어디에 있건 간에 마음껏 떠올릴 수 있는 능력이기도 해요. 또한 서로 다른 존재들, '외재적' 존재들, 서로에게 낯선 존재들이 서로 다름에도 불구하고, 시지각이 있어 온전하게 공존한다는 존재들의 '동시성'을 우리에게 알려 줍니다.* 릴리 브리스코는 비로소 램지 부인의 존재를 오롯이 비운 듯 그림을 완성하고, 붓을 내려놓습니다. 소설은 이렇게 끝을 맺어요.

소설에서 삶은 '이 식당의 식탁에서조차 폭포수처럼 떨어져 내려'(155쪽) 어디론가 알 수 없이 흘러간다고 묘사되고 있어요. 펼쳐 보지 못한 꿈이나 남편에게 꺼내 놓지 못한 말들이 램지 부인의 옆에 부서지지 않고 소복하게 쌓입니다. 독자가 절대 서둘지 못하게 만들며, 몽환적인 상태에 머물러 어떤 유사한 생각으로 들어가게 합니다. 그게 왜 좋으냐고요? 나도 마찬가지라는 것을 깨닫게 만들기 때문이에요. 나는 한 가지 진리만을 고수할 수 없어요. 진리의 거울은 얼룩지고, 조각나고, 흩어집니다. 이 소설이 보편성의 기준에서는 하찮다고 할 만한 인물들의 생각

---

* 메를로퐁티, 『눈과 마음』, 139쪽.

과 기억을 넘나드는 것처럼 나는 평소 같으면 흘려 버릴 생각들을 응시하게 되지요. 그리고 내 생각이 무엇인지를 비로소 깨닫게 돼요. 하찮은 것과 대단한 것의 구분이 흐려지고 나는 그 모든 것들에 둘러싸여 나를, 나로서 완성시키게 됩니다.

『등대로』는 흘려보내기 쉬운 일상이라고 하는 문제와 그 한가운데서 인간의 내면에 흐르는 의식을 통해 삶과 죽음, 사랑, 사물 이면의 핵심을 비춥니다. 책을 덮는 순간 희미한 빛에 눈이 익숙해지고 방 안에 있는 사물의 형태들이 인식되면서 그 이야기가 얼마나 완전하며 심오한지 깨달을 거예요.* 그 이야기는 바로 우리, 보통 사람들의 충실한 일상 세계입니다.

* 버지니아 울프가 에세이 「현대 소설」(1919)에서 안톤 체호프(Anton Chekhov)의 「구세프」(Gusev, 1890)에 대해 쓴 서평 일부를 필자가 「등대로」에 적용한 것이다. Woolf, "Modern Fiction", pp. 162~163.

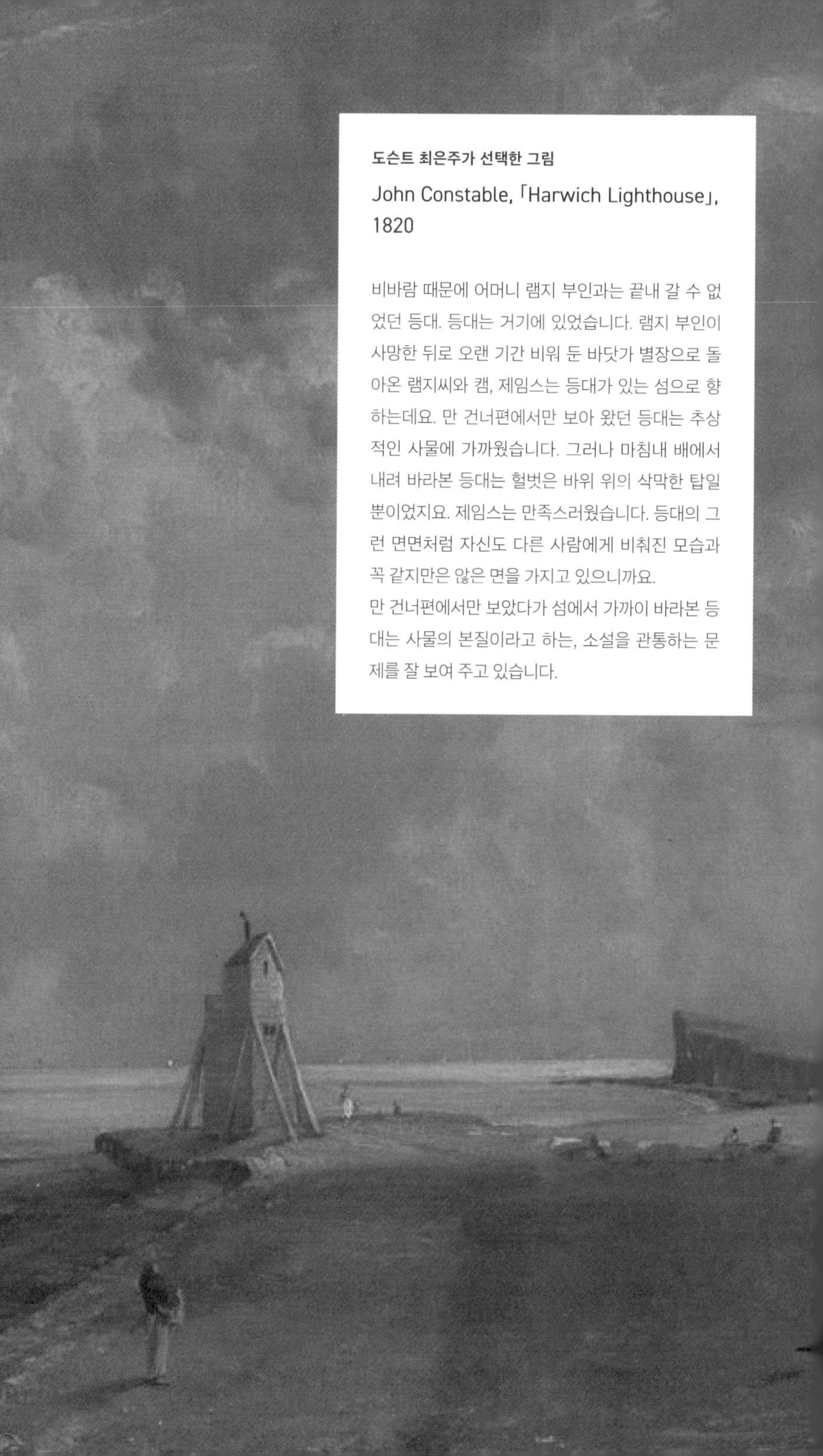

도슨트 최은주가 선택한 그림

John Constable, 「Harwich Lighthouse」, 1820

비바람 때문에 어머니 램지 부인과는 끝내 갈 수 없었던 등대. 등대는 거기에 있었습니다. 램지 부인이 사망한 뒤로 오랜 기간 비워 둔 바닷가 별장으로 돌아온 램지씨와 캠, 제임스는 등대가 있는 섬으로 향하는데요. 만 건너편에서만 보아 왔던 등대는 추상적인 사물에 가까웠습니다. 그러나 마침내 배에서 내려 바라본 등대는 헐벗은 바위 위의 삭막한 탑일 뿐이었지요. 제임스는 만족스러웠습니다. 등대의 그런 면면처럼 자신도 다른 사람에게 비춰진 모습과 꼭 같지만은 않은 면을 가지고 있으니까요.
만 건너편에서만 보았다가 섬에서 가까이 바라본 등대는 사물의 본질이라고 하는, 소설을 관통하는 문제를 잘 보여 주고 있습니다.

그린비 도슨트 세계문학 03
등대로

초판1쇄 펴냄 2024년 4월 26일

지은이 버지니아 울프
옮긴이 이운경
해설 최은주
펴낸이 유재건
펴낸곳 (주)그린비출판사
주소 서울시 마포구 와우산로 180, 4층
대표전화 02-702-2717 | **팩스** 02-703-0272
홈페이지 www.greenbee.co.kr
원고투고 및 문의 editor@greenbee.co.kr

편집 이진희, 구세주, 송예진 | **디자인** 이은솔, 박예은
마케팅 육소연 | **물류유통** 류경희 | **경영관리** 이선희

ISBN 978-89-7682-853-8 03840

독자의 학문사변행學問思辨行을 돕는 든든한 가이드 _(주)그린비출판사

도슨트 최은주와 함께 읽는

『등대로』